아르센 뤼팽 전집 **14**

칼리오스트로 백작 부인

Arsène Lupin

아르센 뤼팽 전집 **14**

칼리오스트로 백작 부인
La Comtesse de Cagliostro

모리스 르블랑

심지원 옮김

황금가지

차례

서문 · 7

스무 살의 아르센 뤼팽 · 9

조세핀 발사모, 1788년 생(生) · 31

종교 재판 · 49

침몰하는 배 · 71

일곱 가지 중 하나 · 88

경찰과 헌병 · 106

카푸아의 환희 · 128

의지의 대결 · 150

타르페이아 바위 · 176

짓이겨진 손 · 202

낡은 등대 · 224

광기와 천재성 · 246

수도사들의 금고 · 279

악마의 화신 · 303

에필로그 · 336

서문

이 소설은 모리스 르블랑의 가장 성공적인 작품 중 하나로 1923년 10월 10일부터 1924년 1월 30일까지 《르주르날》지에 연재되었다. 당시 부주의로 인한 실수가 있었는데 모리스 르블랑이 제일 먼저 이 사실을 깨닫고 미소를 지었다. 「『칼리오스트로 백작 부인』에서 보마냥은 단도로 자기 가슴을 찔렀는데 농부들은 총소리를 듣고 뛰어갔다고 썼으니 사람들이 나를 비난하겠지?」 물론 1924년 7월에 피에르 라피트 사에서 출판된 판본에서 이 실수는 교정되었다. 1929년 〈모험과 활극 소설 시리즈〉는 12장에 큰곰자리의 그림을 싣지 않았고 에필로그가 수정되었다. 이 판본에는 로제 브로데르의 삽화가 실려 있는데 그는 당시 유명한 가수였던 모리스 슈발리에의 모습을 아르센 뤼팽에게 투영하였다.

1924년 판은 6,000부가 출판되자마자 곧 품절되었다. 그래서 모리스 르블랑은 「성공이 최고 절정에서 중단되었다」며 두 번째 판의 인쇄가 늦어진 것을 불평했다.

　이것은 아르센 뤼팽의 첫 번째 모험에 관한 이야기이다. 따라서 뤼팽이 그토록 여러 차례 단호하게 반대하지만 않았다면 다른 사건들보다 먼저 출판되었을 것이다.

　뤼팽은 말하곤 했다.

　「아니, 안 돼. 칼리오스트로 백작 부인과 나 사이에는 아직 결판나지 않은 일들이 남아 있다네. 좀더 기다려 보자고」

　기다림은 예상보다 훨씬 길어졌다. 〈확실한 결판〉이 나기까지 사반세기가 흘렀다. 그리하여 오늘에서야 이 이야기를 할 수 있게 되었다. 스무 살의 청년과 칼리오스트로 백작 부인이 팽팽히 맞섰던 무시무시한 사랑의 결투 이야기를.

스무 살의 아르센 뤼팽

라울 당드레지는 전조등을 끄고 자전거를 덤불이 우거진 비탈 뒤에 내던졌다. 베누빌의 종탑이 새벽 3시를 울렸다.

그는 밤의 짙은 어둠 속에서 라 애 데티그의 영지로 통하는 시골길을 따라가 마침내 성벽에 도달했다. 잠시 기다렸다. 말들이 땅을 구르고 마차 바퀴가 안뜰의 포석을 울렸다. 떠들썩한 소리가 들리고 두 개의 문짝이 활짝 열리더니 커다란 사륜 마차가 지나갔다. 라울은 잠깐 사이에 가까스로 남자들의 목소리를 알아듣고 총대를 확인할 수 있었다. 마차는 이내 큰길에 이르러 에트르타를 향해 쏜살같이 달려갔다.

라울은 속으로 중얼거렸다.

〈그래, 바다까마귀 사냥은 아주 매력적이지. 까마귀 떼를 사냥할 바위는 여기서 멀리 떨어져 있으니……. 그사이 나는 이 갑작스런 사냥 대회와 소동이 무엇 때문인지 알아봐야겠어.〉

그는 왼편으로 성벽을 따라 빙 돌다가 두 번째 모퉁이를 지나 40보쯤 간 후 멈췄다. 손에는 열쇠 두 개를 들고 있었다. 첫 번째 열쇠로 아래쪽에 난 작은 문을 열고 계단을 올라갔다. 계단은 성의 한쪽 측면과 맞닿은, 반쯤 허물어진 낡은 성벽의 후미진 곳에 만들어져 있었다. 두 번째 열쇠는 2층의 비밀 통로를 여는 데 쓰였다.

라울은 손전등을 켰다. 별로 주의를 기울일 것도 없었다. 하인들은 다른 쪽에 거주하고 남작의 외동딸 클라리스 데티그는 3층에 머무른다는 사실을 잘 알고 있었기 때문이다. 그는 복도를 따라가 커다란 서재로 들어갔다. 몇 주 전 남작에게 딸과의 결혼을 승낙해 달라고 청했던 바로 그 장소였다. 남작은 불같이 화를 냈었다. 라울은 여전히 그 불유쾌한 기억을 간직하고 있다.

헬쑥한 청년의 얼굴이 거울에 비쳤다. 오늘은 평소보다 더 창백해 보였다. 하지만 감정을 다스리는 훈련이 잘되어 있는 그는 자신을 억제하며 냉정하게 작업을 시작했다.

작업은 오래 걸리지 않았다. 남작과 이야기할 때, 상대가 커다란 마호가니 책상에 자주 눈길을 주는 것을 보아 두었다. 책상의 여닫이 뚜껑은 열린 채였다. 라울은 은닉처로 쓰일 수 있는 모든 장소들과, 이런 경우에 사용되는 모든 장치들에 대해 잘 알고 있었다. 잠시 후 작은 틈 사이에서 담배처럼 돌돌 말린 얇은 종이에 씌어진 편지를 발견했다. 서명도 주소도 없는 편지였다.

라울은 편지를 살펴보았다. 그토록 조심스럽게 숨겨 놓은 편지치고는 내용이 너무 평범해 보였다. 라울은 다시 면밀히게 검토하여 그중 중요한 의미가 있는 단어들을 추려 내는 한편, 단지 공간을 메우기 위한 것이 틀림없는 군더더기 문장들을 지워 버림으로써 마침내 다음과 같은 내용을 재구성해 냈다.

　　루앙에서 적의 흔적을 다시 발견했소. 에트르타 부근의 한 농부
가 자신의 목장에서 구리로 된 옛 칠지(七枝)촛대를 발견했다는
내용의 기사를 지방 신문에 싣게 했더니 그녀는 곧 에트르타의 마
차꾼에게 12일 오후 3시에 페캉 역으로 2인승 사륜 마차를 보내
달라는 전보를 쳤소. 나는 그날 아침 마차꾼에게 그녀의 요청을
취소하는 전보가 도착하도록 조치를 취했소. 따라서 그녀는 페캉
역에서 바로 당신의 마차를 발견할 것이고 엄중한 호위를 받으며
우리의 회합 시간에 맞춰 도착할 것이오.
　　우리는 스스로 재판관이 되어 그녀에게 가혹한 평결을 내릴 수
있소. 목적의 신성함이 수단을 정당화하던 시대에는 즉결 처분이
이루어졌을 것이오. 악인도 죽고 나면 해를 끼치지 못하는 법이
니. 마음에 드는 해결책을 고르시오. 하지만 우리가 마지막 만났
을 때 나누었던 얘기를 상기해야 하오. 이 일의 성공과 우리의 존
재 자체가 그 악마의 화신에게 달려 있다는 것을 명심하시오. 신
중을 기하고 사냥 대회를 열어 의심을 피하도록 하시오. 나는 우
리의 두 동료와 함께 르 아브르를 지나 정확히 4시에 도착할 것이
오. 이 편지는 파기하지 말고 내게 돌려주시오.

라울은 생각했다.
〈조심이 지나친 게 실수군. 남작에게 편지를 보낸 작자가 이토
록 지나치게 경계를 하지 않았다면 남작은 편지를 태워 버렸을
테고, 그럼 나도 납치와 불법 재판, 그리고 어쩌면 (이런 말을 해
서는 안 되겠지만) 살인에까지 이를 이 계획을 알지 못했을 텐데

말이야. 제길! 미래의 장인어른께서 아무리 믿음이 깊다고 해도 이번에는 그리 기독교적이지 않은 음모에 말려든 것 같군. 남작이 살인까지 저지를 것인가? 이건 매우 중대한 사건이야. 이 일로 남작을 내 맘대로 조정할 수도 있겠는걸.〉

라울은 만족스러운 기분이 들어 손을 비볐다. 아주 마음에 드는 사건이었고 며칠 전부터 몇 가지 징후가 주의를 끌던 참이라 그리 놀랍지도 않았다. 그는 호텔로 돌아가 잠을 좀 자 두기로 했다. 그러고 나서 시간에 맞춰 돌아와, 남작과 초대 손님들이 꾸미는 음모가 무엇인지, 그들이 제거하려는 〈악마의 화신〉이 누구인지 알아보기로 했다.

하지만 그는 물건들을 다시 제자리에 정리한 뒤에도 나가지 않고 클라리스의 사진이 놓여 있는 작은 원탁 앞에 앉았다. 그리고 사진을 자기 쪽으로 돌려놓고 한없이 애정 어린 시선으로 바라보았다. 클라리스 데티그! 그녀는 기껏해야 그보다 두 살 어린 열여덟 살의 나이였다! 관능적인 입술…… 꿈꾸는 듯한 눈…… 장밋빛으로 빛나는, 섬세하고 생기 넘치는 얼굴…… 코 지방의 거리를 뛰노는 어린아이들의 머리칼처럼 연한 머리카락…… 너무나 부드러운 표정, 넘치는 매력……!

라울의 시선이 점점 강렬해졌다. 억누를 수 없는 불순한 생각이 청년을 사로잡았다. 클라리스는 위층, 외딴 방에 혼자 있었다. 클라리스 자신이 직접 그에게 내준 열쇠로 다과 시간에 이미 두 번이나 그녀를 만나러 간 적이 있었다. 그런데 오늘 누가 그를 막을 수 있겠는가? 하인들에게는 아무 소리도 들리지 않을 것이고 남작은 틀림없이 오후에나 돌아올 것이다. 그런데 무엇 때문에 지금 떠나야 한단 말인가?

라울은 돈 후안은 아니었다. 그의 마음속에서는 정직하고 섬세한 온갖 감정들이 거칠게 휘몰아치는 본능과 욕망의 폭발에 맞서 버티고 있었다. 하지만 이런 유혹에 어떻게 저항하겠는가? 자존심과 욕망, 사랑, 절대적인 정복욕 등이 그에게 행동을 부추겼다. 라울은 괜한 양심의 가책으로 더 이상 시간을 지체하지 않고 재빨리 계단을 올라갔다.

닫힌 문 앞에서 그는 잠시 망설였다. 이미 넘어 본 적이 있는 문턱이었지만 그때는 한낮이었고 정중한 친구로서의 방문이었다. 반면 한밤중의 이런 행동은 무슨 의미를 지니겠는가!

양심의 갈등은 오래가지 않았다. 그는 작은 소리로 문을 두드리며 속삭였다.

「클라리스…… 클라리스…… 나예요」

아무 소리도 들리지 않아 다시 더 세게 문을 두드리려는 순간, 방문이 살짝 열리고 램프를 손에 든 여인이 모습을 드러냈다.

창백하고 겁에 질린 그녀의 얼굴을 보자 그는 당황해서 뒤로 물러나며 떠나려 했다.

「날 욕하지 마세요, 클라리스…… 나도 모르게 여기까지 왔으니…… 당신이 가라고 하면 곧바로 떠나겠어요……」

클라리스가 라울의 말을 들었다면 안심할 수도 있었을 것이다. 미리 패배를 인정하고 들어오는 상대인 만큼 쉽게 제압할 수 있었을 것이다. 하지만 그녀는 듣지도 보지도 못했다. 화를 내고 싶었지만 비난의 말인 듯한 소리를 알아들을 수 없게 몇 마디 더듬거릴 뿐이었다. 그를 쫓아내고 싶었지만 팔을 까딱할 힘조차 없었다. 손이 떨려서 램프를 내려놓아야 했다. 그리고는 핑그르르 돌더니 정신을 잃고 쓰러졌다.

라울과 클라리스는 3개월 전 남프랑스 지방에서 처음 만난 그 날부터 서로 사랑하게 되었다. 클라리스는 기숙사 친구의 집에서 얼마간 머무르는 중이었다.

그들은 곧 서로가 하나의 끈으로 묶여 있다고 느꼈다. 그 끈은 라울에게는 세상에서 가장 감미로운 무엇이었고 클라리스에게는 점점 더 소중하게 여겨지는 구속의 징표였다. 처음부터 그녀에게 라울은 잡을 수 없는 신비한 존재, 아무것도 이해할 수 없는 불가사의한 존재처럼 느껴졌다. 때로 그의 경박한 태도나 심술궂은 빈정거림, 근심에 찬 모습에 마음이 아프기도 했다. 하지만 그럼에도 얼마나 매력적인지! 그 쾌활함! 넘치는 열정과 젊음의 혈기! 그의 모든 결점은 단지 장점이 좀 도를 넘어섰기 때문인 것만 같았고 그의 나쁜 버릇들조차 아직은 스스로도 알아차리지 못했지만 앞으로 곧 활짝 피어날 덕성으로 보였다.

노르망디로 돌아온 직후의 어느 날 아침, 클라리스는 자기 방 창문 바로 맞은편 벽에 걸터앉아 있는 젊은 청년의 윤곽을 보고 깜짝 놀랐다. 몇 킬로미터 떨어지지 않은 곳에 숙소를 정한 라울은 거의 매일 그렇게 자전거를 타고 라 애 데티그 근처로 그녀를 보러 왔다.

어머니가 안 계신 클라리스는 엄격하고 침울한 성격의 아버지 곁에서 별로 행복하지 못했다. 아버지는 지나치게 독실하고 작위에 집착하며 돈벌이에 악착같은 사람이었다. 소작인들은 마치 전쟁터에서 적군을 두려워하듯 그를 무서워했다. 정식으로 소개도 받지 않은 라울이 대담하게도 딸과의 결혼을 허락해 달라고 청하자 남작이 지위도 연줄도 없는 이 젖비린내 나는 구혼자에게 얼마나 불같이 화를 냈는지, 만일 청년의 시선에 사나운 맹수를 길

들이는 정복자와 같은 힘이 없었다면 남작은 그에게 채찍질이라
도 할 태세였다.

클라리스가 그에게 두 번이나 방문을 열어 주는 실수를 저지른
것은 그 만남이 있고 나서 라울의 머릿속에서 나쁜 기억을 지워
주기 위해서였다. 그것은 매우 위험하고 경솔한 행동이었다. 라
울은 사랑에 빠진 사람답게 온갖 논리를 펼치며 그 상황을 받아
들였으니 말이다.

다음날 아침 그녀는 몸이 안 좋다고 꾀병을 부려 점심 식사를
가져다 달라고 했다. 옆방에는 라울이 숨어 있었다. 식사 후 그들
은, 비록 잘못을 저지르기는 했지만 순수하고 애정 어린 마음과
지난밤에 함께 나눈 키스의 추억으로 하나가 되어 열려 있는 창
가에서 한참 동안 부둥켜안고 있었다.

하지만 클라리스는 눈물을 흘리고 있었다……

시간이 흘렀다. 바다에서 올라와 언덕을 스쳐 지나온 신선한 바람이 그들의 얼굴을 어루만졌다. 앞에는 울타리로 둘러싸인 넓디넓은 과수원 너머, 햇살이 빛나는 유채밭 사이로 분지가 펼쳐져 있고 그 분지의 오른쪽으로는 높은 절벽의 흰 선이 페캉까지 이어지며 왼쪽으로는 에트르타 만과 아발 문(門), 거대한 기암성의 뾰족한 끝이 보였다.

라울이 그녀에게 부드럽게 말했다.

「슬퍼하지 마요, 내 사랑. 우리는 젊고 인생은 아름다우니까. 우리가 모든 장애를 극복하고 나면 삶은 더욱 아름다워질 겁니다. 그러니 울지 마세요」

그녀는 눈물을 닦고 그를 바라보며 미소를 지으려 애썼다. 그의 몸은 여자처럼 호리호리했지만 어깨가 넓어 우아하면서 동시에 단단해 보이는 외모였다. 정기가 충만한 얼굴에, 입매에는 장난기가 어려 있고 눈은 경쾌하게 빛났다. 짧은 바지에, 벌어진 웃옷 사이로 흰 모직 셔츠가 드러나 보이는 그는 놀랄 만큼 민첩해 보였다.

「라울, 라울, 저를 바라보고 있는 이 순간도 당신은 제 생각을 하지 않으시는군요! 어젯밤을 함께 보낸 이후로 더 이상 제 생각을 하지 않는 것 같아요! 어떻게 그럴 수가 있죠? 도대체 무슨 생각을 하세요, 라울?」

그녀가 비탄에 잠긴 목소리로 말했다.

그는 웃으며 대답했다.

「당신 아버지 생각」

「아버지요?」

「그래요, 데티그 남작과 초대 손님들에 대해서요. 그 정도 나이 지긋하신 신사 분들이 어째서 바위에서 죄 없는 불쌍한 새들을 죽이며 시간을 보낼까요?」

「일종의 오락이죠」

「정말 그렇게 생각하십니까? 내가 보기엔 좀 수상쩍은 데가 있어요. 지금이 서기 1894년만 아니라도 그렇게 믿었을 겁니다……. 그런데, 화내지 않을 거죠?」

「얘기해 보세요」

「그러니까 음, 저분들은 음모를 꾸미는 것 같습니다! 그래요, 클라리스…… 롤빌 후작과 마티외 드 라 보팔리에르, 오스카 드 베네토 백작, 루 데스티에 등…… 코 지방의 귀족들이 모두 모여 한창 음모를 꾸미고 있는 거죠」

그녀는 뾰로통해졌다.

「터무니없는 소리만 하는군요」

「내 얘기를 진지하게 듣지 않는군요. 내게 얘기를 해 보라고 하고선……」

그녀가 아무것도 모르고 있다는 것을 확신하며 라울이 대답했다.

「사랑의 대화 말이에요」

그는 열정적으로 그녀의 얼굴을 감싸 쥐었다.

「내 삶 그 자체가 당신에 대한 사랑입니다, 클라리스. 내게 다른 근심이나 야망이 있다면 그것은 오직 당신을 얻기 위해서랍니다. 클라리스, 당신의 아버지가 음모를 꾸미다가 체포되어 사형 선고를 받았는데 갑자기 내가 나타나 구해 준다고 생각해 봐요. 그렇게 되면 어떻게 딸을 내게 주지 않겠어요?」

「아버지도 곧 포기하실 거예요」

「아니, 그렇지 않을 겁니다! 내겐 재산도 없고 든든한 배경도 없으니……」

「하지만 당신에게는 라울 당드레지라는 귀족의 이름이 있잖아
요.(Raoul d'Andrésy. 프랑스에서 성 앞에 붙는 소사 de(d')는 귀족임
을 나타낸다——옮긴이)」

「그렇지도 않아요!」

「무슨 말씀이세요?」

「실은 당드레지는 어머니의 성입니다. 어머니가 미망인이 되시
자, 외갓집에서 처녀 때 성을 다시 쓰도록 했죠. 처음부터 어머
니의 결혼을 반대하셨으니까요」

「왜요?」

클라리스는 이 뜻밖의 고백에 약간 당황하며 물었다.

「왜냐고요? 아버지가 그저 가난한 평민에 지나지 않았기 때문
이죠…… 아버지는 일개 선생에 지나지 않았어요……. 무슨 선생
이었냐고요? 운동, 검술, 권투 따위를 가르치는 선생 말입니다!」

「그럼 당신의 진짜 이름은……?」

「아! 저속한 평민의 이름이랍니다, 가엾은 클라리스」

「어떤 이름이에요?」

「아르센 뤼팽」

「아르센 뤼팽……?」

「그래요. 전혀 빛나지 않는 이름이죠. 그래서 바꾸는 편이 나
았어요. 그렇지 않습니까?」

클라리스는 충격을 받은 것 같았다. 그의 이름이 무엇이든 자
신에게는 아무 상관도 없었다. 하지만 아버지의 눈에는 귀족 가
문을 뜻하는 소사가 사위의 제1조건이었다.

어쨌든 그녀는 더듬더듬 말했다.

「당신 아버지를 부정하실 필요는 없었어요. 교사라는 직업은 전혀 창피한 일이 아니에요」

라울은 더 크게 웃으며 대답했다. 클라리스는 가슴이 저려 왔다.

「물론이죠. 어릴 때부터 아버지에게 배운 권투며 운동 실력을 아주 유용하게 써먹었으니까요. 하지만 우리 어머니로서는 그 훌륭하신 분을 부정할 만한 여러 가지 이유가 있었겠죠, 그렇지 않습니까? 그 점에 대해서는 아무도 뭐라고 할 수 없습니다」

라울은 느닷없이 그녀에게 격렬하게 키스를 퍼부었다. 그리고 춤을 추며 빙글빙글 돌기 시작했다. 그러더니 다시 클라리스에게 돌아와 외쳤다.

「웃으십시오, 아가씨. 이 모든 게 정말 재미있지 않습니까? 그러니 웃어요. 아르센 뤼팽이든 라울 당드레지든 무슨 상관이랍니까! 중요한 것은 성공하는 거죠. 그리고 나는 반드시 성공할 겁니다. 그 점은 의심의 여지가 없어요. 내가 빛나는 미래와 세계적인 명성을 얻게 되리라고 예언하지 않은 예언자는 한 사람도 없었습니다. 아르센 뤼팽이 되지만 않는다면 라울 당드레지는 장군이나 장관, 또는 대사관 같은 사람이 될 겁니다. 이것은 어느 면에서나 이미 정해진, 운명에 새겨져 있는 명백한 기정사실입니다. 나는 준비가 되어 있어요. 강철 같은 근육과 최고의 두뇌! 물구나무를 서서 걸어 볼까요? 아니면 당신을 팔에 매달아 볼까요? 당신이 전혀 눈치 채지 못하는 사이에 당신의 손목시계를 빼내는 솜씨를 보여 줄까요? 아니, 호머의 희랍시를, 밀턴의 영시를 암송해 볼까요? 아, 인생은 정말로 아름답습니다! 라울 당드레지…… 아르센 뤼팽…… 두 얼굴의 조각상! 이중 어떤 얼굴이 살아 있는 자들의 태양, 영광으로 빛나게 될까요?」

20

그러더니 별안간 뚝 멈추었다. 경쾌함이 돌연 거북하게 느껴진 것 같았다. 라울은 조용해진 작은 방을 바라보았다. 방금 전까지 방의 고요를 깨며 클라리스의 평정과 순결한 양심까지 뒤흔들어 놓았던 라울은 급작스레 돌변하여(이것이 라울의 매력적인 성격이기도 하다) 이제는 그녀 앞에 무릎을 꿇고 진지하게 말했다.

　「용서해 줘요. 여기 찾아온 것은 올바른 행동이 아니었습니다…… 하지만 그건 내 잘못이 아닙니다. 나는 균형을 찾기가 어려웠습니다. 선과 악 양쪽 모두가 내 마음을 끌죠. 그러니 당신이 나를 도와줘야 합니다, 클라리스, 길을 찾을 수 있도록…… 내가 혹시 길을 잘못 들어서더라도 용서해 줘요」

　클라리스는 두 손으로 라울의 얼굴을 감싸며 열정적으로 대답했다.

　「저에게 용서받을 건 아무것도 없어요. 저는 지금 행복한걸요. 당신으로 인해 힘든 일이 많이 생기겠죠. 저도 알아요. 하지만 당신 때문에 생기는 고통이라면 무엇이든 기꺼이 받아들이겠어요. 자, 제 사진을 가지고 계세요. 그리고 이걸 볼 때 부끄러울 일이 없도록 행동하세요. 저는 오늘처럼 언제나 변함없이 당신의 애인, 당신의 아내일 거예요. 사랑해요, 라울!」

　그리고 클라리스는 라울의 이마에 입을 맞추었다. 웃음을 짓고 있던 라울이 다시 몸을 일으키며 말했다.

　「이제 당신은 나를 기사로 임명해 준 겁니다. 이제 나는 절대 무적이고 적들을 물리칠 준비가 되었어요. 나와라, 나바르 인들아……!(연로한 아버지가 받은 치욕을 갚기 위해 애인의 아버지를 결투로 죽여야 하는 로드리고의 고뇌를 그린 코르네유의 비극 『르 시드』(1636)의 한 구절.─옮긴이) 라울이 나가신다!」

라울의(아르센 뤼팽이라는 이름은 일단 묻어 두자. 당시만 해도 뤼팽 자신조차 아직 자신의 운명을 알지 못했으며 약간의 경멸을 담아 이 이름을 부르곤 했으니까.) 계획은 매우 간단했다. 성의 왼편 과수원 나무들 사이에는, 성벽에 맞닿아 망루가 서 있었다. 이 망루는 예전에 성벽의 보루들 중 하나였으나 지금은 훼손되어 매우 낮아졌고 지붕이 덮여 있었으며 울창한 덩굴에 가려 잘 보이지 않았다. 라울은 그 4시의 회합이 탑 안쪽, 커다란 응접실에서 열릴 것이라고 확신했다. 그곳은 남작이 소작농들을 만나는 장소였는데 예전에 창문이나 환기구로 쓰였을 듯한 구멍이 들판을 향해 나 있었다.

라울처럼 민첩한 청년에게 기어오르기쯤이야 아주 간단한 일! 그는 성에서 나온 뒤 덩굴 아래로 기어갔다. 굵은 뿌리 덕에 두꺼운 성벽에 뚫린 구멍에까지 올라갈 수 있었다. 구멍은 그런대로 널찍해서 몸을 쭉 펴고 누울 수 있을 정도였다. 나뭇잎으로 얼굴을 가리고 지상에서 5미터 높이에 자리를 잡자 누구의 눈에도 띄지 않고 방 안 전체를 들여다볼 수 있었다. 스무 개가량의 의자와 탁자 하나, 커다란 특별석이 놓인 넓은 방이었다.

40분 후, 남작이 동료들 중 한 명과 함께 방으로 들어왔다. 라울의 예상은 틀리지 않았다.

고드프루와 데티그 남작은 근육이 격투사와 같이 단단하고 얼굴이 벽돌처럼 불그스름한 사람이었다. 다갈색 수염이 얼굴을 에워싸고 있었고 눈빛은 날카롭고 강렬했다. 함께 들어온 오스카드 베네토는 남작의 사촌으로 라울도 안면이 있었다. 그 역시 노르망디의 시골 귀족 같은 인상을 주었지만 더 저속하고 우둔해 보였다. 둘은 모두 매우 흥분해 있는 듯했다.

22

남작이 말했다.

「서둘러야 해. 라 보팔리에르와 롤빌, 도프가르가 곧 이리로 도착할 거네. 4시에는 보마냥이 다르콜 대공, 브리 백작과 함께 과수원을 통해 들어올 거야. 과수원 문은 내가 미리 열어 두었지. 그리고…… 그러고 나서, 그녀가 나타날 거야…… 다행히 그녀가 함정에 걸려들었다면」

「확신할 수는 없지」

베네토가 중얼거렸다.

「무슨 소린가? 마차를 부른 건 그녀야. 마차가 도착하기만 하면 거기에 올라탈 거네. 그러면 마부 도르몽이 그녀를 우리에게 데려오는 거야. 카트르슈맹 연안에서 루 데스티에가 마차 발판을 밟고 뛰어올라 문을 열고 여자를 제압한 뒤 둘이 함께 끈으로 묶을 거야. 이 모든 게 피할 수 없는 과정이라고」

그들은 라울이 엿듣고 있는 장소 쪽으로 다가왔다. 베네토가 속삭였다.

「그러고 나서?」

「그러고 나서 내가 친구들에게 상황을 설명해야지. 그 여자의 역할에 대해서……」

「우리 친구들이 그녀를 처벌하도록 허락할 것 같은가?」

「허락하든 안 하든 결과는 마찬가지일걸세. 보마냥은 그걸 요구하고 있어. 우리가 거절할 수 있겠나?」

「아! 그 인간은 우리 모두를 파멸시키고 말 거야」

베네토가 말했다.

데티그 남작은 어깨를 으쓱했다.

「그런 여자와 맞서기 위해서는 보마냥 같은 남자가 필요해. 자네, 준비는 다해 놓았겠지?」

「그래. 〈사제의 계단〉 아래쪽 바닷가에 배 두 척을 준비해 놓았네. 그중 작은 배에는 구멍이 뚫려 있어서 물에 띄우고 나면 10분 안에 가라앉을 거야」

「돌도 실어 놓았겠지?」

「줄에 매달을 수 있도록 구멍이 뚫린 커다란 돌을 준비해 두었네」

그리고 그들은 입을 다물었다.

라울은 한마디도 놓치지 않았다. 그들의 한마디한마디가 라울의 강렬한 호기심을 더욱 부채질했다. 라울은 생각했다.

〈이럴 수가! 무슨 일이 있어도 이 명당 자리를 절대로 양보할 수 없겠는걸. 끔찍한 인간들이군. 사람을 죽이는 일을 칼라를 바꿔 다는 일처럼 가볍게 이야기하잖아.〉

그는 고드프루와 데티그에게 놀라지 않을 수 없었다. 그 다정한 클라리스가 어떻게 저런 음흉한 인간의 딸일 수 있는가? 저자의 목적은 대체 무엇일까? 어떤 은밀한 동기에 이끌리고 있는 것일까? 증오? 탐욕? 복수심? 아니면 잔혹한 본능? 남작의 모습은 을씨년스런 작업을 해치울 준비가 되어 있는 사형 집행인을 떠올리게 했다. 불빛이 남작의 붉게 물든 얼굴과 다갈색 수염을 비추었다.

다른 손님 셋이 한꺼번에 도착했다. 라울은 전에도 그들이 라애 데티그에 드나드는 것을 종종 보아왔다. 방 안을 비추는 두 개의 창문을 등지고 앉았으므로 그들의 얼굴은 어슴푸레한 어둠 속에 잠겼다.

4시가 되어서야 새로운 두 사람이 나타났다. 꽤 나이가 들어 보이고 군인과 같은 몸매에, 몸에 꼭 맞는 프록코트를 입고, 나폴레옹 3세 시절 〈황제 수염〉이라고 불렸던 턱수염을 기른 한 남자가 문간에 멈추어 섰다.

그러자 모든 사람들이 다른 한 남자를 맞이하기 위해 자리에서 일어났다. 라울은 그가 바로 서명 없는 편지의 장본인이자 사람들이 기다리고 있던 인물, 남작이 보마냥이라는 이름으로 불렀던 사람임을 즉각 알아차렸다.

그 남자는 작위도 없고 이름에 귀족임을 나타내는 소사도 없는 유일한 사람이었지만 모두들 그를 우두머리처럼 맞아들였다. 그들의 정중함은 그의 지배자다운 태도나 권위적인 눈빛에 잘 부합하는 것이었다. 깨끗하게 면도한 얼굴, 깊게 팬 볼, 힘차게 생동하는 인상적인 검은 눈, 어딘가 엄격하고 심지어 금욕적이기까지 한 옷차림과 태도, 그는 교회와 관련된 인물처럼 보였다.

보마냥은 모두에게 자리에 앉으라고 권한 뒤, 브리 백작을 데려오지 못한 데 대해 양해를 구하고 함께 온 동행을 앞으로 나오게 하여 소개했다.

「이분은 다르콜 대공이오…… 아시다시피 다르콜 대공은 우리와 한 동지였으나 운명의 뜻으로 우리의 모임에 참석하지 못하고 멀리서, 가장 적절한 방식으로 행동을 펼쳐 왔소. 다르콜 대공은 우리를 위협하는 악마의 화신을 1870년에 벌써 두 번이나 만난 적이 있으니만큼 오늘 우리에게는 이분의 증언이 꼭 필요하오」

라울은 곧바로 계산을 해 보며 다소 실망을 느꼈다. 다르콜 대공이 24년 전에 만난 적이 있다면, 그 〈악마의 화신〉이라는 여인은 지금쯤 50세도 넘었을 것이 아닌가.

그사이 다르콜 대공은 손님들 사이에 자리를 잡고 보마냥은 고드프루와 데티그를 따로 한쪽으로 데리고 갔다. 남작이 보마냥에게 아마도 예의 위험한 편지가 들어 있을 봉투를 건넸다. 그리고 나서 그들은 낮은 목소리로 격한 논쟁을 벌였는데 보마냥이 강한 명령을 내리는 듯한 몸짓을 하자 그 논쟁은 단번에 끝이 났다.

라울은 생각했다.

〈꼬장꼬장하시군, 선생. 판결은 단호해. 악인도 죽고 나면 해를 끼치지 못하는 법이라……. 결국 수장이 행해지겠군. 피할 수 없는 결말인 것 같아.〉

보마냥은 맨 뒷줄로 갔다. 하지만 앉기 전에 이렇게 말했다.

「여러분, 지금 이 순간이 우리에게 얼마나 중대한 순간인지 아시리라 생각하오. 우리는 우리가 추구하는 장엄한 목표를 위해 모두 하나가 되어 매우 중요한 공동의 작업을 실행해 왔소. 우리로서는 당연히 국가와 우리의 당, 우리의 종교(나는 이것들을 따로 떼어 생각할 수 없소)의 이익이 이 계획의 성공에 달려 있다고 보고 있소. 그런데 얼마 전부터 이 계획이 한 여자의 대담하고 집요한 방해 공작에 부딪혀 왔소. 그녀는 몇 가지 정보를 이용하여 우리가 이제 막 알아내려 하고 있는 그 비밀을 찾아 나서기 시작한 거요. 만일 그녀가 우리보다 먼저 그 비밀에 다다른다면 우리의 모든 노력은 수포로 돌아가고 말 것이오. 그녀냐 우리냐, 여기에 공존이란 없소. 전쟁은 이미 시작되었으니 우리에게 유리하게 끝나기만을 기도합시다」

보마냥은 자리에 앉아 마치 모습을 보이지 않으려는 듯 기다란 몸을 구부려 의자 깊숙이 기대었다.

몇 분이 흘렀다.

그들은 분명 열띤 토의를 하기 위해 한자리에 모여 있었지만 숨소리 하나 들리지 않았다. 그만큼 모두의 주의는 멀리 들판에서 들려올 소리에 쏠려 있었다. 그들의 머릿속은 온통 그 여자를 붙잡는다는 생각뿐이었다. 사로잡혀 온 자신들의 적을 빨리 보고 싶어 안달이었다.

데티그 남작이 손가락을 들었다. 말발굽 소리가 규칙적으로 희미하게 들리기 시작했다.

「내 마차 소리야」

남작이 말했다.

정말이었다. 하지만 그녀가 과연 마차에 타고 있을까?

남작이 문으로 다가갔다. 하인들은 건물의 정면 쪽에 위치한 앞뜰에서만 일하기 때문에 과수원은 여느 때처럼 비어 있었다.

소리가 점점 가까워졌다. 마차는 길에서 벗어나 들판을 가로질렀다. 그러더니 갑자기 출입구의 두 기둥 사이에 모습을 드러냈다. 마부가 뭐라 손짓을 하자 남작이 외쳤다.

「됐어! 그녀를 잡았다!」

마차가 멈췄다. 마부석에 앉아 있던 도르몽이 펄쩍 뛰어내리고 루 데스티에가 마차 밖으로 뛰어 나왔다. 그들은 남작과 함께 안쪽에서 여자를 잡아 내렸다. 여자는 팔다리가 묶여 있고 얼굴은 얇은 스카프로 가리고 있었다. 그들은 그녀를 방 한가운데 자리 잡은 특별석으로 데려왔다.

「어려운 점은 전혀 없었습니다. 이 여자는 기차에서 내리자마자 곧바로 마차로 뛰어들었으니까요. 카트르슈맹에서는 비명 한마디 틈도 주지 않고 사로잡았지요」

도르몽이 이야기했다.

「스카프를 벗겨」

남작이 명령했다.

「움직일 수 있는 자유를 주어도 괜찮겠군」

그러고는 직접 매듭을 풀었다.

도르몽이 베일을 벗기자 얼굴이 드러났다.

지켜보던 사람들 사이에서 경악의 탄성이 새어나왔다. 높은 자리에 있는 덕에 포로의 모습을 똑똑히 볼 수 있었던 라울도 똑같이 충격을 받고 놀랐다. 젊음과 아름다움으로 빛나는 여인의 모습이 나타났던 것이다.

누군가의 비명소리가 소요를 가라앉혔다. 다르콜 대공이 앞으로 나아갔다. 얼굴이 일그러지더니 눈을 커다랗게 뜨며 더듬더듬 중얼거렸다.

「그녀야…… 바로 그녀야……. 난 알아볼 수 있어……. 아! 어떻게 이런 끔찍한 일이……」

「무슨 일이오? 뭐가 끔찍하다는 말이오? 설명 좀 해 보시오」

남작이 물었다.

다르콜 대공은 이해할 수 없는 말을 던졌다.

「24년 전과 나이가 똑같단 말이오!」

여자는 가슴을 똑바로 펴고 무릎 위에 주먹을 꼭 쥔 채 앉아 있었다. 모자는 공격을 당하는 와중에 떨어졌음에 틀림없었다. 금 핀으로 고정시킨 풍성한 머리칼은 반쯤 풀어져 등 뒤로 흘러내렸고 가지런히 양쪽으로 가른 엷은 황갈색 앞머리가 관자놀이 위에서 살짝 물결치고 있었다.

균형이 잘 잡힌 윤곽에, 놀랄 만큼 아름다운 얼굴이었다. 냉정함 속에서도, 심지어 두려움 속에서도 마치 미소를 짓는 듯한 표정이 생동했다. 가느다란 편인 턱, 살짝 튀어나온 광대뼈, 길게

찢어진 눈, 두툼한 눈꺼풀…… 그녀의 모습은, 뚜렷이 보이지는
않지만 어렴풋이 배어 나오는 감동적이면서 동시에 자극적인 미
소가 모든 매력의 원천인 다빈치나 베르나르디노 루이니(16세기
이탈리아의 화가. 여성의 얼굴에 레오나르도 다빈치 풍의 미소를 띠게
하였다——옮긴이)의 여인들을 떠올리게 했다. 옷차림은 수수했다.
여행용 외투가 땅에 떨어지자 회색 모직 드레스 아래로 어깨와
허리선이 드러나 보였다.

라울은 그녀에게서 눈을 떼지 못한 채 생각했다.

〈제길! 전혀 위험한 여자 같지 않은데. 굉장히 멋진 '악마의
화신'이군! 저런 여자와 싸우기 위해 열 명 남짓의 남자들이 동원
됐단 말인가?〉

그녀는 둘러선 사람들, 데티그 남작과 그의 친구들을 주의 깊
게 바라보며 어슴푸레한 빛 속에서 그들을 식별해 보려고 애썼다.

마침내 그녀가 말했다.

「저한테 뭘 바라시죠? 저는 여러분들을 아무도 몰라요. 왜 저
를 이리로 데려온 거죠?」

「당신은 우리의 적이오」

고드프루와 데티그가 단언했다.

그녀는 가만히 고개를 저었다.

「당신들의 적이라니요? 뭔가 착오가 있었나 보네요. 확실해요?
착각하신 거 아니에요? 제 이름은 펠레그리니예요」

「당신은 펠레그리니 부인이 아니오」

「저는 분명히……」

「아니야」

고드프루와 남작이 강한 어조로 되풀이했다.

그리고 다르콜 대공이 했던 말만큼이나 알쏭달쏭한 얘기를 덧붙였다.

「펠레그리니는 당신이 아버지라고 주장하는 남자가 18세기에 자신을 감추기 위해 사용했던 이름 중 하나요」

그녀는 무슨 말인지 이해하지 못하겠다는 듯 아무 대답이 없었다. 그러더니 그녀가 물었다.

「그럼 제 이름이 무엇이라는 말씀이세요?」

「조제핀 발사모, 칼리오스트로 백작 부인」

조제핀 발사모, 1788년 생(生)

    칼리오스트로(칼리오스트로 백작. 본명은 주세페 발사모, 불어 표기로 조제프 발사모. 이탈리아의 모험가이자 신비주의자. 영원한 젊음의 묘약을 가지고 있다고 주장했다. 파리에서 마리 앙투아네트 여왕의 목걸이 사건이라는 희대의 사기극을 일으켜 추방당하고 1795년 로마 근처의 교황청 감옥에서 사망했다──옮긴이)! 루이 16세 시대에 프랑스 궁정을 뒤흔들고 전 유럽을 떠들썩하게 했던 그 기이한 인물! 여왕의 목걸이 사건…… 로앙 추기경…… 마리 앙투아네트…… 그 얼마나 수수께끼 같은 인물의 괴상한 사건들이었던가!

    천재적인 계략가로 놀라운 영향력을 마음껏 발휘했던 기묘하고 신비로운 인물. 그에 관해서는 거의 아무것도 밝혀지지 않았다.

    사기꾼이었을까? 그럴지도 모르지! 하지만 더 예리한 감각을 지닌 존재들은 우리에게는 금지된 시선으로 산 자와 죽은 자들의 세상을 바라볼 수도 있다는 것을 어떻게 부인할 수 있겠는가? 전생의 기억을 되살려 내는 사람, 이전 세상에서 보았던 것을 기억하고, 전생에 얻은 지식과 잃어버린 비밀, 잊혀진 사실 등의 도움을 받아 우리가 초자연적이라고 부르는 힘을 개발하는 사람을 사기꾼이나 미치광이라고 불러야 할까? 그들은 단지 우리가 꼼짝 못하게 묶어 두려 하는 그 힘을 불완전하게, 초보적으로나마 활용했을 뿐인데 말이다.

라울 당드레지는 자신의 망루 깊숙한 곳에서, 석연치 않은 기분으로 사태의 추이에(아마 망설임이 없지는 않았겠지만) 조소를 보내고 있었다. 그런데 참석자들은 벌써부터 이 기상천외한 주장을 명백한 현실로 받아들이고 있는 것 같았다. 이 사건에 대해 특별한 증거나 배경 지식이라도 가지고 있는 것일까? 그들의 의견에 따르자면 스스로 칼리오스트로의 딸이라고 주장하는 저 여자에게서, 오래전 칼리오스트로 백작을 마술사나 마법사라고 여기게 했던 선견지명과 예언의 능력이라도 발견한 것일까?

참석자들 중에서 유일하게 서 있던 고드프루와 데티그가 젊은 여인에게 몸을 숙이며 말했다.

「이 칼리오스트로라는 이름이 바로 당신의 이름이오. 그렇지 않소?」

그녀는 생각에 잠겨 있었다. 자신을 보호하기에 가장 적절한 대꾸를 찾는 것 같았으며 또 이 사건에 완전히 말려들기 전에 적들의 무기가 무엇인지 알아내려는 듯했다. 마침내 그녀가 조용히 응수했다.

「제가 대답해야 할 이유도 없고 당신이 저를 심문할 권리도 없어요. 어쨌든, 출생증명서에는 조제핀 펠레그리니라는 이름이 올라 있지만 제가 재미 삼아 조제핀 발사모, 즉 칼리오스트로 백작 부인이라는 이름을 사용했다는 것을 군이 부인할 필요는 없겠네요. 칼리오스트로와 펠레그리니는 언제나 제 흥미를 끌었던 조제프 발사모라는 인물을 완성시키는 두 개의 이름이니까요」

「그 말에 따르자면 당신은 칼리오스트로의 직계 자손이 아니란 말이오? 하지만 이건 당신의 다른 진술들과 반대되는데」

남작이 문제를 분명히 짚었다.

그녀는 어깨만 으쓱할 뿐 침묵을 지켰다. 용의주도함일까, 경멸의 뜻일까, 아니면 이런 터무니없는 상황에 대한 반항일까?

고드프루와 데티그가 친구들을 향하며 다시 입을 열었다.

「나는 이 침묵을 긍정으로도 부정으로도 받아들이지 않겠소. 이 여인의 말은 전혀 중요하지 않소. 괜한 논박은 시간 낭비일 뿐이오. 우리는 어떤 사건에 대해 위험한 결정을 내리기 위해 여기에 모였소. 우리 모두 그 사건에 대해 알고 있지만 우리 중 대부분은 세부적인 몇 가지 사항에 대해서는 모르고 있소. 따라서 먼저 사건의 진상을 상기시킬 필요가 있소. 여기 가능한 한 간략하게 요약되어 있는 기록을 여러분에게 읽어 드릴 테니 귀 기울여 들어주시기 바라오」

그러고는 몇 페이지가량의 글을 침착하게 읽어 내려갔다. 라울은 그것이 보마냥이 작성한 글이 틀림없다고 확신했다.

1870년 3월 초 즉, 프랑스-프로이센 전쟁이 발발하기 4개월 전, 파리로 몰려드는 외국인들 중 칼리오스트로 백작 부인은 유독 주이를 끌었다. 아름답고 우아하며 가는 곳마다 돈을 물 쓰듯 하는 그녀는 거의 언제나 혼자이거나 때로 오빠라고 소개하는 청년과 함께였으며 모든 살롱에서 환대를 받았고 열렬한 호기심의 대상이 되었다. 우선은 그녀의 이름이 흥미를 끌었다. 게다가 기적과 같이 병을 치유해 준다든지 사람들이 과거나 미래에 대해 물을 때 해 주는 대답이라든지, 그녀의 신비로운 태도는 저 유명한 칼리오스트로와 너무나도 유사해 매우 인상적이었다. 알렉상드르 뒤마(1802~1870, 프랑스의 극작가, 소설가——옮긴이)의 소설 (『조제프 발사모』(1846), 『여왕의 목걸이』(1849) 등의 소설이 칼리오스트로 백작의 이야기를 다루고 있다——옮긴이) 덕분에 조제프 발사모, 소위 칼리오스트로 백작이 유명해져 있을 때였다. 그녀는 소설과 마찬가지로, 아니 오히려 더 대담하게 행동하며 스스로 칼리오스트로의 딸임을 과시했고 영원한 젊음의 비결을 안다고 공언했다. 또, 나폴레옹 1세 치하에 만났던 사람들과 사건들에 대해 웃으며 이야기하기도 했다.

그녀의 위세는 대단해서 튈르리 궁의 문을 열고 나폴레옹 3세의 궁정에까지 나타났다. 외제니 황후는 칼리오스트로 백작 부인 주위로 가장 가까운 측근들을 불러 모아 사적인 모임을 가지기도 했다고 한다. 비밀리에 간행된 풍자 신문 〈르 샤리바리〉(1832~1893년에 간행된 파리의 풍자 신문——옮긴이)에 따르면 그 신문의 자유 기고가들이 이 모임에 참석한 적이 있었다. 다음은 그 기사 중 일부이다.

〈모나리자〉에 관한 짧은 소묘. 감미롭고 순진한 동시에 잔인하고 타락한, 거의 변함이 없지만 한마디로 정의 내릴 수 없는 표정. 풍부한 경험이 담겨 있는 눈빛과 인생의 쓴맛이 배어 있는 한결같은 미소로 볼 때는 그녀의 주장대로 80세는 족히 되어 보였다. 그런데 바로 그때 그녀가 주머니에서 금으로 된 작은 거울을 꺼내더니 눈에 띄지 않는 병에서 약을 두 방울 떨어뜨려 닦은 후

자신을 비추어 보았다. 그러자 사랑스러운 젊은 시절의 모습으로
다시 돌아와 있었다.

　우리가 묻자 그녀는 대답했다.

　「이 거울은 칼리오스트로의 것이에요. 믿음을 가지고 이 거울을
바라보는 사람에게는 시간이 멈추지요. 보세요, 여기 테두리에
1783년이라는 연도가 새겨져 있어요. 이어지는 네 줄의 글귀에는
네 개의 위대한 수수께끼가 나열되어 있지요. 칼리오스트로는 마
리 앙투아네트 여왕의 입에서 직접 들은 이 수수께끼들을 풀어 보
려고 애썼어요. 그는 이것의 해답을 발견하는 자가 왕 중의 왕이
되리라고 말했다고 해요」

　「그 수수께끼가 뭔지 알려 주실 수 있습니까?」

　누군가 물었다.

　「물론이지요. 수수께끼를 안다고 해서 그것을 해독할 수 있는
건 아니니까요. 칼리오스트로조차 그것을 해독할 시간이 없었어
요. 그래서 저도 여러분에게 제목만 전해 드릴 수 있겠네요. 여기
그 목록이 있어요.(첫 번째 수수께끼는 한 여자가((『줄 타는 곡예
사, 도로테』참조), 다른 두 수수께끼는 아르센 뤼팽이 해결했다.
(『서른 개의 관』과 『기암성』참조.) 이 책에서는 마지막 네 번째
수수께끼를 다룬다. ──지은이)

　In robore fortuna (〈참나무 속 보물〉이라는 뜻── 옮긴이 주)
　보헤미아 왕들의 포석
　프랑스 왕들의 보물
　칠지 촛대」

　그리고 나서 그녀는 우리들 각자의 운명에 대해 이야기했는데

그녀의 정확한 지적은 놀랍고 충격적이었다.

하지만 그것은 서막에 지나지 않았다. 아무리 사소한 것이라도 개인적인 질문을 하지 않으려 하던 황후도 미래에 관해 몇 가지 것들을 알고 싶어했다.

「폐하께서 친히 입김을 살짝 불어 주시지요」

백작 부인이 거울을 내밀며 말했다.

그러고는 곧 거울 표면에 서린 김을 살펴보고 나서 중얼거렸다.

「아주 좋은 패가 보입니다…… 올 여름에 전쟁이 일어나고…… 승리…… 개선문을 통과해 돌아오는 군대…… 황제 폐하께 환호하는 사람들…… 황태자」

고드프루와 데티그가 말을 이었다.

「이것이 우리에게 전해진 자료의 내용이오. 전쟁이 선포되기 몇 주 전에 발표된 기사이니 만큼 매우 놀라운 자료요. 이 여인은 어떤 사람이었을까요? 위험한 예언으로 불운한 황후의 약한 마음을 흔들어 놓아 1870년의 재난을 유발했다고 할 수 있는 이 여인은 누구였을까요? 어느 날, 누군가 《르 샤리바리》지의 같은 호 기사를 읽어 보십시오.) 그녀에게 이렇게 물었소.

〈당신이 칼리오스트로의 딸이라고 칩시다. 그러면 당신의 어머니는 누구요?〉

그녀는 대답했소.

〈제 어머니라면 칼리오스트로와 동시대 사람들 중에서 고위층에서 찾아보시지요…… 더 고위층…… 네, 그래요. 조제핀 드 보아르네(1763~1814, 본명은 마리조제프로즈 타셰르 드 라 파주리. 보아르네 자작과 결혼하여 두 남매를 낳았으나 프랑스 혁명 때 자작이 처형당하고 미망인이 되었다. 사교계에서 명성을 떨치다가 나폴레옹과 결혼하였다──옮긴이), 미래의 보나파르트 부인이자 나폴레옹 황제의 황후가 되는 분이시지요…….〉

나폴레옹 3세의 경찰은 빈둥거리고만 있을 수 없었소. 경찰청에서는 6월 말, 그녀에 대한 간략한 보고서를 제출했소. 가장 뛰어난 경찰들 중 한 명이 힘겨운 조사 끝에 작성한 보고서였소. 이제 그것을 읽어 드리겠소.

이탈리아 여권에 따르면 그녀는, 출생 날짜에 의문점이 있기는 하지만, 1788년 7월 29일 팔레름에서 태어난 조제핀 펠레그리니발사모, 칼리오스트로 백작 부인으로 기록되어 있다. 본인은 팔레름에 가서 모르타라나 교구의 옛 명부를 찾는 데 성공했다. 그중 1788년 7월 29일의 날짜에서 조제프 발사모와 프랑스 국적을 가진 조제핀 드 라 P. 사이에 태어난 딸, 조제핀 발사모의 출생 신고를 찾아냈다.

이 이름이 드 보아르네 자작과 사별하고 훗날 보나파르트 장군의 부인이 된 조제핀 타셰르 드 라 파주리를 가리키는 것일까? 본인은 그쪽 방향으로 조사를 진행했다. 끈질긴 조사 끝에 파리 헌병대 중위의 친필 서신을 통해, 1788년 칼리오스트로를 거의 체포할 뻔했다는 사실을 알아냈다. 칼리오스트로는 여왕의 목걸이 사건 이후 프랑스에서 추방되었으나 펠레그리니라는 이름으로 퐁텐블로의 작은 저택에 살면서 키가 크고 날씬한 어떤 부인을 매일 만나고 있었다. 한편 조제핀 드 보아르네도 그 시기에 퐁텐블로에 살았으며 그녀는 키가 크고 날씬하다. 칼리오스트로는 예정된 체포 날짜 하루 전에 사라졌다. 다음날 조제핀 드 보아르네도 갑작스레 떠났다(지금까지 어떤 전기 작가도 조제핀이 왜 퐁텐블로에서 도망치듯이 떠났는지 설명하지 못했다. 오직 프레데릭 마송만이 진실을 막연히 예감하고 〈언젠가는 그녀가 떠나야 했던 진짜 이유를 밝혀 줄 편지를 발견할 수 있으리라.〉고 썼을 뿐이다. ― 지은이). 한 달 후, 팔레르모에서 아이가 태어났다.

이런 우연의 일치는 그리 놀랄 만한 일은 아니다. 하지만 다음의 두 사건과 연결시켜 본다면 얼마나 큰 의미가 생겨나는가! 18년 후, 조제핀 황후는 말메종 성에 한 소녀를 데려왔고 이 아이는 황후의 대녀(代女)로 통했다. 또 나폴레옹 황제도 마치 친자녀처럼 놀아 줄 정도로 기꺼이 그 아이를 사랑해 주었다. 그녀의 이름은? 조제핀. 아니, 그보다는 조진이라는 애칭으로 불렸다.

제국이 몰락하고 러시아 황제 알렉산드르 1세가 조진을 맞아들여 러시아로 떠났다. 그녀에게 주어진 작위는? 바로 칼리오스트로 백작 부인이었다.

데티그 남작의 마지막 말은 정적 속에서 길게 울렸다. 사람들은 그토록 주의 깊게 남작의 말에 귀를 기울이고 있었다. 라울은 이 믿을 수 없는 이야기에 어리둥절해하며 백작 부인의 얼굴에서 흥분이나 감정의 동요 같은 것을 찾아보려 애썼다. 하지만 그녀는 태연했고 아름다운 두 눈은 여전히 살짝 미소를 띠고 있었다.

남작이 계속했다.

「이 보고서와, 그리고 아마도 백작 부인이 튈르리 궁에서 행사했던 위험한 영향력 때문에 백작 부인의 행운은 갑작스레 끝이 났소. 그녀와 그녀의 오빠에 대해 추방 명령이 내려졌고 오빠는 독일로, 그녀는 이탈리아로 떠나게 되었소. 그리하여 어느 날 아침 한 젊은 장교가 백작 부인을 모단에 내려 준 뒤 그녀에게 경례를 하고 떠났지요. 그 장교는 다르콜 대공이었소. 〈르 샤리바리〉지의 기사와 비밀 보고서라는 두 가지 자료를 손에 넣은 장본인이었지요. 다르콜 대공은 지금도 소인과 서명이 그대로 남아 있는 그 보고서의 원본을 지니고 있소. 방금 전 여러분들 앞에서, 그날 아침 보았던 여인과 오늘 이 여인이 분명히 동일 인물임을 확인해 준 분이 바로 그분이오」

다르콜 대공이 일어나 엄숙하고 단호하게 말했다.

「나는 기적을 믿지 않소. 하지만 내 말은 기적을 확인하는 단언이 되고 말았소. 그렇다 해도 나는 군인으로서의 명예를 걸고 24년 전 모단 역에서 인사를 했던 여인이 바로 이 여인임을 선언할 수밖에 없소. 그것이 진실이기 때문이오」

「한마디 말도 없이 경례만 하셨다고요?」

조제핀 발사모가 다르콜 대공 쪽으로 몸을 돌린 채, 다소 빈정거리는 듯한 쾌활한 목소리로 물었다.

「무슨 뜻이오?」

「프랑스 장교들은 너무 친절해서 아름다운 여인에게 단지 예의 바른 경례만으로 작별 인사를 하지는 않지요」

「그렇다면……?」

「당신이 분명 몇 마디 말을 했을 거라는 뜻이에요」

「그럴 수도 있겠지. 하지만 기억이 나지 않소……」

다르콜 대공이 당황한 기색을 보이며 답했다.

「당신은 추방당한 여인에게로 몸을 숙였어요. 그녀의 손에 필요 이상으로 오래 입을 맞추고 이렇게 말했죠. 〈당신 곁에서 보내는 이 행복한 시간이 덧없이 끝나 버리지 않았으면 좋겠군요. 이 순간을 결코 잊지 못할 것입니다.〉 그러고는 여자의 환심을 사기 위한 독특한 억양으로 다시 한번 강조해서 말했어요. 〈결코, 아시겠지요, 부인? 결코…….〉」

다르콜 대공은 매우 반듯한 사람처럼 보였지만 사반세기 전에 흘러간 순간을 정확하게 상기시키는 말에 너무 당혹한 나머지 욕설을 중얼거렸다.

「빌어먹을!」

그렇지만 곧 다시 몸을 곧추세우며 공격적인 자세로 다급하게 말했다.

「나는 기억나지 않소. 그 만남의 추억은 기분 좋은 것이었지만 당신과의 두 번째 만남이 그 기억을 지워 버리고 말았소」

「두 번째 만남이라니요?」

「그 다음 해 초, 나는 베르사유에서 패전의 평화 조약을 협상할 프랑스 사절단을 수행하고 있었소. 그런데 한 카페에서 탁자 앞에 앉아 독일 장교들과 웃으며 술을 마시고 있는 당신을 보았소. 그중 한 명은 비스마르크의 부관이었소. 그날 나는 튈르리 궁에서의 당신의 역할을 깨달았고 당신이 누구의 밀사였는지 알게 되었소」

이 모든 사실이 폭로되고 놀랍도록 파란만장한 인생의 굴곡이 펼쳐지는 데 채 10분도 걸리지 않았다. 아무런 논증도 없었다. 믿을 수 없는 주장을 우겨 대기 위한 논리적 추론이나 웅변 같은 것도 없었다. 오로지 사실만이 존재할 뿐이었다. 간략하게 요약된 증거들. 요컨대 주먹질을 하듯이 치고 들어오는 난폭한 증거들. 이토록 젊은 여인을 두고서 1세기 이상을 거슬러 올라가는 기억을 환기시키는 어처구니없는 증거들이었다.

라울 당드레지는 정신을 차릴 수 없었다. 이것은 소설, 아니 기괴하고 음울한 드라마의 한 장면 같았고 이 모든 이야기를 마치 논의의 여지가 없는 사실인 양 듣고 있는 공모자들은 전부 현실성이 없어 보였다. 물론 라울은 지난 시대의 마지막 유물인 시골 귀족들의 지적인 한심함에 대해 모르지 않았다. 하지만 그렇다고 해도 어떻게 자신들이 추정하는 여자의 나이에 문제가 있다는 사실을 빼 놓고 생각할 수가 있는가? 아무리 쉽게 잘 속는 사람들이라 할지라도 보는 눈은 있지 않은가?

게다가 그들 앞에 선 여인, 칼리오스트로 백작 부인의 태도는 한층 더 기묘했다. 그녀는 왜 침묵을 지키고 있는가? 침묵은 결국 긍정이고 때로는 자백의 뜻이 아닌가? 영원한 젊음이라는 전설이 꽤 마음에 들고 계획을 실행하는 데에도 유리하기 때문에 깨지 않으려는 걸까? 또는 목숨이 걸린 무시무시한 위험을 전혀 의식하지 못하고 이 상황을 단순한 장난으로 여기는 걸까?

데티그 남작이 결론지어 말했다.

「그것은 과거의 이야기요. 과거와 오늘의 현재를 잇는 중간 단계의 사건들을 강조하지는 않겠소. 조제핀 발사모, 즉 칼리오스트로 백작 부인은 무대 뒤에서 모습을 드러내지는 않았지만 불랑제 사건(1888년 프랑스 제3공화정이 경제 파탄과 부패에 빠져들면서, 퇴역장군 불랑제를 둘러싸고 일어난 제정 부활 움직임 —— 옮긴이) 이라는 희비극과 파나마 사건(1888년 파산한 파나마 운하 회사가 도산하기 전 복권부 사채의 모집을 입법화하기 위해 의회의 의원을 매수했던 사실이 1892년 폭로되어 국민이 의회의 숙정을 요구하고 그로 인해 공화파의 많은 의원들이 퇴진한 사건 —— 옮긴이)에도 개입했소. 우리는 이 나라의 모든 불행한 사건에서 그녀를 만나게 된다는 말이오. 하지만 우리는 이 사건들에서 그녀가 맡았던 비밀스런 역할을 짐작만 할 뿐이오. 증거는 전혀 남아 있지 않소. 그 일은 덮어 두고 현재로 돌아오지요. 그 전에 한마디만 더 하겠소. 이 모든 사실에 대해 이의가 있으시오, 부인?」

「예, 있어요」

그녀가 말했다.

「그럼 말씀해 보시지요」

젊은 여인이 여전히 빈정거리는 듯한 억양으로 말했다.

「마치 중세 시대 마녀 재판 식으로 저를 공격하시는 걸 보니, 이제까지 늘어놓은 저에 대한 증거를 정말로 대단하게 여기시는 모양이군요? 그러면 마녀나 첩자, 이단자, 종교 재판이 용서하지 않았던 온갖 죄악의 이름으로 저를 이 자리에서 산 채로 화장시키는 편이 낫겠네요」

「아니오. 이 다양한 일화들을 이야기한 것은 단지 몇 가지 특징들로 당신에 대해 가능한 한 명확한 이미지를 심어 주기 위해서였소」

고드프루와 데티그가 대답했다.

「그래서 저에 대해 가능한 한 명확한 이미지를 심어 주셨다고 생각하시나요?」

「우리와 관계된 점에서는 그렇소」

「아주 사소한 정도로 만족하시는군요. 이 여러 가지 일화들 사이에 어떤 관계가 있다는 거죠?」

「세 가지 점이 서로 연관되어 있소. 우선 당신을 보았던 모든 사람들의 증언. 이 사람들 덕에 차츰 가장 오래된 과거로까지 거슬러 올라갈 수 있었소. 그리고 당신 자신의 입에서 나온 자백」

「자백이라니요?」

「모단 역에서 당신과 다르콜 대공 사이에 오갔던 대화를 직접 말하지 않았소?」

「그랬죠. 다음은?」

그녀가 말했다.

「그 다음, 여기 당신의 모습을 담은 세 장의 초상화와 사진이 있소」

「세 장 모두 제 모습이군요」

「물론! 첫 장은 1816년 모스크바에서 그린 칼리오스트로 백작 부인, 조진의 초상화, 두 번째 사진은 1870년으로 거슬러 올라가지. 그리고 마지막 이 사진은 최근에 파리에서 찍은 것이오. 세 장 모두 당신의 서명이 들어 있소. 똑같은 서명에 똑같은 필체, 똑같은 수결」

「그래서 어떻다는 거죠?」

「그러니까 같은 여자가……」

「같은 여자가 1816년과 1870년의 얼굴을 1894년에까지 그대로 유지하고 있다는 뜻인가요? 그러니 이 여자를 화형대로 보내자!」

「웃지 마시오. 당신의 웃음은 우리를 지독하게 모욕하는 행위요」

그녀는 참을 수 없다는 몸짓을 하며 의자의 팔걸이를 내리쳤다.

「그러니까 이 터무니없는 연극을 빨리 끝내자고요! 도대체 무슨 일이죠? 저한테 무슨 잘못이 있다는 건가요? 제가 왜 여기 와 있는 거죠?」

「당신이 저지른 죄에 대해 해명하기 위해서」

「죄라니요?」

「내 친구들과 나, 우리는 열두 명이었고 열두 명 모두 같은 목적을 추구하고 있었소. 그런데 지금은 아홉 명밖에 남지 않았소. 다른 이들은 죽었지. 당신이 살해했소」

어두운 그림자, 적어도 라울은 그것을 보았다고 믿었다. 검은 구름처럼 스치는 모나리자의 미소. 하지만 그 아름다운 얼굴에는 곧 일상적인 표정이 돌아왔다. 그 무엇도, 그토록 신랄하고 끔찍한 고발조차도 이 여인의 평화를 깰 수 없을 듯이 보였다. 그녀는 평범한 감정들을 알지 못하거나 아니면 모든 사람들을 뒤흔들어 놓는 분노나 저항, 공포의 기색을 드러내지 않는 것 같았다. 얼마나 이상한 일인가! 죄가 있든 없든 다른 여자 같으면 발끈했을 것이다. 하지만 그녀는 침묵했다. 그것이 뻔뻔함 때문인지 결백함 때문인지를 보여 주는 어떤 기미도 없었다.

남작의 친구들은 험악하게 일그러진 얼굴로 미동도 하지 않고 있었다. 그들의 등 뒤쪽, 조제핀 발사모의 시선이 전혀 닿지 않는 곳에서 지켜보던 라울은 문득 보마냥을 보았다. 보마냥은 의자에 팔을 괸 채 얼굴을 두 손에 파묻고 있었다. 하지만 벌어진 손가락 틈 사이로 번득이는 두 눈은 적의 얼굴을 뚫어지게 바라보았다.

깊은 정적 속에서 고드프루와 데티그가 기소장, 아니 무시무시한 고발의 내용을 담고 있는 세 장의 증서를 읽어 내려갔다. 이제까지와 마찬가지로 불필요한 군더더기 없이, 목소리 한번 높이지 않고 보고서를 읽듯 메마른 어투였다.

18개월 전, 우리 중 가장 젊은 드니 생테베르는 르 아브르 근처의 자기 영지에서 사냥을 즐기고 있었다. 오후 늦게 그는 어깨에 총을 메고 소작인과 경호원 곁을 떠나면서 바다의 일몰을 보러 절

44

벽 높은 곳으로 올라간다고 했다. 그날 밤 그는 돌아오지 않았다. 다음날 바닷물이 빠지고 나자 바위 위에서 시체가 발견되었다.

자살이었을까? 드니 생테베르는 부유하고 건강하며 낙천적이었다. 그런 그가 무엇 때문에 자살을 했겠는가? 타살이었을까? 생각조차 할 수 없는 일이다. 따라서 사고사로 처리되었다.

그 후 6월, 우리는 비슷한 상황에서 또 다른 친구를 잃었다. 아침 일찍 디에프 절벽 아래로 갈매기 사냥을 나갔던 조르주 디스노발은 너무나 불운하게도 해초 위에서 미끄러져 바위에 머리를 부딪히고 의식을 잃었다. 몇 시간 후 어부 두 명이 그를 발견했다. 그는 죽어 있었다. 미망인과 어린 두 딸을 남겨 두고 떠난 것이다.

이번에도 역시 사고였을까? 그렇다. 미망인과 아버지를 잃은 두 아이와 가족들에게는 단순한 사고였다. 하지만 우리에게는? 우연이 두 번이나 우리의 작은 모임을 덮칠 수 있을까? 어떤 굉장한 비밀을 밝혀 내고 중대한 목적에 도달하기 위해 서로 협력하는 열두 명의 친구들이 있다. 그들 중 두 명이 사고를 당했다. 그렇다면 그들과 그들의 계획을 공격하고자 하는 사악한 음모가 있다는 가정을 해 봐야 하지 않을까?

우리 눈을 뜨게 해 주고 우리를 바른 길로 인도해 준 사람은 다르콜 대공이었다. 다르콜 대공은 우리 외에도 그 엄청난 비밀의 존재를 아는 사람이 또 있다는 것을 알고 있었다. 그는 칼리오스트로의 후손이 이어받은 네 가지 수수께끼가 외제니 황후의 모임에서 언급된 적이 있다는 사실을 알았고, 그 네 가지 중 하나가 칠지 촛대의 수수께끼라고 불린다는 것을 알았다. 그것은 바로 우리의 흥미를 끄는 비밀과 일치했다. 그러므로 당연히 그 전설을 전해 들었을 사람들 중에서 찾아봐야 했다.

　우리의 강력한 조사 수단 덕분에 수사는 2주 만에 끝났다. 파리
의 한적한 길가에 위치한 사택에 펠레그리니라는 부인이 살고 있
었다. 그녀는 거의 은둔 생활을 했으며 종종 몇 개월씩 사라지곤
했다. 매우 아름답지만 그만큼 신중하고 눈에 띄지 않기를 바랐던
그녀는 칼리오스트로 백작 부인이라는 이름으로 마술과 신비학, 악
마 의식에 관련된 몇몇 모임에 드나들었다.

　우리는 그녀의 사진, 즉 여기 이 사진을 구할 수 있었고 그것을
당시 스페인에서 여행 중인 다르콜 대공에게 보냈다. 그는 그녀의
사진에서 오래전에 만났던 여인을 알아보고 경악했다.

　우리는 그녀의 이동 경위를 조사해 보았다. 르 아브르 근처에서
생테베르가 죽던 날 그녀는 르 아브르를 지나갔다. 디에프 절벽
아래에서 조르주 디스노발이 죽어 가고 있을 때에는 디에프를 지
나갔다!

나는 가족들을 신문했다. 조르주 디스노발의 미망인은 남편이 죽기 얼마 전부터 어떤 여자를 만나고 있었으며 그녀 때문에 몹시 괴로워했다고 털어놓았다. 한편, 생테베르의 어머니는 아들의 서류들 속에서 그가 직접 쓴 고백서를 발견하여 간직하고 있는데 그 기록을 보면 생테베르는 부주의하게도 우리 열두 명의 이름과 칠지 촛대에 관한 몇 가지 사항을 기록해 둔 수첩을 어떤 여인에게 빼앗겼다는 것을 알 수 있었다.

따라서 모든 것이 설명된다. 생테베르가 사랑했던 여인이 우리 비밀의 일부를 손에 넣고는 그 비밀에 대해 더 캐내고자 조르주 디스노발을 유혹했다. 그렇게 해서 비밀을 알아낸 후에는 그들이 친구들에게 자신의 존재를 알릴까 두려워 그들을 살해했다. 그 여인이 바로 여기 우리 앞에 있다.

고드프루와 데티그가 낭독을 멈추자 짓누르는 듯한 무거운 정적이 다시 시작되었다. 심판관들은 불안으로 가득 찬 육중한 공기 속에 굳어 버린 듯했다. 오직 칼리오스트로 백작 부인만이 무심한 태도를 지키고 있었다. 어떤 말도 그녀에겐 닿지 않은 것 같았다.

라울 당드레지는 여전히 자기 자리에 엎드린 채 젊은 여인의 매력 넘치는 관능적인 미모에 감탄하고 있었다. 한편 그녀에 대해 이토록 많은 불리한 증거가 늘어나는 것을 지켜보기가 편치 않았다. 그녀에 대한 고발은 점점 그녀를 옥죄었다. 사건의 진상이 사빙에서 그녀를 공격했고 라울은 더 직접적인 공격이 그녀를 위협하리라는 것을 의심치 않았다.

「세 번째 살인에 대해서도 말해야겠소?」

남작이 물었다.

그녀는 피곤한 어조로 반박했다.

「원하신다면 그렇게 하시죠. 저는 당신의 말을 하나도 이해할 수가 없군요. 당신이 말하는 사람의 이름조차 들어 본 적이 없어요. 그러니 한 가지 살인 사건이 더 있든 없든……」

「생테베르와 디스노발을 모른다고?」

그녀는 대답 대신 어깨를 으쓱했다.

고드프루와 데티그는 그녀에게 몸을 굽히더니 목소리를 더 낮추어 말했다.

「그렇다면 보마냥은?」

그녀는 순진한 눈을 들어 고드프루와 남작을 바라보았다.

「보마냥이라고요?」

「그렇소. 당신이 죽인 세 번째 친구. 얼마 되지도 않았지. 그는…… 바로 몇 주 전에…… 독살당했소. 그를 모른단 말이오?」

종교 재판

이건 또 무슨 소리인가? 라울은 보마냥을 바라보았다. 그는 큰 키를 똑바로 세우지 않은 채 의자에서 일어나더니 친구들의 뒤로 몸을 숨기며 살금살금 나아가 조제핀 발사모의 바로 옆 자리에 앉았다. 남작 쪽을 바라보고 있던 그녀는 전혀 알아채지 못했다.

그제야 라울은 보마냥이 왜 몸을 숨기고 있었는지, 저 아리따운 여인에게 어떤 무시무시한 덫이 손을 뻗치고 있는지 이해했다. 그녀가 정말로 보마냥의 독살을 시도했고 그가 죽은 줄로 알고 있다면 바로 옆에서 자기를 고발하고 있는 살아 있는 보마냥을 마주하게 됐을 때 얼마나 공포에 떨겠는가! 반대로 만약 그녀가 전혀 떨지 않고 다른 사람들을 모른다고 했던 것과 마찬가지로 이 남자도 알아보지 못한다면 그녀에게 얼마나 유리한 증거가 되겠는가!

라울은 초조해졌다. 그녀가 저들의 음모를 좌절시키기를 너무 열렬히 바란 라울은 어떻게 해서라도 그녀에게 미리 알려 주고 싶었다. 하지만 데티그 남작은 고삐를 늦추지 않았다. 그는 벌써 다시 말을 시작했다.

「그 범죄에 대해서도 기억하지 못하겠다는 말이오?」

그녀는 두 번째로 언뜻 초조한 기색을 보이며 눈썹을 찌푸렸다. 그리고 아무 말도 하지 않았다.

「아마 보마냥을 알지도 못하겠지?」

남작이 서투른 거짓말을 애타게 기다리는 예심판사처럼 그녀에게 몸을 기울이며 물었다.

「말해 보시오! 보마냥이라는 사람을 만난 적이 없소?」

그녀는 대답하지 않았다. 정확히 말하자면 데티그 남작의 집요한 추궁 때문에 경계하고 있음이 틀림없었다. 그녀의 미소에는 일종의 불안감이 뒤섞여 있었다. 사냥꾼에게 몰리는 짐승처럼 덫의 냄새를 맡고 어둠 속을 눈으로 더듬었다.

그녀는 고드프루와 데티그를 가만히 응시하다가 라 보팔리에르와 베네토 쪽으로 고개를 돌리더니 다시 반대쪽을 향했다. 그곳에는 보마냥이 앉아 있었다…….

순간 그녀는 유령이라도 본 사람처럼 공포에 질려 움찔하더니 눈을 감아 버렸다. 그리고 다가오는 무서운 환영을 밀어내듯 손을 뻗으며 웅얼거렸다.

「보마냥…… 보마냥……」

이것으로 그녀는 자백한 셈인가? 이제 그녀는 허물어지고 자신의 죄를 인정할까? 보마냥은 기다렸다. 꽉 움켜쥔 주먹, 이마 위로 부풀어 오른 정맥, 초인간적인 의지를 발휘하여 험악하게 일그러뜨린 얼굴, 말하자면 보마냥은 눈에 보이는 온 힘을 다해 여

50

자를 모든 저항이 불가능한 무기력 상태에 빠뜨리려 하였다.

한순간 그는 자기가 성공했다고 생각했다. 여자는 휘청하며 지배자에게 굴복했다. 그의 얼굴은 잔인한 즐거움으로 환해졌다. 하지만 얼마나 덧없는 희망이었나! 현기증이 가시자 그녀는 몸을 똑바로 세웠다. 1초 1초가 흐름에 따라 침착함이 돌아왔고 미소를 되찾았다. 그러고는 반박할 수 없는 진실을 말하듯 논리 정연하게 말했다.

「깜짝 놀랐어요, 보마냥. 신문에서 당신의 부고 소식을 읽었으니까요. 그런데 당신의 친구들은 왜 저를 속이려 한 거죠?」

라울은 이제까지 일어난 모든 일은 전초전에 지나지 않았음을 곧 이해했다. 진정한 두 적수가 마주 보고 있었다. 보마냥의 무기와 여인의 고립 상황으로 볼 때 짧게 끝날 싸움이긴 하지만 실제 전쟁은 이제 막 시작되었다.

이번에는 고드프루와 남작식의 교활한 공격이 아니라 분노와 증오로 격분한 적수의 두서없는 공격이었다.

보마냥이 외쳤다.

「거짓말! 다 거짓이다! 당신의 모든 것이 거짓이다. 당신은 위선, 천박함, 배신, 악덕 그 자체야! 세상의 온갖 비열하고 추잡한 것들이 당신의 미소 뒤에 감춰져 있지. 아! 그 미소! 그 혐오스러운 가면! 뜨거운 불에 달군 집게로 그것을 뽑아 버리고 싶군!

당신의 미소는 죽음이고 거기에 속은 사람에게는 영원한 천벌이지……. 아! 당신이라는 여자가 얼마나 비열한지……!」

중세 시대의 수도사처럼 온 힘을 다해 저주를 퍼붓고 있는 이 남자의 광기 어린 분노 앞에서 라울은 종교 재판을 보는 듯한 인상이 더욱 분명해짐을 느꼈다. 남자의 목소리는 분노로 떨렸다.

그의 몸짓은 신성한 미소로 사람을 미치게 만들어 지옥의 형벌 앞에 갖다 바치는 이 불경한 여인의 목이라도 움켜잡을 듯이 위협적이었다.

「진정하세요, 보마냥」

그녀가 극도로 부드럽게 말했다. 그는 이 부드러움이 모욕인 양 화를 냈다.

그래도 어쨌든 스스로를 억누르고, 밀려 나오는 말을 통제하려고 애썼다. 하지만 여전히 헐떡거리는 다급한 중얼거림이 입 밖으로 새어 나왔다. 그는 이제 친구들을 향해 말을 했는데, 옛날 신자들이 대중을 증인 삼아 고해하듯이 가슴을 치며 이야기하는 그의 이상한 고백은 띄엄띄엄 가까스로 알아들을 수 있을 뿐이었다.

「디스노발이 죽자마자 이 싸움을 찾아 나섰던 건 나요. 그렇소, 나는 그 마녀가 악착같이 우리를 뒤쫓을 것이라 생각했소. 또 다른 친구들보다는 내가 강하고 유혹에도 안전할 거라고…… 여러분들도 그 당시에 내가 어떤 결심을 했는지 모두 알고 있을 거요. 나는 이미 교회에 스스로를 봉헌하고 사제의 옷을 입기로 했소. 따라서 나는 공적인 맹세뿐 아니라 열렬한 신앙심의 보호를 받아 악으로부터 더욱 안전했소. 그래서 그곳, 강신술 모임에 갔던 거요. 그곳에 가면 그녀를 만날 수 있다는 것을 알고 있었소.

과연 그녀는 그곳에 있었소. 나를 데려간 친구에게 그녀가 누구라는 귀띔을 받을 필요도 없었소. 고백하자면 문턱에 서자마자 어렴풋한 두려움이 일어 망설이기도 했소. 나는 줄곧 그녀를 지켜보았소. 그녀는 사람들에게 거의 말을 하지 않고 듣기만, 아니 담배를 태우기만 했소.

내 지시에 따라 친구가 그녀 옆에 앉아 그쪽 사람들과 대화를 시작했소. 그러다가 멀리서 내 이름을 불렀다오. 그녀의 시선이 동요하는 것으로 보아 틀림없이 내 이름을 알고 있다는 사실을 확인했소. 드니 생테베르에게서 훔친 수첩에서 보았겠지. 보마냥은 열두 명의 관련인 중 하나였고…… 남아 있는 열 명 중 하나였소. 꿈속에 잠겨 있는 듯 보였던 이 여인은 갑자기 깨어났소. 잠시 후 그녀는 나에게 말을 걸었소. 그러고는 두 시간 동안 자신의 모든 재능과 아름다움을 펼쳐 보이며 나에게서 다음날 다시 만나러 오겠다는 약속을 얻어냈소.

그날 밤 그녀의 집 문 앞에서 그녀와 헤어지자마자 곧바로 이 세상 끝까지 도망을 갔어야 했는데. 하지만 이미 너무 늦었소. 내게는 더 이상 용기도 의지도 통찰력도 남아 있지 않았고 오직 그녀를 다시 보고 싶은 미친 욕망뿐이었소. 물론 나는 이 욕망을 그럴듯한 명분으로 포장했소. 임무를 완수해야 한다…… 적의 패를 알아야 하고 자신의 죄를 인정하게 만들어 처벌해야 한다 등등……. 어느 것이나 다 구실이 되었소! 하지만 실은 처음 보자마자 나는 그녀의 결백을 확신했소. 그녀의 미소는 가장 순수한 영혼의 상징이었으니까.

생테베르에 대한 신성한 기억도 불쌍한 디스노발과 추억도 내게 빛을 밝혀 주지 못했소. 나는 눈을 뜨려고 하지 않았던 거요. 몇 개월간을 어둠 속에서, 가장 추악한 즐거움을 만끽하며 살았소. 치욕과 추문의 대상이 되었다는 사실에도, 스스로의 맹세를 저버리고 믿음을 부인했다는 점에도 부끄러움조차 느끼지 않았소.

나 같은 사람에게는 절대 있을 수 없는 중죄들이었소. 하지만 나는 그 모든 것들을 능가하는 더 커다란 죄를 저질렀소. 우리들의 대의를 배반했던 것이오. 우리가 공동의 과업을 위해 결속할 때 했던 무언의 맹세, 나는 그것을 깨뜨렸소. 이 여인은 그 엄청난 비밀에 대해 우리가 알고 있는 바를 모두 알게 되었소」

이 말이 끝나자 분노의 웅성거림이 이어졌다. 보마냥은 고개를 숙였다.

라울은 이제 눈앞에서 펼쳐지는 드라마를 더 잘 이해할 수 있었고 무대의 등장인물들도 진정한 입체감을 얻었다. 그렇다, 저들은 촌스럽고 거친 시골 귀족들에 지나지 않았다. 하지만 보마냥이 있었다. 보마냥은 그들에게 자신의 입김을 불어넣고 자신의 감정을 전달했다. 이 평범한 사람들 가운데서, 저 보잘것없는 희미한 윤곽들 속에서 그는 예언자이자 계시를 받은 자의 모습을 하고 있었다. 그는 동지들에게 어떤 은밀한 과업을 하나의 임무인 양 제시했고 그 자신 역시 예전에 신에게 헌신하기 위해 영지를 버리고 십자군 전쟁에 나가던 사람들처럼 이 일에 몸과 마음을 송두리째 바치고 있었다.

이런 식의 광신적 열정은 그 열정으로 불타는 사람들을 영웅 또는 사형 집행인으로 만드는 법이다. 실제로 보마냥에게는 종교재판관의 기질이 있었다. 지금이 15세기였다면 그는 불신자들에게서 믿음의 말을 끌어내기 위해 온갖 박해와 핍박을 일삼았을 것이다.

보마냥은 지배 본능을 지녔으며 어떤 장애물도 막을 수 없는 사람이었다. 따라서 보마냥과 그의 목표 사이에 한 여자가 끼어들었다면 그녀는 죽어야만 했다! 비록 보마냥이 그녀를 사랑하긴 했지만 대중 앞에서 죄를 고백함으로써 사함을 받았다. 보마냥의 엄격함이 스스로에게도 적용되는 듯이 보였으므로 듣는 사람들은 이 엄격한 지배자의 영향을 더욱 강하게 받았다.

보마냥은 자신의 타락을 수치스러워하며 더 이상 화를 내지 않았다. 그리고 가라앉은 목소리로 말을 마쳤다.

「내가 왜 그런 실수를 했을까? 나는 모르겠소. 나 같은 사람은 실수를 저지를 리가 없는데 말이오. 그녀의 강요에 못 이겨 그랬다는 변명조차 할 수가 없소. 그렇소. 그녀는 칼리오스트로의 서명이 있는 네 가지 수수께끼에 대해 종종 말하곤 했소. 그러던 어느 날 나도 모르는 사이에 그만 돌이킬 수 없는 말들을 내뱉고 만 것이오……. 비열하게…… 그녀의 마음에 들기 위해서였소……. 그녀의 눈에 더 가치 있어 보이기 위해서…… 나를 향한 그녀의 미소가 더 부드러워지도록…… 나는 생각했소. 〈그녀는 우리의 동지가 될 거야……. 점술을 행함으로써 더욱 날카로워진 예지력으로 우리를 도와주고 좋은 충고를 해 줄 거야…….〉 나는 미쳐 있었소. 나의 이성은 죄에 취해 비틀거리고 있었소.

깨달음의 순간은 끔찍했소. 어느 날, 그러니까 3주 전, 나는 에스파냐로 선교를 떠나야 했소. 그날 아침 그녀에게 작별 인사를 하고, 파리 중심가에서 약속이 있어 오후 3시쯤 뢱상부르에 있는 작은 숙소를 나왔소. 그런데 하인에게 몇 가지 일러둘 말을 깜빡 잊었기에 뒷마당과 하인들이 쓰는 계단을 지나 집으로 돌아왔소. 하인은 외출 중이었는데 부엌문을 열어 둔 채였소. 그때 멀리서 무슨 소리가 들렸소. 나는 천천히 걸어갔소. 누군가가 내 방에 있었소. 거울을 통해 그 모습이 비쳤는데 바로 이 여자였소.

내 가방 위로 몸을 숙이고 뭘 하는 걸까? 나는 지켜보았소.

그녀는 작은 종이 상자를 열었소. 상자 안에는 내가 여행할 때 불면증과 싸우기 위해 가지고 다니는 정제가 들어 있었소. 그녀는 그 정제 중 한 알을 꺼내더니 그 자리에 자기 동전 지갑에서 꺼낸 다른 약 한 알을 넣었소.

나는 너무 충격을 받아 그녀에게 달려들 생각도 하지 못했소. 그녀가 떠난 후에야 방에 들어갔고 그녀를 다시 따라잡을 수도 없었소.

나는 약국으로 뛰어가 그 알약들을 조사해 달라고 했소. 그중 한 알에 독이 들어 있었고 나는 아연실색할 수밖에 없었소.

이렇게 해서 부인할 수 없는 증거를 가지게 됐소. 나는 경솔하게도 우리의 비밀에 대해 알고 있는 바를 털어놓은 죄로 죽음을 언도받았던 것이요. 그녀로서는 언젠가 자기 전리품을 빼앗아 갈 수도 있고 진실을 알아내어 자신을 공격하고 무찌를 수도 있는 쓸데없는 증인이자 경쟁자를 제거하는 편이 나았을 거요. 따라서 죽여야 했던 거요. 드니 생테베르나 조르주 디스노발처럼. 그야말로 그럴듯한 명분도 없는 어리석은 죽음이오.

나는 에스파냐의 한 특파원에게 편지를 보냈소. 며칠 후, 몇몇 신문에 보마냥이라는 자가 마드리드에서 죽었다는 기사가 났소.

그때부터 나는 어둠 속에 숨어 살면서 한걸음한걸음 그녀를 뒤쫓았소. 그녀는 우선 루앙으로 갔다가 다음은 르 아브르, 그리고 디에프로 그러니까 즉, 우리의 조사 지역의 경계가 되는 바로 그 장소들을 찾아갔소. 내가 털어놓은 비밀 덕분에 그녀는 우리가 곧 디에프 근처의 옛 수도원을 뒤엎어 볼 참이라는 것을 알고 있었소. 어느 날 그녀는 곧장 그곳으로 가 뒤지기도 했소. 인적 없이 버려진 장소라는 점이 그녀에게 도움이 되었던 거요. 그러던 중 나는 그녀의 발자취를 놓쳤는데 루앙에서 다시 찾았소. 나머지는 데티그를 통해 여러분들도 알고 있을 거요. 어떻게 함정을 준비했는지, 소위 어떤 농부가 자기 목초지에서 발견했다는 칠지 촛대의 미끼에 그녀가 어떻게 걸려들었는지 말이오.

이 여자는 그런 여자요. 이 여자를 경찰에 넘길 수 없는 이유는 잘 알 것이오. 논쟁으로 인한 스캔들이 우리에게까지 미치고 그렇게 되면 우리의 계획이 백일하에 드러나 결국 실현 불가능해지고 말 거요. 따라서 우리의 의무는, 그것이 아무리 위험한 일일지라도, 이 여자를 우리 손으로 재판하는 것이오. 증오심이 아니라 이 여자에게 마땅한 엄격한 잣대를 가지고 말이오」

보마냥은 근엄하게 자신의 논고를 마치고 입을 다물었다. 피고인에게는 그 장중함이 분노보다 오히려 더 위험한 것이었다. 그녀는 정말로 유죄인 것처럼 보였고 이 일련의 무용한 살인 행각을 생각할 때 거의 괴물처럼 보였다. 라울 당드레지는 더 이상 무엇을 어떻게 생각해야 할지 알 수가 없었다. 라울은 여인을 사랑했던 남자, 그 불경한 사랑의 기쁨을 떠올리며 전율하는 저 남자에게 혐오감을 느꼈다.

칼리오스트로 백작 부인이 일어나더니 여전히 살짝 비웃는 듯한 표정으로, 마주 선 적수의 얼굴을 가만히 바라보았다.

「결국 내가 틀리지 않았군요. 나를 화형대로 보낼 셈인가요?」

그녀가 말했다.

「우리가 결정하는 대로 행할 거요. 그 무엇도 우리의 정당한 판결의 실행을 막을 수 없소」

그가 단언했다.

「판결이라고요? 무슨 권리로? 이런 일을 하기 위한 재판관들은 따로 있어요. 당신들은 재판관이 아니에요. 스캔들이 두려운 거겠죠? 당신들이 계획을 위해 은밀하게 숨어 지내든 입을 다물고 있든 저랑 무슨 상관이죠? 저를 놓아 주세요」

그러자 그가 말했다.

「놓아 달라! 당신이 그 살인 행위를 계속하도록 놓아 달란 말이오? 당신은 우리 손안에 있소. 당신은 우리의 판결을 받아들여야만 해」

「무엇에 대한 판결이란 말인가요? 당신들 중에 진정한 재판관이 단 한 사람만 있어도, 분별력이 무엇인지, 개연성이라는 게 무엇인지 아는 사람이 단 한 사람만 있어도 이렇게 앞뒤가 맞지 않는 증거와 어리석은 비난에 코웃음을 칠 거예요」

「쓸데없는 말, 말, 말! 우리에게 필요한 것은 반증이오. 내 눈으로 확인한 바를 뒤엎을 무언가……」

보마냥이 소리쳤다.

「해명해 봐야 무슨 소용이겠어요? 당신은 이미 결론을 내렸잖아요」

「당신이 유죄이기 때문이오」

「당신과 똑같은 목적을 추구한다는 점에 대해 유죄라면 맞아요. 그건 인정해요. 당신이 비열하게 사랑을 가장해서 나를 염탐한 것도 다 그 때문이죠. 당신이 함정에 빠졌다면 안됐군요! 칼리오스트로의 자료를 통해 익히 들어 왔던 그 수수께끼의 비밀을 제게 털어놓으신 것도 안됐고요! 이제는 제가 그 일에 마음을 빼앗긴 이상, 무슨 일이 있어도, 당신이 아무리 방해하려 해도 기필코 목적을 이루겠어요. 당신에 대한 저의 죄는 오직 그것뿐이에요」

「당신의 죄는 사람을 살해한 것이오」

보마냥이 다시 분노하며 단언했다.

「나는 사람을 죽이지 않았어요」

그녀도 단호하게 말했다.

「당신은 생테베르를 낭떠러지로 밀어 떨어뜨렸고 디스노발의 머리를 쳤소」

「생테베르라니요? 디스노발이라니요? 그런 사람들은 몰라요. 오늘 처음 듣는 이름이라고요」

「그럼 나는? 나는 어떻소? 나도 모른다고 하겠소? 나를 독살하려 하지 않았다고?」

그가 격렬히 외쳤다.

「그런 적 없어요」

보마냥은 분노가 치밀어 반말을 내뱉었다.

「하지만 내가 직접 봤어, 조제핀 발사모. 지금처럼 분명히 네 모습을 봤다고! 독약을 집어넣을 때 네 미소를 봤어. 틀림없이 입꼬리는 더 치켜 올라가고 잔인한 미소였어……. 마귀 들린 사람의 비웃음처럼」

그녀는 고개를 저으며 또박또박 말했다.

「그건 제가 아니었어요」

그는 숨이 막히는 것 같았다. 그녀의 대담함은 어디서 온 걸까? 어쨌든 그녀는 차분히 그의 어깨에 손을 얹고 다시 말했다.

「증오가 당신을 미치게 했어요, 보마냥. 광신적인 당신의 영혼이 사랑이라는 죄악에 반발을 일으킨 거예요. 하지만 그렇다고 해도 제게 변호의 기회는 주시겠지요?」

「그건 당신의 권리요. 하지만 서두르시오」

「짧게 끝날 거예요. 친구 분에게 1816년 모스크바에서 그려진 칼리오스트로 백작 부인의 초상화를 보여 달라고 하시겠어요

……? (보마냥은 그 말을 따라 남작의 손에서 초상화를 집어 들었다.) 그리고 주의 깊게 살펴보세요. 그건 제 초상화예요. 그렇지 않나요?」

「무슨 얘기를 하고 싶은 거요?」

「대답해 보세요. 그건 제 초상화죠?」

「그렇소」

보마냥이 분명히 대답했다.

「좋아요. 그것이 제 초상화라면 제가 그 시대에 살았다는 뜻이겠죠? 80년 전이에요. 그때 나이가 스물다섯에서 서른쯤 되었겠죠? 대답하기 전에 잘 생각해 보세요. 아, 이런 기적 앞에서는 망설이시는군요! 감히 단언할 엄두가 안 나시나요? 하지만 더 놀라운 게 있어요…… 그 뒤쪽에 액자의 틀을 열어 보세요. 도자기판 안쪽에 또 다른 초상화가 있을 거예요. 미소를 짓고 있는 여인의 초상화예요. 눈썹까지 내려오는 투명한 베일을 쓰고 있고 그 너머로 물결치는 머리칼은 양쪽으로 가르마를 탔지요. 그것 역시 저예요, 그렇죠?」

보마냥이 그녀의 지시를 따르는 동안 그녀는 머리 위에 얇은 베일을 썼다. 베일의 가장자리가 눈썹을 스쳤다. 그리고 매력적인 표정으로 시선을 떨구었다. 보마냥은 둘을 비교하며 더듬거렸다.

「당신이오…… 이건 당신이야……」

「틀림없죠, 그렇죠?」

「틀림없소. 이건 당신이야……」

「좋아요! 그럼 오른쪽 구석에 씌어진 날짜를 읽어 보세요」

보마냥이 한 자 한 자 읽었다.

「1498년, 밀라노」

그녀가 되풀이했다.

「1498년! 400년 전이에요」

그리고 거침없이 웃었다. 그녀의 웃음이 선명하게 울렸다.

「그렇게 얼떨떨한 표정 짓지 마세요. 우선, 저는 그 두 장의 초상화에 대해 알고 있었어요. 오래전부터 그것을 찾고 있었죠. 하지만 여기엔 어떤 기적도 없다는 걸 믿으셔도 돼요. 제가 화가에게 모델이 되어 주었다거나 제 나이가 400살이 넘었다는 얘기를 하려는 건 아니니까요. 당연히 그렇지 않아요. 이건 단지 성모 마리아의 얼굴일 뿐이에요. 레오나르도 다빈치의 제자였던 밀라노의 화가, 베르나르디노 루이니의 〈성(聖)가족〉의 일부를 모사한 것일 뿐이에요」

그러더니 상대방에게 숨 돌릴 틈도 주지 않고 갑자기 진지한 어조로 말했다.

「제가 무슨 얘기를 하려는 건지 이제 아시겠죠, 보마냥? 루이니의 성모와 모스크바에서 그린 여인과 저는 완벽하게 꼭 닮았어요. 이해할 수 없고 경이로운 일이지만 부인할 수도 없는 사실이지요. 하나의 모습을 가진 세 얼굴. 서로 다른 세 여인의 것이 아니라 같은 한 여인의 것인 세 얼굴. 그렇다면 결국 아주 자연스러운 똑같은 현상이 다른 상황에서도 일어날 수 있다는 것을, 말하자면 당신이 방에서 본 그 여자가 제가 아니고, 당신을 감쪽같이 속일 만큼 저랑 꼭 닮은 다른 여자, 아마도 당신의 친구인 생테베르와 디스노발을 알고 있고 그들을 죽였을 다른 여자일 수 있다는 사실을 왜 인정하지 않으시나요?」

「하지만 나는 봤어…… 분명히…… 나는 봤어. 내 두 눈으로 봤어」

그녀 앞에 선 보마냥은 창백하게 질린 채 분노로 부들부들 떨며 거의 그녀를 잡을 듯했다.

「당신은 25년 전의 사진과 80년 전의 초상화와 400년 전의 그림도 두 눈으로 똑똑히 봤어요. 전부 저라고 얘기하셨죠?」

그녀는 풋풋한 얼굴을, 그 신선한 아름다움을, 빛나는 치아와 과일처럼 부드럽고 팽팽한 볼을 보마냥의 눈앞에 들이대었다. 그는 온몸의 기운을 잃고 소리쳤다.

「아, 이 마녀! 이런 터무니없는 일을 믿게 될 때가 있지. 너라면 무슨 짓이라도 할 수 있으니까! 자, 이 초상화의 여자를 보면 드러난 어깨 아래, 하얀 가슴 위에 검은 점이 있어. 이 점은 네 어깨 아래쪽에도 있지. 나는 그것을 봤어. 자…… 다른 사람들에게도 보여 봐. 저들도 분명히 보고 진상을 깨달을 수 있도록 말이야」

보마냥의 얼굴은 납빛으로 질렸고 이마에는 땀이 흘렀다. 그는 여자의 잘 여며져 있는 블라우스를 향해 손을 뻗었다. 하지만 그녀가 보마냥을 밀어내며 매우 위엄 있게 말했다.

「그만해요, 보마냥. 당신은 자신이 지금 무슨 짓을 하고 있는지 몰라요. 몇 개월 전부터 그랬죠. 방금 전 당신 얘기를 들으니 어이가 없군요. 당신은 마치 내가 당신의 정부이기라도 했던 것처럼 말하지만 나는 당신의 정부였던 적이 한번도 없으니까요. 대중 앞에서 가슴을 치며 뉘우치는 것은 고상한 행위죠. 하지만 그 고백은 진실해야 해요. 당신은 용기가 없었어요. 오만함이라는 악마가 치욕스런 실패를 고백하도록 허락하지 않았지요. 당신은 비열하게도 일어나지도 않은 일로 사람들을 설득했어요. 몇 달 전부터 당신은 내 발 아래 엎드려 간청하고 협박했지만 당신의 입술은 단 한번도 내 손조차 스쳐 본 적이 없었지요. 이것이 당신의 증오와 당신의 행동을 설명해 주는 비밀의 전모예요.

나를 굴복시킬 수 없자 당신은 나를 파멸시키려는 것이죠. 그래서 친구들 앞에서 나에 대해 죄인, 스파이, 마녀라는 끔찍한 이미지를 지어냈죠. 그래요, 마녀! 당신 말대로 당신 같은 남자는 실수할 리가 없어요. 그러니 당신이 실패했다면 그것은 악마가 요술을 부린 탓일 수밖에 없죠. 보마냥 당신은 스스로 무슨 짓을 하는지, 무슨 말을 하고 있는지조차 알지 못해요. 내가 당신 방에서 당신을 독살할 약을 준비하는 것을 보았다고요? 그럴 리가요! 무슨 권리로 당신의 눈을 증거로 내세우나요? 두 눈으로 봤다고요? 하지만 그 눈은 이미 내 모습에 사로잡힌 눈이었어요. 다른 여자가 당신의 눈에는 내 모습으로 비쳤던 거지요. 당신의 눈에는 어디서나 내 모습밖에 보이지 않았으니까요.

그래요, 보마냥, 다시 한번 말하는데 다른 여자였어요…… 우리와 같은 길을 가는 또 다른 여자가 있어요. 칼리오스트로에게서 나온 몇몇 자료들을 물려받은 그녀 역시 칼리오스트로가 썼던 이름들을 도용하고 있죠. 벨몽트 후작 부인, 또는 페닉스 백작 부인…… 그녀를 찾아요, 보마냥. 당신이 본 여자는 바로 그 여자니까요. 당신이 나에 대해 지어낸 수많은 거짓은 실은 정신이 이상해진 머리에서 나온 터무니없는 환각일 뿐이니까요.

보세요, 이 모든 건 엉터리 희극에 지나지 않아요. 그러니 당연히 저는 여러분들 앞에서도 침착할 수 있지요. 우선 저는 결백하고, 따라서 아무런 위험도 없으니까요. 비록 당신들이 이런 식으로 한 사람을 재판하고 고문하고 있다 해도, 또 공동의 계획이 성공함에 따라 각자 어떤 이익을 얻을 수 있다 해도 사실 당신들은 선량한 사람들이고 결코 나를 죽일 수 없어요. 보마냥, 광신자이며 나를 두려워하는 당신에게는 아마 당신의 뜻에 따를 사형 집행인들이 필요하겠지요. 하지만 여기는 그럴 사람이 없어요. 그러니 어떻게 할 건가요? 나를 감금할 건가요? 어느 어두운 구석에 던져 버릴 건가요? 그렇게 하고 싶다면, 좋아요! 하지만 이건 알아 두세요. 나는 어떤 지하 감옥에서라도, 당신이 이 방에서 나가는 것만큼이나 쉽게 빠져나올 수 있어요. 그러니 이제 판결을 내리시지요. 형을 선고하세요. 나는 이제 더 이상 한마디도 하지 않겠어요」

그녀는 다시 앉아서 베일을 벗고 팔을 괴었다. 그녀의 역할은 끝났다. 그녀는 전혀 흥분하지 않았으며 확고한 신념을 가지고, 자신에 대한 불리한 증거와 이 사건을 지배하는 불가해한 나이의 문제를 연관 지어 반박의 여지없이 논리적으로 이야기했다.

그녀가 다시 말했다.

「얘기는 다 끝났어요. 당신이 논고를 펼치려면 과거의 내 행적에 관한 이야기에 근거해서 했어야지요. 현재의 범죄 사건에 이르기 위해서는 100년 전으로 거슬러 올라가는 사건부터 시작했어야 했어요. 내가 현재의 사건들에 연루되어 있는 것은 100년 전 사건들의 주인공이기 때문이잖아요? 그날 당신이 본 여자가 나라면, 내 모습을 담은 여러 장의 초상화 속 여자들 역시 나예요」

무슨 대답이 있을 수 있겠는가? 보마냥은 침묵을 지켰다. 결투는 그의 패배로 끝났고 그는 그것을 감추려고도 하지 않았다. 게다가 그의 친구들은 이제 사형이라는 무시무시한 결정을 내려야만 할 때의 냉혹하고 경직된 얼굴을 하고 있지 않았다. 그들의 마음속에 의혹이 일고 있었다. 라울은 그것을 분명히 느꼈다. 고드프루와 데티그와 베네토가 준비해 놓은 물건들이 등장해 찬물을 끼얹지만 않았다면 약간의 희망까지 품었을 것이다.

보마냥과 데티그 남작이 목소리를 낮추어 이야기를 주고받더니 보마냥이 더 이상의 논쟁은 불가능하다는 듯 단호하게 말했다.

「여러분, 여러분 앞에는 모든 증거가 펼쳐져 있소. 원고 측과 피고 측도 최후 변론을 마쳤소. 여러분은 고드프루와 데티그와 내가 얼마나 확신을 가지고 이 여자를 기소했는지, 그리고 이 여자가 도저히 받아들일 수 없는, 닮은 사람이라는 이유를 방패 삼아 얼마나 교묘하게 자신을 변호했는지 모두 보았소. 이렇게 해서 이 여자는 악마와도 같은 교활한 간악함을 최종적으로 예증해 보인 것이오. 따라서 상황은 간단합니다. 이렇게 강하고 자유자재로 수완을 펼칠 수 있는 적이라면 결코 우리를 편히 쉬게 두지 않을 것이오. 우리의 과업은 위험에 처했소. 이 여자는 결국 우리를 하나씩 제거할 거요. 이 여자의 존재 자체가 우리를 치명적인 파멸과 패배로 이끌 거요.

그렇다고 해서 사형 외에 다른 방법이 없고, 우리가 생각한 그 방법이 마땅히 이 여자에게 내려져야 할 유일한 형벌이라고 말하는 것은 아니오. 그녀를 사라지게 하거나 더 이상 아무것도 시도하지 못하게 만드는 것, 우리에게 그 이상의 권리는 없소. 우리의 양심이 그토록 너그러운 조치에 반대한다 해도 우리는 그렇게 해야 하오. 어쨌든 우리는 벌을 주기 위해서가 아니라 우리 자신을 보호하기 위해 여기 모였기 때문이오.

여러분들이 찬성하리라는 조건으로 우리가 몇 가지 조치를 취해 놓았소. 오늘 밤, 해안에서 좀 떨어진 곳에 영국 배 한 척이 지나갈 거요. 거기서 작은 보트가 미끄러져 나올 것이고 우리는 그 보트를 마중 나가 10시에 벨발의 기암성 아래에서 만날 거요. 이 여자는 그 보트로 넘겨져 런던으로 실려 가서 한밤중에 배에서 내린 다음 우리의 작업이 끝날 때까지 정신병원에 감금될 거요. 인간적이고 관대하며, 우리의 작업을 보호하고 피할 수 없는 위험으로부터 우리를 안전하게 지키기 위한 이 방안에 반대하는 사람은 아무도 없으리라고 생각하오」

라울은 곧 보마냥의 속셈을 알아차렸다. 그는 생각했다.

〈죽일 생각이야. 영국 배 따위는 없어. 작은 보트 두 척이 있지. 그중 구멍이 뚫려 있는 배는 망망대해로 끌려 나간 뒤 제멋대로 흘러가겠지. 칼리오스트로 백작 부인은 사라져 버리고 아무도 그녀가 어떻게 되었는지 알 수 없을 거야.〉

그는 이 계획의 이중성과 그것을 발표하는 음흉한 방식에 소름이 끼쳤다. 결정적인 대답을 요구하는 것도 아닌데 저들이 어떻게 보마냥을 지지하지 않겠는가? 침묵만으로 충분했다. 아무도 항의하지 않는다면 보마냥은 고드프루와 데티그의 도움을 받아 자유롭게 행동할 수 있었다.

과연 아무도 항의하지 않았다. 그들은 자기도 모르는 사이에 사형 선고를 내린 것이다.

모두들 이토록 쉽게 끝난 데 대해 만족스러워하며 떠나려고 일어섰다. 아무런 이의도 없었다. 가까운 사람들끼리 모여 아주 사소한 일들을 논의하고 헤어지는 듯한 분위기였다. 어떤 사람들은 바로 옆 역에서 저녁 기차를 타기로 되어 있었다. 잠시 후 모두 나가고 보마냥과 두 사촌만 남았다.

한 여자의 목숨을 이토록 독단적으로 위험에 빠뜨리고 이토록 가증스런 술책으로 죽음을 결정 짓고는 마치 시간 내에 결말을 내야하는 연극처럼, 한창 심리 중에 판결을 공표해야 하는 소송처럼 급작스럽게 끝나 버리는 이 극적인 회합에 라울은 어처구니가 없었다.

이 사기극은 라울 당드레지에게 보마냥의 교활하고 위선적인 성격을 점점 더 뚜렷이 드러내 보였다. 냉혹하고 광신적인데다가 사랑과 오만으로 병든 이 남자는 살인을 결심했다. 하지만 그의 마음속에는 가책과 비겁함, 위선, 막연한 두려움 같은 것들이 남아 있어서 그는 양심 앞에, 또 아마도 정의 앞에서 몸을 숨기고자 했다. 그로부터 이 은밀한 해결책이 나왔고 가증할 속임수 덕분에 백지 위임장을 얻은 것이다.

보마냥은 문턱에 서서 곧 죽게 될 여인을 지켜보고 있었다. 눈썹을 찌푸리고 얼굴 근육과 턱에 신경질적으로 경련을 일으키며 납빛으로 굳은 채 팔짱을 끼고 있는 그의 모습은 여느 때처럼 연극 속 낭만적인 등장인물같이 보였다. 머릿속에는 복잡한 생각들이 소용돌이치고 있겠지. 최후의 순간에 망설이는 것일까?

어쨌든 보마냥의 사색은 그리 오래 걸리지는 않았다. 보마냥은 고드프루와 데티그의 어깨를 움켜쥐고 자리를 뜨며 명령했다.

「저 여자를 잘 지키시오! 실수가 있으면 안 되오, 알았소? 잘 못되면……」

이렇게 사람들이 오가는 동안 칼리오스트로 백작 부인은 꼼짝도 하지 않았다. 여전히 생각에 잠긴 듯한 표정에는 이런 상황과 너무나 무관한 평온함이 넘쳐흘렀다.

라울은 생각했다.

〈위험을 짐작도 못하고 있는 게 분명해. 정신병원 감금이 생각할 수 있는 전부겠지. 그 정도는 저 여자에게 조금도 걱정스럽지

않은 거야.〉

한 시간이 지났다. 방에 저녁 어스름이 깔리기 시작했다. 그녀는 두 번, 블라우스에 지니고 있던 시계를 보았다.

그러고는 베네토와 대화를 시도해 보려고 했다. 그녀의 얼굴은 곧 믿을 수 없을 만큼 유혹적인 분위기를 풍기고 목소리는 애무처럼 마음을 흔드는 부드러운 어조를 띠었다.

베네토는 거칠게 욕설을 내뱉을 뿐 대답하지 않았다.

다시 30분이 흘렀다. 그녀는 이리저리 둘러보다가 문이 살짝 열려 있음을 눈치 챘다. 그 순간 탈출의 가능성을 생각한 것이 분명했다. 그녀는 튀어나가려는 준비를 하듯 몸을 웅크렸다.

라울은 그녀의 계획을 도울 방법을 찾고 있었다. 권총이라도 있었다면 베네토를 쏘았을 것이다. 방으로 뛰어내릴 생각도 해 보았다. 하지만 입구가 너무 좁았다.

더구나 무장을 하고 있던 베네토가 위험을 느꼈는지 권총을 탁자에 놓으며 내뱉었다.

「신 앞에 맹세하는데, 조금이라도 허튼 짓 하면 쏘아 버리겠어!」

베네토는 자기가 한 맹세는 지키는 사람이었다. 그녀는 더 이상 움직이지 않았다. 라울은 괴로움에 목이 조여 오는 듯했지만 끈질기게 그녀를 지켜보았다.

7시쯤, 고드프루와 데티그가 다시 나타났다.

그는 램프를 켜고 오스카 드 베네토에게 말했다.

「준비를 마쳐야지. 자네는 창고에 가서 들것을 찾아온 뒤에 저녁을 들러 가게」

여자와 단둘이 남자 남작은 주저하는 듯 보였다. 눈빛이 격해지고 무슨 말이나 행동을 하려는 것처럼 보였다. 하지만 가능하면 피하고 싶은 말과 행동이었다. 그래서 거칠게 내뱉었다.

「기도나 하시오」

남작이 불쑥 말했다.

그녀는 이해하지 못하겠다는 목소리로 되물었다.

「기도나 하라니요? 왜 그런 말씀을 하시죠?」

그러자 그가 목소리를 한층 낮추어 말했다.

「마음대로 생각하시오…… 어쨌든 나는 당신에게 해야 할 말을 했으니까……」

「제게 해야 할 말이라니요?」

그녀가 점점 불안해하며 물었다.

「오늘 밤 죽기라도 할 것처럼 신에게 기도를 드려야 하는 순간들이 있는 법이오」

갑작스런 공포가 그녀를 뒤흔들었다. 그녀는 단번에 사태를 완전히 파악했다. 열에 들떠 경련을 일으키듯이 팔이 떨렸다.

「죽는다고…… 죽는다고요?…… 하지만 그런 게 아니었잖아요? 보마냥은 그렇게 말하지 않았어요…… 정신병원이라고 했잖아요……」

그는 대답하지 않았다. 불쌍한 여인의 중얼거림이 들려왔다.

「아, 이럴 수가! 그가 날 속였군. 정신병원은 거짓말이야……. 다른 게 있어…… 나를 바다에 내던지겠군…… 한밤중에……. 아! 무서워! 이럴 순 없어…… 내가 죽다니……! 살려 주세요……!」

고드프루와 데티그는 갑자기 겨드랑이에 끼워 가지고 온 담요로 난폭하게 그녀의 얼굴을 덮었다. 그리고 비명을 억누르기 위해 손으로 그녀의 입을 틀어막았다.

　베네토가 돌아왔다. 둘은 그녀를 들것에 눕히고 끈으로 튼튼하게 묶은 뒤 판자의 틈 사이로 무거운 돌을 묶을 쇠고리를 끼웠다.

침몰하는 배

어둠이 짙어졌다. 고드프루와 데티그가 불을 밝혔다. 두 사촌은 초상집의 밤샘을 위해 자리를 잡았다. 살인을 저지른다는 생각에 잔뜩 일그러진 그들의 얼굴이 희미한 불빛 속에서 을씨년스럽게 보였다.

오스카 드 베네토가 웅얼거렸다.

「럼주 한 병이라도 가져오지 그랬나? 자기가 무슨 짓을 하는지 잊어야 할 순간들이 있으니까」

「지금은 그런 순간이 아니야. 오히려 그 반대지! 우리는 정신 바짝 차려야 해」

남작이 반박했다.

「흥, 그거 참 재미나겠군」

「아니면 보마냥에게 따지고, 도울 수 없다고 거절했어야지」

「그건 불가능해」

「그렇다면 군소리 말게」

다시 시간이 흘렀다. 들판도 성도 잠들어 아무 소리도 들리지 않았다.

베네토가 포로에게 다가가 귀를 기울여 보고는 돌아서며 말했다.

「신음조차 하지 않는군. 만만찮은 여자야」

그리고 두려움이 느껴지는 목소리로 덧붙였다.

「저 여자에 대한 말을 다 믿나?」

「뭘?」

「나이에 대한 것이나…… 과거에 대한 얘기들 전부 말이야」

「바보 같은 소리!」

「보마냥은 정말로 믿고 있어」

「보마냥이 무슨 생각을 하는지 어떻게 알겠나!」

「이봐, 솔직히 말해 보게, 고드프루와. 정말 희한하지 않아? 아무래도 저 여자, 정말로 인생 경험이 많은 것 같지?」

고드프루와 데티그가 중얼거렸다.

「그래, 확실히…… 나도 아까 기소장을 읽을 때 저 여자가 마치 정말로 그 시대에 살았던 것처럼 말하게 되더군」

「그러니까 자네도 그 얘길 믿는다는 건가?」

「그만하지. 이런 얘기는 그만두자고! 우리는 벌써 이 일에 너무 많이 연관됐어. 아! 맹세컨대(그는 목소리를 높였다), 가차 없이 거절할 수만 있었다면……! 하지만……」

고드프루와는 더 이상 이야기할 기분이 아니었다. 그러고는 그 주제가 굉장히 불쾌한 듯 한마디도 더 하지 않았다.

그런데 베네토가 다시 말했다.

「나도 맹세컨대 아주 조금만 여지가 있었어도 도망쳤을 텐데.

72

우리가 완전히 속았다는 생각이 들거든. 맞아, 정말이야. 보마냥은 우리가 모르는 뭔가를 알고 있어. 우리는 그의 손안에 든 인형에 지나지 않아. 언젠가 우리가 더 이상 필요 없어지면 그는 우리를 버리고 떠날 거야. 우리는 그가 자기 이익을 위해 사건을 조작했다는 것을 알게 되겠지」

「그런 일은 없을 거야」

「하지만……」

베네토가 반박했다.

그러자 고드프루와가 손가락을 입에 대며 속삭였다.

「쉿. 여자가 듣고 있어」

「무슨 상관인가. 어차피 잠시 후면……」

그들은 더 이상 침묵을 깨지 못했다. 이따금 교회의 시계가 울릴 때마다 서로 바라보며 입술로만 종소리를 세었다.

열을 세었을 때 고드프루와 데티그가 주먹으로 탁자를 쾅 내리쳤다. 램프가 흔들렸다.

「제기랄! 떠날 시간이야」

「아! 이런 비열한 짓을 저질러야 하다니! 우리끼리만 가는 건가?」

베네토가 말했다.

「다른 사람들도 함께 가고 싶어하지만 내가 절벽 꼭대기에서 제지할 거네. 그들은 영국 배가 오는 줄 알고 있으니까」

「나는 모두 함께 갔으면 좋겠는데」

「주용히해. 우리만 명령을 받았어. 또, 다른 사람들은 입을 나불거릴 수도 있어. 그럼 좋겠나? 자, 그들이 도착했군」

다른 사람들이란 기차를 타지 않은 사람들, 즉 도르몽, 루 데스티에, 롤빌이었다. 그들은 마구간의 커다란 초롱을 들고 왔다. 남작이 그것을 끄도록 했다.

「불빛은 안 되오. 절벽 위에 너울거리는 빛이 눈에 띄면 나중에 이러쿵저러쿵 말들이 많을 테니까. 하인들은 모두 잠자리에 들었소?」

「그렇소」

「클라리스는?」

「방에서 움직이지 않고 있소」

「사실 그 아이가 오늘 좀 몸이 안 좋은 모양이오. 출발합시다!」

도르몽과 롤빌이 들것의 손잡이를 잡았다. 그들은 과수원을 가로질러 농토로 접어든 뒤 마을에서 사제의 계단으로 이어지는 들길을 따라갔다. 하늘은 별빛 하나 없이 캄캄했고 행렬은 어둠 속을 더듬어 비틀거리며 나아가다가 바퀴 자국에 빠지거나 경사지를 만나기도 했다.

사방에서 욕설이 터져 나왔으나 고드프루와가 버럭 성을 내는 바람에 곧 잠잠해졌다.

「조용히들 하시오, 빌어먹을! 우리 목소리를 알아듣는 사람이 있을 수도 있잖소」

「누구 말이오, 고드프루와? 그럴 사람 아무도 없소. 세관원들에 대해서는 조처를 취해 놓았겠지요?」

「물론이오. 그들은 믿을 만한 사람의 초대로 술집에 가 있소. 하지만 순찰을 돌 수도 있으니까」

높은 고원이 움푹 꺼지면서 길이 이어졌다. 그들은 계단이 시작되는 지점에 간신히 다다랐다. 오래전 베누빌 사제의 제안으로 그 지방 사람들이 해안까지 곧장 내려갈 수 있도록 절벽 한가운데에 깎아 놓은 계단이었다. 낮에는 하얀 석회질 암석에 생긴 구멍으로 빛이 들어오고 바다를 향한 전망이 장관이었다. 파도가 바위 위로 부서지고 보는 사람들은 바다로 빨려 들어갈 것 같은 느낌이 들었다.

「힘들겠는걸. 우리가 도와주겠소. 불을 밝혀 주리다」

롤빌이 말했다.

「아니오. 여기서 헤어지는 편이 좋겠소」

남작이 단언했다.

사람들은 그 말에 따라 멀어져 갔다. 두 사촌은 지체 없이 계단을 내려가는 힘겨운 작업을 시작했다.

시간이 오래 걸렸다. 계단은 한 층 한 층이 매우 높았고 때때로 급작스레 꺾이는 곳에서는 들것을 옮기기에 공간이 부족해서 세워서 들어야 했다. 손전등 불빛이 흔들리며 단속적으로 계단을 비추어 주었다. 오스카 드 베네토는 세련되지 못한 시골 귀족답게 씩씩거리며, 구멍을 통해 그냥 〈전부〉 바다에 던져 버리자고 제안하기까지 했다.

마침내 고운 자갈이 깔린 해변에 도착해 숨을 돌릴 수 있었다. 조금 떨어진 곳에 두 척의 보트가 나란히 서 있었다. 바다는 물결도 일지 않고 잔잔하게 배의 용골을 감싸고 있었다. 베네토가 두 척의 배 중 더 작은 쪽에 파 놓은 구멍을 가리켰다. 구멍은 임시로 지푸라기로 막아 둔 상태였다. 그들은 배 안에 갖춰져 있는 의자 세 개 위에 들것을 눕혔다.

「이것들을 전부 한꺼번에 묶자」

고드프루와 데티그가 명령했다.

「만약 수색을 하다가 바다 밑에서 뭔가가 발견되면 어쩌지? 이 들것이 우리에게 얼마나 치명적인 증거가 되겠나?」

베네토가 지적했다.

「그러니 아무도 발견하지 못하도록 멀리 가야 해. 게다가 이건 20년 전부터 사용하지 않던 낡은 들것일세. 내가 버려진 창고에서 집어 왔지. 그러니 걱정할 것 없네」

하지만 고드프루와의 목소리는 공포에 질려 떨고 있었다. 베네토는 한번도 고드프루와의 이런 모습을 본 적이 없었다.

「무슨 일인가, 고드프루와?」

「나 말인가? 내가 어떻다고?」

「그럼 이제……」

「그럼, 보트를 밀자고…… 보마냥의 지시에 따라 우선 재갈을 풀고 할 말이 있는지 물어야 해. 자네가 하겠나?」

베네토는 더듬거렸다.

「나보고 그녀에게 손을 대라고? 그녀를 보라고? 그러느니 차라리 죽는 게 낫겠네. 자네는?」

「나도 못하겠어…… 차마 못하겠어……」

「어쨌든 그녀는 범죄자야. 사람을 죽였어……」

「그래…… 맞아…… 그럴지도 모르지……. 하지만 얼마나 선량해 보이나!」

「맞아. 또 너무 아름답지…… 마치 성모 마리아처럼……」

그들은 동시에 자갈밭에 무릎을 꿇고 곧 죽게 될 그녀를 위해 〈성모 마리아의 은총〉이 함께하기를 기원하며 큰 소리로 기도하기 시작했다.

고드프루와는 성경 구절에 기원을 섞어 가며 기도를 올렸고 베네토는 아무 때나 열렬히 아멘을 외쳐 댔다. 그렇게 하고 나자 좀 용기가 생겼는지 돌연 일을 끝마쳐야겠다는 생각이 치밀어 몸을 일으켰다. 베네토가 준비해 둔 커다란 돌을 가져와서 민첩하게 쇠고리에 묶고 배를 밀었다. 배는 곧 고요한 수면 위로 나아갔다. 그러고 나서 둘이 함께 다른 배를 밀어낸 다음 안으로 뛰어 올랐다. 고드프루와는 양쪽 노를 잡고 베네토는 줄을 이용해서 사형수가 탄 배를 끌었다.

그들은 서늘한 물소리를 내며 조심스럽게 노를 저어 먼 바다로 나아갔다. 어둠보다도 더 시커먼 그림자를 드러내는 바위들 사이를 가까스로 빠져나와 바다 한가운데로 미끄러져 나갈 수 있었다. 하지만 20분쯤 지나자 속도가 점점 느려지더니 결국 멈춰 섰다.

「더 이상은 못 가겠어…… 팔이 말을 안 들어. 자네 차례네……」

기진맥진한 남작이 중얼거렸다.

「나도 힘이 없어」

베네토가 털어놓았다.

고드프루와는 다시 한번 시도해 보다가 포기하고 말했다.

「더 가면 뭐 하나? 확실히 수평선은 훨씬 지나온 거 같은데. 자네 생각은 어떤가?」

상대방도 동의했다.

「바람이 배를 더 멀리 보내 줄 테니까」

「그럼 지푸라기 마개를 빼내게」

「그건 자네가 해야지」

베네토가 반발했다. 그에게는 그 행위가 곧 살인 행위인 것처럼 느껴졌다.

「바보 같은 소리 그만해! 얼른 끝내자고」

베네토가 줄을 끌어당겼다. 배가 바로 옆에서 흔들렸다. 몸을 숙이고 손을 넣기만 하면 되었다.

「난 무서워, 고드프루와. 이런 짓을 하고 어떻게 영생을 얻겠나? 나는 못해. 자네가 하게. 알겠나?」

베네토가 중얼거렸다.

고드프루와가 베네토 쪽으로 성큼 다가오더니 그를 밀쳐내고 배 밖으로 몸을 숙여 손을 밀어 넣은 다음 단번에 마개를 빼냈다. 물이 쿨렁쿨렁 소용돌이쳤다. 그러자 남작은 마음이 흔들려 갑자기 생각을 바꾸고 구멍을 틀어막고 싶었다. 하지만 너무 늦었다. 물소리를 듣고 역시 공포에 사로잡힌 베네토가 노를 잡더니 온 힘을 다해 두 보트 사이의 거리를 몇 길이나 벌려 놓은 것이었다.

고드프루와가 명령했다.

「그만! 멈춰! 여자를 구해야겠어. 멈춰, 제기랄! 아! 여자를 죽인 건 너야…… 살인범…… 살인자…… 난 여자를 구해 주려고 했단 말이야」

하지만 공포에 질린 베네토는 아무 말도 알아듣지 못하고 삐걱거리는 소리를 내며 노를 저었다.

시체는(구멍 뚫린 배가 흘러가는 대로 꼼짝없이 죽음에 내맡겨진 존재를 다른 말로 무어라 부를 수 있겠는가?) 홀로 남았다. 물은 틀림없이 몇 분 만에 안쪽으로 차올라 자그마한 보트를 집어삼키리라.

고드프루와 데티그는 그것을 알고 있었다. 그래서 이번에는 그가 결심한 듯 노를 잡았다. 두 공범자는 소리가 들릴 것도 개의치 않고 가능한 한 빨리 범죄의 장소에서 달아나고자 필사적으로 몸을 숙이고 앞으로 나아갔다. 그들은 고통스런 비명소리를 듣게 되거나 영원히 물속에 갇혀 흘러가는 〈그것〉의 무시무시한 속삭임을 듣게 될까 봐 두려웠다.

그녀를 태운 보트는 거의 움직임이 없는 물결 위에서 흔들거리고 있었다. 하늘은 낮게 가라앉은 구름이 잔뜩 껴 온 무게를 다해 내리누르는 듯했다.

데티그와 오스카 드 베네토는 벌써 반쯤 돌아갔음에 틀림없다. 모든 소리가 멎었다.

그때 보트가 우현 쪽으로 기울었다. 그녀는 끔찍한 무기력 상태에 빠져 죽어 가며 최후가 다가옴을 느꼈다. 그녀는 몸부림치지도 않고 저항하지도 않았다. 죽음을 받아들이자 이미 다른 세상에 있는 듯한 마음이 되었다.

하지만 무엇보다도 오싹할 정도로 차가운 물에 닿게 될 것을 두려워하고 있었는데 그렇지 않아 깜짝 놀랐다. 아니었다. 보트는 가라앉지 않았다. 오히려 누군가가 배 안으로 넘어 들어온 듯 뒤집히기 직전이었다.

누굴까? 남작일까, 아니면 남작의 공범자? 그녀는 둘 다 아니라는 것을 알았다. 중얼거리는 목소리는 모르는 목소리였기 때문이다.

「안심하세요. 당신을 도우러 온 친구입니다……」

이 친구라는 자는 그녀에게로 몸을 숙이더니 그녀가 듣고 있는지 아닌지조차 모르면서 곧 설명했다.

「당신은 나를 본 적이 없을 겁니다……. 내 이름은 라울…… 라울 당드레지예요. 다 잘될 겁니다. 천을 씌운 나무 조각으로 구멍을 막았습니다. 임시방편이지만 그걸로 충분할 거예요……. 이 커다란 돌을 곧 치우면 되니까요」

그는 여자를 묶어 놓은 줄을 칼로 잘랐다. 그리고 커다란 돌을 들어 밖으로 던지는 데 성공했다. 마침내 그녀를 덮고 있던 담요를 헤치고 몸을 굽히며 말했다.

「얼마나 다행인지 모릅니다! 내가 생각한 것보다 일이 훨씬 잘 풀렸군요. 이렇게 당신을 구했으니! 물이 당신에게까지 차 올라올 시간도 없었지요, 그렇지 않습니까? 정말 운이 좋았습니다! 아프지는 않나요?」

그녀는 들릴 듯 말 듯한 목소리로 속삭이듯 말했다.

「발목이 좀…… 그들이 발을 비틀어 묶었어요」

「곧 괜찮아질 겁니다. 이제 중요한 건 기슭에 닿는 일입니다. 당신을 죽이려던 두 사람은 분명히 육지에 도착해서 부지런히 계단을 기어오르고 있을 겁니다. 그러니 걱정할 필요 없어요」

그는 재빨리 준비를 했다. 미리 바닥에 숨겨 두었던 노를 주워 들고는, 즐거운 놀이 이상의 특별한 일은 아무것도 없었다는 듯이 유쾌한 목소리로 설명을 계속하며 노를 저어 나아가기 시작했다.

「먼저 정식으로 내 소개를 하지요. 입은 옷이라고는 칼을 묶을 수 있도록 내가 직접 만든 수영복 같은 차림이 전부이니 별로 소개할 만한 상황은 아니지만…… 어쨌든 저는 라울 당드레지, 당신을 도우러 왔습니다. 우연이 나를 이리로 보냈지요. 아! 정말 단순한 우연으로…… 놀라운 대화를 듣고…… 사람들이 한 여인에 대해 음모를 꾸미고 있다는 사실을 알게 되었지요. 그래서 선수를 친 겁니다. 먼저 해안으로 내려와 있다가 두 사촌 형제가 터널에서 빠져나오는 순간 물속으로 들어갔지요. 그 다음은 당신을 태운 배가 끌려가는 대로 매달려 가는 일만 남았더군요. 그래서 바로 그렇게 했지요. 둘 중 아무도 자신들의 희생양뿐 아니라 그녀를 구하기로 결심한 수영 선수까지 함께 데리고 가고 있다는 사실을 눈치 채지 못했어요. 이상입니다. 자세한 건 나중에, 당신이 내 얘기에 귀를 기울일 수 있을 때 말씀해 드리지요. 지금은 허공에 대고 떠드는 것 같군요」

라울은 잠시 가만히 있었다.

「아파요…… 기운이 없어요……」

그녀가 말했다.

「한 가지 충고하자면, 그냥 의식을 놓으십시오. 쉬는 데에는 의식을 차단하는 게 최고지요」

그가 대답했다.

그녀는 정말 그의 말에 따랐는지 얼마간 신음소리를 내더니 호흡이 고르고 편안해졌다. 라울은 그녀의 얼굴을 덮어 주고 결론을 내리며 다시 출발했다.

「이편이 훨씬 낫지. 나도 자유롭게 행동할 수 있고 누구에게도 보고할 필요가 없으니까」

게다가 이제 그는 자기 자신과 자기의 모든 행동에 도취된 사람처럼 매우 만족스럽게 마음껏 혼자 중얼거릴 수도 있었다. 보트는 그의 힘을 받아 빠르게 미끄러져 나아갔다. 절벽이 그 모습을 완전히 드러냈다.

용골의 철이 자갈밭에 긁히자 그는 배에서 뛰어내려 근육의 힘을 과시하듯 여인을 가볍게 들어서는 절벽 기슭에 내려놓았다.

「나는 권투 선수이자 레슬링 선수이기도 하지요. 당신이 들을 수 없으니 고백하지만 이런 능력은 아버지에게 물려받은 거랍니다. 이 외에 수많은 다른 능력들까지! 뭐, 쓸데없는 얘기는 그만 둡시다……. 파도가 몰아치지 않는 안전한 이 바위 아래에서 쉬

고 계십시오. 나는 다시 잠깐 다녀올 테니까요. 내 생각에 이제
그 두 사촌형제에 대한 복수도 당신 계획에 포함될 것 같군요. 그
러기 위해서는 저 보트가 발견되지 않고 당신이 정말 익사한 줄
알아야겠죠. 그러니 조금만 기다려 보세요」

라울 당드레지는 지체 없이 말한 대로 실행했다. 보트를 다시
바다 한가운데로 끌고 가서 천으로 싼 마개를 뽑고 배가 완전히
가라앉고 있다는 확신이 들 때 물속으로 뛰어들었다. 해안으로
돌아온 그는 울퉁불퉁한 바위 사이에 숨겨 둔 옷을 찾은 뒤 수영
복 같은 옷을 벗고 갈아입었다.

그리고 여인에게 돌아가 말했다.

「자, 이제 저 위로 올라가는 일이 남았어요. 쉽지는 않을 겁
니다」

그녀는 차츰 실신 상태에서 깨어나고 있었다. 손전등 불빛 아
래 그녀가 눈을 뜨는 것을 볼 수 있었다.

그녀는 라울의 도움을 받아 일어서려고 애썼지만 고통 때문에 비명을 지르고는 다시 축 늘어졌다. 그가 신발 끈을 풀어 보자 양말에 피가 배어 있었다. 그다지 심각하지 않은 상처였지만 그 때문에 아팠던 것이다. 라울은 임시방편으로 손수건으로 발목을 묶어 주고 곧 출발을 결심했다.

라울은 그녀를 어깨에 짊어지고 계단을 오르기 시작했다. 350계단을! 고드프루와 데티그와 베네토는 그 길을 내려오는 데만도 그토록 고생했는데 어린 청년 혼자 거꾸로 올라가기는 얼마나 더 힘이 들겠는가! 그는 땀으로 범벅이 된 채 더 이상은 갈 수 없을 것 같아 네 번이나 멈춰 서야 했다.

하지만 계속 갔고 여전히 기분도 좋았다. 세 번째 멈췄을 때에는 그녀를 무릎에 눕히고 앉았다. 그에게는 마치 그녀가 자신의 끊임없는 재치와 농담에 웃고 있는 듯이 보였다. 라울은 그 매력적인 육체의 유연함을 손끝에 느끼며 가슴에 꼭 끌어안고 등반을 마쳤다.

정상에 도착해서도 라울은 조금도 쉬지 않았다. 신선한 바람이 평원을 쓸며 불어 왔다. 그는 그녀를 피신시키기 위해 서둘렀다. 단숨에 들판을 가로질러 처음부터 그가 목적지로 생각하고 있던 버려진 헛간까지 데려갔다. 그곳에는 차가운 물과 코냑, 그리고 약간의 음식을 미리 준비해 두었다.

합각머리에 사다리를 기대세우고 다시 그녀를 들쳐업은 뒤 막아 놓은 나무판자를 밀고 들어갔다. 그러고 나서 사다리를 넘어뜨렸다.

「열두 시간 동안 안전하게 잘 수 있어요. 아무도 우리를 방해하지 않을 겁니다. 내일 정오쯤이면 자동차 한 대를 손에 넣어 당신을 원하는 곳으로 데려다 드릴 수 있습니다」

따라서 그들은 인간이 상상할 수 있는 가장 비극적이고 가장 놀랄 만한 모험을 겪은 후 한 방에, 서로의 곁에 갇혀 지내게 된 것이다. 이제 모든 것이 그날 하루의 끔찍했던 사건들에서 얼마나 멀어졌는가! 종교 재판, 냉혹한 심판관들, 험악한 사형 집행인들, 보마냥, 고드프루와 데티그, 판결, 바다로 내려가던 길, 어둠 속으로 흘러가던 배, 얼마나 끔찍한 악몽이었던가! 하지만 그 악몽은 이미 사라지고 결국은 희생자와 구원자 사이에 친밀한 분위기로 막을 내렸다.

그는 들보에 걸어 놓은 희미한 램프 불빛 속에서, 헛간을 채우고 있는 건초 더미 위에 여인을 눕히고 돌보며 마실 것을 주고 상처에 조심스럽게 붕대를 감았다. 그의 보호를 받아 온갖 계략으로부터 멀어지고 더 이상 적들을 두려워할 필요가 없어진 조제핀 발사모는 완전히 안심하며 자신을 내맡겼다. 그녀는 눈을 감고 설핏 잠이 들었다.

램프가 발그레 열이 오른 그녀의 아름다운 얼굴을 한가득 비추었다. 라울은 그녀 앞에 무릎을 꿇고 앉아 오랫동안 뚫어지게 바라보았다. 그녀는 헛간 안의 열기가 답답해 블라우스 윗부분을 열어 놓은 상태였다. 라울은 균형 잡힌 어깨로부터 세상에서 가장 순결한 목으로 이어지는 완벽한 선을 바라보았다.

그때, 보마냥이 얘기했던, 그리고 세밀화에서 보았던 검은 점이 떠올랐다. 자기가 죽음에서 구해 낸 이 여인의 가슴에 똑같은 점이 정말로 있는지 직접 확인해 보고 싶은 유혹을 어떻게 뿌리칠 수 있겠는가? 라울은 천천히 옷을 들어올렸다. 오른쪽에 과거의 요염한 여인들이 그렸던 애교 점처럼 검은 점이 나 있었다. 그 점은 희고 부드러운 살결을 더욱 두드러져 보이게 하며 그녀가 숨을 쉼에 따라 규칙적으로 들썩였다.

「당신은…… 당신은 대체 누구요? 어느 세상에서 온 거죠?」

라울은 너무나 혼란스러워하며 중얼거렸다.

그 역시 다른 사람들처럼 설명할 수 없는 불안감을 느꼈고 그녀의 인생과 그녀의 외모가 가지는 어떤 특징들, 그녀 자체에서 발산되는 신비로운 느낌을 받았다. 그리고 자기도 모르게, 이 여인이 그 옛날 세밀화의 모델이었던 바로 그 여인이 되어 대답하기라도 할 듯이 묻고 있었다.

그녀의 입술에서 몇 마디 말이 새어나왔지만 알아들을 수 없었다. 라울은 그녀에게 아주 가까이 있었고 그녀가 내쉬는 숨결은 너무 감미로웠다. 그는 떨면서 자신의 입술을 그녀의 입술에 가볍게 대었다.

그녀가 신음하며 반쯤 눈을 떴다. 무릎을 꿇고 앉아 있는 라울을 알아보자 그녀는 얼굴을 붉히며 미소 지었다. 미소는 무거운 눈꺼풀이 다시 감길 때까지, 그녀가 다시 잠이 들 때까지 그 얼굴에 맴돌았다.

라울은 정신을 잃을 지경이었다. 감격과 욕망으로 맥박이 쿵쿵 울렸다. 그는 가장 열렬하고 가장 광적인 찬가를 바쳐야 할 우상 앞에 선 듯이 두 손을 모으고 찬양의 말을 늘어놓았다.

「당신은 정말 아름답습니다! 이토록 아름다운 사람이 있을 줄은 꿈에도 생각지 못했어요. 미소 짓지 마십시오! 사람들이 왜 당신을 울리려 했는지 이제야 알겠군요. 당신의 미소는 보는 사람의 마음을 온통 뉘흔들기 때문에…… 더 이상 아무도 그 미소를 보지 못하도록 지워 버리려 했던 겁니다…… 아! 제발 이제 나를 향해서만 미소 지어 줘요……」

그리고 더 나직하게 열정적으로 말을 이었다.

「조제핀 발사모…… 당신의 이름은 너무나 감미롭답니다! 그 이름이 당신을 얼마나 더 신비롭게 만드는지! 마녀라고요? 보마냥은 그렇게 말했지요. 아니, 당신은 마술사입니다! 당신은 어둠 속에서 불쑥 솟아올랐습니다. 마치 빛처럼, 태양처럼…… 조제핀 발사모…… 당신은 마술사…… 마법사예요……. 아! 내 앞에 펼쳐지는 이 모든 것이 얼마나 행복한지 모릅니다……. 내 인생은 당신을 팔에 안는 순간 시작됐습니다. 내 기억 속에는 이제 당신밖에는 없습니다. 오직 당신만을 바라보겠어요……. 아, 어떻게 이렇게 아름다울 수가! 너무 아름다워서 절망의 눈물을 흘리게 하는……」

라울은 거의 입술을 마주 댈 듯이 그녀 옆에 바싹 붙어 이렇게 속삭였다. 하지만 몰래 한 입맞춤 이상의 애무는 감히 엄두를 내지 못했다. 조제핀 발사모의 미소는 관능적일 뿐 아니라 매우 수줍기까지 해서 라울은 경외감에 사로잡혔고 젊은 청년다운 헌신으로 가득한 진지한 약속들로 찬양을 끝마쳤다.

「내가 당신을 돕겠어요…… 어떤 누구도 당신에게 대항할 수 없을 겁니다…… 당신이 그들이 추구하는 목표에 도달하기를 원한다면, 그들이 아무리 방해할지라도 당신은 꼭 성공할 거라고 약속할 수 있습니다. 멀리 있든 가까이 있든 나는 언제나 당신을 지키고 구하겠습니다. 내 충성을 믿어요……」

그는 별 의미도 없는 약속과 맹세를 중얼거리다 마침내 잠이 들었다. 지친 몸을 회복시켜야 할 어린아이들의 잠처럼 꿈도 꾸지 않고 깊디깊은 잠을 잤다.

교회의 종이 열한 번 울렸다. 종소리를 세어 보다가 라울은 깜짝 놀랐다.

「벌써 아침 11시란 말이야? 이럴 수가!」

덧창의 틈과 낡은 초가지붕 사이로 햇빛이 새어 들어왔다. 라울 옆으로도 한줄기 햇살이 지나갔다.

라울은 소리쳤다.

「어디 계세요? 당신 모습이 보이지 않아요」

전등은 꺼져 있었다. 덧창까지 뛰어가 창을 열자 햇빛이 헛간 가득 쏟아져 들어왔다. 조제핀 발사모는 보이지 않았다.

그는 다시 짚 더미 쪽으로 달려가 짚 더미 속을 파헤치며 1층으로 열려 있는 뚜껑 문을 통해 미친 듯이 집어 던졌다. 조제핀 발사모는 사라지고 없었다.

그는 아래로 내려와 과수원을 뒤져 보고 가까운 들판과 길을 헤맸다. 하지만 소용없었다. 상처를 입어 발을 디딜 수도 없을 텐데 은신처를 떠나 땅으로 뛰어내려서 과수원과 들판을 가로질러 사라졌다……

라울 당드레지는 다시 헛간으로 돌아와 세밀한 조사를 시작했다. 오래 찾을 필요도 없었다. 마루 바닥에서 네모난 종이를 발견했다.

그것을 주워들었다. 칼리오스트로 백작 부인의 사진이었다.

뒷면에는 연필로 두 줄의 사연이 적혀 있었다.

생명의 은인께 감사드립니다.
하지만 나를 다시 만날 생각은 하지 마세요.

일곱 개의 가지 중 하나

주인공이 기상천외한 모험에 시달리다 결국에는 자신이 한낱 꿈의 노리개였다는 사실을 깨닫게 되는 이야기들이 있다. 비탈 뒤에서 전날 숨겨 둔 자전거를 다시 찾은 라울은 느닷없이 이제 까지 재미있고 모험적이고 무시무시했다가 결국에는 아주 실망스 럽게 끝나는 꿈에 빠져 있었던 게 아닌가 하는 생각이 들었다.

하지만 그런 가설은 오래 가지 않았다. 손안에 든 사진과 무엇 보다도 조제핀 발사모의 입술에서 훔쳤던 키스의 감미로운 기억 이 그에게 분명한 사실로 남아 있었다. 그것은 피할 수 없는 진실 이었다.

그제야 처음으로 클라리스 데티그와 전날 아침의 달콤했던 시 간에 대한 생각이 떠오르고 그는 양심의 가책을 느꼈지만 곧 떨 쳐 버렸다. 그 나이에는 이런 배은망덕과 마음의 모순이 쉽게 정 리되는 법이다. 마치 한 사람이 두 존재로 나뉘는 것 같다. 한 존재는 무의식중에 미래를 기약하며 하나의 사랑을 계속하고 다른 한 존재는 휘몰아치는 새로운 열정에 격렬하게 자신을 내맡긴다. 클라리스의 모습은 라울이 가끔 기도를 드리러 가는, 흔들리는 양초들로 장식된 작은 예배당 깊숙한 안쪽에서 혼란스럽고 고통스러워하는 모습이었다. 하지만 칼리오스트로 백작 부인은 경배 드려야 할 유일한 신, 가장 사소한 생각이나 비밀조차 드러내 보이지 않는 독재적이고 질투심 많은 신이 되어 나타났다.

라울 당드레지는(후에 아르센 뤼팽이라는 이름을 떨치게 되겠지만 지금은 계속 이렇게 부르기로 하자) 한번도 사랑에 빠져 본 적이 없었다. 기회가 없었다기보다는 그럴 시간이 없었다. 야망에 불타기는 했지만 명예와 부와 권력에 대한 꿈을 어떤 분야에서 어떤 방법으로 이룰 수 있을지 알지 못했던 그는 언제든지 운명의 부름에 응할 준비가 되어 있도록 모든 면에서 노력을 다했다. 지성, 재치, 의지, 민첩한 몸놀림, 근육의 힘, 유연성, 참을성 등 그는 자신의 모든 재능을 최대한 연마했고 그가 노력할수록 언제나 한계점이 뒤로 물러나는 것을 보며 스스로도 놀랐다.

라울은 그렇게 해야만 살아날 수 있었고 다른 수단이라고는 전혀 없었다. 고아가 된 데다 친구도 친척도 직업도 없이 혼자였던 그지만 마침내 살아남았다. 어떻게? 이 점에 대해서는 그 자신도 자세히 생각해 보지 않았고 충분한 설명을 할 수 없을 것이다. 누구나 어떻게든 살아가기 마련이다. 상황에 따라 자신의 필요와 욕구를 충족시키면서.

라울은 생각하곤 했다.

〈행운은 내 편이야. 그러니 앞으로 나아가자. 될 일은 되게 되어 있어. 멋진 일이 일어날 것 같은 생각이 드는군.〉

라울이 인생 여정에서 조제핀 발사모와 마주치게 된 것은 바로 그때였다. 그녀를 정복하기 위해서는 이제까지 쌓아 온 모든 힘을 발휘해야 함을 그는 즉시 느꼈다.

라울에게 조제핀 발사모는 보마냥이 친구들의 불안한 상상 속에 심어 놓으려고 애썼던 〈악마의 화신〉이라는 이미지와는 전혀 상관이 없었다. 그 모든 잔인한 이미지와 살인과 배신의 수법들, 그녀를 마녀로 만든 모든 화려한 수사들은 이 아름다운 사진 앞에서 흔적도 없이 사라져 버렸다. 그는 사진 속 젊은 여인의 투명한 두 눈과 순결한 입술을 넋을 잃고 바라보았다.

그리고 사진을 온통 키스로 뒤덮으며 맹세했다.

「당신을 다시 찾아내겠어. 당신은 나를 사랑하게 될 거야. 내가 당신을 사랑하듯이. 당신은 내 거야. 당신을 가장 사랑스럽고 순종적인 나의 애인으로 만들겠어. 그리고 펼쳐진 책을 읽듯이 당신의 신비로운 삶을 읽어 낼 거야. 당신의 예지력, 당신에 관한 기적들, 당신의 믿을 수 없는 젊음, 다른 이들을 어리둥절하게 하고 섬뜩하게 만든 이 모든 것들, 그 모든 기발한 수법들에 대해 우리는 함께 웃음을 짓게 되겠지. 당신을 차지하고 말겠어, 조제핀 발사모」

당장에는 라울 자신에게조차 무모한 포부로 느껴지는 맹세였다. 사실 그 역시 조제핀 발사모에게 겁을 먹고 있었고, 똑같이 강해지기를 바라면서 자기보다 강한 사람에게 어쩔 수 없이 복종해야 하는 어린아이처럼 그녀에 대해 어떤 분노를 느끼지 않는 것은 아니었다.

이틀 동안 그는 사과나무를 심어 놓은 뜰 쪽으로 창문이 나 있는 여인숙 1층의 작은 방에만 틀어박혀 지냈다. 골똘한 생각과 기다림으로 낮 시간을 전부 보내고 오후에는 노르망디의 들판, 즉 조제핀 발사모를 우연히 만날 수 있을 장소들을 산책하며 보냈다.

사실 라울은 끔찍한 시련을 겪고 상처를 입은 젊은 여인이 파리의 거처로까지 돌아가지는 못했으리라고 생각했다. 그녀는 살아 있었지만 자신을 죽이려던 사람들에게는 죽었다고 믿게 해야 했다. 또 한편, 그들에게 복수를 하기 위해서나 그들보다 먼저 목표에 도달하기 위해서나 싸움터에서 멀어져서는 안 될 것이었다.

그 일이 있고 나서 사흘째 날 저녁 그는 방 안 탁자 위에 꽃다발이 놓여 있는 것을 발견했다. 빙카, 수선화, 앵초, 노란 앵초 등 4월의 꽃들로 만든 꽃다발이었다. 여인숙 주인에게 물어보았으나 아무도 보지 못했다고 했다.

〈그녀야.〉

라울은 그녀가 꺾어 왔을 꽃들에 입을 맞추며 생각했다.

이어지는 나흘 동안 라울은 정원 깊숙이 잡목림 뒤에 숨어 기다렸다. 주위에서 발자국 소리가 울릴 때마다 그의 심장이 고동쳤다. 하지만 매번 실망했고 그로 인해 실제로 가슴이 아프기까지 했다.

그런데 그날 5시쯤, 정원의 비탈진 부분을 뒤덮고 있는 덤불과 나무들 사이로 옷깃이 스치는 소리가 들렸다. 여인의 드레스가 지나갔다. 라울은 뛰어나갈 듯하다가 곧 자제하며 화를 억눌렀다.

여인은 클라리스 데티그였던 것이다.

그녀의 손에는 지난번 것과 매우 비슷한 꽃다발이 들려 있었다. 그녀는 사뿐사뿐 1층까지 다가와 창문으로 팔을 뻗어 꽃다발을 내려놓았다.

그녀가 되돌아갈 때 라울은 그녀의 창백한 얼굴을 보고 깜짝 놀랐다. 두 뺨은 싱그러운 색조를 잃었고 검은 그늘이 드리운 눈은 긴 불면의 시간과 슬픔을 보여 주고 있었다.

「당신으로 인해 힘든 일이 많이 생기겠죠」

그녀는 이렇게 말했다. 하지만 그 고통이 이렇게 빨리 시작될 줄은, 라울에게 모든 것을 바친 그날이 바로 영원한 작별의 날이 되고 알 수 없는 이유로 버림받는 날이 될 줄은 꿈에도 몰랐다.

라울은 클라리스의 예언을 떠올리고 자기가 그녀에게 준 고통 때문에 그녀에게 짜증이 나는 한편, 희망이 무너지고 꽃을 가져온 사람이 기다리던 여인이 아니라 클라리스라는 데 화가 치밀어 그녀가 그냥 스쳐 지나가도록 내버려두었다.

하지만 바로 클라리스 덕분에(그녀는 행복해질 수 있는 마지막 기회를 스스로 망쳐버린 셈이 되었다) 라울은 캄캄한 어둠 속에서 방향을 잡기 위해 필요한 귀중한 정보를 얻었다. 한 시간 쯤 후 그는 막대에 매달린 편지를 발견했던 것이다. 겉봉을 뜯고 읽어 보았다.

사랑하는 라울, 벌써 끝난 건가요? 아니죠, 그렇죠? 제가 까닭도 없이 괜한 눈물을 흘리고 있는 거겠지요? 당신의 클라리스에게 벌써 싫증이 나신 건 아니겠지요?

내 사랑, 그들은 모두 오늘 저녁 기차를 타고 떠나서 내일 늦게나 돌아올 거예요. 저를 찾아와 줄 거죠, 네? 더 이상 저를 눈물 짓게 하지는 않겠지요? 제게 와 주세요, 내 사랑…….

비탄에 잠긴 가엾은 편지였다……. 하지만 라울은 아무런 감동도 받지 않았다. 편지에 언급된 여행을 생각하고 칼리오스트로 백작 부인에 대한 재판에서 보마냥이 한 말을 떠올릴 뿐이었다. 〈그 녀는 우리가 곧 디에프의 이웃 영지를 샅샅이 조사할 것이라는 정보를 내게서 캐내고 서둘러 그곳으로 떠났소…….〉

그것이 이번 원정의 목적이 아닐까? 그렇다면 라울에게는 다시 한번 싸움에 끼어들고 이 사건을 이용할 수 있는 기회가 있지 않을까?

그날 저녁 7시, 라울은 뱃사람처럼 차려입고 얼굴을 검게 칠해 알아보지 못하도록 꾸민 다음 데티그 남작과 오스카 드 베네토의 기차에 같이 올라 그들과 마찬가지로 두 번을 갈아타고 작은 역에 내려 하루를 묵었다.

다음날 아침, 도르몽과 롤빌, 루 데스티에가 마차를 타고 두 친구를 찾아 왔다. 라울은 달려 나가 그들 뒤를 따랐다.

마차는 10킬로미터 정도 가서 괴르 성이라고 불리는 황폐한 긴 저택이 보이는 곳에 멈추어 섰다. 열려 있는 철책 가까이 다가가자 넓은 정원 안에서 산책길과 잔디밭을 파 엎고 있는 일꾼들을 발견할 수 있었다.

10시였다. 인부 관리인들이 현관 앞 계단에서 다섯 명의 협력자를 맞이했다. 라울은 눈에 띄지 않게 일꾼들 틈에 섞여서 이것 저것을 탐문했다. 그렇게 해서 괴르 성이 롤빌 후작에게 팔렸으며 그날 아침부터 정비 작업이 시작됐음을 알아냈다.

라울은 인부 관리인 중 한 명이 남작에게 대답하는 것을 들었다.

「예, 남작님. 지시대로 했습니다. 땅을 파다가 동전이나 금속, 철, 구리 등으로 된 물건을 발견해서 가져오는 사람에게는 포상을 내리겠다고 일러두었습니다」

정원을 온통 뒤엎어 놓은 이유는 오직 무언가를 찾기 위한 것임이 분명했다. 하지만 도대체 무얼 찾는 것일까?

라울은 정원을 어슬렁거리다가 저택 주위를 한 바퀴 돌아 지하 창고로 들어갔다.

11시 반이 되도록 아무런 해답도 찾아내지 못한 채 뭔가 행동을 취해야 할 것 같은 생각만 점점 커져 갔다. 시간이 지체될수록 다른 사람들에게는 그만큼 큰 기회가 주어지는 셈이고 그러다 모든 게 다 끝나 버릴 위험이 있었다.

그때 남작의 무리 다섯 명은 저택 뒤편, 정원을 내려다보는 긴 전망대에 올라가 있었다. 난간이 벽처럼 둘러져 있었는데 거의 다 깨진 단지 모양 장식의 받침대 역할을 했던 열두 개의 벽돌 기둥이 군데군데 두드러져 보였다.

곡괭이를 하나씩 든 한 무리의 일꾼들이 벽을 허물기 시작했다. 라울은 이런 장소에서 자기 모습이 이상해 보일지도 모른다는 걱정조차 하지 않고 주머니에 손을 찔러 넣고 입에 담배를 물고 생각에 잠긴 채 그들이 일하는 모습을 바라보았다.

고드프루와 데티그가 종이에 담배를 말더니 성냥이 없음을 알고 라울에게 다가와 불을 부탁했다.

라울은 담배를 내밀었다. 데티그 남작이 불을 붙이는 사이 라울의 머릿속에는 한 가지 계획이 떠올랐다. 충동적이고 매우 단순한 계획이었지만 라울에게는 아주 작은 세부 사항 하나까지도 완벽하게 논리적인 과정으로 보였다. 하지만 서둘러야 했다.

라울이 모자를 벗자 뱃사람의 머리카락으로는 보이지 않는 잘 손질된 머리칼이 드러났다.

데티그 남작은 그를 유심히 바라보더니 불현듯 사태를 깨닫고 펄펄 뛰었다.

「또 네 놈이군! 거기다 변장까지! 이번엔 또 무슨 수작이냐? 어떻게 감히 여기까지 나를 따라왔단 말이냐? 내가 벌써 분명히 대답했을 텐데. 내 딸과 결혼은 절대 허락할 수 없어」

라울이 그의 팔을 붙잡으며 강압적으로 말했다.

「소란 피우지 마십시오! 그러면 우리 둘 다 손해입니다. 나를 친구들에게 데리고 가 주십시오」

고드프루와는 저항하려 했지만 라울이 다시 말했다.

「나를 친구들에게 데려다 달라고 했습니다. 내가 당신들에게 도움이 될 것입니다. 뭔가를 찾는 중인가요? 혹시 촛대를 찾는 것 아닙니까? 그렇죠?」

「맞네」

남작은 자기도 모르게 대답하고 말았다.

「칠지 촛대겠지요. 어디 숨겨져 있는지 내가 알고 있습니다. 나중에 당신들이 추구하는 목적에 아주 유용하게 쓰일 다른 정보들도 드리겠습니다. 데티그 양에 대해서는 그때 다시 얘기하기로 하고 오늘은 그 일은 접어 두기로 합시다. 어서 친구들을 부르십시오」

고드프루와는 망설였다. 하지만 라울의 장담과 자신감에 이끌려 곧 친구들을 불렀고 이내 모두 모였다.

고드프루와가 말했다.

「이 친구는 내가 잘 아는 사람이오. 이 친구 말에 따르면 아마……」

라울이 그의 말을 잘랐다.

「〈아마〉가 아닙니다. 나는 이 고장 토박이예요. 어릴 적부터 이곳을 관리하던 나이 든 정원사의 아이들과 함께 이 성에서 놀았습니다. 그분은 종종 우리들에게 지하 창고들 중 한 곳의 벽에 달린 고리를 가리키며 말하곤 했습니다. 〈저기에 비밀 장소가 있단다. 온갖 골동품이랑 촛대, 시계 같은 물건을 저기에 숨기는 것을 보았어.〉」

이 비밀스런 정보를 듣고 고드프루와의 친구들은 흥분했다.

하지만 베네토가 급히 반박했다.

「지하 창고라고? 거긴 우리가 이미 찾아봤어」

「그렇지만 제대로 못 봤겠지요」

라울이 단언했다.

「내가 안내하겠습니다」

그들은 지하로 내려가는 계단을 통해 창고에 도착했다. 두 개의 문을 지나 몇 단을 더 내려가자 천장이 둥근 방들이 나타났다.

미리 이 부근을 조사해 두었던 라울이 말했다.

「왼쪽으로 세 번째 방입니다. 자, 여기……」

라울은 몸을 숙여야만 하는 작고 캄캄한 지하 광 안으로 그들 다섯 명을 모두 들어가게 했다.

「아무것도 보이지 않는군」

루 데스티에가 투덜거렸다.

「여기 성냥이 있습니다. 계단에서 양초 쪼가리 하나를 봤는데…… 잠깐만, 금방 뛰어갔다 오겠습니다」

라울이 말했다.

그러고는 문을 닫은 뒤 열쇠로 잠그고 떠나며 포로들에게 소리쳤다.

「촛대의 일곱 가지에 불을 밝혀 보시지요. 마지막 포석 하나까지 다 들어내면 거미줄에 조심스럽게 싸여 있는 그 촛대를 찾을 수 있을 겁니다」

라울이 미처 밖으로 나오기도 전에 다섯 사람이 격렬하게 문을
두드리는 소리가 들렸다. 덜컹거리고 헐어빠진 문이었으므로 몇 분
이상 버티지 못할 것이었다. 하지만 그 정도 시간이면 충분했다.

그는 전망대 위로 펄쩍 뛰어올라 한 노동자의 손에서 곡괭이를
빼앗고 아홉 번째 기둥으로 달려가서 단지 모양의 장식을 깨뜨렸
다. 그러고 나서 시멘트로 된 기둥머리를 쳐 댔다. 그러자 완전히
균열이 간 기둥머리는 곧 조각조각 부서졌다. 시멘트 안쪽 벽돌
사이에 빈 공간이 나타났다. 안에는 자갈과 흙덩이가 뒤섞여 있
었다. 라울은 거기에서 녹슨 금속 막대를 간단히 끄집어낼 수 있
었다. 교회 제단에서 볼 수 있는 커다란 촛대의 가지 중 하나임이
분명했다.

한 무리의 일꾼들이 그를 둘러싸고 그가 흔들어 대는 물건을
바라보며 탄성을 질렀다. 그날 아침 작업을 시작한 이래로 첫 발
견이었다.

아마 라울은 침착하게 다섯 친구들에게 금속 막대를 가져다 주
러 가는 척할 수도 있었을 것이다. 하지만 바로 그 순간 저택 모
퉁이에서 요란한 외침이 터져나오고 롤빌에 이어 다른 사람들이
불쑥 튀어나오며 고래고래 소리를 질러 댔다.

「도둑이야! 그놈 잡아라! 도둑이야!」

라울은 일꾼들 중 한 사람의 머리를 치고 도망쳤다. 아까부터
터무니없는 행동의 연속이었다. 남작과 그 친구들에게 신임을 얻
고자 했다면 그들을 지하 창고에 가두거나 그들이 찾는 물건을
빼앗는 일은 저지르지 말았어야 할 것이다. 하지만 사실 라울은
조제핀 발사모를 위해 싸우고 있었고 지금 막 얻어 낸 전리품을 한

시바삐 그녀에게 주려는 목적밖에는 없었다. 따라서 라울은 있는 힘을 다해 달아났다.

정문으로 이르는 길은 막혀 있었기 때문에 연못을 따라 돌았다. 그를 붙잡으려는 두 명의 남자를 해치우고 20여 미터 뒤에서 미치광이처럼 울부짖는 공격자들의 무리에 쫓기며 채소밭에 이르렀다. 뛰어넘을 수 없을 정도로 높은 벽이 사방으로 둘러쳐 있었다.

〈제길, 막다른 곳이군. 사냥꾼들에게 잡히고 말겠어……. 이렇게 패배하다니!〉

채소밭 왼쪽은 마을의 교회가 굽어보고 있었고 교회의 공동묘지가 이어졌다. 예전에 괴르 성주들의 묘지로 쓰였던 매우 작은 폐쇄된 공간은 채소밭 안쪽을 내려다보고 있었다. 단단한 철책이 둘러져 있었고 주목이 빽빽이 늘어서 있었다. 그런데 라울이 이 울타리를 따라 달려가던 바로 다음 순간 문이 반쯤 열리더니 팔이 불쑥 나와 길을 막고 그의 손을 잡았다. 깜짝 놀란 라울은 한 여인에게 이끌려 컴컴한 덤불숲 안으로 끌려 들어갔다. 여인은 공격해 오는 사람들의 바로 코앞에서 문을 닫았다.

라울은 그녀가 조제핀 발사모라는 것을 직감으로 알았다.

「이리로 오세요」

그녀가 주목 숲 한가운데로 들어가며 말했다.

철책 안쪽에 마을의 공동묘지로 향하는 또 다른 문이 열려 있었다.

교회 뒤편에 이제는 시골에서밖에 볼 수 없는 낡은 구식 사륜마차가 거의 돌보지 않은 듯한 작고 여윈 두 마리 말에 묶인 채 정차해 있었다. 마부석에는 수염이 희끗희끗하고 등이 몹시 굽은 마부가 푸른색 작업복 차림으로 구부정하게 앉아 있었다.

라울과 백작 부인은 마차에 뛰어올랐다. 아무도 그들을 보지 못했다.

그녀가 마부에게 말했다.

「레오나르, 뤼느레가를 지나 두드빌가 쪽으로, 빨리!」

교회는 마을의 끝에 있었다. 뤼느레가로 접어들면서 마을의 중심지는 벗어났다. 고원으로 올라가는 해안길이 길게 이어졌다. 앙상한 말 두 마리였지만 경마장의 오르막길을 달리는 경주마들처럼 빨랐다.

겉보기에 그토록 초라해 보였던 마차의 내부도 꽤 넓고 안락했으며 나무로 된 창살 덕분에 귀찮은 시선들로부터 안전했다. 너무나 사적인 느낌이 드는 공간이어서 라울은 무릎을 꿇고 열렬한 사랑을 토로했다.

라울은 기쁨으로 숨이 막힐 지경이었다. 백작 부인의 기분이야 어떻든 그는 그녀를 구조한 날 밤을 함께 보낸 후, 또 이토록 특별한 상황에서 다시 만났으니 지지부진한 과정들을 뛰어넘어 정정당당한 사랑의 고백으로 대화를 시작해도 좋은 특별한 관계가 되었다고 생각했다.

그는 가장 유혹하기 어려운 여자들도 넘어가게 할 정도의 발랄한 태도로 단숨에 사랑을 고백했다.

「당신이었어요? 아, 당신이었군요. 정말 멋진 반전입니다! 이번에는 그들 무리가 나를 막 물어뜯으려는 순간 조제핀 발사모, 당신이 어둠 속에서 솟아나와 나를 구해 주었군요. 아! 정말 행복합니다. 내가 당신을 얼마나 사랑하는지! 수년 전부터, 한 세기 전부터 당신을 사랑해 왔어요. 정말입니다. 나는 100년 동안 이 사랑을 간직해 왔어요. 당신처럼 젊고 오랜 사랑…… 당신처럼 아

름다운 사랑……! 당신은 너무나 아름답습니다! 당신을 보는 것
만으로도 감동받지 않을 수 없지요……. 그것은 기쁨인 동시에
절망이기도 하답니다. 무슨 일이 있어도 결코 당신의 아름다움을
품에 안을 수 없으리라는 생각에…… 당신의 눈빛, 당신의 미
소, 이 모든 것은 영원히 붙잡을 수 없을 테니까요……」

라울은 몸을 떨며 중얼거렸다.

「아! 당신은 나를 보고 있군요! 그렇다면 나를 탓하지 않으시
는 겁니까? 내 사랑을 당신께 털어놓도록 허락해 주는 겁니까?」

그녀는 문을 반쯤 열었다.

「내리시겠어요?」

「거절하겠습니다」

「내가 마부를 불러 도움을 청한다면?」

「그를 죽여 버릴 겁니다」

「그럼 내가 내린다면?」

「길에서 내 사랑을 계속 고백하지요」

그녀는 웃기 시작했다.

「좋아요. 모든 질문에 해답을 갖고 있군요. 내리지 않아도 돼
요. 하지만 터무니없는 소리는 그만하세요! 그보다는 방금 전에
있었던 일에 대해서, 그 사람들이 왜 당신을 쫓아왔는지에 대해
서 얘기해 보세요」

라울은 의기양양했다.

「좋습니다. 당신에게 모든 걸 다 얘기해 드리지요. 나를 쫓아
내지 않았으니까…… 당신이 내 사랑을 받아 주었으니까요」

「아니, 난 아무것도 받아 주지 않았어요. 당신은 나에 대해 잘
알지도 못하면서 고백을 퍼붓는군요」

그녀가 웃으며 말했다.

「내가 당신을 모른다고요?」

「지난 밤 램프 불빛 아래에서 겨우 나를 한 번 보았을 뿐이지요」

「그 밤에 앞서 낮에도 당신을 보았어요. 라 애 데티그의 가증할 만한 회합이 벌어질 동안. 그 정도면 당신을 찬미하기에 충분한 시간 아닌가요?」

조제핀은 갑자기 심각한 얼굴로 그를 바라보았다.

「아! 당신도 그 자리에 있었단 말이에요?」

「있었지요. 그 자리에 있었고 당신이 누구인지 압니다! 칼리오스트로의 딸, 당신을 알고말고요. 가면은 집어던졌네요! 나폴레옹 1세는 당신을 매우 친근하게 대했지요……. 그런데 당신은 나폴레옹 3세를 배신하고 비스마르크를 위해 일했습니다. 그리고 선량한 불랑제 장군을 자살하게 했지요! 당신은 청춘의 샘에서 목욕을 하고 영원한 젊음을 유지하지요. 당신의 나이는 100살……당신을 사랑해요」

라울은 쾌활하고 열정적으로 말했다.

그녀의 깨끗한 이마에 살짝 근심에 찬 주름이 잡혔다. 그녀가 다시 말했다.

「아! 당신이 그 자리에 있었다니…… 그랬군요. 비열한 인간들, 그들 때문에 얼마나 고통을 당했는지! 당신도 그 이상한 고발을 모두 들었군요?」

「멍청한 소리였죠. 아름다운 것이라면 무엇이든 증오하는 사람들처럼 당신을 증오하는 광신자들의 무리였습니다. 하지만 그 모든 건 그저 광기와 어리석음의 발로였을 뿐입니다. 이제 그 생각은 하지 맙시다. 나는 오직 당신의 발걸음 아래에서 꽃처럼 피어

나는 매력적인 기적들만 기억하고 싶으니까요. 당신의 영원한 젊음을 믿고 싶고 내가 구하지 않았더라도 당신은 죽지 않았으리라고 믿고 싶으니까요. 내 사랑은 초자연적이라고, 방금 전 주목나무 기둥에서 당신이 불쑥 나타난 것도 마법이었다고 믿고 싶으니까요」

조제핀은 다시 명랑해지면서 고개를 저었다.

「아니요, 나는 오래전부터 괴르 성의 정원에 들어가기 위해 그 낡은 문을 이용해 왔어요. 열쇠는 자물쇠에 꽂혀 있지요. 그리고 그들이 오늘 아침 그곳을 조사한다는 사실을 알고 숨어서 지켜보았던 거예요」

「바로 그게 기적이란 말입니다! 하지만 기적이 이것뿐일까요? 괴르 성의 정원에서 다른 사람들은 몇 주, 몇 달, 아니 어쩌면 훨씬 오래전부터 찾아 헤맸으면서도 발견하지 못한 칠지 촛대를, 나는 오직 당신을 기쁘게 해주고 싶은 마음만으로 적들의 감시를 뿌리치고 그 많은 사람들 사이에서 단 몇 분 만에 찾아냈답니다」

조제핀은 깜짝 놀랐다.

「뭐라고요? 지금 뭐라고 했어요? 그것을 찾았다고요?」

「네, 바로 그 물건을. 아니, 칠지 촛대의 가지 하나를 발견했습니다. 자, 여기 있어요」

조제핀 발사모는 열에 들떠 금속 가지를 휙 가로채서 들여다보았다. 둥글고 단단한, 살짝 굴곡이 진 막대였는데 두껍게 녹이 슬어 있었다. 약간 납작한 한쪽 끝 부분에는 둥그스름하게 깎은 굵은 보랏빛 보석이 박혀 있었다.

그녀가 중얼거렸다.

「맞아, 이거야. 확실해. 이 가지는 받침 부분이 잘려 나간 거 예요…… 아! 내가 당신에게 얼마나 감사하는지 당신은 모를 거예요」

라울은 자기의 모험에 대해 생생하게 이야기해 주었다. 여인은 매우 놀라며 듣고 있었다.

「어떻게 그런 생각을 했어요? 왜 하필 다른 기둥이 아니라 아홉 번째 기둥을 부술 생각을 한 거죠? 우연인가요?」

「물론 아닙니다. 확신이 있었죠. 열두 개의 기둥 중 열한 개는 17세기 말 이전에 세워진 데 반해 아홉 번째 기둥은 그 후의 것이었거든요」

「그걸 어떻게 알았어요?」

「열한 개의 기둥들은 200년 전에만 쓰였던 크기의 벽돌로 되어 있었지만 아홉 번째 기둥은 오늘날에도 사용하는 벽돌로 되어 있었으니까요. 그러니까 아홉 번째 기둥은 허물어졌다가 다시 지어졌다는 뜻이지요. 이 물건을 감추기 위해서가 아니라면 왜 그랬겠습니까?」

조제핀 발사모는 한동안 아무 말도 하지 않았다. 그러더니 천천히 입을 열었다.

「놀랍군요…… 이런 식으로…… 이렇게 빨리 성공할 수 있을 줄은 꿈에도 몰랐어요. 우리 모두 실패한 일을……」

그리고 덧붙였다.

「그래요, 정말 기적이 일어났군요……」

「사랑의 기적이죠」

라울이 되풀이해서 말했다.

마차는 종종 마을을 가로지르는 길을 피해 우회로를 택하여 밀기 어려운 빠른 속도로 달렸다. 오르막길도 내리막길도 작고 여윈 두 마리 말의 광적인 열기를 꺾지는 못했다. 오른쪽, 왼쪽으로 들판이 그림처럼 미끄러져 지나갔다.

「보마냥도 거기 있었나요?」

백작 부인이 물었다.

「아니요. 그로서는 다행이죠」

라울이 답했다.

「다행이라니요?」

「거기 있었다면 내가 목을 조르고 말았을 테니까요. 그 음흉한 인간을 증오합니다」

「그래도 나보다는 덜할 거예요」

그녀가 차가운 목소리로 말했다.

「하지만 당신은 그를 쭉 미워했던 건 아니잖습니까」

라울은 질투심을 억누르지 못하고 이렇게 말했다.

「전부 거짓말, 중상모략이에요」

조제핀 발사모가 목소리도 높이지 않고 단언했다.

「보마냥은 사기꾼, 정신이상자에 병적으로 오만한 사람이에요. 그래서 내가 자기의 사랑을 거부했기 때문에 나를 죽이려고 했던 거예요. 그날도 내가 그렇게 얘기하자 그는 반발하지 않았죠. 반발할 수 없었으니까……」

라울은 열렬한 격정에 사로잡혀 다시 무릎을 꿇고 외쳤다.

「아! 내겐 너무나 달콤한 말이로군요……. 그렇다면 그를 사랑한 적이 없었단 말이지요? 아, 이제 살 것 같습니다. 하긴 그게 가당키나 한 얘긴가요? 조제핀 발사모가 보마냥에게 반하다니……」

그는 손뼉을 치며 웃었다.

「당신을 이제 조제핀이라 부르지 않겠습니다. 조제핀은 예쁜 이름이 아니니까요. 조진, 어때요? 그래요, 이제부터 당신을 조진이라 부르겠습니다. 나폴레옹과 당신의 어머니 보아르네가 그렇게 불렀듯이 말이죠. 결정된 겁니다, 알겠죠? 당신은 조진입니다. 나의 조진……」

「예의를 지켜 주세요. 나는 당신의 조진이 아니에요」

그녀가 라울의 어리광에 웃으며 말했다.

「예의라고요? 하지만 나는 예의가 넘쳐흐르고 있습니다. 봐요! 우리는 단둘이 갇혀 있고 당신은 무방비 상태이지만 나는 마치 우상 앞에 엎드리듯 당신 앞에 무릎을 꿇고 있잖습니까. 나는 두려워요! 떨리기까지 하는걸요! 당신이 입을 맞추라고 손을 내밀어 준다 해도 감히 그러지 못할 겁니다!」

경찰과 헌병

여행길 내내 길고 긴 열렬한 숭배가 계속되었다. 라울에게 손을 내밀어 키스할지 여부를 시험하지 않은 것은 아마 칼리오스트로 백작 부인이 옳았을 것이다. 하긴 라울이 비록 그 여인을 정복하겠다고 맹세하고 그 맹세를 반드시 지키기로 결심하긴 했어도 그녀 곁에서 숭배의 태도와 마음가짐을 그대로 유지하고 있었던 것도 사실이다. 그래서 그녀에게 지칠 줄 모르는 사랑의 고백을 퍼붓는 정도의 대담성이 고작이었다.

조제핀은 듣고 있었을까? 가끔은 그랬다. 마치 좋아한다고 재잘재잘 떠들어 대는 어린아이의 이야기를 듣듯이. 하지만 때로는 멀게만 느껴지는 침묵에 깊이 잠겨 라울을 당황하게 했다.

마침내 라울이 외쳤다.

「아! 제발 말씀 좀 해 보십시오. 나는 당신에게 감히 너무 진지하게 말할 수 없어서 가볍게 이야기하려고 애쓰고 있습니다.

하지만 사실 나는 당신이 두렵습니다. 내가 무슨 말을 하고 있는 지조차 모르겠어요. 제발 부탁이니 대답해 줘요. 내가 현실로 돌아올 수 있도록 단 몇 마디만이라도……」

「단 몇 마디만?」

「예, 그 이상은 필요 없습니다」

「좋아요. 두드빌 역이 여기서 아주 가까워요. 기차가 기다리고 있을 거예요」

그는 화가 난 듯 팔짱을 꼈다.

「그럼 당신은?」

「나요?」

「그래요. 혼자서 어떻게 하겠다는 겁니까?」

「저런, 나는 이제까지 늘 그랬듯이 혼자서 잘해 나갈 수 있어요」

「말도 안 됩니다! 이제 당신에게는 내가 없으면 안 돼요. 당신은 내 도움이 반드시 필요한 싸움터에 뛰어들었지요. 보마냥과 고드프루와 데티그, 다르콜 대공, 그 불한당들이 당신을 짓밟아 버릴 겁니다」

「그들은 내가 죽은 줄 알아요」

「그러니 더 더욱 안 되는 겁니다. 죽은 걸로 되어 있는 당신이 어떻게 자유롭게 행동할 수 있겠습니까?」

「걱정 마세요. 그들의 눈에 띄지 않게 행동할 테니까」

「하지만 중간에 내가 있으면 훨씬 더 쉬울 텐데요! 안 돼요. 이번에는 진지하게 말하는데 제발 내 도움을 거절하지 마십시오. 여자 혼자서는 이룰 수 없는 일들이 있습니다. 당신이 그들과 같은 목적을 추구하고 그들과 전쟁을 치르고 있다는 사실만으로도 그들은 당신에 대해 가장 비열한 음모를 꾸몄지요. 언뜻 보기에 어찌나 견고한 논거를 대 가며 당신을 고발하던지 한순간 나도 당신을 보마냥이 증오와 경멸을 퍼붓는 마녀이자 살인자로 보았을 정도라고요.

그렇다고 해서 나를 원망하지는 마십시오. 당신이 그들에게 저항하는 그 순간 곧 나는 내가 잘못 생각했다는 것을 깨달았으니까요. 당신에 맞선 보마냥과 그의 공범들은 가증스럽고 비열한 살인자들이었을 뿐입니다. 당신은 위엄 있게 그들을 다스렸고 그들의 모든 중상 모략은 이제 내 기억 속에 더 이상 남아 있지 않습니다. 하지만 내가 당신을 도왔다는 것을 인정해야 합니다. 당신에게 내 사랑을 털어놓아 기분을 언짢게 했다면 앞으로는 그런 일 없을 겁니다. 아름답고 순수한 것을 위해 자신을 바치는 사람들처럼 당신에게 내 모든 것을 바칠 수 있게 해 주기만을 부탁드립니다」

그녀가 양보했다. 두드빌 마을을 지나쳤다. 이브토가에서 마차는 너도밤나무로 둘러싸이고 사과나무들이 심어져 있는 농장 안뜰로 들어가 멈추었다.

백작 부인이 말했다.

「여기서 내려요. 이곳은 바쇠르 할멈이라는 부인의 농장이에요. 할멈은 내 요리사로 일했는데 여기서 약간 떨어진 곳에 할멈의 여인숙 겸 식당이 있어요. 가끔 이삼 일 쉬러 오는 곳이죠. 거기에서 함께 점심을 들도록 해요. 레오나르, 우리는 한 시간 후에 떠날 거니까 준비해 줘」

그들은 다시 큰길로 나왔다. 그녀가 아주 어린 소녀처럼 경쾌한 걸음걸이로 앞서 갔다. 그녀는 허리를 꼭 죄는 회색 드레스를 입고 벨벳 끈과 제비꽃 다발로 장식된 보랏빛 모자를 쓰고 있었다. 라울 당드레지는 약간 뒤쳐져 걸으며 그녀에게서 눈을 떼지 못했다.

첫 번째 모퉁이를 돌자 꽃이 만발한 아담한 정원이 보이고 초가지붕을 얹은 작고 하얀 건물이 나타났다. 그들은 곧장 카페로 들어갔다.

「남자 목소리가 들리는데요」

라울이 안쪽 벽에 나 있는 문을 가리키며 말했다.

「할멈이 내게 점심을 차려 주는 방이에요. 아마 농부들이 몇 명 와 있나 보지요」

그녀가 말을 채 마치기도 전에 문이 열리더니 면 앞치마를 두르고 나막신을 신은, 나이가 꽤 들어 보이는 부인이 나타났다.

그녀는 조제핀 발사모를 보자 매우 당황한 듯 문을 닫고 알아들을 수 없는 소리를 웅얼거렸다.

「무슨 일이에요?」

조제핀 발사모가 초조한 음성으로 물었다.

바쇠르 할멈이 털썩 주저앉으며 더듬거렸다.

「가세요……. 도망가요…… 어서……」

「왜요? 말씀해 보세요! 설명을 해 봐요……」

몇 마디 말이 들렸다.

「경찰들이…… 아가씨를 찾아요…… 아가씨 가방이 있는 방을 뒤졌어요…… 경찰들은 헌병을 기다리고 있어요. 달아나세요, 안 그러면 큰일 날 거예요」

이번에는 백작 부인이 비틀거리며 힘이 빠져 테이블에 기대야만 했다. 그녀의 시선이 라울의 시선과 마주쳤다. 정말로 어찌할 바를 모르겠다는 듯 라울의 도움을 간청하는 애절한 눈빛이었다.

그는 어리둥절했다. 라울이 말했다.

「헌병이 당신한테 무슨 볼일이 있다는 겁니까? 당신을 찾는 게 아니겠죠, 그렇죠?」

바쇠르 할멈이 다시 말했다.

「아니에요. 아가씨를 찾는 거예요. 아가씨를 찾고 있어요……. 아가씨를 구해 주세요」

라울은 이 상황의 정확한 의미는 여전히 파악할 수 없었지만 그 심각성을 깨달았다. 그 역시 창백해진 얼굴로 백작 부인의 팔을 잡아 문 쪽으로 끌고 가서 밖으로 밀어냈다.

그런데 그녀는 문턱을 넘어서자마자 공포에 질려 뒤로 물러서며 중얼거렸다.

「헌병이에요! 그들이 나를 봤어요!」

둘은 재빨리 도로 들어왔다. 바쇠르 할멈은 팔다리를 부들부들 떨며 멍청하게 중얼거릴 뿐이었다.

「헌병이…… 경찰들……」

「조용히하십시오! 조용! 내가 다 책임지겠습니다. 경찰은 전부 몇 명이죠?」

라울이 낮은 목소리로 매우 침착하게 물었다.

「두 명이에요」

「헌병도 두 명. 그렇다면 힘으로는 어쩔 수 없겠군요. 우리는 포위됐습니다. 그들이 조사했다는 가방은 어디 있습니까?」

「위층에요」

「그럼 위층으로 가는 계단은?」

「여기 있어요」

「좋아요. 할멈은 여기 가만 계십시오. 그리고 표정 관리 잘하시고. 다시 한번 말하지만 내가 모든 걸 책임질 테니까」

라울은 백작 부인의 손을 잡아 할멈이 가르쳐 준 문 쪽으로 데려갔다. 계단은 지붕 밑 방으로 이어지는 일종의 사다리였다. 방에 들어가자 가방에 들어 있었을 드레스와 속옷들이 죄다 흩어져 있었다. 라울과 칼리오스트로 백작 부인이 방에 도착한 순간 두 경찰이 카페 안으로 들어왔다. 라울은 발소리를 죽여 초가지붕 사이로 난 창가로 다가갔다. 아래쪽을 보니 헌병 둘이 말에서 내려 정원의 말뚝에 고삐를 매고 있었다.

조제핀 발사모는 꼼짝도 하지 않았다. 라울은 심각한 걱정거리로 인해 일그러지고 늙어 버린 그녀의 얼굴을 보았다.

라울이 그녀에게 말했다.

「빨리요! 옷을 갈아입어야 합니다. 아무거나 다른 드레스를 입으십시오…… 검은색이 좋겠군요」

그는 창쪽으로 몸을 돌려 경찰과 헌병들이 아래쪽 정원에서 이야기를 나누는 것을 보았다. 그녀가 옷을 다 갈아입자 벗어 놓은 회색 드레스를 라울이 입었다. 그는 가늘고 날씬했다. 치마를 끌어내려 발까지 덮자 드레스는 그에게 놀랄 만큼 잘 어울렸다. 이렇게 변장을 한 라울이 너무나 즐겁고 침착해 보여서 그녀도 안심하는 것 같았다.

「저들의 얘기를 들어 봐요」

라울이 말했다.

카페 문턱에서 이야기하는 네 사람의 말소리가 또렷이 들려왔다. 그들 중 한 명, 아마 헌병인 듯한 사람이 느릿느릿한 목소리로 거칠게 물었다.

「그녀가 정말로 가끔씩 이곳에 머문다는 거요?」

「물론입니다. 증거가 있어요. 그녀가 맡겨놓은 가방 두 개……
그중 하나에는 펠레그리니 부인이라고 이름이 씌어져 있습니다.
게다가 바쇠르 할멈은 정직한 사람이거든요, 그렇지 않은가?」

「세상에서 가장 정직한 사람이지요. 마을 전체가 알아요!」

「그럼요! 바쇠르 할멈은 펠레그리니 부인이 가끔 며칠씩 이 집
에 머무른다고 말했어요」

「그렇고말고요! 강도질을 마치고 다음번 작업을 준비하는 동안
들르는 거죠」

「확실해요」

「펠레그리니 부인을 잡으면 굉장하겠군」

「대단한 일이지요. 가중 절도죄, 사기죄, 장물 은닉죄. 간단히
말해서 악마와 그 일당을 잡게 되는 겁니다. 그 많은 공범자들은
계산하지 않더라도……」

「인상착의를 알고 계시오?」

「안다고도 할 수 있고 모른다고도 할 수 있어요」

「두 개의 사진이 전혀 다르거든요. 하나는 젊고 하나는 늙었지
요. 나이로 말하자면 서른에서 예순까지 될 수 있어요」

그들은 웃음을 터뜨렸다. 그러고 나서 거친 목소리가 다시 말
했다.

「하지만 당신들은 그녀의 뒤를 쫓고 있지 않소?」

「글쎄요. 그녀는 2주 전 루앙과 디에프에서 일을 벌였어요. 그
런데 거기서 그녀의 흔적을 놓쳤지요. 그 후 철도 노선을 따라 이
동하는 그녀를 발견했는데 다시 놓쳤어요. 그녀가 계속해서 르
아브르 쪽으로 갔을까요, 아니면 페캉 쪽으로 방향을 틀었을까
요? 알 수가 없어요. 완전히 사라진 겁니다. 우리는 갈피를 못 잡

「고 있어요」

「그럼 여기에는 왜 오셨소?」

「우연히 오게 됐지요. 여기까지 가방을 운반한 역 직원이 펠레그리니라는 이름을 보고 신고했어요. 어떤 가방 안쪽에 달아 놓은 이름표가 떨어졌겠지요」

「다른 여행객들 그러니까 이 여인숙에 묵는 다른 손님들도 심문해 봤소?」

「아, 여기는 손님이 거의 없어요」

「하지만 방금 전에 한 부인이 들어가는 걸 봤는데」

「부인이요?」

「틀림없소. 우리가 아직 말에서 내리기 전에 그녀가 이 문으로 나왔다가 마치 사람들 눈에 띄지 않으려는 듯 곧바로 다시 들어갔소」

「그럴 리가 없어요! 이 여인숙에 부인이 있다고요?」

「회색 옷을 입은 부인이었소. 다시 봐도 얼굴은 알아볼 수 없을 것 같지만 옷 색깔은 분명하오……. 그리고 모자도…… 제비꽃 장식이 있는 모자였소」

네 남자는 입을 다물었다.

라울과 여인은 서로 눈을 마주보며 이 모든 대화를 한마디도 놓치지 않고 들었다. 그녀에 대한 새로운 증언을 들을 때마다 라울의 얼굴은 굳어졌다. 그녀는 단 한번도 부정하지 않았다.

「그들이 와요…… 그들이 오고 있어요……」

그녀가 들릴 듯 말 듯 말했다.

「그래요. 이제 행동할 시간입니다…… 안 그러면 그들이 올라와서 이 방에 있는 당신을 발견할 테니까」

그가 대답했다.

조제핀은 아직 모자를 쓰고 있었다. 라울이 그것을 벗겨 자신의 머리에 썼다. 제비꽃을 두드러지게 하기 위해 옆쪽을 살짝 접고 벨벳 끈을 목에 매니 얼굴이 가려졌다. 라울이 마지막 지시를 내렸다.

「내가 길을 뚫겠습니다. 모두 떠나고 나면 침착하게 마차를 세워 둔 농장의 안뜰까지 가세요. 마차를 타고 레오나르에게 출발 준비를 시켜 두십시오」

「그럼 당신은?」

「20분 후에 합류하지요」

「그들에게 붙잡히면요?」

「붙잡히지 않아요. 당신도 마찬가지고. 서두르지 마세요. 뛰어서도 안 되고. 침착해요」

라울은 창가로 다가가 몸을 숙여 아래를 보았다. 남자들이 안으로 들어갔다. 라울은 창턱을 넘어 정원으로 뛰어내려서 겁에 질린 듯이 비명을 지르고 있는 힘을 다해 달아났다.

곧 뒤쪽에서 아우성 소리가 들렸다.

「저 여자다! 회색 드레스! 제비꽃 모자! 거기 서! 서지 않으면 쏘겠다……」

라울은 단숨에 길을 건너뛰고 갈아엎어 놓은 땅을 가로질러 농장의 비탈길을 비스듬히 올라갔다. 다시 한번 비탈이 나오고 다음은 들판, 그 다음은 다른 농장을 따라 가시덤불 울타리 사이로 이어지는 오솔길이 이어졌다.

뒤를 돌아보았다. 좀 멀리 떨어져 있는 추격자들에게는 이쪽이 보이지 않았다. 라울은 순식간에 드레스와 모자를 벗어 덤불숲

114

한가운데로 던졌다. 그러고 나서 뱃사람의 모자를 쓰고 담배를 입에 물고 주머니에 손을 넣은 채 돌아왔다.

농장 한 귀퉁이에서 두 명의 경찰이 숨을 헐떡이며 불쑥 튀어나오다 그와 부딪혔다.

「뭐야, 뱃사람이잖아? 혹시 여자 한 명 못 보셨소? 회색 옷을 입은 여자요……」

라울이 자신 있게 대답했다.

「봤지요. 마구 달려가던 여자 말씀이시죠? 정말 미친 여자 같던데……」

「맞아요, 그 여자…… 어디로 갔소?」

「농장으로 들어가더군요」

「뭐라고?」

「저 울타리……」

「한참 됐소?」

「20초도 안 됐습니다」

남자들은 급히 가 버렸다. 라울은 길을 계속 갔다. 뒤따라 오는 헌병들에게 친근하게 인사도 건네고 여인숙을 지나 꺾어지는 길모퉁이까지 무사태평하게 걸어갔다.

100미터 정도 떨어진 너도밤나무와 사과나무 안뜰에서 마차가 기다리고 있었다.

레오나르는 손에 채찍을 든 채 마부석에 앉아 있었고 조제핀 발사모는 안에서 문을 열어 놓고 기다리고 있었다.

라울이 명령했다.

「레오나르, 이브토가로!」

「뭐라고요? 그러면 여인숙 앞을 지나가야 해요」

백작 부인이 반대했다.

「중요한 건 아무도 우리가 여기서 빠져나가는 걸 볼 수 없다는 겁니다. 길이 비어 있으니 그걸 이용합시다. 레오나르, 천천히 가시오. 빈 채로 돌아오는 영구차처럼」

그들은 정말로 여인숙 앞을 지나쳤다. 그때 경찰과 헌병들이 들판을 가로질러 돌아왔다. 한 명이 회색 드레스와 모자를 흔들고 있었다. 다른 사람들이 손짓을 했다.

「저들도 당신 옷가지를 찾았으니 이제 포기해야 한다는 걸 알 겁니다. 이제는 당신이 아니라 나를, 그러니까 중간에 만난 뱃사람을 찾고 있어요. 마차에는 신경도 쓰지 않죠. 누군가 저들에게 펠레그리니 부인과 당신의 공범자이자 뱃사람인 내가 이 마차에 있다고 말해 준다고 해도 저들은 웃어넘기고 말걸요」

「하지만 바쇠르 할멈을 심문할 텐데……」

「할멈이 알아서 해야지요!」

그들이 보이지 않게 되자 라울은 속도를 내도록 했다.

「아! 우리의 말 두 마리는 처음부터 엄청난 속도로 달려왔으니 이제 얼마 가지 못할 겁니다. 몇 시간을 달리고 있는 건지!」

라울이 말했다.

「오늘 아침부터, 그러니까 어젯밤 묵었던 디에프에서부터죠」

그녀가 대꾸했다.

「그럼 어디까지 갈 거죠?」

「센 강까지요」

「빌어먹을! 이런 마차로 하루에 칠팔십 킬로미터를 가겠다고? 말도 안 돼요」

그녀는 대답하지 않았다.

앞 유리창 사이의 가느다란 거울을 통해 그녀를 볼 수 있었다. 그녀는 더 짙은 색 드레스를 입고 챙 없는 모자를 쓰고 있었다. 모자에 드리운 두꺼운 베일이 얼굴 전체를 덮었다. 그녀가 베일을 들어올리고 거울 아래에 있는 소지품 서랍에서 가죽으로 된 작은 가방을 꺼냈다. 그 안에는 테두리와 손잡이가 금으로 된 낡은 거울과 화장품, 립스틱, 빗 등이 들어 있었다.

그녀는 거울을 들어 지치고 늙은 자기 얼굴을 한참 동안 들여다보았다.

그러고는 호리호리한 유리병에 담긴 액체를 거울에 몇 방울 떨어뜨려 실크 헝겊으로 표면을 문지른 뒤 다시 자기 모습을 비추어 보았다.

라울은 처음에는 아무것도 이해할 수 없었다. 단지 자신의 상한 얼굴을 바라보는 여인의 심각한 눈빛과 우수를 지켜볼 뿐이었다.

그녀가 눈에 띌 정도로 모든 생각과 의지를 집중하여 뚫어지게 거울을 응시하는 사이 침묵 속에 그렇게 10분, 15분이 흘렀다. 그녀의 얼굴에 제일 먼저 떠오른 것은 겨울 햇살처럼 수줍고 망설이는 미소였다. 잠시 후 그 미소는 점점 대담해지고 얼굴 전체에 변화를 일으켰다. 라울은 눈이 휘둥그레진 채 그 세세한 변화를 지켜보았다. 입 꼬리가 더 치켜 올라갔다. 피부는 분홍빛으로 물들고 다시 탱탱해진 것 같았다. 볼과 턱은 선명한 윤곽을 되찾았고 조제핀 발사모의 아름답고 온화한 얼굴은 우아함으로 빛났다.

기적이 완성되었다.

라울은 생각했다.

〈기적이라고? 그렇지 않아. 기껏해야 의지가 일으킨 기적이겠지. 퇴락을 인정하지 않으려는 의지, 부조화와 쇠퇴가 일어난 곳에 권위를 다시 세우려는 분명하고 굳은 의지의 결과야. 유리병이나 놀라운 묘약 같은 것들은 전부 연극일 뿐이야.〉

라울은 조제핀이 내려놓은 거울을 들어 자세히 살펴보았다. 데티그 남작 집에서 회합이 있을 때 언급된 거울, 즉 칼리오스트로 백작 부인이 외제니 황후 앞에서 사용했다는 바로 그 물건이었다. 가장자리는 비스듬한 줄무늬로 장식되어 있고 금으로 된 뒷면은 흠집투성이였다.

손잡이에는 백작 관(冠) 무늬와 날짜(1783년), 네 가지 수수께끼가 새겨져 있었다.

라울은 그것을 깨고 싶은 욕망을 느끼며 비웃었다.

「아버지가 소중한 거울을 물려주셨군요. 이 부적 덕에 불쾌한 감정을 떨쳐 버리고 기력을 회복할 수 있으니까요」

「내가 이성을 잃었던 건 사실이에요. 하지만 이런 일은 거의 없어요. 이보다 더 심한 상황에서도 잘 버텨 왔어요」

「아! 더 심한 상황이라……」

그가 회의적으로 비아냥거리며 말했다.

그들은 더 이상 한마디도 나누지 않았다. 마차는 똑같은 리듬으로 계속 달렸다. 비슷비슷하면서 각양각색인 코 지방의 넓은 평원들이 드문드문 농장과 작은 숲이 이어지는 광활한 지평선을 펼쳐 보여 주었다.

칼리오스트로 백작 부인은 베일을 내리고 있었다. 라울은 두시간 전만 해도 그토록 가깝게 느껴지던 이 여인이, 그토록 행복하게 사랑을 고백했던 이 여인이 갑자기 낯선 사람인 양 멀게 느껴졌다. 둘 사이에는 아무런 교감도 오가지 않았다. 신비로운 영혼은 짙은 어둠 속에 파묻혔고 그녀에 대해 실제로 발견한 사실은 라울의 상상과 너무도 달랐다!

도둑…… 음흉하고 불안한 영혼…… 환한 빛의 적…… 이럴 수가! 아무것도 모르는 처녀처럼 순진한 저 얼굴과 샘물처럼 투명한 저 눈빛이 거짓 외양일 뿐임을 어떻게 인정할 수 있겠는가?

라울은 너무도 실망해서 이브토의 작은 마을을 지날 때에는 도망치고 싶은 마음뿐이었다. 하지만 결단력이 부족했고 그래서 스스로에게 더욱 화가 났다. 클라리스 데티그와 나누었던 추억이 떠올랐다. 잠시 동안 라울은 그토록 고결하게 자신을 내맡기던 다정다감한 여인에 대한 생각에 잠겼다.

하지만 조제핀 발사모는 먹잇감을 놓아 주지 않았다. 그녀가 아무리 시든 듯 보이고 우상이 아무리 망가졌어도 그녀는 바로 옆에 있었다! 그녀에게서는 황홀한 향내가 났다. 라울은 그녀의 옷을 살짝 스쳤다. 조금만 움직이면 그녀의 손을 잡고 이 향기로운 살결에 입을 맞출 수도 있었다. 그녀는 정열, 욕망, 관능 그 자체였고 여인의 뇌쇄적인 신비 그 자체였다. 클라리스 데티그에 대한 기억은 다시 사라져 갔다.

「조진! 조진!」

라울은 그녀가 들을 수 없을 정도로 조그맣게 중얼거렸다.

사랑과 고뇌를 호소해 봐야 무슨 소용인가? 그녀에 대해 잃어버린 신뢰를 되찾을 수 있겠는가? 사라져 버린 매혹적인 마력을 되살릴 수 있겠는가?

센 강이 가까워졌다. 그들은 코드벡으로 내려가는 언덕 위에서 왼쪽으로 돌아 생방드리유의 골짜기를 굽어보는 나무가 우거진 둔덕들 사이로 지나갔다. 그 유명한 수도원의 폐허와 그것을 끼고 흐르는 물길을 따라가니 강이 보이는 곳에 이르렀다. 거기서 루앙 쪽 길을 택했다.

잠시 후 마차가 멈추었다. 레오나르는 두 여행객을 센 강이 보이는 작은 숲 가장자리에 내려놓고 곧 다시 출발했다. 센 강과 그들 사이에는 갈대밭이 흔들리고 있었다.

조제핀 발사모가 라울에게 손을 내밀며 말했다.

「잘 가요, 라울. 좀더 가면 라 마이유레 역이 나올 거예요」

「그럼 당신은?」

그가 물었다.

「아! 내 거처는 여기서 가까워요」

「하지만 보이지 않는데……」

「보여요. 저기, 나뭇가지 사이로 보이는 수송선이에요」

「내가 데려다 드리지요」

갈대밭 한가운데에 좁다란 방파제가 나 있었다. 백작 부인이 그리로 들어서고 라울이 뒤따랐다.

그들은 수송선 바로 옆의 둑에 도착했다. 수송선은 여전히 버드나무 장막에 가려져 있었다. 아무도 그들을 볼 수 없었고 두 사람이 내는 소리도 들을 수 없었다. 그들은 드넓은 파란 하늘 아래 단둘이었다. 그곳에서 평생토록 간직하고 그들의 일생에 큰 영향을 끼칠 몇 분이 흘렀다.

「잘 가요」

조제핀 발사모가 다시 말했다.

「잘 가요……」

라울은 그녀가 마지막 작별 인사를 위해 내민 손 앞에서 망설였다.

「손을 잡지 않을 건가요?」

그녀가 물었다.

「좋아요…… 그래요……. 하지만 왜 헤어져야 하죠?」

그가 웅얼거렸다.

「이제 서로 더 할 말이 없으니까요」

「그렇죠. 더 할 말이 없죠. 하지만 우리는 서로 아무 말도 하지 않았습니다」

라울은 마침내 그녀의 따뜻하고 부드러운 손을 두 손으로 잡으며 말했다.

「그 사람들이 했던 얘기…… 그러니까 여인숙에서 들은 얘기가…… 사실인가요?」

그는 거짓말이라도 좋으니 차라리 계속 의혹을 품게 해 줄 해명을 바랐다. 하지만 그녀는 놀랍다는 듯 반박했다.

「그게 당신에게 무슨 상관인가요?」

「뭐라고요?」

「마치 사실을 밝히면 당신의 행동에 큰 영향이라도 끼칠 수 있을 것 같군요」

「무슨 말씀이십니까?」

「저런, 아주 간단한 얘기예요. 보마냥과 데티그 남작이 어리석게도 거짓으로 지어낸 범죄들이 확인되어 당신이 충격을 받았다면 나도 이해했을 거예요. 하지만 오늘 문제가 된 건 그게 아니잖아요」

「하지만 나는 보마냥 일행의 고발도 잊지 않고 있습니다」

「그건 다른 여인의 범죄에 대한 내용이었어요. 내가 벨몽트 후작 부인이라는 이름까지 알려 줬지요. 하지만 오늘 오후에 우연히 당신이 알게 된 것, 지금 당신에게 중요한 것은 그런 중죄들이 아닐 텐데요?」

라울은 뜻밖의 질문에 어리둥절했다. 조제핀은 라울 앞에서 아주 편안히 미소를 짓고 있었다. 이번에는 그녀가 빈정거림을 섞어 말했다.

「라울 당드레지 자작께서 충격을 받았나 보죠? 라울 당드레지 자작은 분명 도덕관념과 신사다운 섬세함을 지니고 있을 테니까요」

「그래요, 그렇다면요? 내가 환멸을 느꼈다면……」

「잘됐군요! 아, 정말 진심이 튀어나오는군요! 실망스러웠겠죠. 당신은 아름다운 꿈을 좇았는데 모든 게 사라졌으니, 여인이 있는 그대로 보이기 시작했으니 말이에요. 우리는 서로 진실하게 대화를 나누고 있으니 솔직히 대답해 보세요. 환멸을 느꼈다고요? 네?」

라울은 냉담한 어조로 답했다.

「그렇습니다」

침묵이 흘렀다. 조제핀 발사모가 그를 깊이 들여다보다가 속삭였다.

「나는 도둑이에요. 이게 당신이 하고 싶은 말이죠? 내가 도둑이라고」

「맞습니다」

그녀가 미소를 지으며 또박또박 말했다.

「그럼 당신은?」

라울이 반발하자 조제핀 발사모가 그의 어깨를 거칠게 붙잡으며 반말로 단호하게 쏘아 붙였다.

「그러는 너는? 너는 뭐지? 이제 네 패도 내보여야 하잖아. 넌

122

누구야?」

「라울 당드레지」

「허튼 소리! 너는 아르센 뤼팽이야. 네 아버지 테오프라스트 뤼팽은 권투 선생 겸 격투기 선생이었지. 하지만 그보다는 소매치기로 더 벌이가 좋았고 결국 미국에서 형을 언도받고 감옥살이를 하다가 죽었어. 네 어머니는 처녀 때 성을 되찾고 먼 친척, 드뢰수비즈 공작의 집에서 푸대접을 받으며 살았지. 그러던 어느 날 공작 부인은 역사적 가치가 매우 높은 보석, 바로 그 유명한 왕비 마리 앙투아네트의 목걸이가 사라졌다는 사실을 알았어. 아무리 수사를 벌여도 그토록 대담하고 능숙한 범행의 장본인이 누구인지 알아낼 수 없었지. 하지만 나는 알아. 그건 너였어. 여섯 살짜리 아이」

라울은 분노로 파랗게 질리고 턱이 일그러진 채 듣고 있었다. 라울이 중얼거렸다.

「어머니는 너무 불행하셨고 모욕까지 당했어. 그런 어머니를 해방시켜 드리고 싶었던 거야」

「도둑질을 해서?」

「난 고작 여섯 살이었어」

「지금은 스무 살이지. 어머니는 이미 돌아가셨고. 너는 강인하고 똑똑하고 힘도 충분해. 그런데 어떻게 살고 있지?」

「일을 해서 살지」

「그래, 남의 주머니에 손을 넣는 일」

그녀는 그가 반박할 시간을 주지 않았다.

「아무 말도 하지 마, 라울. 나는 네 삶을 속속들이 알고 있으니까. 올해 네가 벌인 사건들과 예전에 있었던 일들도 모두 너에

게 얘기해 줄 수 있어. 나는 오래전부터 네 뒤를 밟았거든. 내가
그 얘기를 한다면 방금 전 네가 여인숙에서 들은 얘기보다 나을
게 없을 텐데. 경찰? 헌병? 가택 수색? 추적? 너 역시 이 모든 걸
거쳐 왔잖아. 스무 살도 되기 전에 말이야! 이런 일로 서로 비난
할 필요가 있을까? 아니, 없어. 라울. 나는 네 삶을 알아. 너 역
시 우연히 내 삶의 일부를 알게 됐지. 그러니 둘 다 그 위에 베일
을 덮는 게 어때? 도둑질은 아름다운 일은 아니야. 그러니 눈을
돌리고 입을 다물자고」

　　라울은 침묵을 지켰다. 엄청난 피로가 몰려왔다. 더 이상 전혀
아름답지도 우아하지도 않은 존재가 갑자기 뿌옇고 암울한 조명
을 받으며 모습을 드러냈다. 라울은 울고 싶었다.

「마지막으로 잘 가, 라울」

　　그녀가 말했다.

「안 돼…… 안 돼……」

　　라울이 중얼거렸다.

「우리는 헤어져야 해. 나는 너를 해치기만 할 거야. 내 인생에
뛰어들 생각하지 마. 너는 야망도 있고 힘도 있고 충분한 능력도
있으니 네 길을 선택할 수 있어」

　　그녀는 목소리를 한층 낮추어 덧붙였다.

「내가 가는 길은 좋은 길이 아니야, 라울」

「그런데 당신은 왜 그 길을 따라가지, 조진? 나는 그 점이 두
려워」

「너무 늦었으니까」

「나 역시 그래!」

「아니, 넌 젊어. 그러니 여기서 빠져나가. 너를 위협하는 운명

으로부터 달아나란 말이야」

「그럼 조진, 당신은, 당신은?」

「난, 이게 내 삶이야」

「고통스럽고 끔찍한 삶이잖아」

「그렇게 생각하면서 왜 그 삶을 함께하려 하지?」

「당신을 사랑하니까」

「그러니 더 더욱 내게서 달아나야지. 우리 사이의 모든 사랑은 처음부터 유죄를 선고받았어. 너는 나를 부끄러워하고 나는 너를 경계하게 될 거야」

「당신을 사랑해」

「오늘은 그렇겠지. 하지만 내일은? 라울, 우리가 처음 만난 그 날 밤 내가 사진에 남긴 명령에 따라. 〈나를 다시 만날 생각은 하지 마세요.〉라고 했지? 자, 이제 가」

「그래 맞아. 당신이 옳아. 하지만 우리 사이의 모든 것이 희망을 품어 볼 새도 없이 끝난다고 생각하면 너무 끔찍해……. 당신은 나를 기억조차 못하겠지」

라울이 느릿느릿 말했다.

「두 번이나 자기를 구해 준 사람을 잊을 사람은 없어」

「그렇겠지. 하지만 당신을 향한 내 사랑은 잊겠지」

그녀는 고개를 저었다.

「잊지 않겠어」

그녀가 말했다. 그리고 다시 존대를 쓰며 격하게 덧붙였다.

「당신의 열정, 당신의 정열…… 진지하고 솔직한 당신의 모든 것…… 그리고 내가 아직 모르는 다른 것들…… 이 모든 게 끊임없이 나를 감동시켜요」

그들은 손을 마주 잡은 채 서로 시선을 떼지 않았다. 라울은 사랑으로 온몸이 떨렸다. 그녀가 부드럽게 말했다.

「영원히 헤어질 때는 서로에게 받은 것을 돌려줘야 해요. 내 사진을 돌려주겠어요, 라울?」

「아니, 절대 안 됩니다」

라울이 말했다.

「그럼 내가 당신보다 정직한 사람이 되겠군요. 나는 당신에게 받은 것을 고스란히 돌려주겠어요」

그녀가 미소를 지으며 말했다. 라울은 그 미소에 취했다.

「나에게 받은 것이라니요?」

「첫날 밤 창고에서…… 잠들어 있는 내게 당신이 몸을 숙였지요, 라울. 내 입술 위에 당신의 입술을 느꼈어요」

그러고는 라울의 목 뒤로 손을 깍지 끼어 끌어안았다. 그들의 입술이 하나가 되었다.

「아! 조진…… 나를 당신 뜻대로 해요. 당신을 사랑합니다…… 사랑해요……」

라울은 미친 듯이 중얼거렸다.

그들은 센 강가를 따라 걸었다. 머리 위로 갈대가 흔들렸다. 바람에 흔들리는 길고 여윈 갈대 잎이 옷자락을 스쳤다. 그들은 손을 마주 잡은 연인들을 전율시키는 생각들 말고는 다른 아무 생각도 하지 않고 행복을 향해 나아갔다.

「한마디만 더요, 라울」

조제핀이 그를 제지하며 말했다.

「한마디만 할게요. 당신과 함께 있으면 나는 거칠고 독점적이 될 것 같아요. 당신, 다른 여자는 없겠죠?」

126

「아무도 없어요」

「아! 벌써부터 거짓말을 하는군요!」

그녀가 신랄하게 비난했다.

「거짓말이라니요?」

「그럼 클라리스 데티그는요? 당신은 들에서 그녀와 만나곤 했잖아요. 함께 있는 걸 본 사람들이 있어요」

라울은 화를 냈다.

「그건 옛날 얘기입니다…… 잠깐 스쳐 가는 만남이었을 뿐이라고요. 전혀 중요하지 않아요」

「맹세해요?」

「맹세해요」

「잘됐군요. 클라리스에게는 다행한 일이에요. 우리 사이에 절대로 그녀가 끼어들지 않는 게 좋을 거예요. 그렇지 않으면……」

라울이 그녀를 잡아끌었다.

「나는 오직 당신만을 사랑합니다, 조진. 당신 외에는 아무도 사랑하지 않았어요. 내 삶은 오늘부터 시작입니다」

카푸아의 환희*

　태평호는 다른 모든 수송선들과 비슷한 배로 무척 낡고 색도 바랬지만 잘 닦아서 윤이 났고 들라트르 부부라는 선원들의 관리로 유지가 잘되어 있었다. 밖에서 보기에 태평호는 대수롭지 않은 물건들을 운반하는 듯이 보였다. 상자 몇 개, 오래된 바구니들, 큰 통들이 전부였다. 하지만 사다리를 타고 갑판 아래로 미끄러져 내려가면 사실 태평호는 아무것도 운반하지 않는다는 사실을 쉽게 확인할 수 있었다.

　안쪽은 편안하고 반짝반짝 윤이 나는 자그마한 방 셋으로 나뉘어져 있었다. 작은 방 두 칸과 그사이에 응접실 하나. 라울과 조제핀은 한 달 동안 그곳에서 살았다. 라울은 살림과 요리를 맡고 있는, 말이 없고 까다로운 들라트르 부부와 대화를 시도해 보려

---

　* 파멸에 이르는 환락. 한니발이 칸 전투에서 승리한 후 카푸아에서 숙영하면서 환락에 빠져 병사들의 사기가 꺾였다는 고사에서 유래——옮긴이

고 여러 번 애썼으나 허사였다. 때때로 작은 예인선이 태평호를 찾아와 굽이진 센 강을 따라 끌고 올라갔다.

라울과 조제핀은 서로 허리에 팔을 두르고 아름다운 강이 펼쳐진 황홀한 풍경 속을 산책했다. 브로통 숲, 쥐미에주의 폐허, 생조르주 수도원, 부이유 언덕, 루앙, 퐁드라르슈……

더할 나위 없이 행복한 몇 주였다! 라울은 끝없는 쾌활함과 열정을 발휘했다. 경이로운 풍경, 아름다운 고딕 양식 교회들, 일몰과 달빛, 이 모든 것들이 라울에게는 정열적으로 사랑을 고백할 구실이 되었다.

라울에 비해 말이 없는 편인 조진은 행복한 꿈을 꾸는 듯 미소를 지었다. 매일매일 그녀는 연인에게 조금씩 가까워졌다. 처음에는 일시적인 기분의 변덕을 따랐던 것이지만 이제는 가슴 뛰는 사랑의 법칙에 따르고 있었고 너무나 사랑해서 고통스럽다는 감정을 알게 되었다.

조진은 자신의 과거나 비밀스런 삶에 대해서는 단 한마디도 하지 않았다. 딱 한 번, 이와 관련된 얘기가 몇 마디 오간 적이 있기는 했다. 라울이 그녀에게 영원한 젊음의 기적에 대해 농담을 했을 때였다. 조진이 대답했다.

「사람들은 자기가 이해할 수 없는 일을 기적이라고 말하지. 예를 들어서 우리가 하루에 80킬로를 달려왔을 때 당신은 기적이라고 소리쳤어. 하지만 조금만 주의를 기울였다면 그때 말이 두 마리가 아니라 네 마리였다는 사실을 깨달았을 거야. 레오나르가 두드빌에서 말을 풀어 주고 농장 안뜰에 미리 준비되어 있던 다른 말들로 바꿔 맸던 거야」

「감쪽같이 속았군」

라울이 홀린 듯이 소리쳤다.

「또 다른 예가 있어. 세상 사람 누구도 당신의 이름이 뤼팽이
라는 걸 모르지. 그런데 당신이 나를 죽음에서 구해 준 바로 그
날 밤 나는 당신의 진짜 이름을 알았어. 이게 기적일까? 절대 그
렇지 않아. 내가 칼리오스트로 백작과 관련된 모든 일에 관심을
갖고 있다는 걸 당신도 잘 알고 있겠지. 14년 전, 드뢰수비즈 공
작 부인의 집에서 여왕의 목걸이가 사라졌다는 얘기를 듣고 나는
면밀히 조사를 했어. 그렇게 해서 처음에는 어린 라울 당드레지
에게, 다음에는 테오프라스트 뤼팽의 아들, 어린 뤼팽에게까지
거슬러 올라갈 수 있었지. 그 후에도 수많은 사건들에서 당신의
흔적을 다시 발견했어. 나는 줄곧 당신을 지켜보았어」

라울은 잠시 생각에 잠겼다가 정색을 하고 말했다.

「사랑하는 조진, 그 당시 당신은 열 살 정도밖에 되지 않았을 텐데. 그 나이의 어린아이가 모든 사람이 실패한 조사에 성공했다면 놀라운 일이야. 또는 그 당시에도 지금과 나이가 똑같았거나. 그렇다면 더욱더 기적적인 일이지. 아! 칼리오스트로의 딸이여!」

그녀는 눈살을 찌푸렸다. 이런 식의 농담은 마음에 들지 않는 것 같았다.

「다시는 이런 얘기 하지 말자. 알겠지, 라울?」

그러나 아르센 뤼팽이라는 정체를 들킨 데 대해 약간 화가 나서 복수를 하고 싶던 라울이 말했다.

「유감이군! 1세기 전부터 쌓아 온 당신의 다양한 업적과 당신 나이야말로 이 세상 그 무엇보다도 내 관심을 끄는 문제데 말이야. 나는 그 점에 대해 나름대로 흥미로운 의견을 가지고 있지」

조진은 어쨌든 호기심을 느끼며 바라보았다. 라울은 그녀의 머뭇거림을 틈타 곧 다시 비아냥거리는 투로 말했다.

「내 추론은 두 가지 전제에 근거하고 있어. 첫째, 당신이 말했듯이 기적은 없다. 둘째, 당신은 당신 어머니의 딸이다」

그녀는 미소 지었다.

「출발은 좋군」

「당신은 당신 어머니의 딸이야」

라울이 반복하고 계속해서 말했다.

「따라서 우선 칼리오스트로 백작 부인이 있었다는 뜻이야. 그녀는 스물다섯 또는 서른 정도의 나이에 빼어난 미모로 제2제정 말기의 파리를 눈부시게 밝혔고 나폴레옹 3세의 궁정까지 들썩하게 했어. 그리고 함께 다니던 오빠라는 사람(오빠든 친구든 연인이든!)의 도움을 받아 칼리오스트로 집안의 역사를 꾸며 내고 가짜 문서까지 준비했지. 경찰은 이 가짜 문서를 가지고 나폴레옹 3세에게 조제핀 드 보아르네와 칼리오스트로 사이의 딸에 대한 정보를 제공했던 거야. 추방당한 그녀는 이탈리아, 독일을 거쳐 사라지고 말았지……. 그러고는 24년 후, 똑같이 생긴 사랑스런 딸의 모습으로 부활한 거야. 바로 지금 여기 있는 칼리오스트로 백작 부인 2세로 말이야. 어때, 그렇지 않아?」

조진은 한마디 대답도 없이 태연했다. 라울이 계속했다.

「어머니와 딸은 서로 완벽히 닮았어. 너무 닮아서 어머니의 모험이 자연스럽게 다시 시작되었지. 백작 부인이 둘일 필요가 뭐 있겠어? 하나면 되지. 아버지 칼리오스트로 백작, 조제프 발사모의 비밀을 이어받은, 단 한 사람의 진정한 백작 부인. 조사를 해 나가던 보마냥은 나폴레옹의 경찰을 헷갈리게 했던 그 문서와 초상화, 세밀화들을 발견하기에 이르렀어. 그 그림들은 항상 똑같은 젊음을 유지하는 여인의 모습을 증명해 주었고 우연히도 칼리오스트로 백작 부인과 이상하리만치 닮은 베르나르디노 루이니의 성모상에까지 거슬러 올라가게 해 주었지.

또 다르콜 대공이라는 증인이 있었어. 그는 예전에 칼리오스트로 백작 부인을 본 적이 있었지. 모단까지 그녀를 안내했어. 그런데 베르사유에서 다시 만난 거야. 그녀를 알아보자 비명이 새어 나왔지. 〈분명히 그녀야! 아, 여전히 같은 나이라니!〉

당신은 다르콜 대공에게 수많은 증거까지 들이댔어. 모단에서 당신의 어머니와 다르콜 대공이 나누었던 대화 말이야. 당신은 어머니가 사소한 행동 하나하나까지 자세히 적어 놓은 일기에서 그것을 읽었겠지. 후유! 이게 당신 모험의 바탕이고 가장 깊은 곳에 있는 진실이야. 아주 간단하지. 서로 닮은 어머니와 딸. 루이니의 그림을 연상시키는 미모. 그게 전부야. 물론 벨몽트 후작 부인이 남아 있지. 하지만 당신과 그 부인 사이의 닮은 점은 분명치 않다고 생각해. 그 둘을 혼동하려면 보마냥처럼 머리가 이상해져서 모든 사람을 당신으로 착각할 정도로 집착해야겠지. 요컨대 극적인 것은 아무것도 없어. 잘 꾸며낸 재미있는 술책이 있을 뿐이지. 내 얘기는 여기서 끝이야」

라울은 입을 다물었다. 조제핀 발사모는 약간 창백해지고 얼굴이 일그러진 것 같았다. 이번에는 그녀가 화가 났음이 분명했다. 그는 웃음이 났다.

「내가 정곡을 찔렀나 보군, 안 그래?」

그녀는 대답을 피하며 말했다.

「내 과거는 내 거야. 다른 사람한테 내 나이가 어떻든 상관없어. 당신은 당신이 생각하고 싶은 대로 생각해」

라울은 그녀에게 몸을 던져 격렬하게 키스했다.

「조제핀 발사모, 나는 당신이 백네 살이라는 걸 믿어. 100년 묵은 키스야말로 세상에서 가장 달콤하지. 로베스피에르와 루이 16세까지 알고 있는 당신!」

이후에는 이런 일이 다시 일어나지 않았다. 라울 당드레지는 조심성 없이 조금이라도 그 얘기를 꺼냈다가 조제핀 발사모를 화나게 할까 봐 감히 물어볼 엄두도 내지 못했다. 게다가 그는 이미 정확한 진실을 알고 있지 않은가?

물론 라울은 진실을 알고 있었고 그 진실에 대해 조금도 의심하지 않았다. 하지만 그럼에도 불구하고 조제핀은 여전히 신비로운 매력을 지니고 있었고 그는 어쩔 수 없이 그 매력에 굴복하면서 동시에 그것에 대해 원망을 느끼기도 했다.

3주가 끝나갈 무렵 레오나르가 다시 나타났다. 어느 날 아침, 라울은 백작 부인의 앙상한 작은 말 두 마리가 묶여 있는 마차를 보았다. 그녀는 마차를 타고 외출했다.

백작 부인은 저녁이 되어서야 돌아왔다. 레오나르가 끈으로 묶은 작은 짐들이 든 가방을 태평호로 가져와서 라울이 미처 몰랐던 뚜껑 문을 통해 밀어 넣었다.

그날 밤 라울은 뚜껑 문을 열고 짐을 조사해 보았다. 아름다운 레이스들과 사제가 있는 값비싼 제의들이 들어 있었다.

다음다음날 새로운 짐이 들어왔다. 굉장한 16세기 태피스트리였다.

그 즈음 라울은 매우 권태로웠다. 망트에서도 또 혼자 남겨지자 그는 자전거를 빌려 한동안 들판을 돌아다녔다. 작은 마을에서 점심을 먹고 나오는데 커다란 집 정원에 사람들이 북적댔다. 가까이 다가가 보니 아름다운 가구와 은제품들을 경매에 붙이고 있었다.

별로 할 일도 없던 라울은 집을 한 바퀴 돌았다. 인적이 없는 정원 한쪽, 울창한 작은 숲 위로 지붕 머리가 솟아 있었다. 라울은 자기도 모를 어떤 충동에 이끌려 사다리를 놓고 올라가 열려 있던 창문의 창턱을 넘었다.

안쪽에서 작은 비명소리가 들렸다. 조제핀 발사모였다. 그녀는 곧 냉정을 되찾고 라울에게 아무렇지 않게 말했다.

「아, 당신이었군. 라울. 아름답게 장정된 작은 책 전집을 보며 감탄하는 중이었어. 정말 훌륭해! 게다가 대단한 희귀서들이야!」

더 이상 아무 말도 없었다. 라울은 책들을 살펴보고 엘제비르 판본 세 권을 챙겼다. 그사이 백작 부인은 라울 모르게 진열장 속의 목걸이들을 훔쳤다.

그들은 계단을 내려가 소란스러운 사람들 틈에 섞여 아무도 눈치 채지 못하게 빠져나왔다.

300미터쯤 떨어진 곳에서 마차가 기다리고 있었다.

그때부터 그들은 퐁투아즈에서, 생제르맹에서, 심지어 계속 그들의 집으로 쓰이던 태평호를 경찰청 바로 앞에 정박시켰던 파리에서 〈작업〉을 함께했다.

속마음을 드러내지 않는, 수수께끼 같은 칼리오스트로 백작 부인의 성격은 일을 수행하는 데 있어서도 변함이 없었지만 라울은 점차 과감한 본성을 드러냈고 작업은 매번 웃음으로 끝났다.

라울이 말했다.

「미덕의 길과는 이미 담쌓았으니 어차피 할 바에는 즐겁게 하자고…… 당신처럼 침울하게 하지 말고, 조진」

라울은 자기 실력을 시험해 볼 때마다 매번 자기도 모르던 뜻밖의 재능과 수완을 발견했다. 조제핀은 가게나 시장, 극장에서 종종 라울이 기분 좋게 혀를 차는 소리를 들었다. 그러면 어느새 연인의 손에는 손목시계가, 넥타이에는 새 넥타이핀이 꽂혀 있었다. 더구나 그는 아무런 위험도 없는 순진무구한 어린아이처럼 언제나 변함없이 태연하고 침착했다.

그렇다고 해서 라울이 조제핀 발사모의 여러 가지 지침들을 따르지 않은 것은 아니었다. 수송선 밖으로 나갈 때에는 꼭 평범한 서민의 옷차림을 해야 했다. 한 마리 말이 끄는 낡은 마차가 가까운 길에서 그들을 기다렸다. 그들은 마차 안에서 옷을 갈아입었다. 칼리오스트로 백작 부인은 꽃무늬가 수놓인 커다란 레이스 베일을 한번도 벗지 않았다.

이런 자잘한 일들과 그 외의 수많은 경험들을 통해 라울은 애인의 실생활에 대해 알게 되었다. 그녀는 잘 조직된 일당을 이끄는 우두머리이며 레오나르를 통해 그들과 연락을 취하고 있음이 분명했다. 그녀는 또 여전히 칠지 촛대 사건을 추적했으며 보마냥과 그 친구들의 움직임을 감시하고 있었다.

그녀 자신이 이미 예견했듯이 라울은 조제핀 발사모의 이중적인 모습에 너무나 자주 거부감을 느꼈다. 라울은 자기가 저지른 잘못에 대해서는 잊은 채 어쨌든 정직에 대한 관념을 품고 있어서 이에 일치하지 않는 행동을 하는 조제핀을 원망했다. 애인이 도둑의 우두머리라는 생각이 몹시 불쾌했다. 둘 사이에는 아무것도 아닌 사소한 문제로 충돌이 일어나곤 했다. 둘 다 개성이 너무 강하고 두드러져 서로 부딪치는 것이었다.

그러던 중 그들을 느닷없이 싸움터 한가운데로 내모는 사건이 일어났다. 비록 공동의 적과 맞서고 있기는 했지만 그들의 사랑도 때로는 서로에 대해 원한과 자만심, 적대감을 품을 수 있다는 것을 알게 되었다.

라울이 〈카푸아의 환희〉라고 부르던 것에 종지부를 찍게 한 이 사건은 어느 날 저녁 우연히 보마냥과 데티그 남작, 그리고 베네토를 만나면서 일어났다. 그 세 동지들이 바리에테 극장으로 들어갔다.

「저들을 따라가자」

라울이 말했다.

백작 부인은 주저했다. 라울이 고집했다.

「뭐야! 기회가 찾아왔는데 이용하지 않겠다니!」

그들은 함께 들어가 어두컴컴한 칸막이 좌석에 자리를 잡았다.

극장 안내원이 격자문을 닫기 직전, 무대 옆에 위치한 다른 좌석 안쪽에서 보마냥과 두 패거리의 모습을 확인할 수 있었다.

의문이 생겼다. 그토록 엄격해 보이는 성직자 보마냥이 무엇 때문에 그에게는 전혀 흥미가 없을 노골적인 희극을 공연하는 통속극장에 발을 들여놓았을까?

라울이 조제핀 발사모에게 물었지만 그녀는 대답하지 않았다. 무관심한 척하는 그녀의 태도에서 라울은 그녀가 이 일에서는 혼자 행동할 생각이며 이해할 수 없는 이 사건에 관한 한 확실히 라울의 협력을 원하지 않는다는 것을 깨달았다.

라울은 그녀에게 도전적인 어조로 분명히 말했다.

「좋아. 각자 따로 일하자고. 누가 한몫 잡을지 두고 보면 알겠지」

유행가가 차례로 연주되는 사이 무대 위의 여자들은 줄을 지어 서서 박자에 맞추어 다리를 들어올렸다. 〈수다쟁이〉역을 맡은 반나체의 아름다운 여자 사회자는 자신의 별명을 해명이라도 하듯 가짜 보석들을 주렁주렁 요란하게 달고 있었다. 이마에는 여러 가지 색깔의 보석이 박힌 띠를 두르고 있었다. 전등 불빛에 머리칼이 빛났다.

2막이 상연되고 있었다. 무대 옆쪽 칸막이 좌석의 격자문은 완전히 닫혀 있어서 정말로 그 세 사람이 안에 있는지조차 분간할 수 없었다. 하지만 라울은 마지막 중간 휴식 시간에 이 좌석 옆을 어슬렁거리다가 문이 살짝 열려 있는 것을 보았다. 그는 안을 들여다보았다. 아무도 없었다. 알아보니 세 남자는 30분 만에 극장을 나갔다는 것이다!

라울은 백작 부인에게로 돌아와 말했다.

「여기서는 더 할 일이 없어. 그들은 가 버렸어」

그때 막이 올라가고 사회자 아가씨가 다시 무대에 나타났다. 머리가 깨끗하게 정돈되어 처음부터 이마에 두르고 있던 띠가 더욱 잘 보였다. 그것은 금실로 짠 리본이었는데 각기 다른 색깔의 커다란 보석들이 박혀 있었다. 보석의 수는 일곱 개였다.

〈일곱 개라! 보마냥이 왜 왔는지 이제야 알겠군.〉

라울은 생각했다.

조제핀 발사모가 떠날 준비를 하는 동안 그는 안내원에게 물어 무대 위의 사회자 아가씨가 브리지트 루슬랭이라는 배우이며 몽마르트르의 오래된 집에 살고 있다는 것을 알아냈다. 브리지트 루슬랭은 매일 저녁 발랑틴이라는 헌신적인 늙은 하녀와 함께 집에서 나와 다음 번에 올릴 연극 연습에 참여하고 있었다.

라울은 다음날 아침 11시에 태평호에서 나왔다. 몽마르트르의 식당에서 점심을 먹은 후 정오에는 경사가 급하고 구불구불한 길로 접어들어 좁고 작은 집 앞을 지나갔다. 집 앞쪽에는 담이 둘러쳐진 안뜰이 있었고 바로 옆에는 꼭대기층에 아무도 살지 않는(창문에 커튼이 없는 걸로 보아 알 수 있었다) 임대 건물이 맞붙어 있었다.

라울은 곧 평소처럼 재빨리 머리를 굴려 계획을 구상하고 거의 기계적으로 실행에 옮겼다.

그는 약속이 있는 사람처럼 이리저리 서성거리다가 복도를 청소하는 건물 관리인을 보고 갑자기 미끄러지듯 이 여자의 뒤에 숨어 계단을 올라갔다. 그리고 꼭대기층 빈 아파트의 문을 부수고 들어가 옆집 지붕이 내려다보이는 창문을 열어 누구의 눈에도 띄지 않음을 확인하고는 뛰어내렸다.

가까운 곳에 천창이 반쯤 열려 있었다. 라울은 쓸모없는 잡동

사니들로 가득한 다락방 안으로 떨어졌다. 방에서 아래로 내려가는 방법은 뚜껑 문밖에 없었는데 문이 잘 움직이지 않았다. 마침내 간신히 머리만 내밀 수 있을 정도로 문을 들어올리는데 성공했다. 3층 층계참과 계단의 일부가 내려다 보였다. 아래로 내려갈 수 있는 사다리는 없었다.

아래쪽에서, 그러니까 2층에서 이야기를 주고받는 두 여자의 목소리가 들렸다. 가능한 한 몸을 숙여 귀를 기울이니 몇 마디 대화를 통해, 통속극의 젊은 사회자 아가씨가 자기 방 안쪽에서 점심 식사를 하는 중임을 알 수 있었다. 함께 있는 여자는 이 집의 단 한 명뿐인 하인으로 그녀의 시중을 들며 방과 화장실을 정돈하고 있었다.

「다 먹었어. 아! 발랑틴, 얼마나 기쁜지 모르겠어! 오늘은 리허설이 없거든. 나갈 때까지 누워 있을 거야……」

브리지트 루슬랭이 외쳤다.

브리지트 루슬랭이 없는 동안 조용히 가택 수색을 하려 했던 라울의 계획은 그녀가 낮 동안 휴식을 취할 거라는 말에 조금 빗나갔다. 하지만 그는 우연을 기대하며 참고 기다렸다.

몇 분이 흘렀다. 브리지트가 무대 위에서 부르던 곡조를 흥얼거리는데 앞뜰에서 초인종 소리가 울렸다.

그녀가 말했다.

「이상하네. 오늘은 올 사람이 없는데. 어서 가 봐, 발랑틴」

하녀가 내려갔다. 문이 삐거덕거리며 다시 닫히는 소리가 들리고 하녀가 올라와서 말했다.

「극장에서 왔어요…… 사장님 비서라는 자가 이 편지를 가져왔는데요?」

「이리 줘 봐. 응접실에서 기다리시라고 했지?」

「예」

2층에 있는 젊은 여배우의 치마가 라울에게도 보였다. 하녀가 봉투를 내밀자 브리지트가 이내 뜯어서 작은 목소리로 읽기 시작했다.

「사랑하는 루슬랭, 당신이 이마에 둘렀던 보석 띠를 내 비서에게 맡기도록 해요. 그것을 본보기로 삼기 위해 필요하다오. 매우 급한 일이오. 오늘 저녁 극장에서 돌려주겠소」

편지 내용을 들으며 라울은 몸을 떨었다.

〈이럴 수가! 보석 띠를 달라고? 일곱 개의 보석…… 그렇다면 극장 사장도 역시 그것을 추적 중인가? 브리지트 루슬랭이 시키는 대로 할까?〉

그는 곧 안심했다. 그녀는 이렇게 중얼거렸던 것이다.

「못 그러겠는데. 이미 다른 사람에게 주기로 약속했는걸」

「그렇다면 곤란하게 됐네요. 사장님이 좋아하지 않을 거예요」

하녀가 반대했다.

「그럼 어떡하라는 거야? 벌써 약속을 했는걸. 아주 비싼 값을 쳐 주기로 했어」

「그럼 손님에게는 뭐라고 할까요?」

「내가 편지를 써 줄게」

브리지트 루슬랭이 결정을 내렸다.

그녀는 방 안쪽으로 돌아갔다가 잠시 후 하녀에게 편지 봉투를 건넸다.

「그 비서, 아는 사람이야? 전에 극장에서 본 적 있어?」

「아니오. 처음 보는 사람이에요」

「사장에게 잘 말해 달라고 해. 내가 미안해하더라고. 오늘 저

140

녁 직접 만나서 얘기하겠다고 말이야」

발랑틴이 나갔다. 다시 시간이 꽤 흘렀다. 브리지트는 피아노를 치며 노래를 연습했다. 문을 여닫는 소리가 노래 소리에 묻혔는지 라울은 아무 소리도 듣지 못했다.

그는 이 사건에 대해 무엇 하나 분명히 알 수가 없어서 답답함을 느꼈다. 한번도 본 적 없는 비서, 보석을 달라는 요구, 이 모든 것에서 비열한 책략과 함정의 냄새가 풍겼다.

하지만 라울은 문턱을 넘어 방 안쪽으로 다가가는 그림자를 보고 마음을 놓았다.

〈발랑틴이 올라왔군. 내 느낌이 틀렸어. 남자는 그냥 떠났나 보군.〉

라울은 스스로에게 말했다.

하지만 그 순간 간주곡이 한창 연주되던 중에 돌연 피아노 소리가 멎더니 여배우가 앉아 있던 피아노 의자가 거칠게 밀려 넘어졌다. 그녀가 불안에 떠는 목소리로 물었다.

「누구세요?…… 아! 비서군요, 그렇죠? 새로 온 비서…… 그런데 대체 원하는 게 뭐죠?」

「사장님이 보석을 가져오라고 명령했소. 나는 반드시……」

남자의 목소리가 말했다.

「하지만 그것에 대해서는 대답해 드렸잖아요…… 하녀가 편지를 전해 드렸을 텐데요…… 그런데 발랑틴은 왜 같이 올라오지 않았죠? 발랑틴!」

브리지트가 점점 더 불안한 목소리로 더듬거렸다.

그리고 필사적으로 발랑틴의 이름을 불러 댔다.

「발랑틴!…… 아! 무서워요…… 당신의 눈빛은……」

갑자기 문이 쾅 닫혔다. 라울은 의자 소리, 싸우는 소리, 그리고 커다란 비명소리를 들었다.

「살려 줘요!」

그러고는 끝이었다. 그는 브리지트 루슬랭이 처한 위험을 직감한 순간 뚜껑 문을 더 들어올려 빠져나갈 길을 트려고 애썼다. 하지만 그러는 동안 귀중한 시간을 낭비할 수밖에 없었다. 그러고 나서 밑으로 떨어져 내려 3층을 향해 구르듯 달려갔다. 그의 앞에는 닫힌 문이 세 개나 되었다.

그는 무턱대고 그중 하나를 향해 돌진해서 난장판이 된 방을 지나갔다. 아무도 보이지 않자 화장실로, 다음에는 아마도 싸움이 계속되고 있을 방으로 뛰어갔다.

창문의 커튼이 거의 닫혀 있었기 때문에 땅바닥에 무릎으로 앉아 있는 남자와 그 남자가 두 손으로 목을 조르고 있는 여자가 어두침침한 빛 속에 보였다. 지독한 욕설에 섞여 고통스럽게 헐떡이는 숨소리가 들렸다.

「제기랄. 네 년은 곧 조용해질 거야. 빌어먹을! 보석을 내놓지 않으시겠다! 좋아, 그럼……」

라울이 저항할 수 없는 강한 힘으로 그 남자를 덮치자 남자는 손을 놓을 수밖에 없었다. 둘은 서로 엉겨 붙어 벽난로까지 굴러갔다. 라울은 난로에 이마를 강하게 부딪히는 바람에 잠깐 동안 정신을 잃고 말았다.

뿐만 아니라 살인자는 그보다 덩치가 컸고 가냘픈 청년이랑 육중하고 우람한 근육질의 어른 남자 사이의 싸움은 오래 지속될 수 없었다. 과연 잠시 후 둘 중 하나는 빠져나오고 다른 하나는 희미한 신음소리를 내며 늘어져 있었다. 하지만 일어난 사람은 다름 아닌 라울이었다.

라울이 비웃으며 말했다.

「어때, 멋지게 한 방 먹었지, 안 그래? 테오프라스트 뤼팽 씨의 사후 지침서 중 일본식 공격법에 관한 장이 떠올랐지. 네 놈은 한동안 별 구경 좀 하게 될 거야. 물론 양처럼 순해져서 말이야」

그리고 라울은 여배우에게 몸을 숙여 양팔로 안아 침대에 눕혔다. 확인해 보니 걱정할 정도로 목이 심하게 졸린 것은 아니었다. 브리지트 루슬랭은 편안히 숨을 쉬었다. 눈에 띄는 상처도 없었다. 하지만 온몸을 떨며 넋을 잃은 듯 멍한 눈으로 바라보았다.

라울이 부드럽게 물었다.

「괜찮으십니까, 아가씨? 괜찮으세요? 별 일 없을 겁니다. 걱정하지 마십시오. 저자는 두려워하지 않아도 됩니다. 이렇게 하면 더 확실하겠죠……」

그러고는 재빨리 커튼을 걷어 끈을 빼내서는 남자의 힘없는 양손을 묶었다. 방 안에 빛이 조금 새어들어 오자 얼굴을 살펴보기 위해 살인 미수범을 창 쪽으로 돌렸다.

라울은 자기도 모르게 비명을 질렀다. 그는 어리둥절하고 아연실색하여 중얼거렸다.

「레오나르…… 레오나르……」

라울은 늘상 어깨 사이에 얼굴을 파묻고 등을 구부린 채 마부석에 앉아 있는 이 남자를 정면에서 똑바로 볼 기회가 없었다. 레오나르가 자기 키를 어찌나 잘 속였는지 라울은 그를 거의 허약한 꼽추로 생각했을 정도였다. 하지만 희끄무레한 수염으로 뒤덮인 뼈가 앙상한 얼굴은 알아볼 수 있었다. 의심의 여지가 없었다. 그는 조제핀 발사모의 하인이자 오른팔, 레오나르였다.

라울은 레오나르를 결박하고 입에는 단단히 재갈을 물린 뒤 수건으로 얼굴을 덮어 방 안쪽으로 끌고 갔다. 거기에서 무거운 긴 의자에 다리를 묶어 놓았다. 그러고는 여전히 신음하고 있는 여배우에게로 돌아왔다.

라울이 말했다.

「다됐습니다. 그놈을 다시 보지 않아도 됩니다. 편히 쉬고 계십시오. 나는 당신의 하녀가 어떻게 됐는지 알아보고 오겠습니다」

라울은 하녀에 대해서 별로 염려하지 않았다. 라울의 예상대로 발랑틴은 정확히 말해서 그가 방금 레오나르에게 한 것과 똑같은 상태로, 그러니까 팔다리가 묶이고 입에 재갈을 물린 채로 1층 응접실 구석에 널브러져 있었다. 발랑틴은 분별력이 있는 여자였다. 일단 풀려나서 공격자가 더 이상 해를 끼칠 수 없는 상태라는 것을 알게 되자 두려워하지 않고 라울의 지시에 따랐다.

라울이 발랑틴에게 말했다.

「나는 비밀경찰 요원이오. 내가 당신 주인을 구했소. 그녀에게 가서 돌봐 주도록 하시오. 나는 그 남자를 심문해서 공범이 없는지 알아보겠소」

라울은 혼자 남아서 괴롭고 혼란스런 생각들을 정리하기 위해 서둘러 그녀를 계단으로 밀었다. 너무나 고통스러운 생각이어서 차라리 피하고 싶었다. 그가 만일 상황이 어떻게 해결되든 내버려두고 자신의 본능에만 따랐다면 그는 아마 싸움터를 버리고 옆집을 통해 달아났을 것이다.

하지만 라울은 해야 할 일이 너무도 뚜렷이 눈에 보여 따르지 않을 수 없었다. 가장 비극적인 상황에서도 냉정을 잃지 않고 결심을 굳힐 줄 아는 지도자다운 의지가 점점 강해지며 행동을 촉

구했다. 그는 앞뜰을 가로질러 가서 아주 느린 동작으로 정문의 자물쇠를 움직여 문을 살짝 열었다.

위험을 무릅쓰고 그 틈으로 내다보니 약간 낮은 길의 한쪽 끝에 낡은 마차가 서 있었다.

레오나르와 함께 있는 것을 여러 번 본 적 있는 도미니크라는 어린 하인이 말을 지키고 있었다.

하지만 마차 안에 다른 공범이 있지 않을까? 그 공범이 누구이겠는가?

라울은 문을 열어 두었다. 그의 의혹이 확인된 셈이었다. 이제는 세상 그 무엇도 끝장을 내려는 그를 방해할 수 없었다. 라울은 2층으로 올라가 포로로 묶여 있는 레오나르에게 몸을 숙였다.

레오나르와 싸우는 중에 라울은 한 가지 작은 물건에 부딪혔다. 레오나르의 주머니에서 빠져나온 것으로 사슬이 달린 투박한 나무 호루라기였다. 레오나르는 이 물건을 잃어버릴 짓을 염려하듯 위험을 무릅쓰고 반사적으로 그것을 도로 집었다. 라울의 머릿속에 한 가지 의문이 떠올랐다. 이 호루라기는 위험에 처했을 때 공범자에게 멀리 도망가라고 알리기 위한 것일까, 아니면 반대로 모든 일이 잘 처리되었을 때 공범자를 부르기 위한 신호일까?

라울은 추론이라기보다는 본능에 따라 두 번째 가설을 택했다. 따라서 창문을 열고 호루라기를 딱 한 번 불었다.

그러고는 얇은 망사 커튼 뒤에 자리를 잡고 기다렸다.

심장이 거세게 고동쳤다. 이토록 가혹하고 지독한 고통을 겪어 본 적이 없었다. 사실 라울은 무슨 일이 일어날지 분명히 알고 있었다. 네모난 문틀 안에 어떤 실루엣이 모습을 드러낼지 잘 알았다. 하지만 그래도 그는 모든 증거에 반대되는 일이 일어나기를 희망했다. 라울은 인정할 수 없었고 인정하고 싶지 않았다. 이 끔찍한 사건의 살인자 레오나르의 공범이…….

묵직한 정문이 열렸다.

「아!」

레오나르는 절망하여 신음했다.

조제핀 발사모가 들어왔다.

그녀는 친구라도 방문하는 양 경쾌한 발걸음으로 조용히 들어왔다. 레오나르가 호루라기를 불었다면 길은 뚫려 있다는 뜻이고 그녀는 나타나기만 하면 되었다. 그녀는 베일을 드리운 채 사뿐사뿐 안뜰을 지나 집 안으로 들어왔다.

라울은 평정을 회복했다. 심장도 조용해졌다. 그는 첫 번째 적과 싸웠듯이 이 두 번째 적수와도 싸울 준비가 되어 있었다. 사용할 무기는 다르지만 똑같이 효과적인 방법으로. 라울은 낮은 목소리로 발랑틴을 불러 말했다.

「무슨 일이 있어도 아무 소리도 내지 마시오. 브리지트 루슬랭을 해치려는 음모가 있소. 내가 그 계획을 저지하겠소. 지금 공범 중 한 명이 나타났소. 절대로 소리를 내면 안 되오. 알겠소?」

하녀가 제안했다.

「저도 돕겠어요…… 경찰서로 달려가서……」

「절대로 안 되오. 이 일이 알려지면 당신 주인에게 더 좋지 않게 돌아갈 위험이 있소. 모든 것을 내가 책임지겠소. 이 방에서 어떠한 소리도 새어나오지 않는다면 말이오. 어떠한 소리도!」

「잘 알겠어요」

라울은 두 방 사이의 문을 닫았다. 그렇게 해서 브리지트 루슬랭이 있는 방과 조진과 라울 사이의 승부가 벌어질 방이 분명히

146

나뉘었다. 그가 바라는 바대로 양쪽 방의 어떠한 소리도 서로 전달될 수 없었다.

그때 조제핀 발사모가 층계참을 지나왔다. 그녀는 그를 보았다. 그리고 끈으로 묶여 있는 사람의 옷차림을 보고 레오나르임을 알아차렸다.

라울은 조제핀 발사모가 중대한 순간에도 놀라운 자제력을 발휘할 수 있음을 곧 파악했다. 그녀는 뜻밖에 나타난 라울의 존재와 포로가 되어 있는 레오나르, 어수선한 방을 보고도 당황하기는커녕 자신을 뒤흔드는 흥분과 예민한 신경의 발작을 억제하며 곰곰이 생각하기 시작했다. 라울은 쉽게 그녀의 생각을 짐작할 수 있었다.

〈무슨 일이지? 라울은 여기서 뭘 하는 거야? 대체 누가 레오나르를 묶어 놓았지?〉

하지만 그녀는 베일을 벗으며 다만 이렇게 물을 뿐이었다. 분명 그것이 그녀를 가장 괴롭히는 문제였기 때문이다.

「왜 나를 그런 눈으로 보는 거야, 라울?」

라울은 대답하는 데 시간이 걸렸다. 자기가 하려는 말이 너무 끔찍했다. 라울은 그녀의 근육의 사소한 떨림 하나, 눈 깜빡임 한 번도 놓치지 않기 위해 그녀를 뚫어지게 바라보며 중얼거렸다.

「브리지트 루슬랭이 살해당했어」

「브리지트 루슬랭?」

「그래. 어제 저녁 보석 띠를 두르고 있던 여배우 말이야. 감히 그녀를 모른다고는 하지 않겠지. 당신은 여기, 그녀의 집에 와 있으니까. 레오나르에게 일을 마치는 대로 알려 달라고 시킨 사람이 당신이니까」

조제핀 발사모는 당황하는 것 같았다.

「레오나르라고? 그럼 레오나르 짓이란 말이야?」

「그래」

그가 단언했다.

「레오나르가 브리지트를 죽였어. 나는 레오나르가 두 손으로 브리지트 루슬랭의 목을 조르는 현장을 목격했어」

라울은 조제핀 발사모가 몸을 떠는 것을 보았다. 그녀는 주저 앉으며 중얼거렸다.

「아! 이런 지독한…… 어떻게 그런 짓을 할 수 있었지?」

그리고 한마디한마디 더욱 두려움에 떨며 더 낮은 목소리로 말했다.

「레오나르가 사람을 죽였다니…… 사람을 죽였다니…… 그럴 리가! 무슨 일이 있어도 죽이지 않겠다고 맹세했는데……! 내게 맹세했단 말이야…… 아! 믿을 수가 없어……」

진심으로 하는 말일까, 연극일까? 레오나르가 갑자기 미쳐서 그런 행동을 했을까, 아니면 계획이 실패할 경우 살인이라도 저지르라는 명령에 따랐던 것일까?

라울은 스스로에게 이런 무시무시한 질문을 던져 보았지만 대답할 수는 없었다.

조제핀 발사모가 고개를 들어 눈물이 그렁그렁한 눈으로 라울을 바라보더니 갑자기 그의 품에 뛰어들며 손을 잡았다.

「라울…… 라울…… 왜 나를 그런 눈으로 보는 거야? 아니야…… 아니야…… 그렇지? 나를 의심하는 건 아니지? 아! 그렇다면 너무 끔찍해…… 내가 알고 있었다고 생각해? 내가 이 잔인한 범죄를 명령하거나 허락했다고 생각해? 아니야…… 그렇게 생각하지 않는다고 약속해. 아! 라울…… 나의 라울……」

　라울이 별안간 그녀를 자리에 앉히더니 레오나르를 어둠 속으로 밀어 넣었다. 그러고는 이리저리 몇 걸음 서성이다가 칼리오스트로 백작 부인에게 돌아와 어깨를 붙잡으며 천천히 또박또박 말했다. 연인이라기보다는 오히려 적에 가까운, 죄인을 고발하는 검사와 같은 목소리였다.

　「잘 들어, 조진. 지금부터 30분 안에 이 사건과 여기 관련된 은밀한 음모에 대해 전부 분명히 밝히지 않는다면 나는 당신을 오랜 숙적처럼 생각하고 행동하겠어. 그리고 당신이 원하든 원하지 않든 간에 당신을 이 집에서 데리고 나가 한 치의 망설임도 없이 가장 가까운 경찰서로 가겠어. 그리고 당신의 공범 레오나르가 브리지트 루슬랭이라는 여인에게 저지른 범죄를 고발하겠어. 그 후에는 당신이 알아서 하도록 해. 어때, 털어놓겠어?」

의지의 대결

전쟁이 선포되었다. 그것도 라울이 선택한 순간에. 라울이 유리한 패를 전부 손에 쥐고 있는 데 비해, 불시에 붙잡힌 조제핀 발사모는 예기치 못한 강하고 가차 없는 공격을 당해 약해져 있었다.

물론 조제핀 발사모처럼 강인한 여인은 패배를 인정할 수 없었다. 그녀는 저항하려 했다. 다정하고 감미로운 애인이었던 라울 당드레지가 이렇게 대번에 지배자로 자처하며 그녀의 의지를 난폭하게 압박할 수 있다는 사실을 받아들이지 않았다. 그녀는 애교와 눈물, 약속 등 여자의 온갖 기교를 동원했다. 하지만 라울은 냉정했다.

「말해! 아무것도 모른 채 어둠 속을 더듬는 것에 이제 질렸어. 당신은 만족스럽겠지만 나는 아니야. 어둠을 환하게 밝혀 줄 진실이 필요해」

「뭘 말이야? 내 삶에 대해서?」

그녀가 화가 나서 소리쳤다.

「당신 삶은 당신 거야. 내 눈앞에 펼쳐 보이기 두렵다면 당신의 과거는 숨겨 둬. 당신이 나에게나 세상 모든 사람들에게나 영원히 수수께끼로 남을 거라는 점은 나도 알아. 당신의 티 없는 얼굴은 당신의 영혼 깊숙한 곳에서 무슨 일이 일어나는지 결코 드러내지 않겠지. 다만 내가 알고 싶은 것은 당신의 삶 중 내 삶과 관련된 부분이야. 우리는 공동의 목표가 있어. 그러니 당신이 가는 길을 내게 보여 줘. 그렇지 않으면 나는 살인이라는 범죄와 맞부딪칠 위험이 있고, 나는 그걸 원치 않아!」

라울이 주먹을 내리쳤다.

「잘 들어, 조진. 나는 살인을 원치 않는다고! 소매치기? 그래 좋아. 도둑질? 그것도 괜찮아. 하지만 살인은 안 돼. 절대로 안 돼!」

「나도 살인은 원치 않아」

그녀가 말했다.

「그럴지도 모르지. 하지만 당신은 살인을 시켰어」

「거짓말이야!」

「그럼 말해 봐. 해명해 보라고」

그녀는 손을 비틀었다. 그리고 저항하며 신음했다.

「못해…… 못하겠어……」

「왜? 당신이 이 사건에 대해 알고 있는 바를, 그러니까 보마냥이 당신에게 누설한 비밀을 나한테 알려 줄 수 없는 이유가 뭐야?」

「당신이 이 사건에 개입하지 않기를 바라니까. 당신이 보마냥에게 대항하지 않기를」

그녀가 중얼거렸다.

그는 웃음을 터뜨렸다.

「설마 나를 걱정해준다는 거야? 아! 그것 참 좋은 핑계군. 하지만 안심해, 조진. 나는 보마냥을 두려워하지 않아. 그 사람보다 더 두려운 다른 적이 있지」

「누구?」

「조진, 당신」

그는 매정하게 되풀이했다.

「조진, 당신이야. 바로 그렇기 때문에 진실을 알고 싶어. 당신을 똑바로 보게 될 때에야 당신에 대한 두려움이 없어질 테니까. 이제 결심했어?」

그녀는 고개를 저었다.

「아니, 안 되겠어」

라울이 벌컥 화를 냈다.

「다시 말하면 나에게 도전을 하겠다는 뜻이군. 쓸데없는 짓일 텐데. 당신이 이 사건을 혼자서만 간직하고 싶다면, 좋아. 나가자. 당신도 밖에 나가면 상황을 더 잘 판단할 수 있겠지」

라울은 처음 만난 날 저녁 벼랑 기슭에서처럼 그녀를 안아 어깨에 들쳐 업었다. 그리고 문 쪽으로 걸어갔다.

「멈춰」

그녀가 말했다.

이 놀랄 만큼 간단한 완력 행사가 조제핀 발사모를 굴복시켰다. 그녀는 더 이상 라울을 자극해서는 안 되겠다고 느꼈다.

「뭘 알고 싶어?」

일단 다시 자리에 앉자 그녀가 물었다.

152

「모든 걸. 우선 당신이 여기에 온 이유와 저 비열한 놈이 브리지트 루슬랭을 죽인 이유」

라울이 대꾸했다.

「보석 띠 때문이야……」

그녀가 단언했다.

「하지만 그건 별 가치도 없는 물건이야! 보잘것없는 보석들이라고. 가짜 석류석, 가짜 토파즈, 가짜 에메랄드, 가짜 오팔…… 전부 가짜야」

「그래. 그렇지만 일곱 개야」

「그래서? 그것 때문에 여자를 죽여야 했나? 기다렸다가 기회가 닿는 대로 방을 뒤졌으면 간단하잖아」

「그렇겠지. 하지만 다른 사람들도 그것을 찾고 있는 것 같았어」

「다른 사람들?」

「그래. 나는 어제 저녁 브리지트 루슬랭의 호화로운 머리띠를 눈여겨보았고 오늘 아침 일찍 레오나르를 시켜 그녀에 대해 조사했어. 그런데 레오나르가 말하길 어떤 사람들이 이 집 주위를 배회한다고 했어」

「어떤 사람들? 그들이 누군데?」

「벨몽트 후작 부인의 스파이들」

「그 여자도 이 사건에 관련되어 있나?」

「그래. 어디서든 그녀의 흔적을 발견하게 돼」

「그래서? 그게 사람을 죽인 이유야?」

라울이 똑같은 말을 되풀이했다.

「레오나르가 이성을 잃었나 봐. 내가 레오나르에게 〈무슨 일이 있어도 그 머리띠가 꼭 필요하다〉고 말한 게 잘못이었어」

「그래, 그래. 우리가 어리석고 한심하게 이성을 잃고 살인을 저지르는 짐승 같은 놈의 손에 맡겨져 있단 말이지. 자, 얘기를 마저 끝내도록 하지. 내 생각에 오늘 아침 이 집 주위를 배회하던 사람들은 오히려 보마냥이 보낸 사람들이야. 그런데 당신은 보마냥과 겨룰 힘이 없어. 그러니 내가 이끄는 대로 따라와. 당신이 성공한다면 그건 나를 통해서야. 오직 나를 통해서만 성공할 수 있어」

조진은 마음이 약해졌다. 라울이 너무나 확신에 찬 어조로 자신의 우위를 단언해서, 말하자면 그녀는 물리적으로 강한 인상을 받았다. 그는 실제보다 더 커 보이고 더 강해 보였으며 자기가 아는 어떤 남자보다도 재능 있어 보이고 더 예리한 정신, 더 날카로운 시선, 더 다양한 행동 양식으로 무장한 듯 보였다. 그녀는 이 꺾을 수 없는 의지 앞에, 무슨 일이 있어도 굽히지 않을 이 힘 앞에 굴복했다.

그녀가 말했다.

「좋아. 말할게. 하지만 왜 여기서 말해야 하지?」

「여기서 해야 해. 다른 곳은 안 돼」

라울은 칼리오스트로 백작 부인이 냉정을 되찾게 되면 아무것도 얻어 낼 수 없다는 것을 잘 알았으므로 딱 잘라 말했다.

그녀가 다시 압도된 듯 말했다.

「좋아. 내가 양보하지. 우리 사랑이 걸려 있으니까. 당신에게는 그 사랑이 별로 중요하지 않은 것 같으니까」

라울은 깊은 만족감을 느꼈다. 다른 사람에게 영향력을 행사한다는 자각, 자신의 결정을 타인에게 강제하는 이상한 힘에 대한 자각은 생전 처음 느끼는 것이었다.

물론 칼리오스트로 백작 부인은 자신의 모든 수완을 발휘할 수 있는 상태가 아니었다. 어떻게 보면 브리지트 루슬랭이 살해되었다는 생각이 그녀의 저항력을 와해시켰고 묶여 있는 레오나르를 보자 신경이 더욱 약해졌다. 그렇다고 해도 라울은 자기 앞에 놓인 기회를 얼마나 잽싸게 낚아챘는가! 또, 얼마나 재빨리 자신의 유리한 입장을 이용해 위협과 공포와 힘과 간계로 결정적인 승리를 손에 넣었는가!

　이제 그가 주인이었다. 그는 조제핀 발사모를 항복시켰고 동시에 자기 자신의 사랑을 잘 통제했다. 키스와 애무, 유혹의 수작, 열정의 마력, 마음을 사로잡는 욕망, 라울은 이제 그 무엇도 두렵지 않았다. 이별이라는 극한에까지 갔기 때문이다.

　라울은 조그만 원탁을 덮고 있는 탁자 보를 걷어 레오나르 위에 던지고 돌아와 조진 옆에 앉았다.

　「얘기해」

　조진은 무력한 분노와 원한이 서린 눈으로 그를 힐끗 보더니 중얼거렸다.

　「당신, 잘못하는 거야. 당신은 내가 일시적으로 약해진 틈을 타서, 언젠가 기꺼이 얘기해 주려고 했던 것을 강제로 요구하고 있어. 이건 쓸데없이 나를 모욕하는 행위야, 라울」

　라울은 차갑게 되풀이했다.

　「얘기해」

　그러자 그녀가 이야기를 시작했다.

　「당신이 원한 일이야. 그러니 가능한 한 빨리 끝내도록 하지. 사소한 부분은 생략하고 곧바로 본론으로 들어가겠어. 길지도 복잡하지도 않을 거야. 간단한 얘기야. 그러니까 24년 전, 1870년의

프랑스—프로이센 전쟁이 발발하기 전 몇 달 동안 루앙의 대주교이자 상원의원인 본쇼즈 추기경은 코 지방을 돌며 견진 성사를 드렸는데 어느 날 무시무시한 폭풍을 만나 괴르 성에 몸을 피해야 했어. 당시 괴르 성에는 마지막 영주인 오브의 기사가 살고 있었지. 추기경은 그곳에서 저녁을 먹었어. 그러고 나서 성에서 준비해 준 침실로 물러났을 때, 오브의 기사가 추기경에게 특별 면담을 간청했어. 기사는 거의 90세가 다된 노인이었고 허리는 완전히 굽었지만 아직 정신은 멀쩡했지. 추기경은 기사의 면담 신청을 곧바로 받아들였고 면담은 아주 오랜 시간 계속되었어. 훗날 본쇼즈 추기경은 그날 들은 이상한 고백을 요약해서 기록해 두었어. 그 내용을 한 글자도 빠짐없이 얘기할게. 나는 그것을 전부 외우고 있으니까.

늙은 기사가 말했어.

〈추기경님, 제가 혁명의 소용돌이 한가운데서 어린 시절을 보냈다고 해도 별로 놀라지 않으시겠지요. 공포 정치 시대에 저는 열두 살이었고 고아였습니다. 저는 매일 오브의 숙모를 따라 이웃 감옥에 가곤 했습니다. 숙모는 그곳에서 구호품들을 나눠 주고 환자들을 돌봤지요. 그곳은 아무렇게나 재판을 받고 형을 언도받는 온갖 비참한 사람들 천지였어요. 어쨌든 나로서는 그렇게 해서 한 선량한 아저씨와 자주 만나게 되었답니다. 아저씨의 이름이나 죄목은 아무도 몰랐어요. 제가 아저씨를 공손히 대하고 동정했던 것이 아저씨에게 믿음을 주었나 봅니다. 아저씨는 저를 귀여워해 주었어요. 그리고 아저씨 차례가 되어 재판정에 서고 사형을 언도받은 날 저녁, 아저씨는 다음과 같은 얘기를 들려주었습니다.

'얘야, 내일 아침 동이 틀 무렵이면 헌병들이 나를 사형대로 끌고 갈 거다. 내가 누구인지조차 아무도 모르는 채 나는 죽고 말겠지. 그건 내가 원했던 바야. 너에게도 내가 누구인지는 말하지 않을 거다. 하지만 상황이 이렇게 되었으니 너에게 몇 가지 털어놓을 수밖에 없구나. 너도 이제 어른이니 잘 새겨들었다가 훗날 남자다운 신의와 냉철함을 가지고 행동하기 바란다. 내가 너에게 맡기는 임무는 아주 중요한 거야. 나는 네가 이런 일을 할 능력이 있고 무슨 일이 있어도 비밀을 지킬 거라고 믿는단다. 아주 막대한 이익이 달려 있는 비밀이란다.'〉

오브의 기사는 얘기를 계속했어.

〈그리고 저에게 자신이 신부이며 헤아릴 수 없이 엄청난 재산을 맡아서 관리하는 신부였다는 사실을 고백했습니다. 그 재산은 매우 순도 높은 보석들, 최소한의 부피에 최고의 가치를 담고 있는 값비싼 보석들로 이루어져 있고, 생기는 대로 즉시 가장 기발한 은신처에 깊숙이 보관되었답니다. 코 지방의 구석진 곳, 누구나 지나다니는 공터에 거대한 바위가 솟아 있는데 영지들과 들판, 과수원, 초원, 숲 등의 경계를 표시하는 바위랍니다. 거의 전체가 땅속에 파묻히고 덤불에 뒤덮여 있는 이 화강암 경계석의 위쪽 끝에는 자연적인 구멍이 두세 군데 뚫려 있지요. 이 구멍은 흙으로 막혀 있고 거기에서 가느다란 풀과 야생화들이 자라고 있답니다.

그 신부는 매번 그중 하나의 구멍에서 흙덩이를 조심스럽게 빼내 엄청난 보물들을 넣고 다시 흙을 제자리에 덮어 두었던 겁니다. 만천하에 드러나 있는 금고인 셈이지요. 어느새 그 구멍들은 모두 가득 찼고 신부는 다른 은신처를 찾지 못해 몇 년 전부터 새로 들어온 보석들을 서인도 제도산(産) 고급 목재 상자에 넣어 두었는데 체포되기 며칠 전, 직접 경계석의 발치에 묻어 놓았다고 했습니다.

그분은 제게 그 장소를 정확히 일러 주었어요. 혹시 제가 잊어버릴 경우를 대비해서 정확히 그 장소를 가리키는 문구를 알려 주기도 했지요.

평화로운 시대가 돌아오면, 다시 말해서 신부님의 정확한 예상에 따라 20년쯤 후에, 저는 곧장 그 장소로 가서 모든 것이 제자리에 있는지 확인하고 그때부터 매년 부활절 주일마다 괴르 마을 교회의 대미사에 참석하기로 약속을 해야 했습니다.

어느 부활절 주일 날, 성수반 옆에서 검은 옷을 입은 남자를 발견하게 될 거라고 했습니다. 제가 그 남자에게 이름을 말하면 그는 축일에만 불을 밝히는 구리로 된 칠지 촛대 쪽으로 저를 데리고 갈 것이고 그러면 저는 곧 남자의 행동에 답해서 비밀 장소를 나타내는 문구를 말해야 했지요.

그것이 서로를 확인할 수 있는 두 가지 표지였지요. 그 후에 저는 그 남자를 화강암 경계석이 있는 곳까지 안내해야 했습니다.

저는 무조건 주어진 지시를 따르겠다고 영생을 걸고 약속했어요! 그 훌륭한 신부님은 다음날 교수대에 올라가고 말았지요.

추기경님, 저는 비록 어렸지만 비밀을 지키겠다는 맹세는 신실하게 지켰습니다. 오브 숙모님이 돌아가시고 저는 군대에서 교육을 받은 후 집정 내각(1795~1799년의 프랑스 혁명 정부──옮긴이)과 제1제정이 일으킨 모든 전쟁에 징용되었지요. 나폴레옹 퇴위 당시 저는 서른세 살의 나이로 연대장 직에서 해임당하고 우선 그 은닉처를 찾아갔습니다. 화강암 경계석은 쉽게 알아볼 수 있었습니다. 그리고 1816년의 부활절 주일 날 괴르 마을의 교회에 가서 제단에 놓인 구리 촛대를 보았지요. 하지만 그날, 성수반 옆에 검은 옷을 입은 남자는 없었습니다.

저는 다음 부활절뿐만 아니라 매주 일요일 교회에 갔어요. 그사이 괴르 성을 사들였지요. 그렇게 해서 저는 양심적인 병사로서 제게 맡겨진 자리에서 보초를 선 것입니다. 저는 기다렸습니다.

추기경님, 이제 제가 기다리기 시작한 지 55년이 됐습니다. 아무도 오지 않았고 이 이야기와 조금이라도 관련이 있을 법한 얘기도 전혀 듣지 못했습니다. 경계석은 그 자리에 그대로 서 있고 괴르의 성당 관리인은 정해진 날마다 촛대에 불을 밝히지요. 하지만 검은 옷의 남자는 약속대로 나타나지 않았어요.

제가 어떻게 해야 했을까요? 누구에게 말을 해야 했을까요? 교회 당국 쪽에 교섭을 시도했어야 합니까? 프랑스 왕에게 알현을 청했어야 합니까? 아닙니다. 제 임무는 엄격하게 정해져 있었어요. 그것을 제 마음대로 해석할 권리는 없었습니다.

그래서 저는 침묵을 지켰습니다. 하지만 얼마나 갈등을 느꼈는지 모릅니다. 얼마나 괴롭게 불안에 떨었는지! 제가 이대로 죽어서 그 엄청난 비밀을 무덤까지 가져갈 수도 있다는 생각에 얼마나 고통스러웠는지 몰라요!

추기경님, 오늘 밤, 제 모든 의혹과 불안이 사라졌습니다. 추기경님께서 우연히 이 성에 오게 된 것이 제게는 부인할 수 없는 하늘의 뜻으로 보이는군요. 추기경님은 종교적인 권위와 세속적인 힘을 동시에 나타내십니다. 대주교로서 교회를 대표하고 상원의원으로서 프랑스를 대표하니까요. 추기경님께 교회와 프랑스 양쪽 모두가 흥미를 가질 만한 이 비밀을 털어놓는 것은 잘못이 아니라고 생각합니다. 이제 추기경님이 결정하십시오. 행동하고 교섭하십시오. 그 신성한 위탁물이 누구의 손에 들어가야 할지 말씀해 주시면 저는 필요한 정보를 드리겠습니다.〉

본쇼즈 추기경은 중간에 끼어들지 않고 가만히 듣고 있었어. 그러고 나서 오브 기사에게 이 이야기가 좀 믿기 어렵다고 털어놓지 않을 수 없었지. 그러자 기사는 잠시 나갔다가 서인도 제도산 고급 목재로 된 작은 상자를 가지고 들어왔어.

〈이것이 그 신부님이 제게 얘기했던 상자랍니다. 그 장소에서 찾았지요. 그리고 우리 집에 보관하는 게 더 낫겠다는 생각이 들었습니다. 이 상자를 가져가세요, 추기경님. 그리고 이 안에 든 수백 개의 귀중한 보석들을 감정해 보십시오. 그러면 제 이야기가 사실이며, 그 고귀한 신부님이 엄청난 부에 대해 허튼 소리를 한 것이 아님을 믿게 되실 겁니다. 그분은 화강암 경계석 안에는 여기 이 보물들만큼 아름다운 보석이 수만 개나 더 있다고 단언하셨으니까요.〉

기사의 끈질긴 주장과 그가 제시한 증거를 보고 결심을 굳힌 추기경은 그 일에 대해 조사하기로 약속하고, 결론이 나는 대로 기사를 곧 자기 곁으로 불러들이겠다고 약속했어.

그들의 면담은 이 약속으로 끝났고 추기경은 약속을 지키겠다고 굳게 결심했어. 하지만 여러 가지 사건들이 발생해서 그 실행이 늦어졌지. 그 사건들이 무엇인지는 당신도 알 거야, 라울. 우선은 프랑스—프로이센 전쟁, 그리고 거기에 뒤따른 참담한 패배. 추기경은 자기 직책에 따른 무거운 책임에 완전히 묶여 있었어. 제정은 몰락하고 프랑스는 침략당했지. 그리고 몇 달이 흘렀어.

루앙이 위험에 처했을 때 추기경은 중요한 몇 가지 서류를 영국으로 ·빼돌리면서 기사가 준 상자를 함께 보내기로 했어. 프로이센군이 침입하기 전날인 12월 4일, 조베르라는 믿을 만한 하인이 직접 마차를 몰고 르 아브르의 도로를 달려갔지. 조베르는 르 아브르에서 배에 오르기로 되어 있었어.

그런데 이틀 후 추기경은 루앙에서 10킬로미터 정도 떨어진 루브레 숲의 골짜기에서 조베르의 시체가 발견되었다는 소식을 들었지. 서류 가방은 추기경에게 돌아왔어. 하지만 마차와 말은 사라졌지. 서인도 제도의 나무 상자와 함께 말이야. 정보를 수집해보니 그 가없은 하인 조베르는 르 아브르를 향해 피난길에 오른 부유한 부르주아들의 마차를 약탈하려고 루앙 너머에서 활동하던 프로이센 기병대의 눈에 띈 게 틀림없었어.

불운은 계속됐지. 1월 초, 추기경은 오브의 기사가 보낸 밀사를 맞이했어. 조국의 패배를 견딜 수 없었던 기사가 죽기 전에 거의 알아볼 수 없는 두 줄의 문장을 휘갈겨 써 보낸 거야.

그 장소를 나타내는 단어는 상자 안쪽에 새겨져 있습니다…….
구리 촛대는 제 정원 안에 숨겨 두었습니다.

모험은 이렇게 끝이 났어. 상자는 도난당했고 오브의 기사의 이야기의 진실성을 조금이라도 확인시켜 줄 증거는 아무것도 남지 않았지. 그 보석들을 본 사람은 아무도 없었어. 그 보석들이 진짜였을까? 아니, 그보다 기사의 상상 속에서가 아니고 실제로 존재했을까? 그 상자는 단지 가짜 보석들, 색깔이 있는 돌들을 담아 둔 함이 아니었을까?

추기경의 마음속에서 점차 의심이 커졌어. 의심은 집요하게 계속되어 추기경은 마침내 침묵하기로 결심했지. 오브의 기사 이야기는 한 늙은이의 망상으로 여겨질 게 뻔했으니까. 그런 부질없는 얘기를 퍼뜨리는 것은 위험한 일일 수도 있고. 그래서 추기경은 입을 다물었어. 하지만……」

「하지만?」

그 부질없는 얘기에 굉장히 흥미를 느낀 듯 라울이 말을 받았다.

조제핀 발사모가 대답했다.

「하지만 침묵을 결심하기 전에, 괴르 성에서 나누었던 얘기와 그 후의 사건들에 관한 기록을 몇 페이지에 걸쳐 적어 놓았지. 그런데 그 기록을 태우는 것을 잊었는지 아니면 잃어버렸는지 추기경이 죽고 나서 몇 년 후 그의 소장 도서들을 경매에 붙였을 때 어떤 신학책 사이에서 그 회고록이 발견되었어」

「발견한 사람은?」

「보마냥」

조제핀 발사모는 고개를 숙인 채 단조로운 목소리로 책을 낭송하듯 이야기하고 있었다. 그런데 눈을 들어 라울의 표정을 보고는 깜짝 놀랐다.

「왜 그래?」

그녀가 물었다.

「정말 흥분되는 일이야. 생각해 봐, 조진. 생각해 보라고. 대를 이어 전해 온 세 노인들의 비밀 얘기를 통해 우리는 조금씩 1세기도 넘게 거슬러 올라갔어. 거기서 다시 중세 시대까지 거슬러 올라가는 전설, 아니 굉장한 비밀을 만난 거야. 사슬은 끊어지지 않았어. 모든 고리들이 제자리에 있어. 이 사슬의 마지막 고리로 보마냥이 나타난 거야. 보마냥은 어떻게 했지? 보마냥에게 이런 역할을 할 자격이 있다고 선언해야 할까, 아니면 그에게서 그 역할을 박탈해야 할까? 그에게 협력해야 할까, 아니면 그에게서 바통을 빼앗아야 할까?」

라울이 너무 흥분해 있어서 칼리오스트로 백작 부인은 얘기를 중단할 수 없음을 느꼈다. 하지만 그녀는 망설였다. 자기 자신이 관련되어 있기 때문에 가장 중요한, 그리고 아마도 가장 심각한 얘기는 아직 하지 않았기 때문이다. 그런데 라울이 그녀에게 말했다.

「계속해, 조진. 우리는 아주 멋진 길 위에 있어. 우리 함께 가자. 그러면 우리 손이 닿는 곳에 있는 그 대가를 함께 누릴 수 있을 거야」

조제핀이 말을 이었다.

「보마냥은 한마디로 말해서 야심가야. 처음부터 그는 자신의 비정상적인 야망에 이용하기 위한 현실적인 직업으로 성직의 길을 택했어. 자신의 야망과 성직의 힘을 바탕으로 보마냥은 예수회에서 상당한 지위를 차지했지. 추기경의 회고록을 발견하고 그는 열광했어. 자기 앞에 광활한 지평이 펼쳐졌으니까. 보마냥은 고위 성직자 중 몇몇을 설득해서 엄청난 부의 정복에 달려들게 만들었어. 예수회의 모든 영향력을 자기 계획에 유리하게 돌아가도록 만드는 데 성공했지.

보마냥은 곧 제법 존경도 받고 또 약간의 빚도 있는 열두 명의 시골 귀족들을 모아, 무슨 일이든 할 준비가 되어 있는 진정한 공모자 연합을 만들었지. 그들에게는 물론 사건의 일부만 밝혔어. 각자 활동 영역과 조사 구획이 따로 있었어. 보마냥은 돈을 물 쓰듯 써서 그들을 붙잡아 두었지.

2년 동안 면밀히 조사한 결과 상당한 소득이 있었어. 우선 교수형을 당한 신부가 페캉 수도원의 수장고 관리인, 니콜라 수사라는 것을 알게 됐지. 그리고 비밀 고문서와 오래된 교회 증서를 샅샅이 뒤진 덕에 예전에 프랑스의 모든 수도원들이 서로 주고받은 이상한 서신들을 발견했어. 아주 오랜 옛날부터 모든 종교 기관들이 자발적으로 바친 일종의 십일조와 같은 재산을 코 지방의 수도원들에 모아 두었음이 확실했어. 만일의 공격이나 십자군 전쟁 등을 대비한 무궁무진한 준비금이자 공동의 부인 셈이었지. 일곱 명의 회원으로 구성된 재무 회의가 이 재산을 관리했지만 그들 중 단 한 사람만이 그 보관 장소를 알고 있었어.

혁명으로 모든 수도원이 파괴되었지만 그 재산은 남아 있지. 니콜라 수사는 그 재산의 마지막 관리인이었던 거야」

조제핀 발사모의 말이 끝나고 긴 침묵이 이어졌다. 과연 라울의 호기심은 만족스러운 결과를 얻었다. 라울은 강렬한 흥분에 사로잡혔다.

그가 열에 들떠 중얼거렸다.

「정말 아름다운 얘기야! 얼마나 멋진 모험이야! 나는 언제나 과거가 현재에 전설적인 보물을 남겼을 거라고 확신했어. 보물찾기는 반드시 풀 수 없는 수수께끼의 모습을 하고 있을 거라고 말이야. 달리 어떤 방법이 있겠어? 우리 조상들은 우리처럼 프랑스 은행의 금고나 지하 저장고를 갖고 있지 않았어. 따라서 금과 보석들을 쌓아 둘 자연적인 은닉처를 골라야 했지. 그리고 자물쇠의 암호처럼 기억을 돕는 어떤 무구로 그 장소에 대한 비밀을 전달해야 했던 거야. 천재지변이라도 일어나면 비밀은 사라지고, 그토록 어렵게 축적한 보물 역시 잊혀지고 말았지」

홍분이 점점 끓어올랐다. 라울은 쾌활하게 또박또박 말을 이었다.

「하지만 이 보물은 잊혀지지 않을 거야, 조제핀 발사모. 그리고 이건 가장 환상적인 보물이야. 니콜라 수사가 한 말이 사실이라면(모든 게 그렇다고 증언하고 있어), 정말로 수만 개의 값진 보석들이 기이한 보물 창고 속에 들어 있다면, 중세 시대로부터 내려온 이 주인 없는 재산의 가치는 수십 억 프랑에 달할 거야.(수도회의 재산에 대한 그 유명한 전설은 여기에 그 기원을 두고 있음이 틀림없다——지은이) 수많은 수도사들의 정성과 모든 천주교인들의 막대한 헌금, 광신의 시대의 산물이 노르망디 지역의 과수원 한가운데, 화강암 경계석 한쪽 옆구리에 들어 있다니! 정말 멋지지 않아?」

라울은 갑자기 스스로 자신의 웅변을 중지시키려는 듯 그녀 옆에 앉더니 단호한 목소리로 물었다.

「그런데 이 사건에서 당신의 역할은 뭐지, 조제핀 발사모? 당신은 어떤 공헌을 한 거야? 칼리오스트로에게서 뭔가 특별한 정보라도 전수받았나?」

「간단히 말할게. 나는 칼리오스트로가 전한 네 가지 수수께끼의 목록을 가지고 있는데 이 수수께끼와 〈프랑스 왕들의 재산(『기암성』 참조——지은이)〉이라는 수수께끼 앞에 메모가 적혀 있어. 〈루앙과 르 아브르와 디에프 사이. (마리 앙투아네트의 고백.)〉이라고」

「그래, 그렇군. 코 지방이라…… 오래된 강의 하구…… 프랑스 왕들과 수도사들은 그 강가에서 번영을 누렸지…… 10세기에 걸친 교회의 재산이 바로 그곳에 숨겨져 있어…… 그렇다면 자연히 서로 멀지 않은 곳에 두 개의 보물 창고가 있겠군. 나는 거기서 그것들을 찾아낼 거야」

라울이 들릴 듯 말 듯 중얼거렸다.

그러고는 조진에게 돌아서며 말했다.

「그럼 당신 역시 보물을 찾고 있는 거야?」

「그래. 하지만 정확한 자료는 없어……」

「그리고 또 다른 여자도 찾고 있다고? 보마냥의 두 친구를 죽인 여자 말이야」

라울이 조제핀 발사모의 눈을 깊이 들여다보며 말했다.

「그래. 벨몽트 후작 부인. 내 생각에는 칼리오스트로의 후손이야」

「그런데 당신은 아무것도 발견하지 못했어?」

「그래. 보마냥을 만나기 전에는」

「보마냥은 자기 친구들의 죽음을 복수하기 위해 당신에게 접근했잖아?」

「그래」

그녀가 대답했다.

「그런데 그 보마냥이 자기가 알고 있는 비밀을 조금씩 당신에게 털어놓았다고?」

「그래」

「자기 스스로?」

「자기 스스로」

「그러니까 당신은 보마냥 역시 똑같은 목표를 추구하고 있다는 사실을 간파하고는 비밀을 털어놓도록 하기 위해 사랑의 감정을 불어넣어서 그를 이용했던 거로군」

「맞아」

그녀는 솔직히 답했다.

「큰 도박을 하셨군」

「내 목숨을 걸었던 거지. 내가 자신의 사랑에 응답하지 않자 보마냥은 나를 죽임으로써 고통스런 사랑에서 벗어나고 싶어했어. 하지만 그것보다는 나에게 비밀을 누설한 사실이 두려웠던 거야. 내가 갑자기 자기보다 먼저 목표에 닿을 수 있는 적이 됐으니까. 보마냥이 자신의 실수를 깨달은 그날, 나는 사형 선고를 받은 셈이야」

「하지만 보마냥이 발견한 사실들도 결국 아주 모호한 역사적인 자료에 지나지 않잖아?」

「그건 그래」

「내가 장식 기둥에서 꺼낸 촛대의 가지가 실제적인 첫 번째 자료이겠군」

「첫 번째지」

「적어도 내 생각으로는 그래. 당신과 헤어진 이후로 보마냥에게 조금이라도 진전이 있었다는 증거가 전혀 없으니까」

「조금도?」

「그래. 그는 한 발짝도 못 나갔어. 보마냥은 어제 저녁 극장에 왔지. 브리지트 루슬랭이 이마에 두르고 있던 일곱 개의 보석이 박힌 띠가 아니라면 무엇 때문이겠어? 보마냥은 그것이 의미하는 바를 알아내려 했던 거야. 오늘 아침 브리지트의 집을 감시하도록 시킨 사람도 아마 보마냥일 거야」

「그렇다고 하더라도 우리는 이제 아무것도 알아낼 수 없어」

「아니, 알아낼 수 있어, 조진」

「어떻게? 누구에게서?」

168

「브리지트 루슬랭에게서」

그녀는 몸을 떨었다.

「브리지트 루슬랭······?」

「물론이야. 그녀에게 물어보면 돼」

라울이 침착하게 말했다.

「그녀에게 묻는다고?」

「다른 사람이 아닌 바로 그녀에게」

「하지만······ 그렇다면······ 그렇다면······ 그녀가 살아 있단 말이야?」

「물론이지!」

그가 말했다.

그는 다시 일어나 발뒤꿈치를 축으로 제자리에서 두세 바퀴 돌더니 캉캉이나 지그에서 따온 춤을 추며 빙빙 돌았다.

「제발 그런 화난 눈으로 쳐다보지 마, 칼리오스트로 백작 부인. 아주 강한 정신적 충격으로 당신의 저항을 무력화시키지 않았다면 이 사건에 대해서 한마디도 입을 열지 않았을 거 아냐? 그럼 우리는 어떻게 되겠어? 언젠가 보마냥이 수십억 재산을 다 훔치고 조제핀은 손가락이나 빨고 있겠지. 자, 그렇게 증오에 찬 눈빛 대신 예쁘게 웃어 봐」

조제핀 발사모가 중얼거렸다.

「당신이 감히······ 뻔뻔하게! 이 모든 협박과 공갈이 내 입을 열게 하기 위한 연극이었단 말이야? 하! 라울, 당신을 결코 용서하지 않겠어」

「아니, 당신은 용서할 거야」

라울이 경쾌하게 대꾸했다.

「용서하고말고. 당신은 단지 자존심에 조금 상처를 입었을 뿐이야. 우리의 사랑에는 아무 문제도 없어, 내 사랑! 우리처럼 서로 사랑하는 사람들 사이에는 자존심 같은 건 존재하지 않아. 어느 날은 이 사람이, 또 다음날은 다른 사람이 상처를 줄 수도 있는 거지…… 모든 점에서 서로 완전히 일치하게 될 때까지 말이야」

「그전에 헤어지지만 않는다면」

그녀가 이를 악물고 말했다.

「헤어진다고? 내가 당신의 비밀을 좀 덜어 줬다고 해서? 헤어진다고……?」

조제핀의 당황한 모습에 라울은 웃음이 터져 나와 하던 말을 그만두어야 했다.

「맙소사! 정말 재미있어 죽겠군! 백작 부인께서 화가 나시다니! 뭐야? 사소한 장난도 칠 수 없다는 건가? 아무것도 아닌 일로 입이 다섯 자는 나왔군! 아! 사랑스러운 조진. 당신 때문에 얼마나 웃음이 나는지 모르겠어!」

조제핀은 더 이상 듣고 있지 않았다. 라울에게는 신경 쓰지 않은 채 레오나르에게 뒤집어씌운 수건을 벗기고 묶어 놓은 끈을 끊었다.

레오나르는 사슬 풀린 맹수처럼 펄쩍 뛰어 라울에게 덤벼들었다.

「건드리지 마!」

그녀가 명령했다.

레오나르는 라울의 얼굴에 주먹을 들이민 채 뚝 멈추었다. 라울은 눈에 눈물까지 맺혀 중얼거렸다.

「자, 깡패 나리가 납시오……. 마치 뚜껑을 열면 튀어나오는 장난감 인형 같군……」

레오나르는 격노해서 치를 떨었다.

「어디 두고보자, 애송이 녀석……. 다시 맞붙게 될 거야…….
애송이…… 100년 후가 되더라도……」

「당신 역시 세기 단위로 계산을 하시는군! 당신 주인처럼 말이
야……」

라울이 비아냥거렸다.

칼리오스트로 백작 부인이 레오나르를 문으로 밀어내며 명령
했다.

「가…… 나가서 마차를 끌고 와……」

그들은 라울이 알아듣지 못하는 언어로 빠르게 몇 마디 말을
주고받았다. 조제핀 발사모는 라울과 단둘이 남자 가까이 다가오
더니 거칠게 내뱉었다.

「자, 이제 어쩔 거야?」

「어쩌다니?」

「그래, 당신 목적이 뭐냐고?」

「내 목적은 정말 순수한 거야, 조진. 천사처럼 순결한 목적이지」

「농담은 그만해. 뭘 원하지? 어떻게 행동할 생각이야?」

라울이 진지해지며 대답했다.

「나는 언제나 경계를 늦추지 않는 당신과는 다르게 행동할 거
야, 조진. 나는 당신이 되어 보지 못한 사람, 당신에게 해를 입
혔다면 얼굴을 붉힐 줄 아는 충실한 친구가 될 거야」

「무슨 뜻이야?」

「다시 말해서 브리지트 루슬랭에게 꼭 필요한 질문을 몇 가지
할 텐데, 당신도 들을 수 있게 하겠어. 어때, 마음에 들어?」

「좋아」

그녀가 여전히 화난 어조로 대답했다.

「그럼 여기 있어. 오래 걸리지 않을 거야. 시간이 없어」

「시간이 없다고?」

「그래. 곧 알게 될 거야, 조진. 움직이지 말고 있어」

라울은 조제핀이 한마디도 놓치지 않고 들을 수 있도록 두 방 사이의 문을 반쯤 열어 둔 채 브리지트 루슬랭이 발랑틴의 보호를 받으며 쉬고 있는 침대로 다가갔다.

여배우는 라울에게 미소를 지었다. 방금 전에 일어난 일에 대해 아무것도 이해할 수 없었고 겁에 질려 있긴 했지만 자신을 구해 준 사람을 보자 믿음이 생기고 안심이 되면서 긴장이 풀어졌다.

라울이 말했다.

「피곤하게 하지는 않겠습니다……. 일이 분이면 돼요. 대답해 주실 수 있겠습니까?」

「아! 그럼요」

「좋습니다! 당신은 경찰이 감시하고 있는 어떤 미치광이에게 당했어요. 그는 곧 정신병원에 수용될 겁니다. 그러니 이제 위험은 전혀 없습니다. 하지만 한 가지 분명히 해 두고 싶은 게 있습니다」

「질문하세요」

「그 보석 띠가 무엇입니까? 누구에게 받으셨죠?」

라울은 그녀가 주저하고 있음을 느꼈다. 하지만 그녀는 고백했다.

「그 보석들은…… 오래된 상자에서 발견했어요」

「나무로 된 낡은 상자였나요?」

「네. 온통 금이 가고 닫혀 있지도 않은 상자였어요. 엄마가 계신 작은 시골집 곳간의 짚더미 아래 숨겨져 있었죠」

172

「그곳이 어딥니까?」

「릴본이에요. 루앙과 르 아브르 사이」

「어딘지 알겠습니다. 그런데 그 상자는 어디서 났을까요?」

「그건 저도 몰라요. 엄마에게 물어보지 않았어요」

「그 보석들을 발견했을 때 지금과 같은 모양이었습니까?」

「아니에요. 은으로 된 커다란 반지들에 박혀 있었어요」

「그럼 그 반지들은 어디 있죠?」

「어제까지는 극장에 있는 화장품 가방 안에 가지고 있었는데」

「지금은 가지고 계시지 않은가요?」

「네. 분장실에 찾아와 축하해 주던 어떤 신사 분에게 드렸어요. 그분이 우연히 그 반지들을 봤지요」

「그는 혼자였습니까?」

「다른 두 신사 분과 함께였어요. 수집가래요. 반지를 복원하기 위해서 오늘 3시에 보석들도 가져다 드리기로 약속했지요. 그분은 틀림없이 후한 값에 사줄 거예요」

「반지 안쪽에 글씨가 새겨져 있지 않습니까?」

「맞아요…… 고(古)문자로 몇 마디 글이 새겨져 있었는데 별로 주의를 기울이지 않았어요」

라울은 생각에 잠겼다가 심각한 목소리로 결론을 내리며 말했다.

「이 모든 일에 관해서는 절대적으로 비밀을 지키시는 게 좋겠습니다. 그렇지 않으면 좋지 않은 결과를 가져올 수도 있어요. 당신에게뿐 아니라 어머니께도 말입니다. 어머니께서 틀림없이 별 값어치는 없지만 역사적으로 매우 흥미로운 그 반지들을 집에 감춰 두셨다니 놀랍군요」

브리지트 루슬랭은 겁을 먹었다.

「당장이라도 주인께 돌려드리겠어요」

「그럴 필요 없습니다. 보석들을 잘 보관하십시오. 내가 당신을 대신해서 그 반지들을 돌려받겠습니다. 그 신사 분은 어디에 사시죠?」

「보지라르가」

「이름은?」

「보마냥이에요」

「좋습니다. 마지막으로 한마디만 하겠습니다, 아가씨. 이 집을 떠나십시오. 여기는 너무 외져요. 얼마 동안 (한 달 정도로 해 둡시다) 하녀와 함께 호텔에서 지내도록 하십시오. 아무도 만나지 마시고요. 아시겠죠?」

「예」

밖으로 나오자 조제핀 발사모는 라울 당드레지의 팔에 매달렸다. 복수나 원한 따위의 생각은 다 잊은 채 매우 흥분한 것처럼 보였다. 마침내 그녀가 라울에게 말했다.

「아, 알겠어. 그 사람 집에 갈 생각이지?」

「보마냥 집에」

「그건 미친 짓이야」

「왜?」

「보마냥 집에 간다니! 게다가 그자가 다른 두 사람과 함께 집에 있을 시간에?」

「두 사람 더하기 한 사람은 세 사람이지」

「가지 마. 부탁이야」

「왜? 그들이 나를 잡아먹기라도 할까 봐?」

「보마냥은 무슨 짓이든 할 수 있어」

「그자가 식인종이라도 되나?」

「아! 빈정거리지 마, 라울!」

「울지 마, 조진」

라울은 조제핀이 방금 전의 불화를 다 잊고 다정다감한 연인으로 돌아와 진심으로 자기를 위해 떨고 있다고 느꼈다.

「가지 마, 라울. 나는 보마냥의 집에 가 봐서 알아. 세 불한당들이 당신에게 덤벼들 거야. 그러면 당신을 구할 사람은 아무도 없어」

「그거 잘됐네. 그들을 구해 줄 사람도 아무도 없을 테니까」

라울이 말했다.

「라울, 라울, 당신은 농담만 하지만……」

라울이 조제핀을 끌어안았다.

「들어 봐, 조진. 나는 당신의 조직과 보마냥의 조직이 팽팽히 맞선 막강한 사건의 한가운데에 마지막으로 도착했어. 당연히 양쪽 다 제3의 도둑인 나를 맞아들이기를 거부하겠지. 따라서 굉장한 수단을 사용하지 않는 한 나로서는 모든 게 도로 아미타불이 될 위험이 커. 그러니까 내가 친구인 조제핀 발사모와 결판을 낸 것과 마찬가지 방법으로 우리의 적인 보마냥과도 결판을 짓도록 내버려둬. 내가 그리 서툴지는 않았잖아, 안 그래? 내 수완이 훌륭하다는 것을 당신도 부인할 수는 없겠지?」

라울의 말은 조제핀 발사모에게 다시 상처를 주었다. 그녀는 팔을 뺐다. 그들은 말없이 나란히 걸었다.

라울은 그가 그토록 열렬히 사랑하고 그를 그토록 열렬히 사랑하는 저 다정한 얼굴의 여인이야말로 실은 가장 냉혹한 적이 아닐까 의문이 들었다.

타르페이아 바위*

「여기가 보마냥 씨 댁입니까?」

안에서 밖을 내다보는 구멍이 열리고 늙은 하인이 얼굴을 철책에 갖다댔다.

「맞습니다. 하지만 보마냥 씨는 손님을 받지 않습니다」

「브리지트 루슬랭 양이 보내서 왔다고 전해 주십시오」

보마냥의 집은 전체 2층짜리 저택에서 1층을 차지하고 있었다. 관리인도 초인종도 없었다. 감방의 감시창 같은 것이 달린 육중한 문을 쇠로 된 고리로 두드리도록 되어 있었다.

라울은 5분이 넘게 기다렸다. 여배우의 방문을 기다리고 있었는데 젊은 남자가 나타나자 세 사람은 뭔가 석연치 않았으리라.

「명함을 달라고 하십니다」

---

* 로마에서 배신자들을 떨어뜨려 처형한 바위——옮긴이

176

하인이 돌아와서 말했다.

라울은 명함을 건넸다.

그리고 다시 기다렸다. 빗장을 풀고 사슬을 벗기는 소리가 들렸다. 라울은 왁스칠을 한 널따란 현관을 지나 안내되었다. 마치 벽이 축축한 수도원의 면회실 같았다.

그들은 여러 개의 방문 앞을 지나갔다. 마지막 문은 가죽 쿠션을 댄 이중문이었다.

늙은 하인이 문을 열어 주고 라울 뒤에서 문을 다시 닫았다. 라울은 홀로 세 명의 적을 마주했다. 이 세 사람을 달리 무어라 부를 수 있겠는가? 적어도 그들 중 둘은 공격을 개시하려는 권투 선수 같은 자세로 서서 라울이 들어오기를 기다리고 있었으니 말이다.

「그놈이군! 또 그놈이야!」

고드프루와 데티그가 격분해서 소리쳤다.

「보마냥, 바로 저놈이 괴르 성에서의 그 녀석이오. 촛대의 가지를 훔친 놈 말이오. 아! 뻔뻔하기도 하지! 오늘은 또 뭘 하러 왔나? 내 딸과 결혼 문제라면……」

라울이 웃으며 대답했다.

「아니, 남작님은 그 생각밖에 못하십니까? 클라리스 양에 대해서는 여전히 깊은 감정을 느끼고 있고 여전히 소중한 희망을 품고 있습니다. 하지만 괴르 성에서 만났던 날과 마찬가지로 오늘도 내 방문의 목적은 결혼이 아닙니다」

「그럼 자네의 목적은……?」

남작이 더듬거렸다.

「괴르 성에서 만난 날은 여러분을 지하 창고에 가두는 게 목적이었지요. 오늘은……」

보마냥이 끼어들어야만 했다. 그렇지 않으면 고드프루와 데티그는 이 불청객에게 달려들 기세였다.

「그만하시오, 고드프루와. 앉으시지요. 그리고 이분이 우리를 찾아온 이유를 들어 봅시다」

그리고 그 자신이 책상 앞에 앉았다. 라울도 앉았다.

말하기 전에 라울은 천천히 상대들의 얼굴을 살펴보았다. 라애 데티그에서의 회합 이후로 많이 달라진 것 같았다. 특히 남작은 많이 늙었다. 뺨은 움푹 꺼지고 때때로 얼이 빠진 듯 멍한 눈빛은 충격적이었다. 뇌리를 떠나지 않는 생각과 회한은 열병과 불안을 남기는 법이다. 라울은 보마냥의 고뇌하는 얼굴에서도 그런 흔적을 보았다고 생각했다.

하지만 보마냥은 자신을 더 잘 억제했다. 죽은 조진에 대한 추억에 사로잡혀 있긴 했지만 그의 양심의 번민은 자신의 행동에 대해 오히려 그럴 권리가 있었다고 새삼 확인하는 쪽으로 기울어짐이 틀림없다. 겉으로는 전혀 드러나지 않는 내적인 갈등이었고 때때로 위기의 순간에만 평정을 해칠 뿐이었다.

라울은 생각했다.

〈성공하고 싶다면 나는 그 위기의 순간을 만들어 내야 해. 저자든 나든 둘 중 하나는 약해져야 해.〉

「무슨 일로 오셨소? 루슬랭 양의 이름을 빌어 내 집에 들어왔는데 무슨 목적으로……?」

보마냥이 묻자 라울은 대담하게 대답했다.

「당신이 어제 저녁 통속극장에서 그녀와 했던 얘기를 마저 하려는 목적으로 왔지요」

직접적인 공격이었다. 하지만 보마냥은 피하지 않았다.

「그 얘기는 루슬랭 양 본인하고만 계속할 수 있을 거라 생각하오. 내가 기다린 사람은 오직 그녀뿐이오」

「루슬랭 양은 그럴 만한 이유가 있어서 오지 못했습니다」

「그럴 만한 이유?」

「그렇습니다. 살해를 당할 뻔했지요」

「뭐라고? 지금 뭐라고 했소? 누군가 그녀를 죽이려고 했단 말이오? 하지만 무엇 때문에?」

「당신과 저분들이 그녀에게서 일곱 개의 반지를 얻어 냈듯이 일곱 개의 보석을 빼앗기 위해서였죠」

고드프루와와 오스카 드 베네토는 의자에 앉은 채 안절부절 못했다. 보마냥은 자신을 억눌렀지만 도전적이고 거만한 태도로 갑자기 끼어든 수수께끼 같은 이 젊은이를 놀란 얼굴로 바라보았다. 하지만 어쨌든 보마냥에게 상대는 빈약한 허수아비처럼 보였다. 그는 무심한 어조로 대꾸했다.

「당신은 당신과 상관없는 일에 두 번이나 끼어들었소. 이런 식으로 나온다면 우리도 당신에게 마땅한 조치를 취할 수밖에 없소. 처음에 당신은 괴르 성에서 내 친구들을 함정에 빠뜨리고 우리의 물건을 가로채 갔소. 일반적으로 이런 걸 가중 절도죄라 부르지요. 그러더니 오늘은 우리 집을 침입하여 더 충격을 주는군. 그 반지들은 우리가 훔친 게 아니라 브리지트 루슬랭이 우리에게 넘겨주었다는 사실을 잘 알면서 아무런 이유도 없이 우리를 면전에서 모욕하고 있으니 말이오. 왜 이런 행동을 하는지 설명해 주시겠소?」

「당신 역시 내가 도둑질을 한 것도, 가택 침입을 한 것도 아니며 단지 당신과 같은 목표를 추구하는 사람으로서 전력을 다했을 뿐이라는 사실을 잘 알 텐데요」

「아! 우리와 같은 목표를 추구한다고? 실례지만 그 목표란 게 무엇이오?」

보마냥이 빈정대며 물었다.

「화강암 경계석 구멍 속에 숨겨진 수만 개의 값진 보석을 찾는 것이지요」

이번에는 보마냥도 당황했다. 어색한 침묵으로 라울의 시선을 받고 있었다. 라울은 한층 더 공격을 강화했다.

「우리 둘 다 옛 수도원의 어마어마한 보물을 찾고 있기 때문에 서로 마주치고 충돌이 일어나는 겁니다. 모든 문제는 거기 있지요」

수도원의 보물! 화강암 경계석! 수만 개의 보석들! 모든 단어 하나하나가 몽둥이처럼 보마냥을 내리쳤다. 그렇다면 이 경쟁자까지 고려해야 하는가! 칼리오스트로 백작 부인이 사라지자 또 다른 경쟁자가 경주에 불쑥 끼어든 것이다!

고드프루와 데티그와 베네토는 사납게 눈을 굴리며 전투 준비가 된 운동선수처럼 가슴을 부풀렸다. 보마냥은 냉정을 되찾아야 할 필요성을 절실히 느끼며 굳게 버티고 있었다.

보마냥이 목소리를 가다듬고 생각의 끈을 다잡으려 애쓰며 말했다.

「그건 전설일 뿐이오! 여자들의 수다거리에 지나지 않아! 잠꼬대 같은 소리! 그런 일에 시간을 낭비하겠다는 거요?」

「당신과 마찬가지로 나 역시 시간 낭비하는 것이 아닙니다」

보마냥이 침착성을 되찾기를 바라지 않는 라울은 그를 당황하게 만들 또 한번의 기회를 놓치지 않고 응수했다.

180

「당신의 모든 행동은 이 보물 주위를 맴돌고 있습니다. 또, 본 쇼즈 추기경이 아낙네들의 숙덕 공론이나 퍼뜨리고 다녔을 리는 없지요. 당신이 거느리고 지휘하는 열두 명의 당신 친구들도 시간 낭비나 하고 있는 것은 아니겠지요. 나도 마찬가지입니다」

「이럴 수가, 많이도 알고 있군!」

보마냥이 빈정대듯이 말했다.

「당신이 생각하는 것보다 훨씬 더!」

「그 정보들을 다 어디서 들었소?」

「어떤 여자에게서!」

「여자?」

「조제핀 발사모, 칼리오스트로 백작 부인에게서」

「칼리오스트로 백작 부인이라고? 그녀를 알고 있었단 말이오?」

보마냥이 아연실색하며 외쳤다.

뜻하지 않은 순간 라울의 계획이 실현되었다. 적을 혼란에 빠뜨리기 위해서는 칼리오스트로의 이름을 말하는 것으로 충분했다. 보마냥은 너무 당황한 나머지 경솔하게도 칼리오스트로 백작 부인을 죽은 사람 취급했다.

「그녀를 만난 적이 있단 말이오? 언제? 어디서? 그녀가 당신에게 무슨 말을 했소?」

「나도 당신처럼 그녀를 작년 겨울 초에 만났지요」

라울이 공격을 강화하며 대답했다.

「그리고 데티그 남작의 딸을 만나는 기쁨을 누리게 될 때까지 겨울 내내 거의 매일 그녀를 만났습니다」

「거짓말이오. 그녀는 당신을 매일 만날 수 없었이. 그랬다면 내 앞에서 당신의 이름을 말했을 것이오! 우린 너무 가까운 친구

여서 그녀는 그런 비밀을 품을 수 없었으니까!」

「하지만 그녀는 비밀을 간직했습니다」

「비열하오! 당신은 그녀와 매우 친밀한 관계였던 척하지만 그건 불가능해! 거짓말이야. 조제핀 발사모의 지나친 교태나 간교 따위를 비난할 수는 있겠지. 하지만 그녀는 방탕하진 않았소」

「사랑은 방탕이 아닙니다」

라울이 조용히 대꾸했다.

「지금 뭐라고 했소? 사랑? 조제핀 발사모가 당신을 사랑했다고?」

「그렇습니다, 선생」

보마냥은 이성을 잃었다. 라울의 얼굴 앞에 주먹을 휘둘렀다. 이번에는 다른 두 사람이 그를 진정시켜야 했다. 하지만 보마냥은 분노로 부들부들 떨며 이마에 땀까지 흘렸다.

라울은 매우 즐거워하며 생각했다.

〈잡았다. 저자는 살인죄나 양심의 가책 같은 문제에 대해서는 꿈쩍도 하지 않아. 하지만 여전히 사랑 때문에 괴로워하고 있군. 내가 원하는 대로 이끌어 갈 수 있겠어.〉

일이 분이 지났다. 보마냥은 얼굴의 땀을 닦고 물을 한 컵 마셨다. 비록 하찮게 보이지만 순식간에 해치울 수 있는 적이 아님을 깨닫고 보마냥이 다시 말했다.

「얘기가 빗나갔소. 칼리오스트로 백작 부인에 대한 당신의 개인적인 감정은 지금 우리가 관심을 가지는 문제와는 아무런 상관이 없소. 그러니까 다시 처음 질문으로 돌아가겠소. 여기는 무슨 일로 오셨소?」

「아주 간단합니다. 한마디면 충분하지요. 중세 시대 교회의 재산, 개인적으로 당신이 예수회의 금고에 넣고 싶어하는 그 재산에 관해서 얘기하려는 겁니다. 모든 지방에서 모인 이 기부금은 코 지방의 주요 일곱 개 수도원으로 보내졌고 이렇게 구성된 공동의 재산은 일곱 명의 대표 관리자가 관리했습니다. 재산이 숨겨진 장소와 열쇠의 암호는 그들 중 단 한 사람만이 알고 있었지요. 각 수도원은 주교의 반지를 가지고 있어서 이것을 대표자에게 대대로 전달해 주었어요. 칠지 촛대는 히브리의 예식과 모세의 신전을 기념하는 일곱 개의 가지에 각각의 반지와 색깔과 재료가 똑같은 보석이 박혀 있었고 이것은 일곱 명의 대표 위원회를 표상하는 상징이었습니다. 내가 괴르에서 발견한 가지에는 붉은색 보석, 가짜 석류석이 박혀 있어요. 이것은 어떤 수도원을 대표하는 반지와 같은 것이었겠지요. 또 한편, 우리는 코 지방 수도원들의 마지막 최고 관리자였던 니콜라 수사가 페캉 수도원의 수도사였다는 사실을 알고 있습니다. 그렇지요?」

「그렇소」

「따라서 수사의 종착역이 될 수 있는 일곱 군데 장소를 알아내기 위해서는 일곱 개 수도원의 이름만 알면 되지요. 그런데, 이 일곱 개의 이름이 어젯밤 극장에서 브리지트 루슬랭이 당신에게 주었던 반지의 고리 안쪽에 새겨져 있습니다. 그래서 그것을 좀 살펴보기 위해 반지 일곱 개를 요구하는 것이지요」

「그러니까 우리는 수년 동안을 찾아 헤맸는데 당신은 단 한 번에 우리와 같은 목표에 도달하겠다는 거요?」

보마냑이 또박또박 물었다.

「바로 그겁니다」

「거절하겠다면?」

「뭐라고요? 거절하겠다는 뜻입니까? 분명한 대답에만 대답하겠습니다」

「물론 거절이오. 당신의 요구는 전혀 말이 안 돼. 분명히 말하는데 거절이오」

「그렇다면 나는 고발하겠습니다」

보마냥은 당황하는 것 같았다. 미친 사람을 보듯 라울을 바라보았다.

「나를 고발한다니…… 그건 또 무슨 얘기요?」

「당신 셋 모두를 고발할 겁니다」

「셋 모두? 하지만 무슨 죄목으로 말이오, 젊은이?」

보마냥이 비웃었다.

「당신들 셋을 조제핀 발사모, 칼리오스트로 백작 부인의 살인자로 고발하겠습니다」

이의는 전혀 없었다. 반항의 움직임도 전혀 없었다. 고드프루와 데티그와 그의 사촌 베네토는 의자에 더 깊숙이 물러앉았다. 보마냥은 파랗게 질렸고 얼굴을 흉하게 찌푸리며 조롱의 말도 멈추었다.

보마냥은 일어나 문에 열쇠를 꽂고 한 바퀴 돌려 잠그더니 도로 주머니에 넣었다. 이것이 두 부하들에게 힘을 찾아 주는 계기가 되었다. 둘은 우두머리의 행동이 폭력의 사용을 선포하기라도 한 듯 되살아났다.

라울은 대담하게 농담을 했다.

「부대에 신병이 들어오면 그가 똑바로 앉을 수 있을 때까지 등자 없이 말을 태우지요……」

「그래서?」

「나는 어떠한 상황에서도 내 머리만으로 대처해 나갈 수 있을 때까지 권총을 가지고 다니지 않기로 스스로 맹세했습니다. 그러니까 미리 알려 주는데 난 등자가…… 아니, 말하자면 권총이 없습니다. 당신들은 셋이고 게다가 무장까지 했는데 난 혼자라는 겁니다. 그러니까……」

「됐소. 수다는 필요 없고 사실만 말하시오. 우리를 칼리오스트로 백작 부인의 살인범으로 고소하겠다는 거요?」

보마냥이 위협적인 목소리로 단언했다.

「그렇습니다」

「그런 터무니없는 고소를 뒷받침할 증거라도 있나?」

「물론입니다」

「말해 보시오」

「그러지요. 몇 주 전 나는 우연히 데티그 양을 만날 수 있기를 희망하며 라 애 데티그 주위를 거닐고 있었습니다. 그때, 당신 친구 중 한 명이 몰고 오는 마차를 보았지요. 마차가 영지 안으로 들어가기에 나도 따라 들어갔습니다. 한 여자, 즉 조제핀 발사모가 옛 탑 안으로 끌려 들어갔고 거기에는 당신들, 자칭 재판관들이 모여 있었습니다. 가장 비열하고 부당한 방법으로 그녀에 대한 예심이 진행되더군요. 보마냥 당신이 검사 역할을 했지요. 당신은 끝 간 줄 모르는 교활함과 허영심으로 그 여자가 당신의 정부였다고 믿게 만들었습니다. 여기 이 두 양반들은 사형 집행인의 역할을 맡았지요」

「증거를 대! 증거를!」

보마냥이 이를 길며 외쳤다. 그의 얼굴은 알아볼 수 없을 정도로 일그러졌다.

「내가 그 자리에 있었다는 것이 증거에요. 바로 당신 머리 위, 낡은 창문 구멍 안에」

「그럴 리 없어!」

보마냥이 더듬거렸다.

「그 말이 사실이라면 당신이 끼어들어 그녀를 구하려고 했을 테니까」

「무엇으로부터 그녀를 구한단 말입니까?」

칼리오스트로 백작 부인의 구조에 관해 아무것도 듣기고 싶지 않았던 라울이 말했다.

「당신의 다른 친구들처럼 나도 그녀가 영국의 정신 병원에 감금될 거라고 믿었습니다. 따라서 다른 사람들이 떠날 때 나도 밖으로 나와 에트르타까지 달려갔습니다. 배를 한 척 빌린 뒤 그날 저녁, 당신이 말했던 그 영국 요트를 마중 나갔지요. 선장을 위협할 생각이었습니다.

하지만 내 잘못된 작전은 가엾은 여인의 생명을 희생시키고 말았지요. 나중에 가서야 당신의 비열한 간계를 깨닫고 그 끔찍한 범죄를 제대로 재구성할 수 있었습니다. 사제의 계단을 내려간 두 공범자와 구멍 뚫린 배, 그리고 익사」

눈에 띄게 공포에 사로잡힌 세 남자들은 이야기를 들으며 의자를 조금씩 끌어 서로 가까이 다가갔다. 베네토가 라울에게 방어막의 구실을 하고 있던 탁자를 밀어냈다. 라울은 고드프루와의 잔혹한 얼굴과 비죽거리며 삐뚤어지는 입 꼬리를 보았다.

보마냥의 신호만 떨어지면 남작은 권총을 들이밀고 이 경솔한 청년의 머리를 날려 버릴 것이다……

하지만 아마 라울의 이 이해할 수 없는 무분별함이 오히려 보마냥의 명령을 지체시켰다. 보마냥이 무서운 얼굴로 중얼거렸다.

「다시 한번 말하는데 당신은 당신과 상관없는 일에 끼어들 권리도 이렇게 행동할 권리도 없소. 하지만 나는 과거의 사건에 대해 거짓말을 하거나 부인하지는 않겠소. 다만…… 그런 비밀을 목격하고도 어떻게 감히 여기에 나타나 우리를 도발할 생각을 했는지 의아하군. 이건 미친 짓이오!」

「왜 그렇죠?」

라울이 천진하게 물었다.

「당신 목숨은 우리 손에 달렸으니까」

라울은 어깨를 으쓱했다.

「내 목숨은 전혀 위험하지 않습니다」

「우리는 셋이고 우리의 안전과 이토록 밀접한 문제에 대해서는 쉽게 타협하는 성질이 아니오」

「하지만 설령 당신들이 내 보호자라고 해도 이보다 더 안전할 수는 없을 겁니다」

「정말 확신하오?」

「그렇습니다. 당신은 내가 말한 것을 다 들은 후에도 아직 나를 죽이지 않았으니까」

「하지만 내가 결정을 내린다면?」

「한 시간 후면 세 사람 모두 체포되어 있겠지요」

「말도 안 돼!」

「이런 말씀을 드리게 되어 영광입니다. 지금이 4시 5분이군요. 내 친구 하나가 경찰청 근처를 거닐고 있지요. 만약 4시 45분까지 내가 나타나지 않으면 그 친구가 경찰청장에게 알릴 겁니다」

「허튼소리! 다 허풍이야! 나는 알아. 당신 친구가 내 이름을 말하는 순간 경찰들은 면전에서 코웃음을 칠걸」

보마냥이 희망을 되찾은 듯 외쳤다.

「아니, 내 친구 말을 들을 겁니다」

「어쨌든……」

보마냥이 고드프루와 데티그를 향해 몸을 돌리며 중얼거렸다.

막 살인 명령이 떨어질 판이었다. 라울은 위기의 순간에서 오는 쾌락을 느꼈다. 몇 초가 더 흐르고 보마냥의 유별난 냉정함으로 인해 좀더 지체되었던 마지막 신호가 떨어지려 했다.

「한마디만 더 하겠습니다」

라울이 말했다.

「말하시오. 단 우리에 대한 증거만 얘기하시오. 더 이상의 고발은 원치 않으니까. 우리에 대한 고발이든 경찰이든 내가 알아서 처리할 거요. 하지만 당신과의 논쟁이 시간 낭비가 아니라는 걸 보여 줄 확실한 증거라면 듣겠소. 직접적인 증거 말이오. 그렇지 않으면……」

보마냥이 으르렁거렸다.

보마냥은 다시 의자에서 일어났다. 라울은 그의 앞에서 몸을 똑바로 세우고 강압적이고 완강한 자세로 눈을 마주 보며 말했다.

「증거라…… 그렇지 않으면 죽음이란 말씀이군요, 그렇죠?」

「그렇소」

「내 대답은 이렇습니다. 지금 당장 일곱 개의 반지를 내놓으십시오. 그렇지 않으면……」

「그렇지 않으면?」

「당신이 데티그 남작에게 조제핀 발사모를 납치해 암살할 방법을 일러 준 편지를 내 친구가 경찰에게 넘길 겁니다」

보마냥이 놀라는 척했다.

「편지? 암살을 권했다고?」

「그렇습니다」

라울이 분명히 말했다.

「불필요한 말들만 지우고 읽으면 내용이 훤히 드러나는 일종의 위장 편지였지요」

보마냥이 웃음을 터뜨렸다.

「아! 그렇지, 알겠소…… 기억 나는군……. 아무렇게나 휘갈겨 쓴 편지였지……」

「당신이 요구하던 부인할 수 없는 증거가 되는 편지지요」

「그래…… 맞아……」

보마냥이 여전히 비아냥대며 말했다.

「하지만 난 풋내기 어린애가 아니야. 미리 대비를 해 두었지. 그 편지는 회합이 시작되자마자 남작이 내게 돌려주었소」

「그건 필사본이었습니다. 남작의 책상 홈에서 발견한 원본은 내가 가지고 있었지요. 내 친구가 바로 그 원본을 경찰에 넘길 것이고요」

라울을 에워쌌던 원이 벌어졌다. 두 사촌의 사나웠던 얼굴에는 공포와 불안밖에 남지 않았다. 라울은 전투다운 전투조차 없이 싸움이 끝났다고 생각했다. 검이 살짝 부딪치고 약간의 속임수가 있었을 뿐이다. 정면충돌은 없었다. 일이 매우 순조롭게 진행되고 라울이 어찌나 능숙한 솜씨로 보마냥을 궁지에 몰아넣었는지 지금 상태로서는 보마냥은 제대로 상황을 판단할 수도, 적의 약점을 파악할 수도 없었다.

사실 라울은 이 편지의 원본을 가지고 있다고 주장한 것뿐인데 말이다. 라울이 그렇게 주장하는 근거는 무엇인가? 아무 근거도 없었다. 명백하고 구체적인 증거 앞에서만 항복하겠다던 보마냥은 갑자기 라울의 술책에 걸려들어 이상한 모순에 사로잡혀서 단순히 라울의 주장만으로 만족하고 말았다.

보마냥은 타협이나 망설임도 없이 별안간 굴복했다. 서랍을 열어 일곱 개의 반지를 꺼내고 이렇게 말했을 뿐이다.

「앞으로 그 편지를 우리에게 불리하게 이용하지 않을 거라고 어떻게 믿지?」

「맹세하겠습니다. 게다가 우리 사이에 이런 상황은 다시 일어나지 않을 겁니다. 다음번에는 당신이 유리한 입장이 될 수도 있겠지요」

「틀림없이 그럴 거요」

보마냥이 화를 억누르며 말했다.

라울은 열에 들뜬 손으로 반지를 잡았다. 정말로 각각의 고리 안쪽에 이름이 적혀 있었다. 라울은 종이 쪽지에 일곱 개 수도원의 이름을 급히 적었다.

페캉
생방드리유
쥐미에주
발몽
크뤼셰르발라스
몽티빌리에
생조르주드보셰르빌

보마냥이 종을 울려 하인을 불렀다. 하지만 하인을 복도에서 기다리게 하고 다시 라울에게 다가와 말했다.

「그럼…… 한 가지 제안하겠소. 당신은 우리의 노력을 잘 알고 있소. 우리가 어디까지 이르렀는지, 요컨대 목적지가 멀지 않음을 정확히 알고 있소」

「내 생각도 그렇습니다」

라울이 대답했다.

「좋소! 단도직입적으로 말하겠는데, 우리와 함께 일하겠소?」

「당신 친구들과 같은 자격으로?」

「아니, 나와 같은 자격으로」

제안은 공정했다. 라울은 존중받는다는 느낌에 우쭐해졌다. 조제핀 발사모만 없었더라면 제안을 받아들였을지도 몰랐다. 하지만 그녀와 보마냥 사이에는 어떤 화합도 불가능했다.

라울이 말했다.

「고맙지만 특별한 사정이 있어서 거절해야겠소」

「그럼 적이 되겠다는 거요?」

「아니, 경쟁자지요」

「적이오. 그렇게 되면 당신도……」

「칼리오스트로 백작 부인처럼 다루어질 위험이 있겠죠」

라울이 끼어들었다.

「그렇소. 아다시피 우리의 숭고한 목적은 종종 어쩔 수 없이 택해야 하는 수단을 정당화해 준다오. 언젠가 이 수단이 당신을 겨냥한다 해도 당신 스스로 원한 일이오」

「내기 원힌 일입니다」

보마냥이 하인을 불렀다.

「이분을 안내하게」

라울은 세 사람에게 정중하게 인사하고 복도를 따라 밖을 내다보는 구멍이 있는 문까지 갔다. 문은 열려 있었다. 거기서 라울은 늙은 하인에게 말했다.

「잠깐만요, 잠깐만 기다려 주시오」

그러고는 재빨리 세 남자가 회의 중인 사무실로 돌아와 문턱에 서서 손잡이를 잡고 퇴로를 확보한 뒤 상냥한 목소리로 말했다.

「아까 말한 그 위험한 편지에 관해서 고백할 게 있습니다. 이 얘기를 들으면 여러분들도 평온을 되찾겠지요. 나는 편지를 필사하지도 않았고 따라서 내 친구가 원본을 가지고 있을 수도 없답니다. 게다가 경찰청 근처를 배회하며 4시 45분을 기다리는 친구에 대한 얘기는 좀 엉터리 같지 않았습니까? 이제 편히 발 뻗고 주무시지요. 다시 만나서 반가웠습니다」

라울은 보마냥의 코앞에서 문을 닫고 보마냥이 하인을 부르기 전에 출구까지 달려갔다.

두 번째 전투에서도 이겼다.

라울을 보마냥의 집까지 안내한 조제핀 발사모가 길 끝에서 삯마차 문을 열고 고개를 내밀고 기다리고 있었다.

「자, 출발! 간선 철도들이 출발하는 생라자르 역으로!」

라울이 말했다.

그리고 마차 안으로 뛰어올라 기쁨에 떨며 의기양양한 목소리로 외쳤다.

「이것 봐, 내 사랑 조진, 여기 꼭 필요한 일곱 개의 이름이 있어. 목록을 가져왔다고! 자, 가져」

「그래서?」

그녀가 말했다.

「이제 다됐어. 하루에 벌써 두 번째 승리야. 게다가 얼마나 멋진 승리였는지! 세상에! 사람들을 속이기란 정말 간단해! 약간의 대담성, 명석한 생각과 논리, 화살처럼 정확히 과녁을 향해 날아가려는 분명한 의지만 있으면 돼. 그러면 장애물들은 스스로 사라지지. 보마냥은 교활한 자야, 그렇지 않아? 그런데! 그런 보마냥도 내 사랑 조진, 당신처럼 흔들렸어. 당신의 제자가 자랑스럽지 않아? 초일류 대가들인 보마냥과 칼리오스트로의 딸이 한낱 풋내기에게 부서지고 깨지다니! 어떻게 생각해, 조진?」

라울은 말을 멈추었다.

「이렇게 말한다고 해서 나를 원망하는 건 아니지, 내 사랑?」

「아니, 아니야」

그녀가 미소 지으며 대답했다.

「아까 있었던 일로 아직도 화나 있지는 않겠지?」

「아! 내게 너무 많은 걸 요구하지 마! 알아? 내 자존심을 건드려서는 안 돼. 나는 자존심과 복수심이 아주 강하다고. 하지만 당신이라면 오래도록 원망할 수 없지. 당신은 사람을 무장 해제시키는 특별한 뭔가가 있거든」

「보마냥은 무장 해제되지 않았어, 제기랄!」

「보마냥은 남자잖아」

「그래! 그럼 남자들에 대한 전쟁을 선포해야겠군! 나는 정말 이 일을 위해 태어난 사람 같아, 조진! 맞아, 모험과 정복, 특별한 것과 전설적인 것! 언제나 유리하게 상황을 이끌 수 있을 거란 생각이 들어. 어때, 조진, 이길 수 있다는 확신이 들 때는 싸움이 매력적이지 않아?」

마차는 강 좌안의 좁은 길을 따라 빨리 달려갔다. 그리고 센 강을 건넜다.

「이제부터 승리는 내 거야, 조진. 좋은 패는 모두 내 손안에 있어. 몇 시간 후 나는 릴본에 내릴 거야. 미망인 루슬랭 부인을 찾아내서 그녀가 원하든 원하지 않든 서인도 제도산 목재 상자를 살펴봐야지. 그럼 끝이야! 거기 씌여져 있는 단어와 이 일곱 개 수도원의 이름을 가지고도 목적을 달성하지 못한다면 오히려 이 상한 일이지!」

조진은 그의 열광에 웃음을 보냈다. 그는 기뻐서 어쩔 줄을 몰랐다. 보마냥과의 결투에 대해 이야기하고 조제핀에게 키스를 하고 지나가는 사람들을 비웃고 창문을 열어 말을 〈달팽이처럼〉 모는 마부에게 욕설을 해 댔다.

「달려, 이 늙은 멍청아! 뭐야! 영광스럽게도 자네 마차에 행운의 신과 미의 여왕이 타고 계시단 말이다! 자네 말은 달릴 줄을 모르는군!」

마차는 오페라가를 따라갔다. 그리고 프티샹가와 카퓌신가를 가로질러 코마르탱가를 질주했다.

라울이 외쳤다.

「좋았어! 4시 48분이군. 곧 도착할 거야. 당신도 물론 나와 함께 릴본에 갈 거지?」

「왜? 그럴 필요 없잖아. 둘 중 하나만 가면 돼」

「좋아! 나를 믿어. 나는 당신을 배반하지 않을 거고 우리는 한 배를 탔다는 거 알지? 한 사람의 성공은 곧 다른 사람의 성공이야」

하지만 오베르가에 가까워졌을 때 갑자기 마차의 왼쪽 문이 열리더니 마차는 속력을 줄이지 않은 채 어떤 정원으로 꺾어 들어갔다.

　사방에서 세 명의 남자가 나타나 라울을 거칠게 붙잡아 저항해
볼 새도 주지 않고 붙들었다.

　마차에 남아 명령을 내리는 조제핀 발사모의 목소리가 들려올
뿐이었다.

　「생라자르 역으로, 빨리!」

　남자들은 서둘러 집으로 들어가서 라울을 어둑어둑한 방에 던
져 넣었다. 그의 뒤로 육중한 문이 굳게 닫혔다.

　라울의 가슴속에 끓어오르던 강렬한 환희는 금방 가라앉지 않
았다. 그는 여전히 웃으며 농담을 했다. 하지만 점점 증폭되는 분
노로 인해 목소리의 음색이 바뀌어 갔다.

　「이번엔 내 차례군! 홀륭해, 조제핀……. 아! 역시 길작이야!
내가 이렇게 쓰러지다니! 정통으로 한 방 맞았군. 그래, 사실 이

런 일은 전혀 예상치 못했지. 반면 당신은 내 승리의 노래를 들으며 아주 재미있었겠군. 〈나는 정복을 위해 태어났다네! 특별한 것, 전설적인 것을 위해!〉 멍청이! 이런 실수를 저지를 줄 알았으면 입을 다무는 건데! 그야말로 굉장한 추락이군!」

라울은 문을 향해 뛰어들었다. 하지만 소용없었다! 감옥의 문이었다. 희뿌연 불빛이 새어 들어오는 위쪽의 작은 창을 향해 기어오르려고 시도해 보았다. 하지만 거기까지 어떻게 오르겠는가? 게다가 작은 소리가 라울의 주의를 끌었다. 어슴푸레한 빛 속에서 한쪽 벽 천장 모퉁이에 일종의 총구가 뚫려 있는 게 보였다. 거기에서 총대가 불쑥 삐져나와 라울을 겨냥한 채 그가 움직이면 따라 움직이고 그가 꼼짝하지 않으면 따라서 정지했다.

라울은 이 보이지 않는 저격수에게 모든 화풀이를 해 대며 욕설을 퍼부었다.

「비열한 놈! 그 구멍에서 내려 와서 인사나 나누자고. 훌륭한 직업을 가지셨군. 가서 네 놈 주인에게 말해. 이 성공이 오래 가지 않을 거라고 말이야. 머지않아……」

그는 갑자기 말을 멈추었다. 이 모든 객설이 어리석어 보였고 문득 분노가 체념으로 바뀌었다. 그는 화장실을 겸한 구석 자리에 놓인 철제 침대에 몸을 눕혔다.

그리고 중얼거렸다.

「그래. 원한다면 나를 죽여도 좋아. 하지만 일단 잠 좀 자게 내버려둬……」

라울은 잠잘 생각이 없었다. 우선 상황을 검토해야 했고 불쾌하지만 어떤 결론을 끌어내야 했다. 상황은 한마디로 요약할 수 있을 만큼 간단했다. 라울이 준비해 놓은 승리의 열매를 조제핀 발사모가 대신 따러 간 것이다.

그토록 짧은 시간 내에 성공하기 위해서 그녀는 얼마나 대단한 수완을 펼쳤는가! 레오나르와 다른 공범이 따로 마차를 타고 보마냥의 집까지 따라와서 조제핀 발사모와 공모를 했음이 분명했다. 그러고 나서 조제핀 발사모가 라울을 기다리는 동안 레오나르는 코마르탱가로 와서 오늘과 같은 특수 용도를 위해 지은 이 건물에 덫을 놓았으리라.

라울이 어린 나이에 이 막강한 적들에 대항해 혼자서 무엇을 할 수 있었겠는가? 한편에는 협력자와 부하들을 거느린 보마냥이 있었고 다른 한편에는 조제핀 발사모와 그녀의 강력한 조직이 있었다!

라울은 결심했다.

〈내가 바라는 대로 나중에 올바른 길로 들어서게 되거나 아니면 (이편이 더 그럴듯하지만) 결국 모험의 길을 가게 되거나 간에 맹세컨대, 나 역시 필요한 모든 수단을 갖추겠어. 외톨이들은 불행할지어다! 목표에 도달하는 자는 조직을 거느린 우두머리들뿐. 나는 조제핀을 누르고 이겼다. 하지만 오늘 저녁 귀중한 상자를 손에 넣게 되는 사람은 조제핀이야. 이 몸은 이렇게 축축한 지푸라기 위에서 신음하고 있는데.〉

이런 생각을 하고 있을 때 몸 전체에 기운이 빠지며 알 수 없는 마비 증세가 덮쳐 옴을 느꼈다. 라울은 이 기괴한 졸음에 맞서 싸웠다. 하지만 그의 머리는 빠르게 안개에 덮여 갔다. 동시에 구역질이 나면서 위가 묵직한 느낌이 들었다.

라울은 쇠약해지는 몸과 정신을 흔들며 가까스로 견는 데 성공했다. 하지만 오래 가지 못했다. 마비 증세가 심해지면서 그는 갑자기 매트리스 위로 쓰러졌다. 그러자 끔찍한 생각이 떠올랐다. 마차를 타고 오다가 조제핀 발사모가 주머니에서 평소에도 잘 들고 다니던 금으로 된 작은 사탕 상자를 꺼내 두세 알 집어 먹더니 습관적으로 라울에게도 하나 건넸다.

「아…… 조제핀이 나에게 독을…… 남아 있는 사탕에는 독이 묻어 있었던 거야……」

라울은 땀에 범벅이 된 채 중얼거렸다.

그 생각이 맞는지 틀리는지 확인해 볼 여유도 없었다. 현기증이 몰려와 커다란 구멍 위에서 빙빙 도는 느낌이었다. 그는 결국에는 오열하며 그 구멍 속으로 떨어졌다.

죽음에 대한 생각에 너무 강하게 사로잡혔던 라울은 다시 눈을 떴을 때 살아있다는 확신도 들지 않을 정도였다. 힘겹게 몇 번 숨을 쉬어 보고 자신을 꼬집어 보고 큰 소리로 말을 해 보았다. 살아 있었다! 멀리서 들려오는 거리의 소음이 결정적으로 그가 살아 있음을 확인시켜 주었다.

라울은 생각했다.

〈정말이야. 나는 죽지 않았어. 하지만 내가 사랑하는 여자에 대해서 어떤 생각을 했던가! 마땅히 그럴 만한 이유로 별 것 아닌 마취약을 먹였을 뿐인데 나는 즉각 그녀를 독살범으로 몰아붙였어.〉

얼마나 잤는지도 정확히 알 수 없었다. 하루? 이틀? 아니면 그 이상일까? 머리가 무거웠고 판단력이 흐려졌다. 팔다리도 끊임없이 쑤셨다.

총구를 통해 벽을 따라 내려 보냈을 음식 바구니가 보였다. 그 위쪽에 총은 보이지 않았다.

그는 배가 고프고 목도 말랐으므로 먹고 마셨다. 너무 무기력
해져서 이 식사가 초래할 수도 있을 결과에 대해서는 더 이상 생
각지 않았다. 마취제가 들어 있지 않을까? 아니면 독극물? 아무래
도 상관없었다! 일시적인 잠이든 영원한 잠이든 그에게는 마찬가
지였다. 그는 다시 누워서 잠이 들었다. 몇 시간이 되든 몇 날 며
칠이 되든……

　어두운 암벽을 하얗게 비추며 쏟아져 들어오는 빛으로 터널의
끝을 짐작하듯이 라울 당드레지는 짓누르는 듯한 잠 속에서 마침
내 몇 가지 감각을 느끼게 되었다. 기분 좋은 감각이었다. 틀림없
이 규칙적으로 계속되는 어떤 소리에 맞춰 매우 부드럽게 흔들리
는 꿈을 꾸는 것만 같았다. 라울은 마침내 눈꺼풀을 들었다. 그러
자 네모난 그림의 틀이 눈에 들어왔다. 화폭이 움직이며 끝없이
새로운 풍경이 펼쳐졌다. 환하게 빛났다가는 어두워지고 햇살이
넘실대다가는 황금빛 석양 속에 떠다니는 풍경.

　팔을 뻗기만 하면 음식을 집을 수 있었다. 라울은 조금씩 음식
맛을 음미했다. 향기로운 포도주가 함께 나왔다. 그것을 마시자
몸에 생기가 도는 것 같았다. 라울의 눈에도 빛이 일었다. 그림의
틀은 이어지는 언덕과 초원, 마을의 종탑 등이 내다보이는 열린
창문의 틀로 변했다.

　라울은 아주 작은 다른 방으로 옮겨져 있었다. 전에 살던 곳이
었다. 그런데 언제였을까? 그의 옷가지와 속옷, 책들까지 있었다.

　사다리로 된 계단이 세워져 있었다. 올라갈 힘이 있는데 무엇
때문에 망설이겠는가? 올라갈 마음만 있으면 충분했다. 그는 그
럴 마음이 있었고 따라서 올라갔다. 미리로 뚜껑 문을 들어올리
자 불쑥 탁 트인 공간으로 나가게 되었다. 사방이 강이었다. 라울

이 중얼거렸다.

「태평호의 갑판이군…… 센 강…… 연인의 언덕……」

라울은 몇 걸음 걸어 나갔다.

버들가지로 엮은 안락의자에 조진이 앉아 있었다.

그녀에 대해 느꼈던 전투적인 원한이나 저항의 감정은 중간 단계도 없이 그를 머리끝부터 발끝까지 뒤흔들어 놓는 폭발적인 사랑과 욕망의 감정으로 돌변했다. 아니, 과연 조진에 대해 아주 작은 원한이나 저항이라도 느낀 적이 있었던가? 모든 것이 그녀를 품에 안고 싶은 강한 욕구에 뒤섞여 버렸다.

그녀가 적이라고? 도둑이라고? 어쩌면 살인자라고? 아니다. 다만, 오직 여자일 뿐이다. 게다가 얼마나 아름다운 여자인가!

조제핀 발사모는 평소처럼 매우 간소한 차림이었는데 보일 듯 말 듯한 베일을 쓰고 있어 머리칼의 윤기가 은은히 배어 나왔고 베르나르디노 루이니의 성모상과 더욱 닮아 보였다. 훤히 드러난 목덜미는 따사롭고 포근해 보였다. 길고 섬세한 손은 무릎에 나란히 올려져 있었다. 그녀는 가파른 연인의 언덕을 바라보고 있었다. 변함없이 깊고 신비로운 미소를 띤 이 얼굴은 세상 그 무엇보다도 부드럽고 순수해 보였다.

라울의 손이 거의 그녀에게 닿으려는 순간 조제핀 발사모가 그를 알아보았다. 그녀는 약간 얼굴을 붉히며 눈을 내리깔았다. 그녀의 긴 갈색 속눈썹 사이로 새어나오는 시선은 감히 고정되지 못하고 흔들렸다. 어떠한 사춘기 소녀도 이처럼 수줍고 순진한 두려움에 떨 수 없으리라. 허식이나 교태라고는 조금도 없었다.

라울은 매우 감동받았다. 그녀는 둘 사이의 이 첫 만남을 두려워하고 있었다. 라울이 그녀를 모욕하지는 않을까, 그녀에게 달려들어 때리고 욕하지는 않을까, 아니면 최악의 상황으로, 경멸 어린 태도를 보이며 멀어지지 않을까? 하지만 라울은 어린애처럼 떨었다. 지금 이 순간 라울에게는 연인들에게 영원히 소중한 것, 즉 키스, 맞잡은 손과 하나가 된 숨결, 서로를 끌어안는 격정적인 시선과 실신할 정도의 쾌락 외에는 아무것도 중요하지 않았다.

라울은 조진 앞에 무릎을 꿇었다.

짓이겨진 손

 이런 식의 사랑에 수반되는 나쁜 점은 서로 침묵할 수밖에 없다는 것이다. 입으로는 말하고 있어도 주고받는 말소리는 혼자만의 생각의 음울한 침묵을 깨지 못한다. 결코 상대방의 삶 속으로 들어가지 못하고 각자 자기 자신의 생각만 좇을 뿐이다. 언제든 마음을 털어놓을 준비가 되어 있는 라울에게는 이런 절망스런 대화가 점점 힘겹게 느껴졌다.

 때때로 드러나는 매우 지쳐 보이는 모습으로 보아 조진 역시 괴로워하고 있음에 틀림없었다. 그럴 때 그녀는 속내 이야기를 털어놓을 듯도 했다. 이런 고백이야말로 애무보다 더 연인 사이를 가깝게 이어 주는 법이다. 한번은 그녀가 라울의 팔에 안겨 절망 어린 눈물을 흘리기 시작했다. 라울은 그녀가 자신의 내면을 털어놓을 순간을 기다렸다. 하지만 조진은 이내 스스로를 추슬렀고 라울은 그녀가 전보다 훨씬 더 멀게 느껴졌다.

라울은 생각했다.

〈그녀는 자신의 비밀을 털어놓을 줄 모르는 거야. 그녀도 영원한 고독 속에 홀로 살아가는 사람들 중 하나야. 남들에게 심어 주고 싶은 자기 이미지에 스스로 포로가 된 거지. 자기가 정성스레 만들어 낸 수수께끼의 투명 그물코에 자기 자신이 걸렸어. 칼리오스트로의 딸로서 어둠과 복잡한 음모, 간계와 술책, 은밀한 작업에 익숙해져 있어. 누군가에게 이 음모에 관해 조금이라도 이야기한다면 그것은 그에게 라비린토스(그리스 신화에 나오는 크레타 섬의 건물. 크레타의 왕 미노스가 명공 다이달로스에게 짓게 한 것으로 한번 들어가면 빠져나올 수 없기 때문에 〈미궁〉, 〈미로〉라는 이름이 붙었다. 아테네의 영웅 테세우스가 이 건물 안에 사는 미노타우로스를 물리치고 크레타의 공주 아드리아네가 준 실패의 실을 따라 빠져나오는 이야기가 유명하다. ——옮긴이) 속을 안내하는 실을 쥐어 주는 행위와도 같겠지. 그녀는 두려워하고 있어. 그래서 자기 안에 틀어박혀 있는 거야.〉

그 영향으로 라울도 똑같이 입을 다물었고, 그들이 관계하고 있는 사건이나 그들이 해결책을 찾아 헤매고 있는 문제에 대해서는 넌지시 비추는 일도 없도록 조심했다. 조제핀 발사모가 그 목제 상자를 차지했을까? 자물쇠를 여는 단어를 알아냈을까? 전설의 경계석 구멍에 손을 넣어 그 값진 수만 개의 보물을 전부 끄집어냈을까?

그것에 대해서도 다른 모든 것에 대해서도 침묵이었다.

더구나 루앙을 지나면서부터 그들 사이의 친밀감도 느슨해졌다. 라울을 피하기는 했지만 레오나르도 다시 나타났다. 밀담이 다시 시작되었다. 마차와 지칠 줄 모르는 말들이 매일 조제핀 발사모를 데려갔다. 어디로 가는 것일까? 무슨 일을 꾸미는 중일까? 라울은 수도원들 중 강 근처에 세 곳, 즉 생조르주드보쉐르빌과 쥐미에주, 생방드리유의 수도원이 있음을 주목했다. 하지만 그녀가 이 지역을 조사하고 있다면 아직 아무것도 해결되지 않았다는 말인가? 간단히 말해서 그녀가 실패했다는 뜻일까?

이런 생각이 들자 라울은 갑자기 행동에 뛰어들었다. 라 애 데티그 부근, 그가 머물렀던 여인숙에서 자전거를 찾아와 브리지트의 어머니가 살고 있는 릴본 근처까지 달려갔다. 그곳에서 루슬랭 부인이 딸을 만나러 파리로 간다고 열이틀 전 (조제핀 발사모의 나들이와 날짜와 일치했다) 집을 떠났다는 사실을 알아냈다. 이웃 사람들의 증언에 따르면 그 전날, 어떤 부인이 그녀의 집에 찾아왔다고 했다.

밤 10시가 되어서야 라울은 루앙을 지나 첫 번째 굽이의 남서쪽에 정박해 있는 태평호로 돌아왔다. 그런데 도착하기 얼마 전, 그는 레오나르의 기진맥진한 말들이 힘겹게 몰고 오는 조진이 탄 마차를 지나쳤다. 강가에서 레오나르가 펄쩍 뛰어 내리더니 문을 열고 몸을 숙였다가 축 늘어진 조진을 어깨에 들쳐 업고 다시 모습을 나타냈다. 라울이 달려갔다. 둘이 함께 여인을 선실에 눕히자 선원 부부가 따라 들어왔다.

레오나르가 거칠게 말했다.

「잘 보살펴 드리시오. 기절한 것뿐이오. 하지만 바깥 상황이 좋지 않으니 모두 여기서 꼼짝 말고 계시오」

레오나르는 다시 마차를 타고 떠났다.

조제핀 발사모는 밤새도록 헛소리를 했다. 하지만 라울은 그녀가 횡설수설 내뱉는 말들을 한마디도 알아들을 수 없었다. 다음날, 그녀는 회복되었다. 그날 저녁 라울은 이웃 마을에 갔다가 루앙의 신문을 구했다. 지역 소식란에 다음과 같은 기사가 나 있었다.

어제 오후, 한 벌목꾼이 몰레브리에 숲 가장자리에 위치한 옛 석회 가마에서 살려 달라는 여인의 비명소리를 들었다. 신고를 받은 코드벡의 헌병대에서 헌병 반장과 헌병 한 명이 조사에 착수했다. 당국의 이 두 대표자가 가마가 있는 과수원에 다가갔을 때 비탈 너머에서 두 남자가 한 여인을 마차로 끌고 가고 있었다. 문이 닫혀 있는 마차 옆에는 다른 여인이 서 있었다.

비탈을 돌아가야 했던 헌병들이 과수원 입구에 도착했을 때는 이미 마차가 떠난 후였다. 곧 추적이 시작되었다. 헌병대의 간단한 승리로 끝났어야 할 추적이었으나 마차를 모는 말들이 너무 빨랐고 마부도 그 지역을 잘 알고 있는 것이 틀림없어서 코드벡과 모트빌 사이, 북쪽으로 올라가는 깎아지른 듯한 복잡한 길을 빠져나가고 말았다. 게다가 어둠이 밀려와 이 노련한 도망자들이 어디로 달아났는지 확인하지 못했다.

라울은 확신에 차서 중얼거렸다.
「그들은 알 수가 없지. 나 외에 이 일을 제대로 파악할 수 있는 사람은 없어. 왜냐하면 출발점과 도착점을 아는 사람은 나뿐이니까.」
그리고 곰곰이 생각한 끝에 결론을 내렸다.
〈옛 가마 안에 분명한 시실이 있어. 루슬랭 부인이 공범의 감시를 받으며 거기 갇혀 있는 거야. 조제핀 발사모와 레오나르는 루슬랭 부인을 릴본에서 끌어내 여기 가두고 매일 찾아가 결정적인 정보를 얻어 내려고 하고 있어. 아마 어제는 심문이 좀 과격했겠지. 그래서 루슬랭 부인이 비명을 질렀고 헌병들이 달려왔을 테고. 그러자 그들은 정신없이 달아나서 빠져나왔지. 길을 따라 오다가 미리 준비해 둔 다른 감옥에 포로를 내려놓았을 거야. 조제핀 발사모로서는 또 한번 구사일생이었던 셈이지. 하지만 그녀는 그 동안의 흥분 상태로 인해 습관적인 신경 발작을 일으켜 기절했던 거야.〉

라울은 지도를 펼쳤다. 몰레브리에 숲에서 태평호까지 곧바로 이어지는 길은 30킬로미터 정도 되었다. 이 길에서 약간 오른쪽이나 왼쪽 어딘가에 루슬랭 부인이 감금되어 있을 것이다.

라울이 혼자 중얼거렸다.

「자, 싸움터는 제한되어 있고 내가 무대에 등장할 시간도 멀지 않았군」

다음날부터 그는 작업에 착수했다. 노르망디 지방의 거리들을 어슬렁거리며 사람들을 탐문하고 〈두 마리 작은 말이 끄는 마차〉가 통과한 지점과 멈춘 지점을 찾기 위해 애썼다. 논리적으로, 필연적으로 조사는 성공하게끔 되어 있었다.

그 즈음이 아마 조제핀 발사모와 라울의 사랑이 가장 격렬하고 열정적인 시기였을 것이다. 조제핀은 경찰이 자기를 추적 중이라는 사실을 알고 있었고, 두드빌의 바쇠르 할멈 여인숙에서 일어난 사건을 잊지 않았으므로 감히 태평호를 떠나 코 지방을 누비고 다닐 엄두를 내지 못했다. 그래서 라울은 조사를 다니는 사이사이 매번 그녀를 만났고 그들은 이 쾌락의 종말이 멀지 않음을 예감하며 격정적으로 서로의 품에 달려들었다.

운명이 서로를 갈라놓은 연인들의 고통스러운 쾌락, 의심의 독이 섞인 믿지 못할 쾌락이었다. 그들은 서로 상대의 은밀한 계획을 추측했고, 서로의 입술이 하나가 되었을 때조차 상대가 자신을 사랑하면서도 증오하는 적을 대하듯 행동하리라는 것을 알고 있었다.

「사랑해, 사랑해」

라울은 미친 듯이 되풀이해서 말하면서도 속으로는 칼리오스트로 백작 부인의 마수에서 브리지트 루슬랭의 어머니를 빼낼 방법을 찾고 있었다.

그들은 때로 격렬하게 싸우는 두 적수처럼 서로를 거칠게 끌어안았다. 애무 속에는 난폭함이, 눈빛에는 위협이, 생각 속에는 증오가, 달콤한 말 속에는 절망이 있었다. 치명적인 상처를 입힐 약점을 찾기 위해 서로를 염탐하는 것 같았다.

어느 날 밤, 라울은 불편함을 느끼고 잠에서 깼다. 조진이 그의 침대맡에 와서 램프 불빛으로 그를 비춰 보고 있었다. 라울은 몸서리를 쳤다. 조진의 매력적인 얼굴은 평소와 다름없는 미소를 띠고 있었다. 하지만 이 미소가 라울에게는 왜 그렇게 잔혹하고 적의에 찬 듯이 느껴졌을까?

「무슨 일이야? 왜 그래?」

라울이 말했다.

「아니야…… 아무것도……」

그녀가 무심하게 답하고 멀어져 갔다.

하지만 그녀는 라울에게 다시 돌아와 사진 한 장을 보여 주었다.

「당신 지갑에서 이걸 찾았어. 여자 사진을 가지고 다니다니 믿을 수가 없어. 누구야?」

그는 곧 클라리스 데티그를 알아보았다. 그리고 주저하며 대답했다.

「나도 몰라…… 그냥 우연히……」

「아니, 거짓말하지 마」

그녀가 거칠게 말했다.

「이건 클라리스 데티그야. 내가 그녀를 한번도 본 적이 없을 거라고 생각해? 당신과 그녀의 관계를 모를 거라고 생각해? 클라리스는 당신 애인이었어. 안 그래?」

「아니, 아니야. 절대로 아니야」

라울이 재빨리 말했다.

「당신 애인이었어」

그녀가 다시 한번 말했다.

「나는 확실히 알고 있어. 그녀는 당신을 사랑해. 그리고 당신들 사이에는 아무것도 끝나지 않았어」

라울은 어깨를 으쓱했다. 하지만 그가 클라리스를 보호하는 말을 하려 하자 조진이 그의 말을 막았다.

「그만둬, 라울. 당신은 미리 경고를 받는 셈이니 오히려 잘됐지. 나는 굳이 그녀를 만나려고 하지는 않을 거야. 하지만 그녀가 내 앞길을 방해하는 상황이 발생하면 그녀에게 좋지 않을 거야」

「그녀의 머리칼 하나라도 건드렸다가는 당신 역시 낭패를 볼 거야, 조진!」

라울이 경솔하게도 이렇게 외쳤다.

그녀는 창백하게 질리고 턱이 가볍게 떨렸다. 손으로 라울의 목을 잡으며 더듬거렸다.

「감히 내 앞에서 그녀의 편을 들다니! 내 앞에서……!」

얼음장 같이 찬 그녀의 손이 조여 들었다. 라울은 그녀가 자신의 목을 조를 것만 같았다. 그는 일어나서 침대 밖으로 펄쩍 뛰어 내렸다. 이번에는 그녀가 공격을 당할 거라 생각하고 겁을 먹었다. 그녀는 블라우스에서 날이 번쩍이는 비수를 꺼내 들었다.

그들은 그렇게 얼굴을 맞대고 공격적인 자세로 서로를 바라보았다. 그것은 너무나 고통스러운 상황이었다. 라울이 중얼거렸다.

「아! 조진, 이게 얼마나 슬픈 일이야! 우리가 이렇게 됐다니 믿어져?」

그녀 역시 감정이 격해져 주저앉았다. 라울이 그녀의 발치에 몸을 던졌다.

「안아 줘, 라울……. 안아 줘……. 더 이상 아무 생각도 하지 말자……」

그들은 열정적으로 끌어안았다. 하지만 라울은 그녀가 단검을 놓지 않았음을 알아챘다. 단 한번에 그의 목덜미를 찌를 수도 있었다.

그날 아침 8시, 라울은 태평호를 떠났다.

그는 생각했다.

〈조제핀에게서 더 이상 아무것도 기대해서는 안 돼. 사랑? 그래. 그녀는 나를 진심으로 사랑해. 그녀 역시 나처럼 이 사랑이 전부이기를 바랐을지도 모르지. 하지만 그럴 수 없어. 그녀는 적대적인 영혼을 가졌어. 모든 사람을 경계하지. 누구보다도 나를.〉

사실 라울에게 그녀는 불가해한 인물이었다. 모든 의혹과 증거에도 불구하고, 그녀 안에 악한 영혼이 있음에도 불구하고 라울은 그녀가 살인까지 지지를 수 있다는 것은 받아들일 수 없었다. 증오나 분노조차 조금도 망가뜨릴 수 없는 그 온화한 얼굴과 살인이라는 생각은 도저히 양립할 수가 없었다. 아니야, 조진의 손은 피로 물들지 않았어.

하지만 레오나르에게 생각이 미쳤다. 그자는 충분히 루슬랭 부인에게 가장 잔혹한 고문을 가할 수 있었다.

루앙에서 뒤클레르까지 센 강을 따라 뻗어 있는 과수원들과 강을 내려다보는 흰 절벽 사이로 길이 이어졌다. 석회질 암석에는 자연적인 동굴이 뚫려 있어서 농부들이나 일꾼들이 연장을 숨기거나 때로는 묵어 가는 데 사용했다. 마침내 라울은 이 동굴 중 하나에 세 남자가 살고 있다는 사실을 알아냈다. 그들은 가까운 강가에서 나는 등나무 줄기로 바구니를 짜고 있었다. 동굴 앞쪽은 울타리가 없는 채소밭의 끝자락이었다.

주의 깊게 감시하자 몇 가지 수상한 점이 있었고 그들, 코르뷔 영감과 두 아들이 조제핀 발사모가 여기저기에 심어 놓은 조직의 구성원임을 짐작할 수 있었다. 그들은 밀렵을 하거나 농작물을 훔쳐 생활했으며 평판이 좋지 않았다. 그들의 동굴 역시 조제핀 발사모가 이 지방에서 사용하는 은신처, 여인숙, 창고, 가마 따위 중 하나임을 추측할 수 있었다.

남의 주의를 끌지 않고 이러한 추측을 확신으로 바꾸어야 했다. 따라서 라울은 적의 진지를 포위할 방법을 찾았다. 절벽 위로 올라갔다가 숲길을 따라 센 강 쪽으로 다시 내려왔다. 길은 살짝 분지를 이룬 곳으로 이어져 거기서 다시 잡목림과 가시덤불 한가운데로 미끄러져 들어가 분지의 바닥까지 내려갔다. 동굴 위로 사오 미터가량 솟아올라 있는 지점이었다.

라울은 그곳에서 준비해 온 식량을 먹고 총총한 별 아래에서 자면서 이틀 밤과 이틀 낮을 보냈다. 키가 큰 잡풀들이 무성한 곳이라 눈에 띄지 않고 세 남자의 생활을 관찰할 수 있었다. 둘째 날 그들의 대화를 엿듣자니, 몰레브리에에서 위험한 상황이 벌어진 이후 루슬랭 부인은 코르뷔 부자의 소굴에 포로로 잡혀 왔으며 그들의 감시를 받고 있었다.

루슬랭 부인을 어떻게 구할 것인가? 아니, 어떻게 그 가엾은 부인에게 다가가 조제핀 발사모에게 말하지 않고 있는 정보를 얻어 낼 수 있을까? 라울은 코르뷔 부자의 일상에 맞추어 많은 계획을 세웠다가 포기하기를 거듭했다. 그러던 셋째 날 아침 자신의 전망대에서 내려다보니 태평호가 센 강을 따라 내려와 동굴에서 상류 쪽으로 1킬로미터 지점에 닻을 내렸다.

그날 오후 5시경, 두 사람이 트랩을 건너 강을 따라 나아왔다. 수수한 옷을 입었지만 걸음걸이로 보아 조제핀 발사모였다. 레오나르가 그녀와 함께 왔다.

조제핀 발사모와 레오나르는 코르뷔 부자의 동굴 앞에 멈춰 서서 우연히 마주친 사람들과 이야기하듯 그들과 대화를 나누었다. 그리고 나서 길에 아무도 없는 것을 확인하고 재빨리 채소밭으로 들어갔다. 거기에 레오나르는 없었다. 아마도 동굴 안으로 들어갔으리라. 조제핀 발사모는 밖에 남아 커튼처럼 우거진 나무 뒤, 낡은 흔들의자에 앉았다.

코르뷔 영감은 정원의 잡초를 뽑았고 아들들은 나무 밑동에 기대 등나무 줄기를 엮었다.

라울 당드레지는 생각했다.

〈심문이 시작되겠군. 그 자리에 있을 수 없다니 유감이야!〉

라울은 조진을 관찰했다. 그녀의 얼굴은 햇볕이 쨍쨍한 날 농촌 여자들이 쓰는 커다랗고 평범한 밀짚모자의 처진 챙에 가려

거의 보이지 않았다.

그녀는 무릎에 팔꿈치를 대고 몸을 약간 구부린 채 움직이지 않았다.

시간이 흘렀다. 라울이 어떻게 해야 할지 고민하고 있을 때 가까운 곳에서 신음소리에 이어 억눌린 비명소리가 들린 것 같았다. 분명했다. 그 소리는 바로 옆에서 들렸다. 그를 둘러싸고 있는 덤불숲이 가볍게 떨렸다. 어떻게 이런 일이 있을 수 있을까?

라울은 소리가 더 크게 들리는 정확한 지점까지 기어갔다. 오래 조사할 필요도 없이 곧 어떻게 된 일인지 이해할 수 있었다. 분지로 끝나는 절벽 단층에는 무너진 돌무더기가 가득 쌓여 있었고 이 돌들 사이, 부식토와 나무뿌리 아래 거의 눈에 띄지 않는 작은 벽돌 더미가 있었다. 그것은 굴뚝의 잔해였다.

이제 상황이 확실히 이해되었다. 코르뷔 부자의 동굴은 출구가 없이 막혀 있는데 그 속에 예전에 굴뚝으로 사용했던 파이프가 깊이 박혀 있는 것이 분명했다. 이 파이프와 무너진 돌무더기를 통해 소리가 위에까지 새어 나왔다.

아까보다 더 날카로운 비명이 두 번이나 이어졌다. 라울은 조제핀 발사모를 생각했다. 돌아보니 작은 채소밭 끝에 그녀가 보였다. 여전히 몸을 숙이고 앉아 상체를 움직이지 않은 채 무심히 치커리 꽃잎을 뜯고 있었다. 라울은 그녀가 듣지 못했을 거라고 생각했다. 아니, 그렇게 생각하고 싶었다. 심지어 그녀는 아무것도 모르고 있다고……

그렇지만 결국 라울은 분노로 치를 떨었다. 저 가엾은 부인을 무시무시하게 심문하는 자리에 참석을 했든 안 했든 조제핀 발사모 역시 유죄가 아닌가? 라울의 머릿속에서 조제핀은 지금까지

212

늘 증거불충분으로 풀려났지만 이제는 끈질긴 의혹이 냉혹한 현실로 탈바꿈되어야 할 때가 아닐까? 차마 끔찍한 광경을 견딜 수 없어 레오나르에게 맡겼을 뿐 결국 그 일은 조제핀이 명령한 것이었다. 그러므로 라울이 그녀에 대해 느껴 왔던 모든 것, 알고 싶지 않았던 그 모든 것이 사실이었다.

라울은 조심스럽게 벽돌을 들어내고 흙덩어리를 부수었다. 일을 마쳤을 때 신음소리는 멈춰 있었다. 하지만 속삭임처럼 분명치 않은 말소리가 올라왔다. 작업을 계속해서 파이프의 위쪽 구멍을 제거해야 했다. 그러고 나서 몸을 숙이고 고개를 낮춰 가능한 한 내벽의 까칠까칠한 면에 귀를 갖다 대자 알아들을 수 있었다.

두 사람의 목소리가 섞여 있었다. 레오나르의 목소리와, 루슬랭 부인의 것이 틀림없는 여자의 목소리. 그 가엾은 부인은 말로다 할 수 없는 공포에 사로잡혀 기진맥진한 듯했다.

그녀가 중얼거렸다.

「네…… 네…… 계속할게요. 약속했잖아요. 하지만 지금은 너무 지쳤어요…… 용서해 주세요……. 그리고 너무 오래된 일이라…… 벌써 24년 전 일이니……」

「시끄러워」

레오나르가 윽박질렀다.

「네…… 알겠어요…… 그러니까 24년 전, 프랑스-프로이센 전쟁 때였어요……. 프로이센 인들이 우리 동네 루앙까지 쳐들어오고 있을 때, 두 신사 분이 수레꾼이었던 불쌍한 제 남편을 찾아왔어요. 한번도 본 적이 없는 분들이었지요. 그분들은 당시의 다른 사람들처럼 짐을 싸서 시골로 피난을 떠나길 원했어요. 그래서 남편은 흥정을 하고 지체 없이 (그분들이 무척 급했으니까요) 그분들을 수레에 태우고 떠났지요. 그런데 불행히 징발을 당한 후라 별로 튼튼하지 않은 말 한 마리뿐이었어요. 게다가 함박눈까지 내렸지요. 루앙에서 10킬로미터쯤 갔을 때 말은 쓰러져서 다시는 일어나지 못했어요…….

두 신사 분들은 프로이센 인들이 불쑥 나타날까 봐 공포에 떨었어요. 그때 남편이 잘 아는 한 루앙 사람, 그러니까 조베르라는 본쇼즈 추기경의 충직한 하인이 마차를 타고 지나갔어요. 여기서부터는 아시겠죠……. 그들은 얘기를 나누고…… 두 신사 분은 조베르에게 말을 사기 위해 거액의 금액을 제시했어요. 하지만 조베르는 거절했고요. 그들은 애원을 하기도 하고 협박을 하기도 하다가…… 결국 미친 사람들처럼 조베르를 덮쳐 때려눕혔어요. 남편이 아무리 말려도 소용없었지요. 그러고 나서 그들은 조베르의 이륜마차를 뒤져 거기서 발견한 상자를 훔치고, 반쯤 죽은 거나 다름없는 조베르를 내버려둔 채 그의 말을 수레에 매고 떠났지요」

「반쯤이 아니라 완전히 죽었겠지」

레오라느가 정정했다.

「예. 남편은 몇 달 후에야 루앙으로 돌아와 그 사실을 알았어요」

「그런데 그때 그들을 신고하지 않았나?」

「그래요…… 아마…… 그랬어야 했는데…… 그런데……」

루슬랭 부인이 당황하며 말했다.

「그런데 그들이 입을 다무는 대가로 돈을 주었겠지. 안 그래? 남편 앞에서 열어 본 상자 속에는 보석들이 들어 있었어……. 그들은 그 노획물에서 남편 몫을 떼어 주었겠지……」

레오나르가 빈정댔다.

「맞아요…… 그랬어요……. 반지를 주었어요……. 일곱 개의 반지…… 하지만 남편이 침묵을 지킨 건 그것 때문이 아니에요. 그 불쌍한 사람은 아팠어요……. 돌아오자마자 곧 죽었지요」

「그럼 그 상자는?」

「그것은 빈 수레 안에 남겨져 있었어요. 남편은 반지와 함께 그 상자도 가져왔지요. 나도 남편처럼 입을 다물고 있었어요. 이미 오래전 얘기였고 좋지 않은 소문이 날까 봐 두려웠어요……. 남편을 비난할지도 모르니까…… 차라리 침묵하는 편이 나았죠. 나는 딸과 함께 릴본에 숨어 살았어요. 브리지트가 연극을 위해 내 곁을 떠날 때가 되어서야 그 반지들을 가져갔죠. 나는 그것들을 만지고 싶지도 않았으니까요……. 이게 다예요. 더 이상은 묻지 마세요」

레오나르가 다시 빈정거렸다.

「뭐? 이게 다라고?」

「더 이상은 몰라요」

루슬랭 부인이 두려움에 떨며 말했다.

「하지만 당신 얘긴 우리에게 아무런 도움이 안 돼. 우리가 이렇게 싸우는 건 다른 문제 때문이야…… 알잖아, 제기랄!」

「무엇을요?」

「상자 안쪽, 뚜껑 밑에 새겨진 글씨…… 중요한 건 그거야……」

「글씨는 반쯤 지워졌어요. 정말이에요. 나는 읽어 볼 생각도 하지 않았어요」

「좋아, 그 말을 믿지. 하지만 그렇다면 또다시 원점으로 돌아오는군. 그 상자는 어떻게 됐지?」

「말씀드렸잖아요. 누가 집에서 가져갔다고요. 당신과 커다란 베일을 쓴 그 부인이 릴본에 나타나기 전날」

「누가 가져갔다…… 그게 누구야?」

「어떤 사람……」

「상자를 찾던 사람인가?」

「아니에요. 곳간에서 우연히 발견하고는 골동품으로 마음에 들어하며 가져갔어요」

「그 사람의 이름을 대란 말이야. 골백번도 더 말하잖아」

「그건 말할 수 없어요. 내게 도움을 많이 준 사람이에요. 그에게 해가 될지 모르니 말하지 않겠어요……」

「그자가 아마 제일 먼저 당신에게 말하라고 할 거야」

「그럴지도 모르지요……. 하지만 어떻게 알아요? 난 모르겠어요. 그에게 편지를 보낼 수도 없고…… 우리는 가끔씩 만나요……. 아, 다음 목요일 3시에 만나기로 했어요……」

「어디서?」

「안 돼요…… 말할 수 없어요……」

「뭐야? 처음부터 다시 시작해야 하나?」

레오나르가 안달이 나서 중얼거렸다.

루슬랭 부인은 겁에 질렸다.

「아니에요! 아니에요! 아, 아니에요! 제발……」

그녀는 고통에 찬 비명을 질렀다.

「아! 이 불한당! 이게 무슨 짓이야?…… 아! 내 손……」

「그러니까 말하란 말이야, 제기랄!」

「알았어요…… 알았어…… 말할게요……」

하지만 여자의 목소리는 끊어졌다. 힘이 다한 것이다. 그런데

도 레오나르는 계속 다그쳤다. 라울은 극도의 고통 속에서 웅얼거리는 몇 마디 말을 알아들을 수 있었다.

「네…… 그래요…… 목요일 날 만날 거예요……. 낡은 등대에서…… 안 돼요…… 말할 수 없어요……. 차라리 죽는 게 낫지…… 마음대로 하세요……. 차라리 죽는 게 나아……」

루슬랭 부인은 입을 다물었다. 레오나르가 으르렁거렸다.

「뭐야, 뭐라고? 이 늙은 고집쟁이가 왜 이래? 죽은 건 아니겠지? 아, 이 멍청아, 말해!…… 10분만 시간을 주겠다. 그런 뒤에 끝내겠어!」

문이 열렸다가 닫혔다. 아마 칼리오스트로 백작 부인에게 지금까지 자백받은 내용을 알리고 어떻게 심문을 계속해야 할지 지시를 받으러 나간 것 같았다. 라울이 몸을 일으켜 보니 아래쪽에 정말로 레오나르와 칼리오스트로 백작 부인이 가까이 앉아 있었다. 레오나르는 흥분해서 설명하고 조진은 듣고 있었다.

잔인한 인간들! 라울은 그 둘에 대해 똑같이 혐오감을 느꼈다. 루슬랭 부인의 신음소리는 그의 마음을 뒤흔들어 놓았다. 그는 분노와 투지로 온몸이 떨렸다. 세상 그 무엇도 루슬랭 부인을 구해 내려는 라울을 막을 수 없었다.

평소의 습관대로, 라울의 눈앞에는 완수해야 할 일들이 논리적인 순서에 따라 펼쳐졌고 그와 동시에 그는 곧 작업에 착수했다. 이런 경우에 망설임은 모든 걸 망칠 위험이 있었다. 성공은 알지도 못할 장애물들을 뚫고 얼마나 대담하게 달려가느냐에 달려 있었다.

라울은 적들을 흘깃 보았다. 다섯 명 모두 동굴에서 떨어져 있었다. 이번에는 몸을 세운 채로 재빨리 굴뚝 안으로 들어갔다. 잔해들 사이로 가능한 한 조심스럽게 지나갈 생각이었다. 하지만 그가 들어감과 거의 동시에 균형을 이루고 있던 모든 파편들이 갑자기 무너져 내리면서 그는 돌과 벽돌 조각에 파묻혀 단숨에 아래까지 떨어졌다.

〈이런! 저들이 아무 소리도 듣지 못했어야 할 텐데!〉

라울은 귀를 기울였다. 아무도 이쪽으로 오지 않았다.

너무 어두워서 굴뚝의 아궁이 속에 들어와 있는 줄 알았다. 하지만 팔을 뻗자 파이프가 곧장 동굴로, 또는 동굴 뒤쪽에 파인 일종의 좁은 공간으로 이어져 있음을 확인할 수 있었다. 그곳은 너무 비좁아서 이내 라울의 손에 타는 듯이 뜨거운 다른 손이 잡혔다. 눈이 어둠에 익숙해지자 라울은 반짝이며 자신을 바라보는 눈동자를 알아보았다. 창백하고 움푹 파인 얼굴은 두려움으로 일그러져 있었다.

사슬이나 재갈은 없었다. 하긴 그런 것들이 필요치도 않았다. 포로는 쇠약하고 겁에 질려 있어 탈출이 불가능했다.

라울이 몸을 숙여 루슬랭 부인에게 말했다.

「두려워하지 마십시오. 저는 브리지트 양을 죽음에서 구했던 사람입니다. 브리지트 양도 당신과 마찬가지로 그 반지 상자 때문에 저 사람들에게 당할 뻔했지요. 당신이 릴본을 떠난 후 계속 당신의 흔적을 뒤쫓아 이렇게 구하러 왔습니다. 단, 이제까지 일어난 모든 일에 대해 한마디도 입 밖에 내지 않겠다는 조건으로 말입니다」

설명을 해 봐야 이 가엾은 여인은 이해할 수도 없었다. 라울은 더 이상 지체하지 않고 그녀를 팔에 안아 어깨에 들쳐 멨다. 그리고 동굴을 가로질러 조심스럽게 문을 열어 보았다. 생각했던 대로 문은 닫혀 있었을 뿐 잠겨 있지는 않았다.

레오나르와 조진은 조금 떨어진 곳에서 계속 얘기 중이었다. 그들 뒤쪽 채소밭 아래로 뒤클레르의 큰 마을까지 하얀 길이 이어져 있었다. 길에는 농부의 짐수레들이 오가고 있었다.

라울은 지금이 절호의 기회라고 판단하고 문을 홱 열어젖힌 다음 채소밭의 비탈길을 굴러 내려가 루슬랭 부인을 비탈 아래 눕혔다.

곧 주위에 소동이 일어났다. 코르뷔 부자와 레오나르가 달려왔다. 넷 모두 경솔하게 격정에 사로잡혀 싸움터로 몰려나왔다. 하지만 그들이 무슨 짓을 할 수 있겠는가? 마차 한 대가 이쪽 방향으로 다가왔고 반대 방향으로도 다른 마차가 지나가고 있었다. 이 모든 증인들 앞에서 라울을 공격하고 싸움을 벌여 루슬랭 부인을 도로 빼앗는 것은 피치 못할 경찰의 심문과 처벌을 스스로 불러들이는 셈이었다. 그들은 움직이지 않았다. 라울의 예상대로였다.

라울은 누구보다도 태연하게 커다란 모자를 쓴 수녀 둘을 불렀다. 그중 한 수녀가 노쇠한 말이 모는 작은 마차를 끌고 있었다. 라울은 마차에 손가락을 짓눌린 채 길가에 쓰러져 있는 여인을 발견했다며 도와 달라고 부탁했다.

뒤클레르에서 보건소와 보호 시설을 운영하고 있는 선량한 수녀들은 부랴부랴 서둘렀다. 루슬랭 부인을 마차로 옮기고 숄을 덮어 주었다. 루슬랭 부인은 의식을 잃은 채 엄지와 검지가 퉁퉁 부어오르고 짓이겨진 피투성이 손을 떨며 헛소리를 했다.

마차가 잰걸음으로 떠났다.

라울은 고문을 당한 손의 끔찍한 모습에 사로잡혀 꼼짝도 할 수 없었다. 너무 큰 충격을 받아서 레오나르와 코르뷔 삼부자가 뒤로 돌아와 그를 덮치려는 술책을 쓰는 것도 눈치 채지 못했다. 라울이 알아챘을 때에는 이미 네 남자가 그를 포위하고 채소밭으로 몰아넣으려 하고 있었다. 지나가는 농부 한 사람도 보이지 않았고 상황은 칼을 꺼내 든 레오나르에게 유리한 것 같았다.

「칼 집어넣어. 그리고 둘만 있게 해 줘. 코르뷔 부자, 당신들도 마찬가지입니다. 허튼 짓은 그만둬요」

조진이 말했다.

사건이 벌어지는 내내 의자에서 일어나지 않던 그녀가 관목들 사이로 불쑥 나타난 것이었다.

레오나르가 반발했다.

「허튼 짓이라고요? 저놈을 내버려두는 것이야말로 허튼 짓이죠. 붙잡기만 하면!」

「어서 가라니까!」

그녀가 명령했다.

「하지만 그 여자가…… 그 여자가 우리를 고발할 거예요!」

「아니야. 루슬랭 부인도 말해 봐야 이로울 게 없어. 오히려 그 반대지」

레오나르가 떠나자 조제핀은 라울 곁으로 왔다.

라울이 곱지 않은 시선으로 한참 동안 그녀를 바라보자, 그녀는 불편한 듯 침묵을 깨기 위해 농담을 했다.

「차례대로네. 안 그래, 라울? 성공이 당신과 나 사이를 왔다갔다 하나 봐. 오늘은 당신이 이겼어. 그러니 내일은…… 그런데 왜 그래? 표정이 너무 이상해! 눈빛은 너무 차갑고……」

라울이 딱 잘라 말했다.

「안녕, 조진」

그녀의 얼굴에서 핏기가 가셨다.

「안녕이라고? 〈나중에 보자〉는 말을 하려는 거겠지」

「아니. 영원히 안녕이야」

「그럼…… 그럼…… 이제 다시는 나를 보지 않겠다는 뜻이야?」

「이제 다시는 당신을 보고 싶지 않아」

그녀는 시선을 떨구었다. 눈썹이 발작적으로 떨렸다. 입술은 미소 짓고 있었지만 동시에 한없이 비통해 보였다.

마침내 그녀가 속삭이듯 말했다.

「무엇 때문이지, 라울?」

「내가 본 것 때문이야…… 당신을 용서할 수 없고…… 앞으로도 영원히 용서할 수 없을 거야」

「뭘 봤는데?」

「루슬랭 부인의 손」

조제핀 발사모가 쓰러지며 중얼거렸다.

「아! 알겠어…… 레오나르가 상처를 입혔군……. 하지만 나는 그런 짓은 못하게 했어. 단순히 협박만으로 그녀를 굴복시킨 줄 알았어」

「거짓말이야, 조진. 당신은 부인의 비명소리를 듣고 있었어. 몰레브리에 숲에서도 마찬가지였고. 실행은 레오나르가 하지만 악한 의지, 살인의 계획은 당신 안에 있어. 레오나르를 몽마르트르의 작은 집으로 보내면서, 만일 브리지트 루슬랭이 저항하면 죽여도 좋다는 명령을 내린 사람두 당신이야. 전에 보마냥이 먹는 약에 가루로 된 독을 섞어 놓은 사람도 당신이고, 그보다 몇 년 전, 보마냥의 두 동료인 드니 생테베르와 조르주 디스노발을 제거한 사람도 당신이야」

그녀는 반발했다.

「아니야, 아니야. 그렇지 않아……. 그건 사실이 아니야. 당신도 알잖아, 라울」

그는 어깨를 으쓱했다.

「그래, 당신 자신을 지키기 위해 만들어 낸 다른 여자 얘기겠지. 조제핀 발사모 당신은 잔인하지 않은 가벼운 행동에 그치는데 반해, 끔찍한 범죄를 저지르고 다니는 당신과 비슷하게 생긴 여인! 나도 그 얘기를 믿었어. 칼리오스트로의 딸, 손녀, 증손녀로 이어지는 똑같이 생긴 여자들의 얘기 때문에 머리가 혼란해졌지. 하지만 이젠 끝났어, 조진. 이제까지는 진실을 보기가 두려워 스스로 눈을 감고 있었지만 고문당한 그 손의 참혹한 모습이 결정적으로 진실에 눈을 뜨게 해 줬어」

「거짓과 오해에 눈을 뜬 거야, 라울! 당신이 얘기한 그 두 남자는 알지도 못해」

라울이 지루하다는 듯이 답했다.

「그럴 수도 있겠지. 내 생각이 틀릴 가능성이 전혀 없다는 건 아냐. 하지만 당신을 가려 줬던 신비한 안개를 통해 당신을 보는 건 이제 불가능해. 당신은 내게 있는 그대로의 모습으로 드러났어. 다시 말하면 범죄자의 모습으로」

그리고 목소리를 낮추어 덧붙였다.

「환자의 모습이기도 하고. 거짓이 있다면 그건 바로 당신의 아름다움이겠지」

그녀는 침묵했다. 밀짚모자가 그늘을 만들어 주어 그녀의 온화한 얼굴이 더 부드러워 보였다. 연인의 모욕도 그녀의 얼굴을 상하게 하지는 못했다. 그녀는 곧 유혹이고 매혹이었다.

라울은 존재의 깊은 곳까지 흔들렸다. 그녀는 그 어느 때보다도 아름답고 탐스럽게 보였다. 라울은 그녀에게서 벗어나 자유를 찾으려는 게 어리석은 짓이 아닌지, 내일 아침이면 이 자유를 저주하게 되지 않을지 자문했다. 조제핀이 똑똑히 말했다.

「내 아름다움은 거짓이 아니야, 라울. 당신은 돌아올 거야. 내가 아름다운 건 당신을 위해서니까」

「나는 돌아오지 않아」

「돌아올 거야. 당신은 나 없이 살 수 없어. 태평호가 가까이 있어. 내일 거기서 기다릴게」

「그곳으로 돌아가지 않을 거야」

하지만 라울은 이렇게 말하는 순간에도 다시 한번 그녀 앞에 무릎을 꿇을 준비가 되어 있었다.

「그럼 왜 그렇게 떨고 있어? 왜 그렇게 창백해졌어?」

라울은 침묵만이 자신을 구원해 주리라는 것을 깨달았다. 대답도 하지 않고 뒤도 돌아보지 않고 달아나야 했다.

그는 매달리는 조진의 두 손을 뿌리치고 떠났다…….

낡은 등대

라울은 끝없이 펼쳐지는 길을 따라 밤새도록 페달을 밟았다. 추격을 따돌릴 필요도 있었고 건강에 좋은 적당한 피로도 필요했다. 그는 아침 나절에 기진맥진해서 릴본의 호텔에 도착했다.

라울은 깨우지 말라고 이르고 문을 걸어 잠근 뒤 열쇠를 창 밖으로 던졌다. 그리고 24시간 이상을 잤다.

옷을 입고 식사를 마쳤을 때는 다시 자전거에 올라타고 태평호로 돌아가고 싶은 마음뿐이었다. 사랑과의 투쟁이 시작되었다.

라울은 너무 불행한 기분이었다. 한번도 괴로워해 본 적이 없었기 때문에, 언제나 마음이 움직이는 대로 따랐기 때문에 마음만 먹으면 쉽게 끝낼 수도 있는 절망과 싸우는 것이 화가 났다.

〈굴복하면 안 될 이유가 뭐지? 두 시간이면 돌아갈 수 있을 텐데. 며칠 후에, 헤어질 준비가 됐을 때 다시 떠나면 되잖아?〉

하지만 라울은 돌아갈 수 없었다. 짓이겨진 손의 영상이 뇌리를 떠나지 않았고, 상상을 초월하는 그 행위로 미루어 짐작할 수 있는 다른 모든 잔인하고 가증러운 행위들이 떠올라 그의 모든 행동을 지배했다.

조진이 그런 짓을 저질렀다. 따라서 조진은 살인도 저질렀던 것이다. 조진은 자신의 계획에 유리하게 작용하기만 한다면 살인이라는 행위 앞에서도 망설이지 않고 사람을 죽이며 그 일을 당연하게 여기고 있다. 하지만 라울은 살인을 두려워했다. 그것은 물리적인 거부감이었다. 모든 본능이 반기를 들었다. 자신도 타락해서 피를 묻히게 될 수도 있다는 생각이 들자 오싹했다. 자신이 사랑했던 여인의 모습과 이 공포가 서로 떼려야 뗄 수 없는 관계라는 것은 가장 비극적인 현실이었다.

그래서 라울은 돌아가지 않았다. 하지만 얼마나 많은 노력이 필요했는가! 얼마나 많은 오열을 참아야 했는가! 무기력한 저항이 얼마나 많은 한숨으로 새어 나왔는가! 조진이 그를 향해 아름다운 팔을 벌리고 그의 입술에 입맞춤을 선사했다. 어떻게 이렇게 매혹적인 여인의 부름에 저항하겠는가?

자신의 내면 깊숙이 상처를 받자 라울은 그제야 처음으로 자기가 클라리스 데티그에게 주었을 한없는 고통을 깨달았다. 그녀의 눈물을 짐작할 수 있었고 삶의 꿈을 이루지 못한 비통한 절망을 상상할 수 있었다. 라울은 회한이 사무쳐, 옛 사랑의 가슴 뭉클한 시간을 떠올리는 애정이 가득 담긴 편지를 썼다.

그것으로 그치지 않았다. 클라리스가 편지를 직접 받아본다는 사실을 알기 때문에 감히 다음과 같은 편지를 보냈다.

나를 용서해 줘요, 클라리스. 당신에게 몹쓸 짓을 했습니다. 우리 함께 더 나은 미래를 꿈꾸어 봅시다. 고결한 마음으로 나를 너 그렇게 보아 주기를 바랍니다. 다시 한번 용서를 빕니다, 사랑하는 클라리스. 미안해요.

──라울

라울은 생각했다.

〈아! 클라리스 곁에서라면 이 모든 추한 것들을 빨리 잊을 수 있을 거야. 중요한 것은 맑은 눈과 달콤한 입술이 아니라 클라리스처럼 성실하고 진지한 영혼이야!〉

사실 라울이 사랑했던 것은 단지 조진의 눈과 아련한 미소였을 뿐, 그녀의 애무를 떠올릴 때 성실하지도 진지하지도 않은 그녀의 영혼은 별로 신경조차 쓰지 않았다.

그사이 라울은 루슬랭 부인이 말했던 낡은 등대를 찾는 데 전념했다. 루슬랭 부인이 릴본에 살고 있음을 고려할 때, 그 장소는 분명히 근처에 있을 터였다. 따라서 첫날 저녁부터 곧바로 그쪽 방향을 택했다.

라울의 생각은 틀리지 않았다. 사람들에게 물어보기만 해도 충분했다. 우선 탕카르빌 성을 둘러싸고 있는 숲 속에 폐쇄된 옛 등대가 하나 있다는 것을 알아냈고 그 등대의 주인이 루슬랭 부인에게 열쇠를 맡겨 놓았다는 것, 부인은 매주 정확히 목요일에 그곳을 치우러 간다는 것을 알아냈다. 열쇠는 단 한번의 밤 행차로 간단히 손에 넣을 수 있었다.

틀림없이 상자를 가지고 있을 사람이 루슬랭 부인과 만나기로 한 날이 이제 이틀 남았다. 루슬랭 부인은 처음에는 포로로 잡혀 있었기 때문에, 또 나중에는 몸이 아파서 약속을 취소하지 못했고 따라서 이 중요한 만남을 이용하려는 라울에게 모든 상황이 유리하게 돌아갔다.

이런 예상은 라울을 안심시켜 주었다. 그는 몇 주 전부터 매달려 온, 해답이 손에 닿을 듯이 가까워진 이 문제를 푸는 데 온통 사로잡혀 있었다.

무엇 하나도 우연에 맡기지 않기 위해서 라울은 전날 밤 약속 장소를 답사했다. 그리고 목요일, 약속 시간 한 시간 전에 조심스럽게 탕카르빌 숲을 가로질렀다. 성공은 예정되어 있는 듯했다. 그는 강렬한 기쁨과 자부심을 느꼈다.

공원과 동떨어진 이 숲의 일부는 센 강까지 펼쳐져 절벽을 감싸고 있었다. 중앙의 사거리에서 길이 사방으로 뻗어 나오고 그 길 중 하나가 경사가 급한 협로를 따라 가파른 곳에 이르렀다. 그리고 거기에 버려진 등대가 반쯤 모습을 드러내고 서 있었다. 주중에 그 장소에는 전혀 인적이 없었고 일요일이면 가끔 산책하는 사람들이 지나가곤 했다.

전망대에 올라가면 탕카르빌 운하와 강 하구 쪽으로 웅장한 광경이 펼쳐졌다. 하지만 아래쪽은 이제 덤불에 파묻혀 있었다.

1층에는 창이 두 개 뚫려 있고 의자 둘이 갖춰진 꽤 널찍한 방이 하나 있는데 이 방은 육지 쪽으로 쐐기풀과 야생 식물 울타리를 향해 열려 있었다.

등대로 다가갈수록 라울의 발걸음이 느려졌다. 매우 중대한 사건이 벌어질 거라는 느낌이 들었다. 그것은 당연한 느낌이었다. 상자를 가진 인물을 만나 결정적으로 굉장한 비밀을 손에 넣을 수 있을 뿐 아니라 결국 적을 확실히 패배시킬 마지막 전투가 벌어질 테니 말이다.

그 적은 다름 아닌 칼리오스트로 백작 부인이었다. 라울과 마찬가지로 루슬랭 부인에게서 받아 낸 고백의 내용을 알고 있고, 패배를 받아들일 수 없어 온갖 조사 수단을 동원해 이 등대를 쉽게 찾아냈을 칼리오스트로 백작 부인. 이곳에서 비극의 마지막 장이 펼쳐질 것이 틀림없었다.

라울은 스스로를 비웃으며 낮은 목소리로 중얼거렸다.

「그녀가 약속 장소에 나타날까 궁금해하는군. 하지만 실은 그녀가 나타나기를, 그녀를 다시 볼 수 있기를, 둘이 함께 승리자가 되어 서로의 팔에 안기기를 바라고 있는 거잖아」

라울은 유리 조각들이 솟아 있는 낮은 돌담에 그럭저럭 둘러쳐진 울타리 문을 지나 마당 안으로 들어갔다. 우거진 잡초에 사람이 지나간 흔적은 없었다. 하지만 다른 쪽에서 담을 뛰어넘어 옆쪽에 난 창문을 넘어 들어왔을 수도 있었다.

라울은 심장이 두근거렸다. 만약 덫이 놓여 있다면 반격할 태세를 갖추며 주먹을 움켜쥐었다.

〈무슨 바보 같은 생각이람! 덫이 있을 이유가 없잖아?〉

라울은 헐어빠진 문의 자물쇠를 열고 안으로 들어갔다.

그와 동시에 강한 타격을 받았다. 누군가가 문 바로 옆의 움푹한 벽에 숨어 있었던 것이다. 라울은 공격자를 향해 돌아설 틈도 없었다. 눈으로 봤다기보다 본능에 의해 겨우 상황을 가늠하는 순간, 뒤쪽에서 끈이 목을 조여 왔고 허리가 무릎까지 푹 꺾였다.

몸을 웅크린 채, 숨이 막혀 적의 뜻에 굴복해야 했다. 그는 균형을 잃고 거꾸러졌다.

라울이 중얼거렸다.

「잘했어, 레오나르. 멋진 복수야!」

228

하지만 라울이 틀렸다. 레오나르가 아니었다. 적의 윤곽이 드러나자 보마냥임을 알아볼 수 있었다. 보마냥이 그의 손을 묶는 동안 라울은 자신의 실수를 정정하고 감탄의 말로 놀람을 고백했다.

「아! 이런! 환속한 수도사시군요!」

라울을 휘감은 줄은 반대편 벽, 창문 바로 위쪽에 고정된 고리에 연결되어 있었다. 보마냥은 급히 서두르느라 좀 허둥대면서 창문을 열고 썩어 빠진 덧창을 반쯤 열었다. 그리고 고리를 도르래처럼 사용하여 끈으로 라울을 잡아끌어 걸게 했다. 라울이 열린 창틈으로 내다보니, 등대가 서 있는 가파른 절벽 아래로 무너진 돌무더기와 커다란 나무들이 까마득히 내려다보였다. 무성한 나뭇잎들이 수평선을 가리고 있었다.

보마냥은 라울을 돌려 등을 덧창에 대게 하고 손목과 발목을 묶었다.

따라서 만일 라울이 앞으로 움직이려고 하면 매듭이 죄어지면서 끈이 그의 목을 조르게 되고 다른 한편, 보마냥이 자신의 제물을 제거하고 싶은 마음이 든다면 그저 확 밀기만 해도 덧창이 무너지면서 라울은 교수형을 당해 허공에서 흔들리게 되어 있었다.

「심각한 회담을 위해서는 아주 훌륭한 자세로군」

라울이 빈정거렸다.

라울은 결심을 굳힌 상태였다. 보마냥이 라울에게 그 엄청난 비밀을 추적해 손에 넣은 성과를 자백하거나 죽음을 선택하라고 한다면 라울은 조금도 망설이지 않고 털어놓을 작정이었다.

「분부대로 하겠습니다. 무엇이든 물어보시지요」

라울이 말했다.

「입 다물어」

상대방이 여전히 난폭하게 명령했다.

그러더니 라울의 입에 솜뭉치를 물리고 스카프를 둘러 목 뒤에서 단단히 묶었다.

「조금이라도 소리를 내거나 움직이면 단방에 보내 버리겠어」

보마냥이 말했다.

그리고 차라리 그 일을 지금 당장 실행하는 게 좋을지 생각하는 듯 잠시 동안 라울을 바라보았다. 하지만 갑자기 무거운 발걸음으로 라울의 곁을 떠나 포석 바닥을 쿵쿵 구르며 방을 가로질러 갔다. 그리고 살짝 열린 문틈으로 밖을 내다볼 수 있도록 문간에 웅크리고 앉았다.

라울은 초조하게 생각에 잠겼다.

〈이거 곤란하군. 어떻게 된 일인지 전혀 이해할 수가 없으니 더 더욱 곤란해. 저자가 어떻게 여기에 와 있지? 저자가 혹시 루슬랭 부인의 후원자일까? 부인이 그토록 위험에 빠뜨리지 않으려고 애썼던 사람이 바로 저자란 말인가?〉

하지만 이런 가설은 만족스럽지 않았다.

〈아니야. 그렇지 않아. 난 함정에 빠졌어. 하지만 어떻게 보면 내가 경솔하고 어리석었기 때문이야. 보마냥쯤 되면 루슬랭 부인과 관련된 사실을 전부 알고 있었을 게 틀림없어. 약속과 약속 시간까지. 부인이 납치되었던 것을 알고 릴본과 탕카르빌 근처를 감시하고 있었겠지. 그러다가 내가 나타나서 분주히 왔다갔다 하는 것을 보았겠지. 그 다음은 함정을 파고……〉

이번에는 분명한 확신이 들었다. 파리에서는 보마냥을 누른 승자였으나 2회전에서는 지고 말았다. 이번에는 보마냥이 승리자가 되어 그를 마치 벽에 걸어 놓은 박쥐처럼 덧창에 매달아 놓고는 다른 사람을 붙잡아 비밀을 훔쳐내기 위해 망을 보고 있었다.

하지만 그래도 한 가지 의문점이 남았다. 보마냥은 왜 먹잇감을 덮치려는 맹수 같은 자세로 지키고 있을까? 이것은 매우 평화롭게 만날 수 있는 그 사람을 기다리는 데에는 어울리지 않는 태도였다. 보마냥은 밖에서 그 사람을 기다리다가 이렇게 말하기만 하면 될 텐데 말이다.

「루슬랭 부인이 아파서 나를 대신 보냈소. 그녀는 상자 뚜껑에 새겨진 단어를 알고 싶어하오」

라울은 생각했다.

〈혹시 제3의 인물이 도착하리라 예상하고 경계하면서 공격을 준비한 거라면……〉

이런 의혹이 떠오른 순간 곧바로 정확한 답을 간파했다. 보마냥이 자기에게, 즉 라울에게 함정을 파 놓았다는 생각은 반만 옳았다. 이것은 이중의 함정이었다. 그렇다면 보마냥이 이토록 흥분해서 기다리고 있는 사람은 누굴까? 조제핀 발사모, 그녀가 아니면 누구이겠는가?

〈맞아! 그거야! 그거야!〉

진실의 빛이 라울의 머릿속을 환하게 비추었다.

〈보마냥은 그녀가 살아 있음을 눈치 챈 거다. 그래, 지난 번 파리에서 나와 마주했을 때 그 엄청난 사실을 느낀 게 틀림없어. 그것 역시 내 실수였어…… 경험 미숙으로 인한 실수……. 생각해 봐! 조제핀 발사모가 살아 있지 않았다면 내가 그때 그렇게 말하고 행동했겠는가? 이럴 수가! 나는 보마냥이 고드프루와 남작에게 보낸 편지의 행긴을 읽었다고 얘기했어. 그리고 라 애 데티그의 회합도 목격했다고 얘기했지. 그런데 어떻게 보마냥이 칼리오스트로 백작 부인에 대해 꾸미는 음모를 모를 수가 있었겠어! 또 나처럼 대담한 청년이 어떻게 그 여인을 죽도록 내버려둘 수 있었겠어! 그래! 내가 회합의 자리에 있었다면 절벽의 계단에도 역시 갔을 테고, 배가 떠날 때도 해안에 있었던 거다! 그리고 조제핀 발사모를 구했겠지! 그 후 우리는 사랑에 빠졌고…… 우리의 사랑은, 내가 주장했듯이 지난겨울로 거슬러 올라가는 게 아니라, 이른바 조진의 죽음 이후에 시작됐어! 그래, 보마냥은 이렇게 추론한 거야.〉

증거에 증거가 더해졌다. 사슬의 고리가 연결되듯 사건들이 서로 이어졌다.

그렇게 해서 보마냥은 조진을 찾아 나섰고, 루슬랭 부인 사건에 매달려 있던 조진은 반드시 이 낡은 등대 주위를 배회하게 되어 있었다. 보마냥은 이 소식을 듣자마자 매복을 시작했다. 라울이 거기에 걸려든 것이었다. 이제 조진의 차례였다…….

라울의 머릿속에서 끝없이 이어지는 생각들을 운명이 확인시켜주기라도 하듯, 그가 결론을 내림과 동시에 절벽 아래로 운하를 따라 이어지는 길에서 마차 소리가 들렸다. 라울은 레오나르가 모는 작은 말들의 빠른 말발굽 소리를 즉각 알아차렸다.

보마냥도 상황을 이해했음이 틀림없었다. 움찔 몸을 일으켜 귀를 기울였기 때문이다.

발굽 소리가 멎었다가 좀 느리게 다시 시작되었다. 마차는 자갈투성이의 가파른 비탈길을 올라오고 있었다. 높고 평평한 곳까지 길을 따라 올라오면 거기서부터 마차는 지나갈 수 없는, 낡은 등대의 경사면으로 이어진 숲길이 갈라져 나왔다.

기껏해야 5분 후면 조제핀 발사모가 나타날 것이다.

엄숙한 1분 1초가 흐름에 따라 보마냥의 흥분과 동요도 커졌다. 그는 알아들을 수 없는 소리를 웅얼거렸다. 낭만적인 배우 같던 그의 얼굴은 추악한 짐승 같다는 인상을 줄 정도로 일그러졌다. 살인의 본능과 의지가 이목구비를 비틀어 놓았다. 그런데 이 야만적인 본능과 의지가 별안간 조제핀 발사모의 연인인 라울을 향했다.

보마냥은 반사적으로 다시 일어나서는 포석을 밟았다. 자기도 모르게 걸었고, 술 취한 사람처럼 자기도 모르게 라울을 죽이려고 다가왔다. 보마냥의 팔은 뻣뻣하게 굳었다. 꽉 움켜쥔 주먹은 성벽을 부수는 기계처럼 앞으로 뻗어 있었다. 느리지만 억제할 수 없이 계속되는 어떤 힘이 보마냥의 주먹을 라울의 가슴 앞까지 밀어붙이는 것 같았다.

몇 발만 더 다가오면 라울은 허공에서 흔들릴 판이었다.

라울은 눈을 감았다. 하지만 결코 포기하지 않고 희망을 품으려고 애썼다.

라울은 생각했다.

〈줄이 끊어질 거야. 내가 떨어지는 돌 위에는 이끼가 끼어 푹신할 거야. 아르센 뤼팽 당드레지는 확실히 목이나 매달릴 운명은 아니야. 이렇게 젊은 나이에 이런 곤경에서 살아나올 운이 없다면, 이제까지 내게 호의적이었던 신들이 더 이상 나를 돌볼 마음이 없어진 거겠지! 그렇다면 아쉬울 것도 없어!〉

라울은 아버지를 생각하고 테오프라스트 뤼팽에게 받은 체조와 공중 곡예 교육을 떠올렸다……. 그리고 클라리스의 이름을 중얼거렸다…….

하지만 아무 일도 일어나지 않았다. 앞에 있는 보마냥이 느껴지기는 했지만 적의 격정은 멈춘 것 같았다.

라울은 다시 눈을 떴다. 보마냥이 똑바로 서서 큰 키로 그를 내려다보고 있었다. 하지만 보마냥은 팔짱을 긴 채 움직이지 않았다. 살인에 대한 생각으로 혐오스럽게 일그러진 보마냥의 얼굴로 보아 결심은 일시적으로 중단된 듯이 보였다.

라울은 귀를 기울였지만 아무 소리도 들리지 않았다. 하지만 극도로 흥분해 있던 보마냥은 조제핀 발사모가 다가오는 소리를 들은 것일까? 보마냥은 한 발짝 한 발짝 뒤로 물러나더니 갑자기 서두르며 문 오른쪽으로 달려갔다.

라울은 보마냥의 얼굴을 정면으로 보았다. 몹시 흉측했다. 매복 사냥꾼은 어깨에 총을 걸고 원하는 순간에 실수 없이 할 수 있도록 똑같은 동작을 수없이 되풀이한다. 보마냥의 손도 그렇게 경련을 일으키며 범죄를 준비했다. 그의 손은 목을 조르기 위해 벌어졌고 적절한 거리를 유지하며 발톱처럼 구부러진 손가락을 움츠렸다.

라울은 공포를 느꼈다. 몸을 움직일 수 없는 무능력 상태는 끔찍하고, 죽도록 고통스러웠다.

아무리 노력해도 소용없다는 것을 잘 알았지만 라울은 끈을 끊어 보려고 몸부림쳤다. 아! 소리라도 지를 수 있다면! 하지만 외침 소리는 재갈에 파묻혔고 끈이 살을 파고들었다.

밖에서는 깊은 정적 속에 발걸음 소리만 들렸다. 울타리 문이 삐걱거렸다. 치마가 나뭇잎을 스치고 자갈들이 움직였다.

보마냥은 벽에 바싹 붙어 팔을 치켜들었다. 바람에 흔들리는 해골의 손처럼 떨리는 그의 손은 벌써 살아서 헐떡이는 누군가의 목을 움켜쥐기라도 한 듯이 보였다.

라울은 재갈 속에서 울부짖었다.

문이 밀리고 비극이 벌어졌다.

그것은 정확히 보마냥이 계획했던 대로, 라울이 예상했던 대로 일어났다. 한 여인, 그러니까 조제핀 발사모의 윤곽이 나타나고 이어 보마냥이 그녀를 덮쳐 쓰러뜨렸다. 기껏해야 희미한 신음이 한 번 새어나왔을 뿐이었다. 그 소리는 살인자의 목에서 으르렁거리는 분노에 찬 고함소리에 가려졌다.

라울은 발을 굴렀다. 죽어 가는 그녀의 모습을 보는 지금 이 순간보다 조진을 더 사랑한 적은 없었다. 그녀의 잘못이나 그녀의 범죄 따위는 아무래도 좋았다! 그녀는 세상에서 가장 아름다운 여인이었으며 그 모든 아름다움이, 그 사랑스런 미소와 애무를 위해 태어난 그 매혹적인 육체가 시러지려 하고 있었다. 하지만 구원할 수가 없었다. 저 야만인의 억제할 수 없는 힘에 대항할 힘은 전혀 없었다.

조제핀 발사모를 구한 것은 마지막 순간 이 음울한 작업을 마칠 수 없었던, 죽음만이 채워 줄 수 있는 극단적인 사랑이었다. 기운을 다 소진한 보마냥은 갑자기 광적인 절망에 사로잡혀 머리카락을 쥐어뜯고 포석에 머리를 박으며 땅바닥을 굴렀다.

라울은 마침내 숨을 쉴 수 있었다. 조제핀 발사모는 전혀 움직임이 없었지만 보기에 어떻든 간에 그녀는 살아 있는 게 분명했다. 과연 그녀는 끔찍한 악몽에서 천천히 빠져나와 다시 몸을 일으켰고 간헐적으로 고통스러운 듯 움직임을 멈췄지만 결국 침착하게 꼿꼿이 다시 섰다.

그녀는 망토를 두르고 챙 없는 모자를 썼는데 모자에는 커다란 꽃무늬가 수놓인 베일이 드리워 있었다. 그녀가 망토를 떨어뜨리자 싸우는 중에 찢어진, 깊이 파인 블라우스 밖으로 어깨가 드러났다.

그녀는 구겨진 모자와 베일도 집어 던졌다. 풀어 헤쳐진 머리칼이 다갈색으로 빛나며 이마 양옆으로 고르고 풍성하게 흘러내렸다. 그녀의 뺨은 더욱 장밋빛으로 물들었고 눈은 더 반짝였다.

한참 동안 정적이 이어졌다. 두 남자는 미친 듯이 여자를 바라보았다. 적이나 애인, 또는 제물로서가 아니라 단지 그들을 매혹시키는 황홀한 매력을 발산하는 눈부신 여인으로서였다. 완전히 마음을 빼앗긴 라울이나 움직이지도 못하고 꿇어 엎드린 보마냥이나 똑같은 열정으로 감탄하고 있었다.

그녀는 우선 라울도 잘 알고 있는 작은 금속 호루라기를 입으로 가져갔다. 그녀가 부르면 가까운 곳에서 보초를 서던 레오나르가 곧 달려올 것이다. 하지만 그녀는 생각을 바꾸었다. 자기가

이 상황의 절대적인 주인이 되었는데 레오나르를 부를 이유가 있
겠는가?

그녀는 라울에게 다가가 입에 물려 놓은 스카프를 풀고 말했다.

「당신은 역시 돌아오지 않았어, 라울. 이제라도 내게 돌아오겠
어?」

자유롭게 움직일 수 있었다면 라울은 그녀를 열렬히 끌어안았
을 것이다……. 하지만 조제핀은 왜 끈을 풀어 주지 않았을까? 어
떤 은밀한 생각을 품고 있는 것일까?

라울은 딱 잘라 말했다.

「아니. 끝났어」

그녀는 발끝을 살짝 들어 라울의 입술에 자신의 입술을 마주
대고 중얼거렸다.

「우리 사이가 끝났다고? 당신은 미쳤어, 라울!」

이 뜻밖의 입맞춤으로 이성을 잃은 보마냥이 앞으로 펄쩍 뛰쳐
나왔다. 보마냥이 조제핀 발사모의 팔을 잡으려는 순간 그녀가
돌아보았다. 그때 이제까지 잘 유지하고 있던 평정이 깨어지고
실제적인 감정, 보마냥에 대한 증오와 격한 분노의 감정이 그녀
를 뒤흔들었다.

갑자기 그녀가 격렬하게 화를 냈다. 라울은 그녀에게 그런 격
렬함이 있으리라고는 생각도 못했다.

「내 몸에 손대지 마, 비열한 놈! 내가 당신을 두려워할 거라고
생각하지 마. 당신은 지금 혼자야. 그리고 방금 전에 확인했듯이
당신은 절대로 감히 나를 죽이지 못해. 당신은 겁쟁이에 지나지
않아. 손이 떨리더군. 하지만 보마냥, 그래야 할 때가 오면 내 손
은 떨리지 않을 거야」

보마냥은 그녀의 저주와 위협 앞에서 뒤로 물러났다. 조제핀 발사모는 발작적인 증오에 사로잡혀 계속 말했다.

「하지만 아직 때가 오지 않았어. 당신은 충분히 고통받지 않았으니까……. 아니, 당신은 아예 고통받지 않았어. 내가 죽은 줄 알고 있었으니까. 내가 살아 있고 사랑에 빠져 있음을 알게 된 지금이 당신에게는 지독한 형벌이겠지.

그래, 당신도 알다시피 나는 라울을 사랑해. 처음에는 당신에게 복수하기 위해서, 훗날 당신에게 보여 주기 위해서 라울을 사랑했어. 하지만 지금은 아무 이유 없이 그를 사랑해. 단지 그가 라울이기 때문이고 그를 잊을 수 없기 때문이야. 라울은 그것에 대해 거의 모르고 있고 나 역시 그것을 잘 몰랐어. 하지만 얼마 전, 라울이 나를 피하면서부터 나는 그가 내 인생 전부라는 걸 느꼈어. 나는 사랑을 몰랐어. 그런데 바로 이런 게 사랑이야. 나를 온통 흔들어 놓는 광적인 열정」

조제핀은 그녀 때문에 고통받는 보마냥과 마찬가지로 광란의 포로가 되어 있었다. 그녀의 사랑의 절규는 보마냥뿐 아니라 자기 자신에게도 고통을 주는 것 같았다. 라울은 그런 그녀를 바라보며 기쁨보다는 거부감을 느꼈다. 위기의 순간에 라울을 사로잡았던 욕망과 찬미, 사랑의 불꽃은 이제 완전히 꺼져 버렸다. 조진의 아름다움과 매력도 신기루처럼 사라졌다. 그녀의 얼굴은 여전했지만 라울은 이제 그 얼굴에서 잔인하고 병든 영혼의 추악한 그림자를 볼 뿐이었다.

그녀는 보마냥에게 맹렬한 공격을 계속 퍼부었고 보마냥은 질투에 찬 분노로 경련했다. 그토록 오랫동안 찾아 헤매던 엄청난 수수께끼의 해답을 얻게 될 이 상황에 광포한 열정에 사로잡혀 모든 것을 잊은 두 사람의 모습은 정말로 어처구니가 없었다. 수세기에 걸친 비밀, 진귀한 보석들의 발견, 전설의 경계석, 상자와 단어, 루슬랭 부인, 그들 앞에 나와 진실을 전해 줄 인물 등의 시시한 얘기에 대해서 그들은 둘 다 조금도 신경 쓰지 않았다. 사랑이 거센 급류처럼 모든 것을 휩쓸어 가 버리고 증오와 열정은 연인들을 갈라 놓는 영원한 전투를 벌였다.

손가락이 다시 발톱처럼 오그라들고 부들부들 떨리는 보마냥의 손은 목을 조를 듯한 자세를 취했다. 하지만 조제핀은 절제하지 못하고 맹목적으로 계속 퍼부었다. 그녀는 보마냥의 면전에서 그의 사랑을 모욕했다.

「나는 라울을 사랑해, 보마냥. 당신을 태운 그 불이 나 역시 집어삼켰어. 내 사랑도 당신의 사랑처럼 죽임과 죽음에 대한 생각이 뒤죽박죽된 사랑이야. 그래. 라울에게 다른 여자가 있거나 그가 더 이상 나를 사랑하지 않는다는 걸 알게 되느니 차라리 그를 죽이고 말겠어. 하지만 라울은 나를 사랑해, 보마냥. 라울은 나를 사랑해, 알겠어? 나를 사랑한다고!」

보마냥의 입가에 경련이 일며 뜻밖의 웃음이 새어 나왔다. 보마냥의 분노는 폭발적으로 터져 나온 이 냉소적인 웃음으로 이어졌다.

「라울이 당신을 사랑한다고, 조제핀 발사모? 당신 말이 맞아. 그는 당신을 사랑하지! 다른 모든 여자들을 사랑하듯이 말이야. 당신은 아름다워. 그래서 그는 당신을 원하지. 다른 여자가 지나가면 그 여자 역시 원할걸? 조제핀 발사모, 당신 역시 지옥 같은 괴로움을 겪고 있어. 사실대로 고백하시지!」

「지옥이라고? 그래, 맞아. 라울이 나를 배신했다고 생각하면 지옥이겠지. 하지만 그렇지 않아. 어리석게도 당신이 아무리……」

조제핀은 갑자기 멈추었다. 보마냥이 너무나 즐겁고 사악한 웃음을 띠고 있어서 그녀는 두려웠다. 고통에 짓눌린 아주 작은 목소리로 그녀가 물었다.

「증거라도 있어? 한 가지라도 증거를 대 봐……. 아니면 그런 흔적이라도…… 의심할 만한 뭔가를…… 그러면 라울을 가만두지 않을 거야」

그녀는 블라우스에서 작은 곤봉을 꺼냈다. 손잡이는 고래 뼈로 만들었고 둥그런 납덩이가 달려 있었다. 그녀의 눈빛이 딱딱하게 굳어졌다.

보마냥이 대꾸했다.

「의심할 만한 뭔가는 없어. 확실한 뭔가가 있지」

「말해…… 이름을 대」

「클라리스 데티그」

보마냥이 말했다.

그녀는 어깨를 으쓱했다.

「나도 알아…… 전혀 중요치 않은 일시적인 만남이었어」

「라울에게는 중요할걸. 클라리스의 아버지에게 결혼을 승낙해 달라고 간청했으니까」

「클라리스와 결혼이라고? 아니야. 그럴 리 없어…… 나도 알아봤어. 그들은 들판에서 두세 번 만났을 뿐이야. 그 이상은 없어」

「그 이상이야. 클라리스의 방에서도 만났어」

「거짓말! 거짓말이야!」

조제핀이 외쳤다.

「그럼 그녀의 아버지가 거짓말을 했다고 해야겠군. 그저께 저녁 나에게 이 얘기를 털어놓은 건 바로 고드프루와 데티그니까」

「그는 누구한테 들었지?」

「클라리스한테 직접」

「그건 말도 안 돼! 딸은 아버지에게 그런 고백을 하지 않아」

보마냥이 장난하듯 말했다.

「그럴 수밖에 없는 상황이 있지」

「뭐라고? 감히 무슨 소릴 하려는 거야?」

「있는 그대로 얘기할 뿐이야…… 그건 사랑에 빠진 여인이 아니라 어머니의 고백이었어. 뱃속의 아이에게 아버지의 이름을 찾아주고 싶은 어머니, 결혼 승낙을 요청하려는 어머니」

조제핀 발사모는 너무 당황해 숨이 막히는 것 같았다.

「결혼이라니! 라울과 결혼이라고? 데티그 남작이 과연 승낙할까?」

「물론이지」

「거짓말! 그 여자의 터무니없는 헛소리야! 아니, 오히려 당신이 만들어 낸 얘기겠지. 당신 얘기에 사실은 하나도 없어. 라울과 클라리스는 다시 만난 적도 없어」

「그들은 편지를 주고받고 있어」

「증거를 대, 보마냥! 구체적인 증거를 대 봐!」

「편지 한 통이면 되겠어?」

「편지?」

「그래, 라울이 클라리스에게 쓴 편지」

「넉 달 전에 쓴 편지겠지」

「아니, 나흘 선에 쓴 편지」

「당신이 그걸 가지고 있다고?」

「여기 있어」

불안하게 듣고 있던 라울은 몸을 떨었다. 그가 릴본에서 클라리스 데티그에게 보낸 그 편지 봉투와 종이를 알아볼 수 있었다.

조진이 증거물을 받아 들더니 또박또박 낮은 목소리로 읽었다.

「나를 용서해 줘요, 클라리스. 당신에게 몹쓸 짓을 했습니다. 우리 함께 더 나은 미래를 꿈꾸어 봅시다. 고결한 마음으로 나를 너그럽게 보아주기를 바랍니다. 다시 한번 용서를 빕니다, 사랑하는 클라리스. 미안해요. ──라울」

그녀는 자기의 존재를 부정하고 자존심에 깊은 상처를 입힌 이 편지를 가까스로 끝까지 읽어 냈다. 그리고 비틀거리며 눈으로 라울의 눈을 찾았다. 라울은 이 순간 클라리스가 죽음을 언도받았음을 느꼈다. 또 그에게는 이제 조제핀 발사모에 대한 증오심밖에 남지 않으리라는 것을 가슴 깊이 깨달았다.

보마냥이 설명했다.

「고드프루와가 이 편지를 중간에서 가로채 조언을 구하며 나에게 맡겼지. 봉투에는 릴본의 소인이 찍혀 있었어. 그 덕에 이렇게 당신 둘의 흔적을 찾을 수 있었지」

칼리오스트로 백작 부인은 아무 말도 하지 않았다. 얼굴에는 깊은 고통의 빛이 역력했다. 복수에 대한 강렬한 욕망이 그 고통을 완전히 억누르지만 않았다면, 그녀에 대해 측은한 생각이 들고 뺨에 흐르는 눈물을 동정할 수도 있었을 것이다. 하지만 그녀는 이미 복수의 계획을 구상하고 계략을 짜고 있었다.

조제핀이 고개를 저으며 라울에게 말했다.

「나는 분명히 경고했어, 라울」

「미리 알고 있는 자는 더 더욱 조심하는 법이지」

라울이 조롱조로 답했다.

「농담하지 마!」

그녀가 화를 내며 소리쳤다.

「당신은 내가 한 말을 기억할 거야. 클라리스를 우리 사이에 끼어 넣지 않는 게 좋을 거라고 했을 텐데」

「당신도 내 말을 기억할 텐데. 클라리스의 머리카락 한 올이라도 건드렸다가는……」

라울도 똑같이 공격적인 어조로 응수했다.

그녀는 부들부들 떨었다.

「아! 어떻게 이렇게 내 고통을 비웃고 내 앞에서 다른 여자의 편을 들 수 있지? 내 앞에서! 아! 라울, 클라리스에게 좋지 않을 거야!」

「당신 따위 겁나지 않아. 클라리스는 안전해. 왜냐면 내가 지켜 주니까」

보마냥은 그들의 불화와 부글부글 끓어오르는 증오를 만족해서 바라보았다. 그런데 조제핀 발사모는 때가 되면 찾아올 복수에 대해 지금 떠드는 것이 시간 낭비라고 판단했는지 자신을 억눌렀다. 지금으로서는 다른 일에 신경을 써야 했다. 조제핀은 귀를 기울이며 내면의 생각을 드러내는 말을 중얼거렸다.

「휘파람 소리가 들렸어. 그렇지, 보마냥? 그 사람이 지나올 길목을 지키고 있는 내 부하들 중 한 명이 내게 알리는 신호야. 우리가 기다리는 사람이 나타난 게 틀림없어……. 내 생각에 당신도 그 사람을 만나려고 와 있는 걸 테니까, 안 그래?」

사실 보마냥의 등장과 그의 비밀스런 계략에는 석연지 않은 섬이 있었다. 보마냥이 어떻게 약속 날짜와 시간을 알았을까? 보마냥은 루슬랭 부인 사건에 대해 어떤 특별한 정보를 가지고 있는 걸까?

그녀가 라울을 흘긋 보았다. 라울은 꼭 묶여 있어서 그녀의 계획을 방해할 수 없었고 마지막 전투에 참가할 수 없었다. 하지만 보마냥 때문에 불안한 것 같았다. 그녀는 마치 기다리는 사람을 마중하려는 듯이 보마냥을 문 쪽으로 끌고 갔다. 그녀가 막 나가려는 순간에 발자국 소리가 들렸다. 그러자 조제핀은 다시 뒤로 물러나며 보마냥을 밀어냈다. 레오나르가 들어왔다.

레오나르는 두 남자를 재빨리 살펴보고는 칼리오스트로 백작 부인을 한쪽으로 데리고 가 귓속말로 몇 마디 속삭였다.

그녀가 깜짝 놀라며 중얼거렸다.

「무슨 말이야……? 무슨 소리를 하는 거야?」

조제핀은 감정을 들키지 않도록 고개를 돌렸지만 라울은 그녀가 굉장히 기뻐하는 듯한 인상을 받았다.

조제핀이 말했다.

「모두 움직이지 마…… 그 사람이 오고 있어……. 레오나르, 권총을 들어. 그리고 그자가 문턱을 넘어서자마자 쏘는 거야」

그때 보마냥이 문을 열려 했다. 갑자기 그녀가 소리쳤다.

「당신 미쳤어? 무슨 짓이야? 가만히 있어」

보마냥이 그만두지 않자 그녀는 화를 냈다.

「왜 나가려고 하지? 이유가 뭐야? 그러니까 당신은 그 사람을 알고 있군. 그래서 막으려는 건가…… 아니면 데리고 가려 하거나? 뭐야? 대답해!……」

보마냥은 조진이 잡아 두려고 애쓰는데도 손잡이를 놓지 않았다. 그녀는 자기 힘으로 보마냥을 붙잡을 수 없음을 느끼고 레오나르를 돌아보더니 자유롭게 움직일 수 있는 다른 쪽 손으로 보마냥의 왼쪽 어깨를 가리키며 살짝 내리치라는 동작을 했다. 레오나르는 주머니에서 단검을 꺼내 적의 어깨를 가볍게 찔렀다.

보마냥이 으르렁거렸다.

「아! 이 비열한……」

그리고 그는 포석 위에 쓰러졌다.

조제핀이 레오나르에게 조용히 말했다.

「나를 도와줘. 서둘러」

둘은 라울을 묶고 있던 긴 줄을 잘라 보마냥의 팔과 다리를 묶었다. 그러고 나서 보마냥을 벽에 기대어 앉힌 다음, 그녀는 그의 상처를 살펴보더니 손수건으로 싸매고 말했다.

「아무것도 아니야……. 기껏해야 두세 시간 정도 감각이 없을 거야……. 자, 우리 자리로 돌아가자」

그들은 숨어서 기다렸다.

그녀는 미리 정하기라도 한 듯 정확한 동작과 침착한 얼굴로 모든 일을 서두르지 않고 실행했다. 명령을 내리기 위해 단 몇 마디 말을 했을 뿐이었다. 잘 들리지는 않았지만 그녀의 목소리가 너무 승리감에 차 있어서 라울은 불안감이 점점 커졌다. 이번에는 라울이 함정에 걸려들 사람에게 소리쳐 위험을 알려 줄 태세였다.

하지만 그래 봤자 무슨 소용이겠는가? 칼리오스트로 백작 부인의 무시무시한 결정에 대항해서 할 수 있는 일은 아무것도 없었다. 또 무엇을 어떻게 해야 할지도 몰랐다. 터무니없는 생각들로 머릿속은 마비되었다. 게다가…… 게다가…… 이제 너무 늦었다. 신음이 새어 나왔다. 들어온 사람은 클라리스 데티그였다.

광기와 천재성

이제까지 위험에 직면한 사람은 자기 자신과 칼리오스트로 백작 부인뿐이었으므로 라울은 심적인 두려움만 약간 느끼고 있었다. 자기 자신에 대해서는 능숙한 솜씨와 행운을 믿었고, 칼리오스트로 백작 부인에 대해서는 그녀가 보마냥에 대항해 자신을 지킬 수 있다는 사실을 잘 알고 있었다.

하지만 클라리스는! 조제핀 발사모 앞에서 클라리스는 적의 교활함과 잔인함에 내맡겨진 먹잇감과 같았다. 그때부터 라울의 두려움은 일종의 신체적인 공포로 커졌다. 실제로 머리카락이 곤두섰으며 소름이 돋았다. 레오나르의 냉혹한 얼굴이 공포를 더해 주었다. 라울은 루슬랭 부인과 그녀의 부어오른 손가락을 기억했다.

한 시간 전 약속 장소로 오면서 자기 자신과 조제핀 발사모 사이에 대단한 전투가 준비되어 있으리라고 짐작했던 것은 역시 옳았다. 이제까지는 단순한 설전이자 전초전에 지나지 않았다면 이제부터는 온 힘을 다해 사투를 벌일 시간이었다. 그런데 라울은 손이 묶이고 목에 끈이 매달린 채 이 전투에 나와 있었다. 클라리스 데티그의 도착은 그의 힘을 더 약화시켰다.

라울은 생각했다.

〈아, 나는 아직도 배울 게 많군. 이 끔찍한 상황은 거의 내 책임이야. 사랑하는 클라리스가 또 한번 나로 인해 희생양이 되는구나.〉

클라리스는 레오나르가 겨냥한 권총의 위협 앞에 어쩔 줄 모르고 서 있었다. 그녀는 휴일에 보고 싶은 사람을 만나러 가듯이 즐거운 마음으로 등대를 찾아왔는데 갑자기 폭력과 범죄의 한복판에 떨어진 것이었다. 한편 사랑하는 남자는 자기 앞에 꼼짝 없이 포로로 잡혀 있었다.

클라리스가 더듬거리며 말했다.

「무슨 일이에요, 라울? 당신이 왜 묶여 있어요?」

클라리스는 라울에게 도움을 청하고 또 도움을 주기 위해서 손을 뻗었다. 하지만 그들이 무엇을 할 수 있겠는가!

라울은 클라리스의 초췌해진 얼굴을 보고 그녀가 극도로 지쳐 있음을 깨달았다. 라울은 클라리스가 아버지에게 얼마나 고통스럽게 고백해야 했을지, 자신의 잘못이 어떤 결과를 낳았는지를 생각하자 터져 나오려는 울음을 참아야만 했다. 그래도 라울은 침착하고 자신 있게 클라리스에게 말했다.

「나는 아무것도 두렵지 않습니다, 클라리스. 당신도 마찬가지예요. 걱정할 것 없습니다. 내가 다 알아서 할 테니까요」

클라리스는 둘러선 사람들에게 시선을 던지다가 숨을 헐떡이는 보마냥을 알아보고는 아연실색했다. 그리고 머뭇거리며 레오나르에게 물었다.

「저한테 원하는 게 뭐예요? 너무 무서워요…… 누가 나를 이리로 끌어들였죠?」

「나예요, 아가씨」

조제핀 발사모가 말했다.

클라리스는 이미 조진의 아름다움에 강한 인상을 받았다. 이토록 아름다운 여인이라면 도움과 보호를 기대할 수 있을 것 같았다. 클라리스는 약간 희망을 품고 용기를 얻었다.

「부인은 누구세요? 저는 당신을 모르는데요……」

「나는 당신을 잘 알아요」

조제핀 발사모가 단언했다. 클라리스의 우아함과 부드러움이 신경에 거슬렸지만 화를 억눌렀다.

「당신은 데티그 남작의 딸이지요……. 또 당신이 라울 당드레지를 사랑한다는 것도 알아요」

클라리스의 얼굴이 붉어졌지만 아무런 반박도 하지 않았다. 조제핀 발사모가 레오나르에게 말했다.

「가서 울타리 문을 닫고 가져온 사슬과 자물쇠로 잠가. 그리고 쓰러져 있는 낡은 말뚝을 다시 세워 놔. 〈사유지〉라는 표시판이 붙어 있을 거야」

「그리고 밖에서 기다릴까요?」

레오나르가 물었다.

「그래. 지금은 네가 필요치 않아. 밖에서 기다려. 무슨 일이 있어도 우리를 방해하는 일이 일어나면 안 돼, 알겠지?」

조진의 말투에 라울은 오싹해졌다.

레오나르가 클라리스를 두 개의 의자 중 하나에 앉히고 팔을 뒤로 돌려 손목을 등받이 가로대에 묶으려 했다.

「그럴 필요 없어. 그냥 나가」

조제핀 발사모가 말했다.

레오나르는 시키는 대로 했다.

조제핀 발사모는 속수무책으로 무력해진 세 희생양을 차례로 바라보았다. 그녀는 전장의 주인이었고 목숨을 담보로 단호한 판결을 강요할 수 있었다.

라울은 조제핀 발사모의 계획과 의도를 읽으려고 애쓰며 그녀에게서 눈을 떼지 않았다. 무엇보다도 조진의 평온함이 놀라웠다. 이런 상황에서 다른 모든 여자들이었다면 흥분하고 동요해서 일관성 없는 행동을 보였겠지만 조제핀 발사모는 그렇지 않았다. 의기양양한 태도도 없었다. 오히려 자신도 마음대로 제어할 수 없는 내적인 힘에 이끌려 행동하는 듯 권태로워 보이기까지 했다.

라울은 조제핀 발사모에게 내재된 일종의 무심한 숙명론을 처음으로 엿볼 수 있었다. 평소에는 그녀의 미소 띤 아름다움 아래 감춰져 있지만 아마도 이것이 그녀의 수수께끼 같은 천성을 설명해 주는 본질이리라.

조제핀은 클라리스 옆, 다른 의자에 앉았다. 그리고 시선을 고정한 채, 단조롭고 메마른 어조로 느릿느릿 말하기 시작했다.

「3개월 전 한 여인이 기차에서 내리는 순간 은밀히 납치당해라 애 데티그의 성으로 이송되었지요. 그곳의 외떨어진 커다란 방에는 코 지방의 신사 분들이 열 명가량 모여 있었어요. 여기 있는 보마냥과 당신 아버지도 그 자리에 있었지요. 이 회합에서 오갔던 모든 얘기와 스스로 재판관을 자처했던 사람들에게서 여인이 받았던 온갖 모욕을 일일이 당신에게 말하지는 않겠어요. 어쨌든 모의재판이 끝나고 그날 저녁 손님들이 떠난 후, 당신 아버지와 사촌 베네토는 그 여인을 절벽 아래로 데려가 커다란 돌을 매단 구멍 뚫린 배의 바닥에 묶어 망망대해로 끌고 가서 버리고 돌아왔지요」

클라리스는 숨이 막혀 더듬거렸다.

「그렇지 않아요! 사실이 아니에요! 아버지는 그런 짓을 하지 않았어요……. 거짓말이에요!」

조제핀 발사모는 클라리스의 격한 항의에 아랑곳 않고 말을 이었다.

「그런데 공모자들은 꿈에도 생각지 못했지만 누군가가 그 회합을 목격했어요. 두 살인자(달리 뭐라고 부르겠어요?)를 몰래 지켜보던 그는 배에 매달려 있다가 그들이 멀어지자마자 희생자를 구출했지요. 그 사람이 어디서 왔을까요? 모든 상황으로 미루어 보아 그는 전날 밤과 그날 아침을 당신 방에서 보냈다고 생각할 수밖에 없군요. 당신 아버지에게 이미 거절당한 후였으니 약혼자로서가 아니라 연인으로서였겠지요」

비난과 모욕이 둔기로 내리치듯 클라리스를 때렸다. 처음부터 그녀는 저항할 능력도, 자신을 지킬 힘도 없이 완패한 상태였다.

클라리스는 창백하게 질린 채 힘이 빠져 의자 위에서 몸을 움츠리며 신음했다.

「아! 무슨 말씀이세요, 부인?」

「당신이 직접 당신 아버지에게 얘기한 것을 말하고 있어요. 그날의 실수로 그저께 저녁 아버지께 고백을 하지 않을 수 없었던 일이 생겼지요. 더 자세하게 말해야 하나요? 당신의 연인에게 어떤 일이 일어났는지 얘기해야 할까요? 라울 당드레지는 당신을 더럽힌 바로 그날 당신을 버렸어요. 무시무시한 죽음에서 구해낸 그 여인을 따라가기 위해서. 라울은 그 여인에게 몸과 마음을 다 바쳤고 그녀의 사랑을 얻었지요. 그녀와 함께 살며 다시는 당신을 만나지 않겠다고 맹세했어요. 세상에서 가장 단호한 맹세였지요. 라울은 말했어요. 〈나는 클라리스를 사랑하지 않았어. 지나가는 만남이었을 뿐이야. 이제 다 끝난 일이야.〉

그런데 라울과 라울의 애인 사이에 잠깐 오해가 생겼고…… 여인은 라울이 그사이에 당신에게 연락을 취했다는 것을 알게 됐지요. 여기 이 편지를 보내 당신에게 용서를 구하고 미래를 약속하려 했다는 것을 말이에요. 이제 내가 당신을 적으로, 더 나아가 영원한 원수로 대할 권리가 있다는 것을 이해하겠죠?」

칼리오스트로 백작 부인이 들릴 듯 말 듯 말했다.

클라리스는 입을 열지 않았다. 공포가 점점 쌓여 갔다. 클라리스는 자신에게서 라울을 빼앗아 간, 스스로를 적이라고 선언하는 이 여인의 온화하면서도 소름끼치는 얼굴을 두려움에 차서 바라보았다.

라울은 연민에 몸을 떨며 조제핀 발사모의 분노도 두려워하지 않고 엄숙하게 다시 말했다.

「클라리스, 내가 진정으로 맹세한 게 있다면, 무슨 수를 써서라도 지키려고 결심한 맹세가 있다면 그건 당신의 머리카락 한 올이라도 다치지 않게 하겠다는 겁니다. 두려워하지 마십시오. 10분 안에 무사히 여기서 나가게 될 겁니다. 10분입니다, 클라리스. 더 이상도 필요 없어요」

조제핀 발사모는 욕설을 퍼붓지 않았다. 그녀는 친차하게 말했다.

「이제 상호 관계가 다 정리됐군요. 이제 본론으로 들어갑시다. 이번에도 마찬가지로 짧게 얘기하겠어요. 당신의 아버지와 그 친구 보마냥, 그리고 다른 공범자들은 공동의 목표를 좇고 있어요. 나 역시 그 목표를 좇고 라울도 그 일에 매달려 있지요. 그래서 우리 사이에는 전쟁이 끊이지 않아요. 그런데 우리는 루슬랭이라는 부인을 알게 되었지요. 그녀는 우리의 성공에 꼭 필요한 오래된 상자를 가지고 있었는데 이것을 다른 어떤 사람에게 내주었어요.

우리는 집요하게 그녀를 심문했지만 그 사람의 이름을 알아낼 수 없었어요. 아마도 자신에게 많은 도움을 주었던 그 사람을 경솔하게 위험에 빠뜨리지 않으려 했기 때문이겠죠. 우리가 알아낸 것은 이제 당신에게 말해 줄 옛날 얘기가 전부예요. 이 얘기는 우리에게 그렇듯이 당신 쪽에서도 흥미가 있을 거예요, 아가씨」

라울은 칼리오스트로 백작 부인이 어떤 길을 가려는지, 그렇게 해서 필연적으로 어떤 목표에 도달할지 이해하기 시작했다. 그것은 너무 끔찍한 일이었다. 라울은 격분해서 외쳤다.

「안 돼, 안 돼. 그건 아니야. 아니야! 덮어 두어야 할 것들도 있어⋯⋯」

칼리오스트로 백작 부인은 들리지 않는 듯이 매정하게 계속했다.

「지금으로부터 24년 전, 프랑스-프로이센 전쟁 중에 두 남자가 루슬랭 씨가 모는 마차를 타고 침략자들을 피해 달아났어요. 그들은 루앙 근처에서 조베르라는 이름의 하인을 죽이고 말을 빼앗았지요. 그들은 빼앗은 말 덕에 도망갈 수 있었고, 게다가 희생자에게서 값진 보석들이 들어 있는 상자까지 훔쳤어요.

루슬랭 씨는 어쩔 수 없이 그들에게 끌려가면서 별 가치 없는 반지 몇 개를 자기 몫으로 받았고 나중에 루앙의 부인 곁으로 돌아와 곧 죽었지요. 그는 이 살인 사건과 자기 뜻과 상관없이 이루어진 공모 때문에 너무 쇠약해졌던 거예요. 그런데 루슬랭의 미망인과 살인범들 사이에 모종의 교류가 생겼어요. 살인범들은 말이 새어 나갈까 봐 두려워했으니까……. 그들이 정확히 누구인지 당신도 알 것 같은데, 어때요?」

클라리스가 너무나 당황하며 고통스럽게 듣고 있었기 때문에 라울이 소리쳤다.

「입 다물어, 조진. 더 이상 한마디도 하지 마! 이건 가장 야비하고 터무니없는 짓이야. 이게 다 무슨 소용이지?」

칼리오스트로 백작 부인이 라울을 조용히 시켰다.

「무슨 소용이냐고? 진실은 드러나야 하니까. 당신은 우리 둘을 모두 버렸어. 이 여자도 나도. 서로를 적으로 만들면서. 이 여자와 나는 똑같이 고통받아야 해!」

「아! 잔인해」

라울이 절망적으로 중얼거렸다.

조제핀 발사모는 다시 클라리스를 돌아보며 말했다.

「따라서 당신의 아버지와 사촌 베네토는 루슬랭 부인을 주의 깊게 지켜보았어요. 그녀를 더 쉽게 감시할 수 있도록 릴본에 집을 마련해 준 것도 물론 데티그 남작이죠. 게다가 세월이 흐르면서 그는 이 감시 작업을 제법 훌륭히 완수할 수 있는 사람을 발견했어요. 그건 바로 당신이었죠. 루슬랭 부인은 당신을 좋아했으므로 데티그 남작은 더 이상 어떠한 적대적인 행위도 염려할 필요가 없게 됐죠. 루슬랭 부인이 종종 자기 집에 놀러 오는 어린 꼬마 아이의 아버지를 배신할 리는 결코 없었으니까요. 물론 어떤 끈으로도 과거와 현재가 연결되지 않도록 하기 위해 방문은 은밀히 이루어졌고, 때로는 근처의 낡은 등대나 다른 어떤 곳에서 약속을 하고 만나기도 했지요.

이렇게 루슬랭 부인의 집을 방문하다가 당신은 우연히 릴본의 헛간에서 라울과 내가 찾고 있는 상자를 발견했어요. 그리고 그 상자가 마음에 들어 라 애 데티그의 당신 집으로 가져갔지요. 라울과 나는 루슬랭 부인에게서, 이름을 말할 수 없는 어떤 사람이 그 상자를 가지고 있다는 것, 부인이 그 사람에게 많은 도움을 받았으며 정해진 날짜에 서로 만날 약속이 있다는 것을 알아냈어요. 그리고 우리는 주저 없이, 루슬랭 부인 대신 이 낡은 등대에 오기만 하면 진실의 일부를 밝힐 수 있다는 결론을 내렸지요.

당신이 나타나는 것을 보는 순간 우리는 두 살인범이 베네토와 데티그 남작, 그러니까 나를 바다에 던졌던 두 사람일 수밖에 없다는 확신을 얻었어요」

클라리스는 울고 있었다. 그녀가 흐느낌에 따라 어깨가 들썩였다. 라울은 클라리스가 아버지의 범죄에 대해 전혀 모르고 있었다는 것을 의심하지 않았다. 하지만 적의 고발 때문에 클라리스가 이제까지 이해할 수 없었던 많은 일들의 진실이 돌연 백일하에 드러났으며 아버지를 살인자로 여기게 된 것 역시 의심의 여지가 없었다. 클라리스의 마음이 얼마나 찢어지게 괴로울까! 조제핀 발사모는 얼마나 정확한 일침을 가했는가! 고통에 대해 얼마나 가증스러운 지식을 가지고 희생자를 고문하는 형 집행인인가! 조제핀 발사모는 레오나르가 루슬랭 부인에게 가했던 물리적인 고문보다 수천 배 더 잔인한 기교로 무고한 클라리스에게 복수하고 있었다!

조제핀 발사모가 낮은 목소리로 말했다.

「그래, 살인자야……. 데티그 남작의 부와 성채, 말, 이 모든 게 살인에서 왔지. 안 그래, 보마냥? 당신 역시 바로 그 약점을 쥐고 남작에게 영향력을 행사하고 있었을 테니 증언할 수 있겠지? 당신은 남작에게서 캐낸 (〈어떻게〉는 중요하지 않아) 비밀을 가지고 그를 꼭두각시처럼 조종했어. 첫 번째 살인과 그 증거를 이용해 당신에게 복종하도록, 당신에게 방해가 되는 사람들을 죽이도록 강요했지. 나는 그 점에 관해 몇 가지 사실을 알고 있어! 아! 당신이란 자가 얼마나 지독한 악당인지!」

조제핀의 눈은 라울의 눈을 찾았다. 라울은 그녀가 보마냥과 그 공범들의 범죄를 언급함으로써 자기 자신의 죄를 무마하려는 듯한 인상을 받았다. 하지만 라울은 그녀에게 매몰차게 말했다.

「그래서? 그게 끝이야? 이 어린애 같은 여자를 아직도 공격할 건가? 더 이상 뭘 바라지?」

「그녀가 말하기를」

조진이 단언했다.

「말한다면 풀어 주겠어?」

「그래」

「그럼, 물어봐. 무엇을 묻고 싶지? 상자에 대해서? 뚜껑 안쪽에 새겨진 문구? 그거야?」

하지만 클라리스가 대답을 하고 싶든 아니든, 진실을 알고 있든 모르고 있든, 그녀는 한마디도 꺼낼 수 없을 것 같았다. 심지어 질문을 이해할 수 있을 것 같지도 않았다.

라울이 계속했다.

「고통을 견뎌 봐요, 클라리스. 이게 마지막 시련입니다. 나 끝날 거예요. 부탁이니 대답해 주십시오……. 당신에게 묻는 질문

에는 당신의 양심을 해칠 만한 건 아무것도 없습니다. 누군가에
게 비밀을 지키겠다고 맹세를 한 적도 없으니까요. 당신은 아무
도 배반하는 게 아닙니다…… 그러니까……」

라울의 구슬림이 클라리스의 긴장을 풀어 주었다. 그것을 느낀
라울이 물었다.

「그 상자는 어떻게 됐나요? 라 애 데티그로 가져왔습니까?」

「예」

그녀가 기진맥진해서 속삭이듯 말했다.

「왜요?」

「마음에 들었어요…… 그냥 충동적으로……」

「아버지도 그 상자를 봤나요?」

「예」

「가져온 그날?」

「아니에요. 며칠 지난 후에야 보셨어요」

「아버지가 상자를 가져가셨나요?」

「예」

「뭐라고 하시면서?」

「아무 말씀도 안 하셨어요」

「하지만 클라리스가 그 물건을 살펴볼 시간은 충분했겠죠?」

「예」

「뚜껑 안쪽에 글씨가 새겨져 있었지요?」

「예」

「아주 오래되고 거칠게 새겨진 글씨였어요, 그렇죠?」

「예」

「읽을 수 있었어요?」

「예」

「쉽게?」

「아니요. 하지만 결국 읽었어요」

「그 문구를 기억해요?」

「아마도…… 아니, 잘 모르겠어요. 라틴어 단어들이었는
데……」

「라틴어 단어? 잘 생각해보세요……」

「말해도 되는 건가요? 혹시 중대한 비밀이라면 내가 폭로해도
괜찮아요?」

클라리스는 망설였다.

「그래도 돼요, 클라리스. 내가 보장합니다. 그 비밀은 누구의
비밀도 아니기 때문에 말해도 괜찮아요. 이 세상 누구도 당신 아
버지나 그 친구들이나 나보다 그것을 더 잘 알 권리를 가진 사람
은 없습니다. 그것은 발견하는 사람의 것입니다. 그것을 이용할
줄 아는 첫 번째 사람의 것이죠」

그녀는 뜻을 굽혔다. 라울이 단언한다면 틀림없이 옳을 것이
다.

「예…… 알겠어요…… 당신 말이 맞겠죠…… 하지만 나는 그
문구에 별로 주의를 기울이지 않았어요. 그래서 기억을 떠올려
봐야 해요…… 내가 읽은 것을 번역하자면…… 돌이랑…… 여왕
에 관한 내용이었는데……」

「기억해야 합니다, 클라리스. 꼭 그래야만 해요」

칼리오스트로 백작 부인의 어두운 표정에 불안을 느끼며 라울
이 간청했다.

클라리스는 기억을 떠올리려 애쓰느라 얼굴을 찌푸린 채 천천

히 여러 번 고쳐 말해 보다가 결국 성공했다.

「그래요…… 기억 나요…… 내가 읽은 문장은 정확히…… 다섯 개의 라틴 어 단어였는데…… 〈Ad lapidem currebat olim regina…….〉라고 씌어져 있었어요」

클라리스가 마지막 음절을 말하기 무섭게 조제핀 발사모가 더 공격적인 모습으로 그녀에게 다가와 소리쳤다.

「거짓말! 그 문구는 이미 오래전부터 우리도 알고 있던 거야! 보마냥이 입증할 수 있어. 안 그래, 보마냥? 우리가 알고 있던 문구잖아? 클라리스가 거짓말을 하는 거야. 라울, 거짓말이라고. 이 다섯 단어는 본쇼즈 추기경의 회고록에 암시되어 있어. 하지만 추기경은 이 문구를 별로 중요하게 생각지 않았고 분명히 아무런 의미도 부여하지 않았기 때문에 나도 당신에게 말조차 하지 않았던 거야! 〈오래전에 여왕이 돌을 향해 달려갔다.〉하지만 그 돌이 어디 있지? 어떤 여왕을 말하는 거냐고? 그것을 찾아 헤맨 지 벌써 20년이야. 아니야, 아니야. 분명히 다른 게 있어」

조제핀 발사모는 다시 무시무시한 분노에 사로잡혔다. 그녀의 마음이 흥분하고 있다는 것은 목소리나 무절제한 행동이 아니라, 몇 가지 징후, 특히 비정상적이고 비일상적인 냉혹한 말에서 짐작할 수 있었다.

그녀는 클라리스에게 몸을 숙이고 반말로 또박또박 말했다.

「너는 거짓말을 하고 있어! 거짓말이야! 그 다섯 단어를 요약하는 한 단어가 있어. 그게 뭐지? 단 하나의 단어가 있다고…… 그게 뭐지? 대답해」

클라리스는 공포에 떨며 아무 말도 하지 못했다. 라울이 간청했다.

「곰곰이 생각해 봐요, 클라리스……. 기억을 떠올려 봐요…….
이 다섯 단어 외에 아무것도 보지 못했나요?」

「모르겠어요…… 없었던 것 같아요……」

클라리스가 신음하듯 말했다.

「기억해 보십시오…… 기억해야 돼요……. 당신의 안전이 달려
있습니다」

하지만 라울의 말투나 클라리스 때문에 고통스러워하고 있는
라울의 사랑이 조제핀 발사모의 화를 돋우었다.

그녀는 클라리스의 팔을 움켜쥐고 명령했다.

「말해, 그렇지 않으면……」

클라리스는 더듬거렸으나 대답하지 못했다. 칼리오스트로 백작
부인이 날카롭게 휘파람을 불었다.

거의 동시에 레오나르가 문의 구멍에 모습을 드러냈다. 백작
부인은 이를 악물고 잘 들리지 않는 목소리로 명령을 내렸다.

「여자를 데리고 가, 레오나르……. 그리고 심문을 시작해」

라울이 끈에 묶인 채로 펄쩍 뛰었다.

「아! 야비한 것! 비열해! 그녀를 어쩌려는 거지? 당신은 정말
인간 말짜로군. 응? 레오나르, 그 여자를 건드렸다간 맹세코……」

「클라리스 때문에 걱정하는 꼴이라니! 그녀가 고통받는다는 생
각에 속이 뒤집어진단 말이지! 그렇고말고! 너희 둘은 서로를 잘
이해할 테니까. 살인범의 딸과 도둑이라!」

조제핀 발사모가 비웃었다.

그리고 클라리스를 향해 돌아서서 이를 갈았다.

「그래, 도둑. 내 애인은 도둑일 뿐이야! 라울은 노둑질로만 살
아왔어. 어려서부터 물건을 훔쳤지. 네게 꽃을 주기 위해서도, 네

손가락에 끼고 있는 작은 약혼반지를 선물하기 위해서도 도둑질을 했어. 그는 도둑에 사기꾼이야. 그의 이름조차, 당드레지라는 아름다운 이름조차 가짜에 지나지 않아. 라울 당드레지라고? 천만에! 아르센 뤼팽이 그의 진짜 이름이야. 잘 기억해 둬, 클라리스. 이 이름은 유명해질 테니.

아! 나는 네 애인의 작업을 직접 봤거든. 한마디로 대가야! 경이로운 솜씨지! 내가 나서서 잘 정리해 주지 않는다면 얼마나 대단한 한 쌍이 탄생할까! 당신들의 아이, 그러니까 아르센 뤼팽의 아들이자 고드프루와 남작의 손자는 정말 굉장한 운명을 타고난 아이야!」

아이에 대한 생각이 다시 한번 조제핀의 분노에 불을 질렀다. 광기 어린 사악한 감정이 폭발했다.

「레오나르」

「저 비열하고 추잡한!」

라울이 그녀에게 미친 듯이 욕설을 퍼부었다.

「당신도 가면을 벗지 그래, 조제핀 발사모? 더 이상 힘들게 연기할 필요 없잖아, 안 그래? 살인자, 이게 당신의 모습이야」

하지만 조제핀 발사모는 클라리스에게 고통을 주고 학대하고 싶은 야만적인 욕망에 사로잡혀 꼼딱도 하지 않았다. 그녀는 레오나르가 문 쪽으로 끌고 가는 클라리스를 밀었다.

「이 짐승 같은 인간! 더러운 괴물! 클라리스의 머리카락 한 올이라도 다쳤다간…… 단 한 올이라도! 그랬다간 너희 둘 다 죽을 줄 알아. 아! 그녀를 내버려둬!」

라울이 몹시 격렬하게 끈을 당기자, 보마냥이 그를 묶어 두기 위해 고안한 장치가 허물어지고 헐어 빠진 덧창이 경첩에서 떨어져 나와 라울의 뒤쪽에 떨어졌다.

적진은 순간적으로 동요했다. 하지만 비록 느슨해지긴 했어도 끈은 튼튼했고 충분히 포로를 묶어 둘 수 있어서 걱정할 필요는 없었다. 레오나르가 권총을 꺼내 클라리스의 관자놀이에 갖다 댔다.

「라울이 조금이라도, 한 발짝이라도 더 움직이면 쏴 버려」

칼리오스트로 백작 부인이 명령했다.

라울은 움직이지 않았다. 레오나르는 당장에 명령을 수행할 것이 분명했고 라울의 조그마한 움직임이라도 클라리스에게는 곧 즉각적인 사형 선고였다. 그렇다면…… 그렇다면 포기해야 할까? 그녀를 구할 방법이 전혀 없단 말인가?

조제핀 발사모는 라울에게서 눈을 떼지 않았다.

그녀가 말했다.

「자, 상황을 파악하니까 좀 얌전해지는군」

「아니, 아니야…… 생각을 하는 중이지」

라울이 자신을 억누르며 대답했다.

「무슨 생각?」

「나는 클라리스에게 곧 풀려날 거라고, 걱정할 것 없다고 약속했다. 약속을 지키고 싶어」

「글쎄, 나중에는 또 모르지」

조제핀 발사모가 말했다.

「아니야, 조진. 당신은 클라리스를 풀어 줄 거다」

조제핀이 공범에게 몸을 돌렸다.

「준비됐지, 레오나르? 이제 가, 빨리 처리해」

「멈춰」

라울이 너무나 자신 있는 어조로 요구하는 바람에 그녀는 멈칫

했다.

「멈춰」

라울이 다시 말했다.

「클라리스를 풀어 줘. 알겠나, 조진? 그녀를 풀어 주라고 했어. 앞으로 일어날 비열한 짓을 연기하라는 게 아니야. 지금 당장 클라리스를 놓아주고 문을 활짝 열어 주라는 뜻이다」

이토록 강압적으로 엄숙하게 자기 의사를 밝히려면 뭔가 확실한 자신이 있어야 했고 특별한 근거가 뒷받침되어야 했다.

레오나르 역시 놀라서 결정을 내리지 못하고 있었다. 하지만 이 무시무시한 상황을 전부 이해하지 못한 클라리스만은 안심한 듯했다.

칼리오스트로 백작 부인이 당황해서 중얼거렸다.

「할 말이 있어? 아니면 또 새로운 계략인가……」

「분명한 사실들이 있어…… 아니 차라리 이 사건 전체를 지배하는, 당신이 경의를 표하게 될 한 가지 사실이라고 말해야겠군」

「무슨 소리야? 원하는 게 뭐야?」

칼리오스트로 백작 부인이 점점 더 혼란스러워하며 물었다.

「원하는 게 아니야. 강력히 요구하는 거지」

「뭘?」

「클라리스의 자유. 지금 당장 여기서 나갈 자유. 레오나르도 당신도 한 발짝도 움직이지 말고」

조제핀 발사모는 웃음을 터뜨리며 물었다.

「그것뿐이야?」

「그것뿐이야」

「그 대가로 당신은 뭘 줄 건데?」

262

「수수께끼의 해답」

그녀가 몸을 떨었다.

「그걸 안단 말이야?」

「그래」

극이 갑자기 반전되었다. 그들을 증오와 사랑의 저주와 질투 속으로 내몰았던 그 모든 격렬한 대립에서 공동의 목표라는 중대한 단 하나의 문제가 솟아나온 것 같았다. 칼리오스트로 백작 부인의 복수를 향한 집착은 뒷전으로 물러났다. 라울의 의도대로 수도사들의 값진 보석 수만 개가 그녀의 눈앞에 반짝이며 빛났다.

보마냥도 반쯤 몸을 일으키고 게걸스레 귀를 기울였다.

조진은 클라리스를 공범의 감시 하에 맡겨 둔 채, 라울에게 다가와 말했다.

「수수께끼의 해답만 알면 되는 거야?」

「아니. 그것을 해석해야지. 그 문구의 의미는 베일 속에 가려 있어. 우선 그것을 벗겨 내야 해」

「그런데 당신이 그 일을 했다고?」

「물론이야. 나는 이미 이 문제에 대해서 여러 가지로 생각해 왔어. 그런데 갑자기 진실이 내 머릿속을 환히 비추었어」

그녀는 라울이 이런 상황에서 농담을 할 사람이 아니라는 것을 잘 알았다.

「설명해 봐. 그러면 클라리스는 여기서 나가게 될 거야」

「먼저 클라리스가 나가고 나서 설명하겠어. 그리고 물론, 손과 목에 끈이 묶인 채로가 아니라 어떤 족쇄도 없이 자유로운 상태에서 할 거고」

그가 반발했다.

「그건 말도 안 돼. 상황을 역전시키려고 하는데, 이 상황의 절대적인 지배자는 나야」

「이제부터는 아니야. 당신은 내가 하기에 달려 있어. 내 처지를 결정하는 건 나지」

칼리오스트로 백작 부인은 어깨를 으쓱했다. 하지만 이렇게 말할 수밖에 없었다.

「분명한 진실을 말하겠다고 맹세해. 네 어머니의 무덤에 대고 맹세해」

그가 침착하게 말했다.

「내 어머니의 무덤에 대고 맹세컨대, 클라리스가 문턱을 넘어가고 20분 후면 당신에게 경계석이 있는 장소, 다시 말해 수도사들이 모아 온 프랑스 수도원의 재산이 잠자고 있는 정확한 장소를 알려 주겠어」

조제핀은 라울의 믿기 어려운 제안이 갑자기 자신에게 행사하는 놀라운 마력을 극복하고 싶어 반항했다.

「아니, 아니야. 이건 함정이야. 당신은 아무것도 몰라」

「난 알아. 그뿐 아니라 그걸 아는 사람은 나만이 아니야」

「또 누가 안단 말이야?」

「보마냥과 남작」

「그럴 리 없어!」

「잘 생각해 봐. 보마냥은 그저께 라 애 데티그에 있었어. 왜 그랬겠어? 남작이 상자를 발견했기 때문에, 그것을 둘이 함께 조사하기 위해서였어. 추기경이 이미 밝힌 다섯 단어 외에 한 단어가 있다면, 다시 말해 그 다섯 단어들을 요약하고 수수께끼의 실마리가 되는 신비한 단어가 있다면 그들은 그것을 봤겠지. 그리고 알고 있겠지」

「아무래도 상관없어!」

그녀가 보마냥을 보며 말했다.

「내가 저자를 잡고 있으니까」

「하지만 고드프루와 데티그는 잡지 못했어. 보마냥은 미리 남
작과 사촌을 보내서 그 장소를 탐사하고 금고를 들어낼 준비를
시켰을 거야. 아마 지금 이 순간 그 둘은 거기 있을지도 모르지.
이제 위험을 깨닫겠나? 이렇게 1분이라도 낭비하면 모든 걸 잃을
수도 있다는 걸 알겠느냐고?」

조제핀은 분노하며 고집을 부렸다.

「클라리스가 말만 하면 내가 가지게 될 거야」

「클라리스는 말하지 않을 거야. 왜냐하면 더 이상 아는 게 없
으니까」

「좋아, 그럼 당신이 말해. 당신이 경솔하게도 내게 그런 고백
을 했으니. 내가 왜 클라리스를 풀어 주겠어? 왜 당신 말에 따라
야하지? 클라리스가 레오나르의 수중에 있는 한 나는 원하기만
하면 당신이 알고 있는 것을 얼마든지 털어놓게 할 수 있어」

그는 고개를 저었다.

「아니. 이제 위험은 멀어졌어. 폭풍우는 멀리 있지. 사실 당신
이 원하기만 하면 되겠지. 하지만 당신은 더 이상 원할 힘이 없어」

그것은 사실이었다. 라울은 확신했다. 냉혹하고, 잔인하고, 보
마냥이 말했듯이 〈악마의 화신〉 같기는 했지만 칼리오스트로 백
작 부인도 어쨌든 여자였고 신경이 쇠약해지기 쉬웠다. 그녀의
악행은 의지에 힘입은 것이라기보다는 발작에 따른 것이었다. 히
스테리적인 광기의 발작. 그 후에는 정신적으로도 물리적으로도

일종의 고통과 무력감이 뒤따랐다. 라울은 그녀가 지금 그런 상태임을 의심치 않았다.

라울이 말했다.

「자, 조제핀 발사모. 스스로 합리적으로 생각해 보라고. 당신은 무한한 재산의 획득이라는 카드에 인생 전체를 걸었어. 내가 그 재산을 당신에게 제공해 줄 수 있는 이 순간에 그 모든 노력을 저버리고 싶은 건가?」

저항이 약해졌다. 조제핀 발사모는 반박했다.

「나는 당신을 믿지 않아」

「그건 사실이 아니야. 당신은 내가 약속을 지킨다는 걸 분명히 알고 있어. 당신이 주저하는 건…… 아니, 당신은 주저하지 않아. 마음속으로는 이미 결정을 내렸어. 훌륭한 결정이야」

그녀는 잠시 생각에 잠기더니 이내 〈어쨌든 클라리스는 다시 만나게 될 거야. 복수를 잠시 미뤄 두는 것뿐이야.〉라고 말하는 듯한 몸짓을 했다.

「당신 어머니의 추억에 대고 맹세해?」

조제핀 발사모가 말했다.

「내 어머니의 추억에 대고, 또 나에게 남아 있는 모든 명예와 진실성에 대고 맹세해. 당신에게 모든 걸 밝혀 주겠어」

「좋아」

그녀가 받아들였다.

「하지만 클라리스와 당신은 따로 한마디도 나눠서는 안 돼」

「한마디도 하지 않겠어. 더구나 클라리스에게 말할 비밀스런 얘기 따윈 없어. 클라리스가 자유로워지기만 하면 돼」

조제핀 발사모가 명령했다.

「레오나르. 클라리스를 내보내. 그리고 라울을 풀어 줘」

레오나르는 찬성하지 않는 눈치였다. 하지만 너무 충직한 이라 거역할 수 없었다. 그는 클라리스를 놔두고 라울을 묶고 있던 끈을 끊어 주었다.

라울의 태도는 상황의 심각성과 전혀 어울리지 않았다. 저린 다리를 풀고 두세 번 팔운동을 하고는 심호흡을 했다.

「후! 훨씬 낫군! 나는 역시 포로 노릇을 할 적성은 타고나지 않았어. 착한 사람들을 구해 주고 악한 사람들을 벌 주는 것에 흥미를 느낀단 말이야. 조심해, 레오나르」

그리고 클라리스에게 다가가 말했다.

「이제까지 있었던 일에 대해서 용서를 빌겠습니다. 다시는 이런 일이 없을 거예요. 믿어도 좋습니다. 이제부터는 내가 당신을 보호해 줄 테니. 떠날 힘은 있어요?」

「네…… 네…… 그런데 당신은……?」

그녀가 말했다.

「아! 나는 전혀 위험하지 않습니다. 중요한 건 당신의 안전이지요. 당신이 오래 걸을 수 없을까 봐 걱정이군요」

「오래 걸을 필요는 없어요. 어제 저녁 아버지가 근처의 친구 집으로 데려다 주셨어요. 내일 다시 데리러 오실 거예요」

「여기서 가까운가요?」

「예」

「더 이상 아무 말도 하지 마십시오, 클라리스. 어떤 정보도 당신에게 해로울 수 있으니까요」

라울은 클라리스를 문까지 바래다주었다. 그리고 레오나르에게 울타리 문의 자물쇠를 열어 주러 가라고 손짓했다. 레오나르가

시키는 대로 하자 라울은 다시 말했다.

「조심하십시오. 그리고 아무 걱정도 하지 마세요. 당신이나 나나 걱정할 게 없습니다. 때가 되면 우리는 다시 만날 겁니다. 어떤 장애물이 우리를 갈라놓는다 해도 그때는 곧 올 겁니다」

라울은 클라리스가 나간 뒤 문을 닫았다. 클라리스를 구해 낸 것이다.

그러고 나서 태연하게 외쳤다.

「아, 얼마나 사랑스러운 여인인가!」

훗날 조제핀 발사모와 벌인 이 대단한 모험을 이야기하면서 라울은 웃음을 터뜨렸다.

「그래! 그때도 이렇게 웃음이 났지. 그 후 종종 가장 힘겨운 승리의 순간을 빛내 준 간단한 앙트르샤(공중에 떠서 양발을 서로 엇갈리게 하는 무용 동작──옮긴이) 솜씨도 그때 처음으로 즉석에서 선보였어. 그날의 성공은 정말로 힘겨웠지.

사실 나는 기뻐서 어쩔 줄을 몰랐어. 클라리스는 자유로워졌고, 모든 게 끝난 듯이 보였지. 나는 담배에 불을 붙였어. 조제핀 발사모가 내 앞에 버티고 서서 우리의 계약을 상기시켰을 때는 무례하게도 그녀의 얼굴 정면에 담배 연기를 내뿜기까지 했지. 그녀는 〈이 불한당!〉이라고 중얼거렸어.

내가 조제핀에게 되갚아 준 말은 아주 상스러운 욕이었지. 변명을 하자면 거칠다기보다는 장난스럽게 말했던 거야. 그리고…… 또……. 그 여자가 나에게 불러일으킨 모순되고 극단적인 감정들을 분석할 필요가 있을까? 그녀에 대한 심리를 완전히 분석했다거나 그녀에게 신사답게 행동했다고 자부할 수는 없어. 나는 그녀를 사랑하는 동시에 매우 증오했어. 하지만 그녀가 클라리스를 공격한 순간부터 혐오와 경멸이 한없이 커졌지. 더 이상 그녀의 경탄할 만한 아름다운 얼굴도 보이지 않았어. 그 얼굴 아래 감춰져 있는 것, 갑자기 내 눈앞에 드러난 일종의 맹수 같은 존재에게 지독한 욕설을 퍼부으며 빙글빙글 돌았던 거야」

훗날 아르센 뤼팽은 웃을 수 있었다. 하지만 어쨌든 그 순간은 비극적이었다. 칼리오스트로 백작 부인이나 레오나르는 한 방에 그를 쓰러뜨릴 수도 있었다.

그녀가 이를 악물고 말했다.

「아! 당신을 정말로 증오해!」

「나만큼은 아닐걸」

라울이 빈정거렸다.

「클라리스와 조제핀 발사모가 아직 끝나지 않았다는 건 알고 있지?」

「클라리스와 라울 당드레지 역시」

그가 꺾이지 않고 말했다.

「나쁜 놈! 당신을……」

그녀가 중얼거렸다.

「쏘았어야 한다고? 그럴 수 없지, 내 사랑!」

「나를 너무 자극하지 마, 라울!」

「말했듯이 당신은 그럴 수 없어. 지금 당신에게 나는 신성불가침이야. 나는 수억의 재산을 표상하는 사람이니까. 나를 제거해 봐, 그럼 그 수억 프랑이, 아, 칼리오스트로의 딸! 당신의 아름다운 코앞에서 사라져 버릴 테니까. 그러니 당신이 얼마나 나를 존중해야 할지 알겠지! 내 뇌세포 하나하나가 귀중한 보석 하나 하나에 대응하는 거야.

자그마한 총알 한 방이 이 머릿속에 상처를 낸다면…… 아무리 아버지의 죽은 넋을 불러 봐야 소용없어. 틀렸지! 당신에겐 한 푼도 남지 않는다고! 다시 한번 말하는데 조제핀, 폴리네시아 식으로 말해서 나는 〈터부〉야. 머리끝부터 발끝까지! 오히려 무릎을 꿇고 내 손에 입을 맞추는 게 더 나을걸」

라울은 마당을 향해 나 있는 옆쪽 창문을 열고 한숨을 지었다.

「여기는 숨이 막혀. 확실히 레오나르는 곰팡내가 나거든. 조제핀, 당신의 사형 집행인이 주머니 속에 계속 권총을 넣어 두게 할 셈인가?」

조제핀이 발을 쾅 굴렀다.

「쓸데없는 소리는 그만해! 당신의 조건은 당신이 제시했어. 내 조건도 알잖아」

「돈 내놔, 그렇지 않으면 죽이겠다?」

「말해, 당장」

「정말 급하시군. 우선 나는 클라리스가 당신의 손아귀에서 벗어났음을 확신할 수 있도록 20분의 유예를 요구했어. 20분이 되려면 아직 멀었다고. 게다가……」

「또 뭐야?」

「다른 사람들이 수년 동안이나 아무리 노력해도 풀지 못한 문제를 나더러 어떻게 단 5분 만에 풀라고 하는 거야?」

조제핀은 어안이 벙벙했다.

「무슨 소리야?」

「아주 간단해. 잠깐 쉴 틈을 달라는 거지」

「쉴 틈이라고? 하지만 무엇 때문에?」

「문제를 풀기 위해서지……」

「뭐야? 그럼 모른단 말이야?」

「수수께끼의 해답? 물론 모르지」

「아! 거짓말을 했군!」

「욕은 하지 마. 조제핀」

「당신은 거짓말을 했어. 맹세까지 해 놓고……」

「그래, 불쌍한 우리 어머니의 무덤에 대고 맹세했지. 부인하지는 않겠어. 하지만 비슷한 것을 혼동하면 안 되지. 나는 진실을 알고 있다고 맹세하지 않았어. 진실을 말해 주겠다고 맹세했지」

「말하려면 알아야 해」

「알려면 생각을 해야지. 그런데 당신이 내게 그럴 틈을 주지 않고 있잖아. 제기랄! 잠깐만 조용히 있어……. 그리고 레오나르더러 권총 자루에서 손 좀 놓으라고 해. 방해가 되거든」

라울의 조롱하는 말보다도 빈정대는 무례한 말투가 칼리오스트로 백작 부인의 신경을 거슬렀다.

그녀는 라울을 위협해 봐야 헛수고임을 느끼고 화를 내며 말했다.

「좋을 대로 해! 나는 당신을 알아. 당신은 약속을 지킬 거야」

라울이 외쳤다.

「아! 나를 좀 부드럽게 다루는 게 좋을 텐데……. 나는 부드러움에는 저항하지 못하거든. 웨이터, 쓸 것 좀 가져와! 얇은 밀짚 종이와 새의 깃털 펜, 검은 나무딸기의 피, 받침대로는 레몬 껍질이 좋겠군. 시인이 말했듯이」

라울은 가방에서 연필과 명함을 꺼냈다. 거기에는 이미 몇 개의 단어가 이상한 순서로 적혀 있었다. 라울은 선을 그어 이 단어들을 서로 연결했다. 그러고는 뒷면에 예의 라틴 어 구절을 적었다.

Ad lapidem currebat olim regina.

라울이 낮은 목소리로 웅얼거렸다.

「정말 엉터리 라틴 어로군! 내가 그 선량한 수도사들이었다면 똑같은 의미를 나타내는 좀더 나은 표현을 찾았을 텐데. 어쨌든, 있는 그대로 받아들여 보자. 그러니까 여왕이 경계석을 향해 달려간다…… 시계를 봐, 조제핀」

라울은 더 이상 장난하고 있지 않았다. 일이 분 사이에 그의 얼굴은 진지해졌고 허공에 박힌 듯한 눈은 그가 얼마나 깊은 생각에 빠져 있는지 보여 주었다. 그는 감탄과 무한한 신뢰가 담긴 눈빛으로 자신을 바라보는 조진을 느꼈다. 그리고 생각의 끈을 놓지 않은 채 건성으로 웃어 보였다.

그녀가 물었다.

「답이 보여?」

보마냥도 끈에 묶여 움직이지 못하는 채 긴장한 얼굴로 초조하게 듣고 있었다. 그 엄청난 비밀이 정말로 풀릴 것인가?

기껏해야 일이 분이었지만 무한한 침묵 속에 다시 시간이 흘렀다.

조제핀 발사모가 말했다.

「무슨 일이야, 라울? 아주 흥분한 것 같은데」

「그래, 맞아. 흥분했어. 들판 한가운데 경계석 안에 숨겨져 있

272

는 재산이며 이 모든 얘기가 이미 기상천외한 일이지. 하지만 그건 아무것도 아니었어. 조진. 이 이야기를 지배하고 있는 생각 그 자체에 비하면 아무것도 아니라는 말이야. 그게 얼마나 기이하고…… 얼마나 아름다운 생각인지 당신은 상상도 할 수 없을 거야. 얼마나 시적이고 얼마나 순진한 생각인지!」

그는 입을 다물었다. 그러더니 잠시 후 거만한 어조로 단언했다.

「조진, 중세 시대의 수도사들은 바보였어」

그러고는 일어나며 말을 이었다.

「세상에! 그래, 물론 경건한 사람들이었지. 하지만 당신의 믿음에 상처를 줄 위험을 무릅쓰고 다시 한번 말하는데 그들은 바보였어! 생각해 봐! 한 어마어마한 갑부가 자신의 금고를 지키기 위해서 그 위에 〈열지 마시오.〉라고 쓸 생각을 했다면 그를 바보 취급하지 않겠어? 그래! 수도사들이 그 재산을 보호하기 위해서 선택한 방법이 거의 그 정도로 순진하단 말이야」

조제핀이 중얼거렸다.

「아니야…… 아니야…… 믿을 수 없어! 당신은 알아내지 못했어! 당신이 틀렸어!」

「그동안 열심히 찾아다녔으면서 발견하지 못한 사람들 역시 똑같이 바보야. 눈먼 장님들이지! 생각이 꽉 막힌 사람들! 당신, 레오나르, 고드프루와 데티그, 보마냥과 그 친구들, 예수회 전체, 루앙의 주교, 당신들 모두가 이 다섯 단어를 알고 있었는데 그걸로 충분치 않았다니! 그럴 수가! 이건 초등학교 학생들도 풀 수 있는 문제라고」

조세핀이 반박했다.

「먼저, 문제는 다섯 단어가 아니라 한 단어야」

「하지만 그 한 단어는 바로 다섯 단어 속에 있어. 제길! 좀 전에 내가 보마냥과 남작이 그 상자를 가지고 있으니 분명히 그 단어를 알아냈을 거라고 말한 건 당신을 위협하고 굴복시키려고 그런 거였어! 사실 그들은 아무것도 알아차리지 못했으니까. 하지만 없어서는 안 될 그 단어는 바로 이 안에 있어! 이 다섯 개의 라틴 어 단어에 섞여 있다고! 당신들처럼 그 애매한 한 단어를 찾아 혈안이 될 게 아니라 지극히 평범하게, 다섯 단어의 첫 글자들을 조합해서 읽어 봤어야지! 그렇게 해서 다섯 글자로 만들어진 단어에 신경을 썼어야지!」

그녀가 조그맣게 말했다.

「그 생각은 했어…… 그러면 Alcor가 되지, 그렇지 않아?」

「맞아. 알코르라는 한 단어가 되지」

「그래서 어떻다는 거야?」

「뭐가 어떻다는 거야? 그 단어 안에 다 들어 있잖아. 그 단어가 무슨 뜻인지 몰라?」

「그건 〈시험〉을 뜻하는 아랍 단어야」

「또 아랍 사람들과 다른 세계의 모든 사람들이 무엇을 가리킬 때 쓰지?」

「별」

「어떤 별?」

「큰곰자리를 이루는 별 중 하나지. 하지만 그건 중요치 않아. 그게 이 일이랑 무슨 상관이야?」

라울은 동정 어린 한숨을 내쉬었다.

「당연히 그렇겠지. 별의 이름과 경계석이 묻혀 있는 들판의 장소 사이에 상관이 있을 리 없겠지. 사람들은 이 어리석은 추론을 받아들이고 그쪽으로는 더 이상 생각하지 않았어. 불행하기도 하지! 하지만 라틴어 글귀의 첫 다섯 글자에서 알코르라는 단어를 끄집어냈을 때 내 머리에 속에는 제일 먼저 그 생각이 떠올랐어! 내가 워낙 암호와 수수께끼의 대가이기도 하지만, 한편 이 모든 이야기가 7이라는 숫자 주위를 맴돌고 있음(일곱 개의 수도원, 일곱 명의 수사, 칠지 촛대, 일곱 개의 반지에 박혀 있는 일곱 가지 다른 색깔의 보석)에 주목하고 있었거든. 그래서 거의 반사적으로 곧 이 알코르라는 별이 큰곰자리에 속한 별이라는 사실에 주목했어. 그러니 문제는 해결된 셈이지」

「해결됐다니? 어떻게?」

「이런 제기랄! 큰곰자리는 바로 북두칠성을 포함하고 있잖아! 일곱 개의 별! 언제나 7이라는 숫자가 나타나! 이제 상관 있다는 걸 깨닫기 시작했어? 아랍 사람들이 알코르라는 지칭을 사용하고 후에 천문학자들도 그 이름을 받아들인 것은 이 작은 별이 가까스로 눈에 보여서 시험용으로 사용했기 때문이야. 알아듣겠어? 어떤 사람이 맨눈으로 이 별을 식별할 수 있느냐 없느냐에 따라서 시력이 좋은지 아닌지 확인하는 시험용으로 쓰였다고. 알코르는 바로 보아야 하는 것, 사람들이 찾는 것이야. 숨겨진 것, 숨겨진 보물, 값진 보석들을 넣어 둔 보이지 않는 경계석, 알코르는 바로 금고야」

조진은 이 굉장한 비밀이 드러남에 따라 열을 띠며 중얼거렸다.
「이해가 안 돼……」

라울은 의자를 돌려, 필요한 순간에 도망을 가기 위해 열어 둔 창문과 레오니르 시이에 지리를 잡고 있었디. 말을 하면서도 라울은 고집스럽게 주머니에 손을 넣고 있는 레오나르에게서 감시의 눈길을 떼지 않았다.

라울이 말했다.

「이해하게 될 거야. 아주 명료한 얘기야. 자, 봐」

그리고 손가락 사이에 끼우고 있던 명함을 보여 주었다.

「나는 몇 주 전부터 이것을 가지고 다녔어. 우리가 조사를 시작한 이래 여기 이 명함에 이름을 적어 놓은 일곱 수도원의 정확한 위치를 지도에서 확인해 보았지. 여기 각 수도원들이 차지하는 위치를 그려 놓았어. 그런데 방금 전 그 단어를 알게 되는 순간, 이 일곱 개의 점들을 선으로 연결하는 것만으로도 믿을 수 없는 사실을 확인할 수 있었어. 신비하고 거창한, 하지만 아주 당연한 사실이지. 이렇게 연결된 그림은 정확히 큰곰자리와 일치한다는 것. 이 놀라운 사실을 이제 이해하겠어? 코 지방의 일곱 수도원, 그러니까 프랑스 가톨릭교의 재산이 집중되어 있는 가장 중요한 일곱 수도원을 큰곰자리의 북두칠성에 맞춰서 배치한 거야! 이 점은 틀림없어. 지도를 펼쳐 베껴 보라고. 신비스럽게도 큰곰자리의 그림이 나타날 테니.

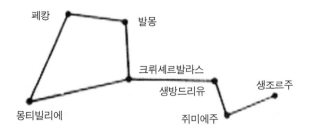

그러자 진실이 드러나기 시작했어. 지상의 선을 연결하면, 천상의 별자리에서 알코르가 있는 위치에 지상에는 경계석이 있을

게 틀림없어. 하늘에서 알코르는 큰곰자리의 꼬리 부분 한가운데에 있는 별보다 조금 오른쪽 아래로 있으니까 경계석 역시 반드시 이 별에 해당하는 수도원보다 조금 오른쪽 아래에 있을 거야. 다시 말하면 예전에 노르망디 지방의 수도원들 중에서 가장 강력하고 가장 부유했던 쥐미에주 수도원의 약간 오른쪽 아래라는 뜻이야. 이건 필연적이고 과학적인 결론이야. 경계석은 다른 어떤 곳도 아닌 바로 그 자리에 있어.

따라서 이런 생각을 할 수밖에 없지. 첫째, 쥐미에주의 남동쪽으로 약간 떨어진 곳, 센 강에 인접한 메닐수쥐미에주 마을에는 샤를 7세의 정부였던 아녜스 소렐 저택의 폐허가 있다. 둘째, 저택과 수도원은 아직도 그 출구가 남아 있는 지하 통로를 통해 연결되어 있다. 결론은? 전설의 경계석은 센 강 바로 옆, 아녜스 소렐의 저택 가까이에 있고, 전설에 따르면 아마도 왕의 정부였던 사랑의 여왕은 경계석 안에 귀중한 보석들이 들어 있는 줄도 모른 채 이 바위로 달려 나가 그 위에 앉아서 노르망디의 오래된 강을 미끄러져 들어오는 왕의 배를 기다리곤 했을 것이다. 〈오래 전에 여왕이 돌을 향해 달려갔다.〉」

깊은 정적이 라울 당드레지와 조제핀 발사모를 하나로 엮어 주었다. 베일은 벗겨졌다. 빛이 어둠을 쫓았다. 그들 사이의 모든 증오는 가라앉은 것 같았다. 그들을 갈라놓았던, 서로 조금도 양보할 수 없는 격돌은 휴전 상태에 들어갔다. 시간과 공간이 인간의 호기심에 맞서서 지켜 온 과거의 신비로운 금지 구역 안으로 들어갔다는 경이로움만이 남아 있었다.

조진의 옆에 앉아 있는 라울은 넝함 위에 그린 형상에 시선을 고정한 채 들릴 듯 말 듯 계속 감탄했다.

「그래, 그런 비밀을 이토록 선명한 한 단어의 보호 아래 맡겨 놓은 수도사들은 정말 경솔했어! 하지만 얼마나 시적이고 순진하고 매력적이야! 지상의 부를 하늘과 연결시키려는 생각이 얼마나 아름다워! 칼데아(바빌로니아 남부를 가리키는 고대의 지명. 지식 계급인 신관들이 점성술이나 각종 점복술을 크게 발달시켰다——옮긴이)의 선조들처럼 위대한 명상가이자 위대한 천문학자였던 수도사들은 저 위에서 영감을 얻었던 거야. 인간의 존재를 지배하는 별들의 운행. 그들은 바로 이 별자리에 보물을 지켜 달라고 부탁했던 거지. 거대한 큰곰자리를 노르망디의 땅 위에 재현하기 위해 그 일곱 수도원의 자리를 미리 선택했을지도 모르지……」

라울이 서정적인 감정을 토로하는 것은 물론 지극히 당연한 일이었다. 하지만 끝까지 계속되지는 못했다. 라울은 레오나르는 경계하고 있었지만 조제핀 발사모를 잊고 있었기 때문이다. 느닷없이 그녀가 곤봉으로 라울의 머리를 쳤다.

칼리오스트로 백작 부인은 이런 식의 교활한 공격에 능숙했지만 라울로서는 전혀 예상치 못한 일이었다. 그는 머리가 멍해지면서 의자 위에서 고꾸라지더니 무릎이 꺾이고 길게 누웠다.

라울은 불분명한 목소리로 웅얼거렸다.

「맞아…… 그렇지! 나는 이제 더 이상 〈터부〉가 아니니……」

라울은 또 아버지 테오프라스트 뤼팽에게 물려받았을 장난기 어린 빈정거림을 섞어 말했다.

「이 악당! 천재를 존중할 줄도 모르다니! 아! 잔인한 것, 당신의 심장은 돌로 만들어진 건가? 조제핀, 당신은 잘못한 거야. 보물을 나눠 가질 수도 있었는데. 이제 내가 전부 다 갖겠어」

그리고 의식을 잃었다.

수도사들의 금고

권투 선수들이 약한 부위를 맞았을 때 느낄 만한 단순히 멍한 느낌이었다. 하지만 라울이 그것을 극복했을 때에는, 조금도 놀라운 일이 아니지만, 이미 보마냥과 같은 처지로 전락해 마찬가지로 포로 신세가 되어 벽 아래에 등을 대고 있었다.

그는 의자 두 개를 문 앞에 붙여 놓고 누워 있는 조제핀 발사모를 보고도 전혀 놀라지 않았다. 지나치게 오래 흥분한 상태로 힘을 쏟았기 때문에 신경이 쇠약해진 탓이었다. 결정적으로 라울을 내리치면서 그녀는 신경 발작을 일으켰다. 레오나르가 그녀를 보살피며 각성제를 흡입하도록 했다.

레오나르가 또 다른 공범을 불렀음이 분명했다. 전에 브리지트 루슬랭의 집 앞에서 마차를 지키고 있던 도미니크라는 이름의 청년이 들어왔다.

새로 들어온 아이가 두 포로를 보며 말했다.

「저런! 싸움이 있었군요. 보마냥과 당드레지네요! 두목의 공격이 아주 격했나 보군요. 그래서 기절하신 거죠?」

「그래. 하지만 이제 다 끝났어」

「이제 어떻게 할까요?」

「두목을 마차에 태워 태평호까지 데려가야지」

「그럼 저는요?」

「너는 저 둘을 감시해」

레오나르가 포로들을 가리키며 말했다.

「제기랄! 쉽지 않은 자들인데요. 이런 일은 좋아하지 않아요」

그들은 칼리오스트로 백작 부인을 들어올릴 준비를 했다. 하지만 그녀가 눈을 뜨더니 목소리를 한껏 낮추어 말했다. 물론 그녀는 라울의 귀가 아주 밝아서 그들의 대화를 하나도 놓치지 않고 들을 수 있다고 생각지 못했다.

「아니야. 혼자 걸을 수 있어. 레오나르, 당신이 여기 남아. 라울은 당신이 지키는 게 좋겠어」

「저 자식을 아예 해치우게 해 줘! 저놈은 우리에게 화를 가져올 거야」

레오나르가 칼리오스트로 백작 부인에게 친근한 말투로 속삭였다.

「나는 라울을 사랑해」

「그는 더 이상 당신을 사랑하지 않아」

「아니야. 내게 돌아올 거야. 그리고 라울이 어떻든 간에 나는 그를 놓아주지 않을 거야」

「그럼 어쩔 생각이야?」

「태평호는 코드벡에 있을 거야. 일단 날이 밝을 때까지 거기서 좀 쉬어야겠어. 휴식이 필요해」

「그럼 보물은? 그 정도 크기의 돌을 움직이려면 사람들이 필요해」

「오늘 밤에 코르뷔 형제에게 알려서 내일 아침 쥐미에주에서 만나도록 해야지. 그리고 나서 라울 문제를 생각할 거야……. 다만…… 아! 지금은 더 이상 묻지 마. 너무 피곤해」

「그럼 보마냥은?」

「내가 보물을 차지하고 나면 풀어 줘야지」

「클라리스가 우리를 고발할지도 모르는데 걱정되지 않아? 헌병들은 이 낡은 등대를 쉽게 포위할 거야」

「터무니없는 소리! 클라리스가 헌병들에게 알려서 자기 아버지와 라울이 추적당하게 할 거 같아?」

조제핀 발사모는 의자에서 일어나려다가 다시 신음하며 쓰러졌다. 몇 분이 흘렀다. 그녀는 온 힘을 다해 노력한 끝에 마침내 가까스로 일어설 수 있었다. 그리고 도미니크의 부축을 받으며 라울에게 다가왔다.

「얼이 빠진 것 같군. 잘 지켜, 레오나르. 저자도 마찬가지야. 둘 중 하나라도 달아나면 모든 게 위험해져」

그녀는 천천히 나갔다. 레오나르가 낡은 마차까지 그녀를 데려다 주었다. 잠시 후, 그는 울타리에 자물쇠를 채우고 음식이 든 바구니를 들고 돌아왔다. 그리고 나서 돌길을 달려가는 말발굽 소리가 들렸다.

〈확실히 여두목은 좀 약해졌어! 첫째로, 아무리 작은 소리로 말했다지만 증인이 둘이나 있는 데서 시시콜콜히 얘기를 다하다니! 둘째, 보마냥과 나 같은 장정을 단 한 사람에게 맡겨 놓았어.

이것은 그녀의 몸 상태가 좋지 않음을 증명하는 실수야.〉

라울은 단단하게 묶여 있는 매듭을 확인하면서 이렇게 생각했다.

이 분야에 경험이 풍부한 레오나르가 모든 탈출 시도를 어렵게 만들어 놓은 것은 사실이었다.

레오나르는 들어오면서 말했다.

「끈은 내버려둬. 그렇지 않으면 한 대 맞을 줄 알아……」

게다가 이 무서운 간수는 자신의 임무를 수월하게 해 줄 예방책을 마련해 놓았다. 포로들을 묶고 있는 두 끈의 양 끝을 연결해 의자 등받이에 감고 의자 위에는 조제핀 발사모가 준 단검을 올려놓았다. 포로들 중 한 명이라도 움직이면 의자가 넘어지게 되어 있었다.

「보기보다 바보는 아니군」

라울이 말했다.

레오나르가 으르렁거렸다.

「한마디만 더 하면 맞는다」

레오나르는 먹고 마시기 시작했다. 라울이 응수했다.

「맛있게 먹게! 남는 게 있으면 나를 기억해 줘」

레오나르가 일어나 주먹을 쳐들었다. 라울이 다시 말했다.

「됐네, 이 늙은 친구야. 꿀 먹은 벙어리가 돼 주지. 자네의 햄보다야 영양가가 덜하겠지만 그걸로 만족하겠네」

시간이 흘렀다. 어둠이 깔려왔다.

보마냥은 잠든 것 같았다. 레오나르는 파이프 담배를 피웠다. 라울은 조진에 대해 신중하지 못했던 자신을 꾸짖으며 생각했다.

〈조제핀을 경계해야 했어……. 앞으로도 정말 배울 점이 많군! 칼리오스트로 백작 부인은 나에게 상대가 안 돼. 하지만 그 과단

성만은 훌륭하지! 현실을 얼마나 명확하게 파악하고 얼마나 거리낌 없이 행동하는가! 그녀를 완벽한 괴물이 되지 못하게 하는 단한 가지 약점이 있다면 바로 허약한 신경 체계야. 나로서는 다행한 일이지. 그 덕분에 내가 그녀보다 먼저 메닐수쥐미에주에 도착할 테니까.〉

라울은 레오나르에게서 풀려날 수 있다고 확신했다. 몇 차례움직인 끝에 발목의 끈이 좀 느슨해졌다. 오른쪽 다리를 빼낼 생각만으로도 라울은 벌써 기분 좋게 레오나르의 턱에 발을 날리는 상상을 했다. 그 다음은 곧바로 보물을 향해 미친 듯이 달려가는 것이다.

방 안에 어둠이 쌓여 갔다. 레오나르는 촛불을 켜고 마지막 파이프를 피운 뒤 마지막 포도주 한 잔을 마셨다. 그러고 나니 졸음이 쏟아져 이쪽저쪽으로 꾸벅거렸다. 신중을 기하기 위해 그는 가끔씩 흘러내리는 촛농에 잠을 깰 수 있도록 손에 초를 쥐었다. 포로들을 한 번 보고 경보 장치로 사용된 이중 끈에도 한 번 시선을 보낸 후에는 이내 잠이 들었다.

라울은 보이지 않게 작업을 계속했다. 섬세한 탈출 작업의 성과가 조금씩 보였다. 시간은 9시쯤 되어 가고 있었다.

라울은 생각했다.

〈11시에 여길 빠져 나간다면 자정쯤에는 릴본을 지나가며 밤참을 먹을 수 있겠군. 새벽 3시에는 그 신성한 장소에 도착하고, 첫여명이 비추는 순간 수도사들의 금고는 내 수중에 있을 거야. 그래, 내 수중에! 코르뷔 형제건 누구건 아무도 필요 없어.〉

하지만 10시 반이 되어도 라울은 같은 상태었나. 매듭이 느슨해지기는 했지만 끊어지지는 않았다. 라울은 절망하기 시작했다.

그때 갑자기 무슨 작은 소리가 들린 것 같았다. 밤의 거대한 침묵의 일부인 나뭇잎 흔들리는 소리나 가지 위에서 새가 움직이는 소리, 바람이 방향을 바꾸는 소리 등 가벼운 떨림과는 다른 소리였다.

그 소리가 다시 들렸다. 라울이 열어 두었고 부주의하게도 레오나르가 더 밀어 놓았던 옆 창문에서 들리는 소리가 틀림없었다.

과연 한쪽 창문이 앞으로 밀리는 것 같았다.

라울은 보마냥을 보았다. 그도 역시 소리를 듣고 지켜보고 있었다.

그들 맞은편의 레오나르는 촛농에 손가락을 데이고 깨어나 한 번 둘러보더니 다시 잠에 빠졌다. 소리도 잠시 멈추었다가 다시 이어졌다. 간수의 움직임을 주의 깊게 지켜보고 있다는 뜻이었다.

무슨 일이 일어나려는 걸까? 울타리 문은 닫혀 있었으므로 유리 조각이 비죽비죽 솟아 있는 담을 넘어 유리가 없는 틈을 통해 올라왔어야 하는데 그건 이 장소에 대해 잘 알고 있는 사람만이 할 수 있었다. 그가 누구일까? 농부일까? 아니면 밀렵꾼? 구조의 손길일까? 보마냥의 친구? 또는 수상한 부랑자일까?

얼굴이 불쑥 나타났지만 어두워서 알아볼 수 없었다. 창턱이 높지 않아 쉽게 뛰어넘을 수 있었다.

곧이어 여자의 윤곽이 드러났다. 라울은 확인도 하기 전에 그녀가 클라리스일 수밖에 없음을 알았다.

감동이 밀려들었다! 클라리스가 행동할 수 없으리라고 짐작했던 조제핀 발사모는 잘못 생각했다. 클라리스는 위험한 상황에 빠져 있는 라울이 걱정되고 불안해서 자신의 무력함과 공포를 극복하고 등대 근처에 숨어 밤이 오기를 기다리고 있었음에 틀림없다.

그리고 지금 그녀는 그토록 잔인하게 자신을 배반했던 남자를 구하기 위해 불가능한 일을 시도하고 있었다.

클라리스가 몇 걸음 나아왔다. 레오나르가 다시 깨어났지만 다행히 등을 돌리고 있었다. 그녀는 걸음을 멈추었다가 레오나르가 잠이 들자마자 다시 걸어왔다. 이렇게 해서 라울의 바로 옆에까지 도착했다.

조제핀 발사모의 단검이 의자 위에 놓여 있었다. 클라리스는 그것을 집어 들었다. 그녀가 단도로 레오나르를 내리칠까?

라울은 두려웠다. 좀더 불빛에 드러난 그녀의 얼굴은 무서운 의지로 일그러진 듯 보였다. 하지만 라울과 시선이 마주치자 클라리스는 그의 조용한 명령을 따랐다. 그녀는 칼을 휘두르지 않았다. 라울은 몸을 조금 숙여 의자에 묶여 있는 끈이 느슨해지도록 했다. 보마냥도 그를 따라했다.

그리고 그녀가 떨지도 않고 천천히 한 손으로 줄을 들어 칼로 그었다.

운 좋게도 적은 깨지 않았다. 그렇지 않았다면 클라리스는 반드시 그를 죽여야만 했을 것이다. 그녀는 레오나르에게서 눈을 떼지 않고 단검의 위협도 늦추지 않은 채 라울에게 몸을 숙였다. 그리고 더듬더듬 끈을 찾았다. 라울의 손목이 풀려 났다.

그가 속삭였다.

「칼을 이리 줘요」

그녀는 라울의 말에 따랐다. 하지만 다른 손이 라울의 손보다 빨랐다. 몇 시간 전부터 역시 참을성 있게 끈을 풀려고 애썼던 보마냥이 무기를 가로챘다.

라울이 격노하며 보마냥의 팔을 움켜잡았다. 보마냥이 자기보다 먼저 끈을 풀고 달아난다면 라울은 보물을 손에 넣을 희망을 완전히 잃는 것이었다. 둘의 싸움은 격렬했다. 아주 작은 소리에도 레오나르가 깨어날 수 있음을 염려하여 있는 힘을 다해 싸우는 부동의 싸움이었다.

클라리스는 공포에 떨었다. 그리고 둘에게 간청하기 위해, 동시에 땅에 쓰러지지 않기 위해 무릎을 꿇었다.

보마냥의 어깨 상처는 비록 가벼운 것이긴 했지만 오래 저항할 힘은 없었다. 그는 단념했다.

그 순간 레오나르가 머리를 움직이더니 눈을 뜨고 앞에 펼쳐진 광경을 바라보았다. 반쯤 몸을 일으킨 채 싸우는 자세로 서로 엉겨 붙은 두 남자와 무릎을 꿇고 있는 클라리스 데티그.

그대로 몇 초가 흘렀다. 무시무시한 몇 초였다. 레오나르가 이 장면을 보고 분명 권총을 들어 적을 쓰러뜨리려 했을 테니까. 하지만 그는 보지 못했다. 시선은 그들을 향하고 있었지만 보는 데까지 이르지는 못했다. 의식이 깨어나기 전에 눈꺼풀이 도로 덮였다.

마침내 라울은 마지막 끈을 끊었다. 손에 단검을 쥐고 일어선 그는 자유였다. 클라리스가 몸을 일으키는 사이 라울이 속삭였다.

「가요…… 도망가요……」

「안 돼요」

클라리스가 고갯짓을 하며 말했다.

그리고 또 다른 포로를 레오나르의 복수 앞에 남겨 두고 떠날 수 없다는 듯 보마냥을 가리켰다.

라울은 끈질기게 거부했다. 하지만 그녀는 흔들리지 않았다.

싸움에 지친 라울이 적에게 칼을 내밀며 말했다.

「클라리스가 옳아. 정정당당한 선수가 돼야지. 자, 알아서 하시오. 이제 각자 재주껏 합시다, 알겠소?」

라울은 클라리스를 따라갔다. 한 사람씩 창문을 뛰어 넘었다. 마당에서 그녀가 다시 한번 라울의 손을 잡고 담까지 안내했다. 윗부분이 무너져서 좁은 길이 생겨난 곳이었다.

라울의 도움을 받아 클라리스가 빠져나갔다.

하지만 라울이 담을 넘었을 때는 아무도 보이지 않았다.

「클라리스, 어디 있어요?」

그가 불러 보았다.

별빛 하나 없는 어둠이 숲을 무겁게 짓누르고 있었다. 귀를 기울이자 옆 덤불숲 사이로 달리는 소리가 가볍게 들렸다. 그는 그쪽으로 들어가다가 길을 막는 나뭇가지와 가시덤불에 부딪쳐 다시 오솔길로 돌아와야 했다.

라울은 생각했다.

〈클라리스는 내게서 달아난 거야. 포로로 잡혀 있는 나를 구출하기 위해서는 온갖 위험을 무릅썼지만 내가 자유로워진 이상 이제 나를 보려 하지 않겠지. 나의 배신과 가증스런 조제핀 발사모, 끔찍한 사건, 이 모든 게 두려울 거야.〉

출발점으로 돌아가자 라울이 뛰어넘었던 담에서 누군가 굴러 떨어졌다. 달아나던 보마냥이었다. 곧이어 같은 방향에서 총성이 울렸다. 라울은 간신히 몸을 숨겼다. 레오나르가 담장의 틈으로 올라와 어둠 속에서 총을 겨냥하고 있었다.

이렇게 해서 밤 11시 무렵 세 적수는 동시에 40여 킬로미터 정도 떨어져 있는 여왕의 보석을 향해 달려 나갔다. 그곳에 도착하기 위해 각각 어떤 방법을 사용할 것인가? 모든 것이 거기에 달려 있었다.

한쪽에는 막강한 조직의 우두머리로 공범자들을 거느리고 있는 보마냥과 레오나르가 있었다. 보마냥이 기다리는 친구들을 만나든, 레오나르가 칼리오스트로 백작 부인과 합류하든 노획물은 가장 빠른 쪽에게 돌아간다. 하지만 라울은 가장 젊고 가장 민첩했다. 자전거를 릴본에 두고 오는 어리석은 실수만 저지르지 않았다면 모든 기회가 그의 것이었다.

클라리스를 찾는 일은 즉시 포기했다는 것을 밝혀야겠다. 보물을 찾는 것만이 라울의 유일한 관심사였다. 그는 한 시간 만에 릴본까지 10킬로미터를 달려갔다. 자정에 호텔 종업원을 깨워 서둘러 식사를 마치고 며칠 전에 준비해 둔 작은 다이나마이트 화약 두 개를 가방에 넣은 다음, 자전거에 올라탔다. 손잡이에는 보석들을 담을 천으로 된 가방을 걸었다.

라울의 계산은 다음과 같았다.

〈릴본에서 메닐수쥐미에주까지는 30여 킬로미터…… 그러니까 동트기 전에는 도착할·수 있다. 동틀 녘에는 경계석을 발견하고 다이나마이트로 폭파시킨다. 작업 중에 칼리오스트로나 보마냥이 나타날 수도 있겠지. 그렇다면 나눠 갖는 거야. 마지막으로 도착하는 사람은 어쩔 수 없지.〉

라울은 코드벡앙코를 지나 센 강까지 초원과 갈대밭 사이로 이어지는 제방을 따라 걸어갔다. 조제핀 발사모에게 사랑을 고백했던 날 저녁과 마찬가지로 짙은 어둠 속에 태평호의 육중한 그림자가 웅크리고 있었다.

커튼이 드리워진 조제핀 발사모의 선실 창문에서 불빛이 새어

나왔다.

〈옷을 갈아입나 보군. 마차가 그녀를 찾으러 오고 레오나르가 출발을 서두르겠지. 그렇지만 너무 늦었어, 칼리오스트로 백작부인!〉

라울은 전속력을 다해 다시 출발했다. 하지만 30분쯤 후, 가파른 언덕을 내려가는데 자전거 바퀴가 장애물에 걸린 듯한 느낌이 들면서 자갈 더미 위로 거칠게 튕겨져 나갔다.

곧 두 남자가 불쑥 나타나더니 라울이 웅크리고 있는 비탈 뒤를 손전등으로 비추었다. 한 남자가 외쳤다.

「그놈이야! 그놈밖에 없어! 내가 분명히 말했잖아. 줄을 팽팽히 당겨 놓으면 그놈이 지나갈 때 잡을 수 있을 거라고」

고드프루와 데티그였다. 곧이어 베네토가 대꾸했다.

「그 녀석이 잡혀 줘야 잡지, 쥐새끼 같은 놈!」

라울은 쫓기는 짐승처럼 가시덤불 속에 얼굴을 묻고 있었다. 옷이 찢어졌다. 라울은 그들의 사정거리 밖에 있었다. 그들은 욕설을 내뱉고 투덜거렸지만 헛일이었다. 라울은 보이지 않았다.

마차에서 힘없는 목소리가 말했다. 보마냥의 목소리였다.

「그만하면 됐네. 중요한 건 녀석의 자전거를 부쉈다는 거야. 그거나 처리하게, 고드프루와. 그리고 어서 떠나지. 말도 충분히 숨을 돌렸어」

「하지만 보마냥, 당신은…… 괜찮겠소?」

「괜찮든 안 괜찮든 도착해야 해. 제기랄! 이 고약한 상처로 피가 전부 빠져나가는군. 붕대도 듣지 않아」

라울은 구둣발로 자전거 바퀴를 차는 소리를 들었다. 베네토가 마차의 등을 가리고 있던 덮개를 벗겼다. 채찍을 한 번 휘두르자

말이 재빨리 출발했다.

라울은 마차 뒤를 따라 달렸다.

분노가 치밀었다. 무슨 일이 있어도 싸움을 포기하지 않으리라. 이제는 단지 수억의 재산과 그의 전 인생에 중요한 방향을 제시해 줄 그 무엇이 문제가 아니었다. 자존심 때문에도 계속해야 했다. 해독할 수 없는 수수께끼를 해독한 그가 제일 먼저 목표에 도달해야 했다. 그러지 못한다면, 보물을 차지하지 못하고 빼앗긴다면 죽는 날까지 참을 수 없는 수치로 남을 것이다.

라울은 피곤함도 잊고 100여 미터 떨어진 마차 뒤를 달렸다. 아직 모든 문제가 해결된 것은 아니라는 생각에 용기가 솟았다. 적들도 라울과 마찬가지로 경계석이 묻힌 위치를 찾아야 했고 이런 조사에는 라울이 유리했다.

게다가 운명은 그에게 호의적이었다. 쥐미에주에 도착할 무렵 라울의 앞쪽에서 초롱이 흔들리며 날카로운 방울 소리가 들렸다. 다른 이들 같으면 그냥 지나쳤겠지만 라울은 멈춰 섰다.

어린아이를 대동하고서 종부 성사를 마치고 돌아오는 쥐미에주의 신부였다. 라울은 신부와 함께 가며 괜찮은 여인숙이 있는지 물었다. 이야기를 나누는 중에 라울은 고고학에 관심이 있는 사람인 체하며 사람들이 이상한 돌에 대해 가르쳐 주더라고 말했다.

「여왕의 고인돌이라던가…… 그런 비슷한 얘기를 해 주더군요. 신부님도 이런 진기한 것을 모르시지는 않겠지요?」

「물론이라오. 이 근처에서는 아네스 소렐의 돌이라고 부르는 바위를 말씀하시는 것 같구려」

「메닐수쥐미에주에 있지요?」

「그렇답니다. 여기서 아주 가깝지요. 하지만 진기한 점은 전혀 없어요. 기껏해야 땅에 박힌 작은 바위 무더기일 뿐이라오. 그 중 가장 키가 큰 것이 일이 미터 정도 높이가 되고 센 강을 굽어보고 있지요」

「제가 알기로는 그 땅이 공유지라던데, 맞습니까?」

「몇 년 전에는 그랬지요. 하지만 내 교구의 어떤 신자가 시에서 그 땅을 샀어요. 시몽 틸라르라는 영감인데 목초지를 넓히려고 한다오」

라울은 기쁨에 떨며 선량한 신부에게 인사도 없이 슬그머니 사라졌다. 그는 자세한 정보를 얻어 냈다. 이 유용한 정보 덕에 쥐미에주의 큰 시가지를 피해 메닐로 이어지는 구불구불한 골목길로 빠져나갈 수 있었다. 이렇게 해서 적들을 앞질렀다.

〈나처럼 미리 안내자를 구하지 않는다면 길을 잃을 게 뻔해. 이 밤에 마차를 끌고 이 복잡한 길을 빠져나오기도 불가능하고. 게다가 어느 쪽으로 가겠어? 어디서 그 돌을 찾지? 보마냥은 힘이 다했고 고드프루와는 문제를 풀 만한 인물이 못 돼. 그러니 내가 이긴 게임이야.〉

과연 그는 3시 조금 못 미쳐 시몽 틸라르의 영지를 표시하는 말뚝을 지나갔다.

라울은 성냥을 몇 개 켜서 목장을 비추며 서둘러 그곳을 가로질렀다. 최근에 쌓은 듯한 둑이 강을 따라 이어졌다. 그는 오른쪽 끝까지 갔다가 다시 왼쪽으로 돌아왔다. 하지만 남아 있는 성냥을 아끼느라 더 이상은 아무것도 볼 수 없었다.

그런데 지평선에서 하늘이 희뿌옇게 밝아 왔다.

라울은 부풀어 오르는 흥분을 안고 기다렸다. 마음이 훈훈해지고 미소가 떠올랐다. 경계석은 바로 곁, 몇 걸음 거리에 있었다.

수세기 동안 아마도 지금 같은 밤에 수도사들이 몰래 이 광활한 땅을 찾아와 보물을 파묻었으리라. 수도원장들과 수장고 관리인들이 한 사람씩 수도원에서 저택으로 이어지는 지하 통로를 따라 왔으리라. 다른 사람들은 아마도 신성한 일곱 수도원 중 서너 곳을 그 물결로 감싸며 파리와 루앙으로 흘러가는 노르망디의 유구한 강을 통해 배를 타고 도착했으리라.

그리고 이제 라울 당드레지가 그 위대한 비밀에 참여하게 된 것이다! 그가 오래전 프랑스 전역에 걸쳐 쉬지 않고 일하고 씨 뿌리고 거두었던 수많은 수도사들의 대를 잇는 것이다! 얼마나 경이로운 기적인가! 그의 나이에 이런 꿈을 달성하다니! 막강한 상대와 대적하여 지배자들 사이에 군림하다니!

하늘이 점점 창백해져 옴에 따라 큰곰자리가 사라져 갔다. 광활한 저 우주 공간에서, 라울 당드레지가 정복자의 손을 얹게 될 지상의 작은 화강암 덩어리에 상응하는 운명의 별, 빛나는 작은 점 알코르는 눈으로 알아본다기보다는 짐작으로 보였다. 물결이 평화롭게 제방에 부딪혀 찰랑거렸다. 수면은 어둠 속에서 검은 판처럼 빛났다.

라울은 제방으로 올라갔다. 사물들의 윤곽과 색깔이 드러나기 시작했다. 장엄한 순간이었다! 심장이 격렬하게 고동쳤다. 그때 문득 서른 걸음쯤 앞쪽에, 목초지와 거의 평행한 울퉁불퉁한 땅이 보였다. 풀에 뒤덮인 회색 바위의 윗부분이 솟아나와 있었다.

영혼 깊숙한 곳까지 동요하며 라울이 중얼거렸다.

「저거야…… 저거야…… 목표에 다 왔어……」

그의 손은 주머니 안에 든 다이나마이트 화약 두 개를 만지작거렸고 그의 두 눈은 미친 듯이 쥐미에주의 신부가 말했던 가장 키 큰 돌을 찾았다. 저걸까? 아니면 저것? 잡초들이 막고 있는 틈 사이로 화약을 집어넣는 것은 단 몇 초면 충분하다. 3분 후면 자전거 손잡이에서 빼 온 가방에 수많은 다이아몬드와 루비를 담고 있겠지. 잔해 속에 작은 알갱이들이라도 남는다면 적들에게는 다행한 일이고!

라울은 한걸음한걸음 나아갔다. 하지만 앞으로 나아갈수록 작은 둔덕의 모습이 예상했던 것과 달랐다. 더 높은 바위는 하나도 없었다……. 옛날 〈미의 여인〉이라고 불렸던 아녜스 소렐이 강의 굽이를 돌아오는 왕의 배를 기다리며 앉아 있었을 높은 바위 꼭대기는 전혀 보이지 않았다. 튀어나와 있는 것은 아무것도 없었다. 오히려 그 반대였다……. 무슨 일이 일어난 것일까? 갑자기 강물이 불어나거나 최근에 폭우가 쏟아져 몇 백 년간의 악천후도 망가뜨리지 못했던 지형을 바꿔 버린 것일까? 아니면…….

라울은 작은 둔덕까지 남아 있던 열 걸음 거리를 단 두 걸음에 펄쩍 뛰어갔다.

욕설이 튀어나왔다. 눈앞에 가혹한 진실이 펼쳐졌다. 둔덕의 한 가운데가 무너져 있었다. 전설의 경계석은 그곳에 있었다. 하지만 깨어지고 산산조각 나 흩어져 있었다. 구덩이의 경사면에는 아직도 연기가 피어나는 불탄 잡초 더미와 그을은 자갈들이 보이고 바위의 잔해가 나뒹굴었다. 보석은 단 하나도 남아 있지 않았다. 금 쪼가리 하나, 은붙이 한 개도 없었다. 적은 이미 사라졌다……

라울은 물론 이 처참한 광경 앞에서 1분 이상 머무르지 않았다. 한마디 말도 없이 꼼짝않고 훑어보다가 거의 기계적으로, 몇 시간 전에 일어났을 작업의 흔적과 증거들을 조사하기 시작했다.

그는 여자의 구두 굽 자국을 발견했지만 거기서 논리적인 결론을 끌어내기를 거부하고서 몇 미터 떨어진 곳으로 물러나 담뱃불을 붙이고 제방에 등을 기대고 앉았다.

더 이상 생각하고 싶지 않았다. 패배했다는 사실, 특히 그 패배를 당한 방법이 너무 고통스러워서 패배의 원인과 결과를 따져 볼 생각이 들지 않았다. 이런 상황에서는 초연해지고 냉정해지는 훈련을 해야 하는 법이다.

하지만 어쨌든 지난밤과 저녁 사이에 일어난 사건들이 떠올랐다. 원하든 원하지 않든 조제핀 발사모의 행동이 머릿속에 펼쳐졌다. 라울은 이와 비슷한 순간에 온 힘을 다해 고통을 이기고 꿋꿋이 버티는 그녀를 보아 왔다. 그런 그녀가 운명의 종이 울리는 순간 휴식을 취한다고? 그럴 리가! 라울 자신은 쉬었던가? 그토록 심한 상처를 입은 보마냥만 해도 조금이라도 쉬었던가? 아니다. 조제핀 발사모 같은 여자가 그런 실수를 할 리 없었다. 밤이 오기 전에 부하들을 데리고 이 목초지에 도착해 처음에는 환한 햇빛 아래, 그 다음에는 손전등의 불빛 아래 작업을 지휘했을 것이다.

라울이 커튼을 드리운 선실 유리창 너머로 본 조제핀의 모습은 최후의 탐험을 준비하던 모습이 아니라 다시 한번 승자가 되어 최후의 탐험에서 돌아온 후의 모습이었다. 그녀는 사소한 우연이나 무의미한 망설임, 쓸데없는 양심의 가책 등이 개입하는 걸 결코 용납하지 않고 자기 계획을 즉각적으로 달성하는 사람이니까.

반대편 언덕에서 솟아오르는 햇살에 피로를 씻으며 라울은 20분이 넘도록, 정복의 꿈이 침몰해 가는 이 씁쓸한 현실을 검토하고 있었다. 너무 깊이 몰두한 나머지 길에 마차가 멈춰 서는 소리도 듣지 못했고 마차에서 내려 장대를 들어올리고 목초지를 가로질러 온 세 사람 중 하나가 둔덕 앞에 도착해 절망적인 비명을 내지를 때까지 아무것도 보지 못했다.

그것은 보마냥의 비명소리였다. 두 친구, 데티그와 베네토가 그를 부축했다.

라울의 실망도 그토록 깊었는데, 이 경이로운 보석에 일생을 걸었던 남자의 낙담은 어떠했겠는가! 보마냥은 상처를 싸맨 붕대에서 계속 피를 흘리며 창백하게 굳은 채 전설의 보물들을 모두 도난당한 채 폐허가 된 땅을, 세상에서 가장 참혹한 광경을 보듯 얼빠진 눈으로 멍하니 바라보았다.

온 세상이 그의 앞에서 무너져 내린 듯했고, 공포와 두려움으로 가득한 심연을 바라보는 것 같았다.

라울이 다가가 중얼거렸다.

「그녀의 짓이오」

보마냥은 대답하지 않았다. 그녀라는 걸 의심할 필요가 있겠는가? 이 세상의 모든 재난과 재해, 혼란, 지옥의 고통 속에는 이미 그 여자의 모습이 섞여 있지 않은가? 두 동료들처럼 땅바닥에 몸을 던져 저 난장판 속을 뒤지며 혹시 빠뜨리고 간 보물 한 조각이라도 찾아 볼 필요가 있을까? 아니, 아니다! 마녀가 지나간 후에는 먼지와 재만 남는다! 그녀는 모든 것을 황폐화하고 모든 것을 죽이는 대재앙이다. 그녀는 악마의 화신이다. 그녀는 무(無)이며 죽음이다!

보마냥은 언제나처럼 여전히 연기하듯 우아한 자세로 서서 고통에 찬 눈으로 주위를 둘러보더니 갑자기 성호를 긋고 조제핀 발사모의 난검으로 사기 가슴을 깊숙이 찔렀다.

보마냥의 행동은 아무런 예고도 없이 너무나 뜻밖에, 갑작스레 일어난 일이었다. 그의 동료들과 라울이 미처 상황을 파악하기도 전에 보마냥은 구덩이 속, 수도사들의 금고였던 바위의 잔해들 사이로 굴러 떨어졌다. 동료들이 재빨리 그에게 달려갔다. 그는 아직 숨을 쉬고 있었다. 보마냥이 더듬거리며 말했다.

「신부를…… 신부……」

베네토가 급히 멀어져갔다. 농부들이 달려왔다. 베네토는 농부들에게 물은 뒤 마차에 뛰어올랐다.

고드프루와 데티그는 구덩이 옆에 무릎을 꿇고 가슴을 치며 기도를 올리고 있었다. 아마도 보마냥이 남작에게 조제핀 발사모가 살아 있으며 남작의 모든 죄를 알고 있다고 털어놓았으리라. 보마냥의 자살과 그 얘기를 들은 충격으로 고드프루와는 제정신이 아니었다. 극도의 공포로 얼굴이 움푹 패였다.

라울이 보마냥에게 몸을 숙여 말했다.

「내가 반드시 그녀를 찾아내겠소. 그래서 반드시 그 재산을 빼앗겠소. 맹세하오」

죽어 가는 이의 가슴이었지만 여전히 증오와 사랑은 생생하게 살아 있었다. 오직 그런 말들만이 몇 분이라도 보마냥의 생명을 이어 줄 수 있었다. 단말마의 고통 속에서도, 모든 꿈이 와해되어 가는 중에도 보마냥은 필사적으로 복수에 매달렸다.

그의 눈이 라울을 찾았다. 라울은 몸을 더 숙여 그의 더듬거리는 말을 들었다.

「클라리스…… 클라리스 데티그…… 그녀와 결혼해야 돼……. 클라리스는 남작의 딸이 아니야……. 남작이 고백했어…… 남작 부인이 사랑했던 다른 사람의 딸……」

라울이 엄숙하게 말했다.

「반드시 클라리스와 결혼하겠소…… 맹세합니다……」

「고드프루와……」

보마냥이 불렀다.

남작은 기도를 계속하고 있었다. 라울이 남작의 어깨를 쳐서 보마냥에게 몸을 기울이게 했다. 보마냥이 중얼거렸다.

「클라리스를 당드레지와…… 결혼시키기 바라네……」

「알겠소…… 그렇게 하겠소……」

남작이 저항하지 못하고 말했다.

「맹세하게」

「맹세하오」

「자네의 영생을 걸고?」

「내 영생을 걸고」

「우리의 복수를 하려면 당드레지에게 돈을 주게…… 자네가 훔친 재산 전부…… 맹세하나?」

「내 영생을 걸고 맹세하겠소」

「라울은 자네의 범죄를 모두 알고 있어. 증거도 가지고 있지. 자네가 따르지 않으면 자네를 고발할 거네」

「당신 말을 따르겠소」

「거짓말이면 저주를 받을 거야」

보마냥의 목소리는 거친 숨소리에 섞여 점점 알아들을 수 없었다. 라울은 그의 옆에 누워 간신히 말을 주워들었다.

「라울, 그녀를 뒤쫓게…… 보석을 되찾아야 해……. 그녀는 악마야……. 르 아브르에서…… 그녀의 배를 봤네……. 반딧불호…… 살 틀게……」

보마냥은 더 이상 말할 힘이 없었다. 하지만 라울은 계속 듣고 있었다.

「어서 가…… 당장…… 그녀를 찾아…… 지금부터……」

눈이 감겼다.

헐떡거림이 시작되었다.

고드프루와 데티그는 구덩이 속에 무릎을 꿇고 계속 가슴을 치고 있었다.

라울은 떠났다.

그날 저녁, 파리의 신문은 마감 시간에 다음과 같은 기사를 실었다.

지난 번에 스페인에서 죽은 것으로 잘못 알려졌던, 왕당파의 유명 변호사 보마냥 씨가 오늘 아침 메닐수쥐미에주의 센 강가에서 자살했다.

자살의 원인은 완전히 미궁에 빠져 있다. 보마냥과 함께 있던 두 친구 고드프루와 데티그 씨와 오스카 드 베네토 씨는 전날 밤, 며칠 초대를 받아 머무르고 있던 탕카르빌의 성에서 자고 있었는데 보마냥 씨가 와서 깨웠다고 한다. 보마냥은 상처를 입은 채 매우 흥분한 상태였다. 그는 두 친구에게 곧 마차를 타고 쥐미에주로, 다시 메닐수쥐미에주까지 동행할 것을 요구했다. 무엇 때문이었을까? 무엇 때문에 이 외딴 목초지를 향해 떠났는가? 또, 무엇 때문에 자살했는가? 이 모든 질문에 대해 데티그 씨와 베네토 씨 역시 아무것도 모르고 있다.

또 아래의 기사는 다음다음날, 르 아브르의 신문들에 실린 일련의 소식을 잘 요약하고 있다.

지난 밤, 라보르네프 대공은 최근에 구입한 요트를 타 보려고 르 아브르에 왔다가 끔찍한 사건을 목격했다. 그가 프랑스 연안으로 돌아오고 있을 때, 기껏해야 반 마일 정도밖에 떨어져 있지 않은 곳에서 불길이 일며 폭발음이 들렸다. 연안의 다른 곳에서도 이 폭발음을 들은 사람들이 있었다.

라보르네프 대공은 곧장 이 참사 현장으로 요트를 저어 가 바다에 떠다니는 표류물을 발견했다. 그중 하나에 선원이 매달려 있어서 그를 구해 냈다. 하지만 배 이름이 〈반딧불호〉이며 칼리오스트로 백작 부인의 소유라는 것만 간신히 알아냈을 뿐, 선원은 곧 〈저기 여자가 있어요……. 그녀가……〉라고 소리치며 다시 바다로 뛰어들었다.

손전등을 비춰 보자 정말로 한 여자가 다른 파편에 매달려 물밖으로 머리를 내밀고 있었다.

남자는 그쪽으로 다가가 여자를 들어올리는 데 성공했지만 그녀가 너무 필사적으로 매달리는 바람에 남자도 움직일 수가 없었고 그들은 눈앞에서 사라져 버렸다. 근처를 아무리 수색해 봐도 소용없었다.

르 아브르로 돌아온 라보르네프 대공이 이 사건에 대해 증언했으며 그의 선원 넷이 사실이라고 확인했다…….

신문은 이렇게 덧붙였다.

최근의 정보에 따르면 칼리오스트로 백작 부인은 펠레그리니, 또

때로는 발사모라는 이름으로 알려진 사기꾼이었던 것으로 판명됐다. 그녀는 최근에 활동했던 코 지방의 마을에서 경찰의 추적을 받아 두세 번 잡힐 뻔했고 결국 외국으로 빠져나가기로 결정했던 것 같다. 그러던 중 자신의 요트, 〈반딧불호〉가 난파되어 공범들과 함께 죽은 것이다.

한편, 진위는 분명치 않지만, 칼리오스트로 백작 부인의 몇몇 사건들과 메닐수쥐미에주의 불가해한 비극 사이에는 밀접한 상호 관계가 있다는 풍문을 언급해야겠다. 땅속에서 발굴되어 도난당한 보물, 음모, 수백 년 된 서류 등에 관한 소문이 있다.

하지만 여기서부터는 전설적인 이야기에 속한다. 그러니 이만 멈추고 경찰에서 이 사건을 분명히 밝혀 내기를 기다리자.〉

이 기사가 실린 날 오후, 정확히 말하면 메닐수쥐미에주의 비극이 일어난 지 60시간 후, 라울은 라 애 데티그에 있는 고드프루와의 서재로 들어갔다. 4개월 전 어느 날 밤 몰래 숨어들었던 그 서재였다. 그 이후로 얼마나 많은 길을 거쳤고, 당시 청년의 나이였던 라울은 얼마나 훌쩍 성숙해졌던가!

두 사촌이 조그만 원탁 앞에서 담배를 피우며 코냑을 마시고 있었다.

라울은 단도직입적으로 말했다.

「데티그 양에게 청혼하러 왔습니다. 내 생각에……」

라울은 전혀 청혼을 하는 사람의 차림이 아니었다. 모자는커녕 두건도 없었다. 위에는 낡은 선원의 작업복을 걸쳤고 아래는 짧은 반바지 차림이어서 끈 없는 운동화 속의 맨발이 드러나 보였다.

하지만 고드프루와는 라울의 차림새에도 그가 이뤄 내고자 하는 교섭의 목적에도 관심이 없었다. 남작은 푹 꺼진 눈, 훨씬 더 고통스런 얼굴로 라울에게 신문 꾸러미를 내밀며 신음했다.

「읽었나? 칼리오스트로 백작 부인에 관해?」

「알고 있습니다」

라울이 말했다.

라울은 고드프루와를 혐오했고 그래서 이렇게 말해야 했다.

「당신에게는 오히려 잘된 일 아닙니까? 조제핀 발사모의 최종적인 죽음. 이것이야말로 당신의 무거운 짐을 덜어 주는 것 아닌가요?」

「하지만 그 다음은……? 그 결과는?」

남작이 더듬거렸다.

「무슨 결과 말입니까?」

「경찰은? 경찰에서는 이 사건을 해결하려 할 거야. 벌써 보마냥의 자살과 칼리오스트로 백작 부인을 관련 짓고 있잖아. 경찰이 이 사건의 끈을 모두 연결한다면 결국 더 멀리, 끝까지 나아가게 될 거야」

라울은 비웃었다.

「그렇죠. 루슬랭 부인에게까지, 조베르 영감의 죽음에까지, 말하자면 당신과 당신의 사촌 베네토에게까지 이르겠죠」

두 남자는 부르르 떨었다. 라울이 그들을 진정시켰다.

「침착하시지요, 두 양반들. 경찰은 어둠에 쌓인 이 모든 얘기를 밝혀 내지 못할 겁니다. 오히려 이 사건을 묻어 두려고 애쓸 테니까. 보마냥은 스캔들도 진실의 폭로도 좋아하지 않는 막강한 세력자들의 보호를 받았습니다. 그러니 사건은 무마될 겁니다. 내가 걱정하는 건 경찰의 활동이 아닙니다.」

「그럼?」

남작이 말했다.

「조제핀 발사모의 복수지요」

「그녀는 죽었어……」

「그녀는 죽어서도 두려운 존재예요. 그래서 내가 여기 온 것입니다. 과수원 안쪽에 사용하지 않는 작은 초소가 있던데 내가 거기 머물겠습니다…… 결혼식 날까지. 클라리스에게도 내가 온 것을 알리고 아무도 만나지 말라고 주의를 주십시오…… 나를 포함해서 말입니다. 하지만 이 약혼 선물은 받을 수 있겠지요. 이것을 클라리스에게 전해 주십시오」

라울은 깜짝 놀라는 남작 앞에 어마어마한 사파이어를 내밀었다. 고풍스럽게 세공한 보석이었다. 놀라울 정도로 순도가 높았다.

악마의 화신

「닻을 내리라고 해. 그리고 보트를 이리로 몰고 오도록」

조제핀 발사모가 속삭였다.

바다에는 밤의 어둠에 더해 짙은 안개가 깔려 있어 에트르타의 불빛조차 분간하기 어려웠다. 앙티페르 등대의 불빛은 두터운 구름을 조금도 꿰뚫지 못했다. 그 안개 속에서 라보르네프 대공의 요트가 더듬거리며 항해하고 있었다.

「우리가 해안에 접근했는지 어떻게 알아?」

레오나르가 반박했다.

「내가 바라니까」

칼리오스트로 백작 부인이 단언했다.

레오나르는 화를 냈다.

「이건 미친 짓이야. 완전히 미쳤어! 우리가 성공한 지 2주가 지났어. 당신 덕에 가장 뛰어난 승리를 거뒀다는 것은 나도 인정

303

해. 보석들은 고스란히 런던의 금고 안에 보관되어 있고 위험은 전부 사라졌어. 칼리오스트로, 펠레그리니, 발사모, 벨몽트 후작 부인, 이 모두가 반딧불호의 난파와 함께 바다 속에 가라앉았지. 당신의 훌륭한 작전과 전력을 기울인 지휘 덕이야. 해안에서 폭발을 목격한 증인만도 스무 명이나 돼. 모든 사람들에게 당신은 죽은 거야. 확실히 죽었어. 나랑 다른 부하들 역시 마찬가지야. 경찰이 수도사들의 보물에 관해 파헤치는 데 성공한다 해도, 그 보물 역시 반딧불호와 함께 정확한 지점을 짚을 수 없는 깊은 곳으로 흘러가 바다 속에서 흩어져 버렸다는 것을 확인하게 되겠지. 경찰은 이 난파와 죽음을 기뻐할 테고, 위에서 보마냥과 칼리오스트로의 사건을 은폐하라는 압력을 받는 만큼 이 일에 깊이 관여하지 않을 거야.

그러니 모든 게 잘됐잖아. 당신은 모든 사건의 지배자고 모든 적을 물리친 승리자야. 그리고 지금은 가장 기본적인 신중을 기하기 위해, 프랑스를 떠나 유럽에서 가능한 한 멀리 도망가야 할 시점이야. 그런데 하필 이 시점에, 당신에게 불행을 초래했던 장소로 돌아와 남아 있는 유일한 적과 맞서겠다니! 더구나 그 적이 어떤 적이야, 조진! 그가 없었다면 당신은 보물을 발견하지도 못했을 별난 천재라고. 이건 미친 짓이야」

그녀가 중얼거렸다.

「사랑은 미친 짓이야」

「그럼 포기해」

「그럴 수 없어. 그럴 수 없단 말이야. 나는 그를 사랑해」

그녀는 난간에 팔꿈치를 기대고 얼굴을 양손에 파묻으며 절망적으로 속삭였다.

「사랑해…… 처음이야…… 다른 남자들은 아무런 의미도 없어……. 라울은…… 아! 말하고 싶지도 않아! 내가 유일한 삶의 기쁨을 알게 된 것도…… 가장 큰 고통을 알게 된 것도 전부 그를 통해서야…… 라울을 알기 전에는 행복도…… 고통도 몰랐어……. 그리고…… 그리고 그 행복은 끝이 났지……. 이제는 고통밖에 남지 않았어…… 너무 끔찍해, 레오나르…… 라울이 결혼할 거라는 생각…… 다른 여자가 그와 함께 살 거라는 생각…… 그들의 사랑으로 아이가 태어날 거라는 생각…… 아니야. 이건 내가 감당할 수 없는 일이야. 차라리 다른 모든 걸 견디겠어……! 다른 모든 위험을 감수하는 게 나아, 레오나르. 차라리 죽는 게 나아」

레오나르 나지막이 중얼거렸다.

「가엾은 조진……」

그들은 한참 동안 침묵했다. 그녀는 여전히 팔을 기댄 채 무기력한 모습이었다.

그러나 보트가 다가오자 칼리오스트로 백작 부인은 몸을 세우며 갑자기 단호하고 냉정하게 말했다.

「하지만 내가 감수해야 할 위험은 전혀 없어, 레오나르…… 실패할 염려도, 죽을 위험도 없으니까」

「그러니까 결국 뭐야? 어떻게 하겠다는 거야?」

「라울을 납치할 거야」

「아! 아! 당신은……」

「준비는 다되어 있어. 아주 세세한 부분까지 해결해 두었어」

「이렇게?」

「도미니크를 통해서」

「도미니크?」

「그래. 첫날부터, 라울이 라 애 데티그에 도착하기도 전에 도미니크가 마부로 그곳에 들어갔어」

「하지만 라울이 도미니크를 알 텐데……」

「한두 번 봤을지도 모르지. 하지만 도미니크가 얼마나 변장에 능숙한지 알잖아. 그 성과 마구간의 모든 일꾼들 사이에서 도미니크를 구별해 낼 수는 없어. 이렇게 해서 도미니크는 매일 나에게 정보를 주면서 내 지시를 따랐어. 나는 라울이 몇 시에 일어나고 몇 시에 자는지, 어떻게 생활하고 무엇을 하는지 훤히 알아. 아직 클라리스를 다시 만나지는 않았지만 결혼에 필요한 서류를 준비 중이라는 것도」

「라울이 경계하고 있지 않을까?」

「나를? 아니. 라울이 성에 들어간 날, 도미니크가 라울과 고드프루와 데티그 사이의 대화를 토막토막 엿들었어. 그들은 내 죽음을 의심하지 않아. 하지만 그래도 역시 라울은 죽은 나에 대비해 가능한 한 모든 주의를 소홀히 하지 않도록 시켰지. 라울은 성 주위를 살피고 감시하고 보초를 서고 농부들을 심문하고 있어」

「그럼 어쨌든 도미니크가 당신을 들여보내 줄 거란 말이야?」

「그래. 하지만 단 한 시간 동안만이야. 한밤중에 대담하고 재빠르게 습격했다가 곧바로 도망쳐야 해」

「그럼 오늘 밤?」

「오늘 밤 10시에서 11시 사이. 라울은 보마냥이 나를 납치해 왔던 낡은 탑에서 멀지 않은 감시 초소에 있어. 성벽 위에 세워진 이 초소엔 들판 쪽으로는 1층에 창문이 하나 있을 뿐, 문도 없어. 덧창이 닫혀 있다면 과수원의 정문을 넘어서 안쪽으로 들어가야 해. 오늘 밤에는 열쇠 두 개가 정문 옆, 커다란 돌 아래 놓여 있을 거야. 라울이 잠자리에 들면 커다란 매트리스와 이불로 감아서 여기까지 데려오는 거야. 그리고 곧바로 출발이야」

「그게 다야?」

조제핀 발사모는 망설였다. 하지만 이내 분명하게 대답했다.

「그게 다야」

「그럼 도미니크는?」

「우리와 함께 떠날 거야」

「혹시 도미니크에게 다른 명령은 내리지 않았어?」

「무슨 명령?」

「클라리스에 대해서. 당신은 그녀를 증오하잖아. 당신이 도미니크에게 어떤 임무를 맡기지 않았을까 걱정 돼……」

조진은 대답하기 전에 다시 주저했다.

「그건 당신과 상관없는 일이야」

「하지만……」

보트가 선박 측면으로 미끄러져 들어왔다. 조진이 경쾌한 어조로 단언했다.

「잘 들어, 레오나르. 내가 당신을 라보르네프 대공으로 탄생시키고 화려하게 개조한 요트를 선사한 이래로 당신은 너무 분별이 없어졌어. 우리의 협약을 잊지 마, 알겠어? 나는 명령하고 당신은 복종하는 거야. 물론 당신에게 적어도 몇 가지 설명을 요구할 권리는 있지. 그 정도는 이미 설명해 주었어. 그걸로 충분하다고 생각하도록 해」

「그걸로 충분해. 당신의 일을 쇄 살 세획했다는 깃은 인정하지」

「훨씬 낫군. 내려가자」

그녀가 먼저 보트로 내려가 자리를 잡았다.

레오나르와 공범 네 명이 동행했다. 그들 중 둘이 노를 젓는 동안 그녀는 뱃고물에서 가능한 한 낮은 목소리로 명령을 내렸다.

부하들은 컴컴한 어둠 속에서 장님처럼 나아가는 듯한 기분이었는데, 15분 후 그녀가 말했다.

「우리는 포르트 다몽을 돌아가고 있어」

조제핀은 수면에 보일 듯 말 듯한 암초들을 제때에 지적해 주었고 다른 사람들에게는 보이지 않는 기준점에 따라 방향을 바로 잡았다. 용골이 자갈에 긁혀 삐걱대는 소리를 듣고야 그들은 해변에 닿았음을 깨달았다.

그들은 조제핀을 안아 해안까지 데려다 준 후 보트를 끌어들였다.

「정말로 세관원과 마주칠 일은 없겠지?」

레오나르가 속삭였다.

「물론이야. 도미니크의 마지막 전보에 분명히 그렇게 씌어 있었어」

「도미니크는 마중 나오지 않아?」

「응. 내가 남작의 하인들 틈에 섞여 성에 있으라고 답장을 보냈어. 도미니크는 11시에 우리와 합류할 거야」

「어디서?」

「라울의 초소 옆에서. 얘기는 이만하면 됐어」

그들은 사제의 계단으로 들어가 조용히 올라갔다.

여섯 사람이나 되었지만 처음부터 마지막 순간까지 아무리 주의 깊게 귀를 기울이고 있는 사람이라도 그들이 계단을 오르는 소리를 전혀 들을 수 없었다.

꼭대기에는 옅은 안개가 떠돌고 있었는데 때때로 안개가 움직이는 사이사이 별들이 반짝였다. 칼리오스트로 백작 부인은 그 빛을 받아 정면의 창문들이 빛나는 데티그 성을 가리켰다. 베누빌의 교회가 10시를 알렸다.

조진이 몸을 떨었다.

「아! 저 시계 소리…… 분명히 기억해…… 지난번처럼 열 번을 울리는군……. 열 번! 죽음을 향해 가면서 하나하나 세었어」

「이미 멋지게 복수했잖아」

레오나르가 말했다.

「보마냥에게는 그랬지. 하지만 다른 사람들은?」

「다른 사람들도 마찬가지야. 두 사촌은 거의 반쯤 미쳤다고」

「그래, 맞아. 하지만 한 시간 후에나 완전히 복수했다는 느낌이 들 거야. 그때는 좀 쉬어야지」

그들은 안개가 돌아오기를 기다렸다. 누구 한 사람의 모습도 눈에 띄지 않고 허허벌판을 가로질러 가야 했기 때문이다. 그러고 나서 조제핀 발사모는 전에 고드프루와 그 친구들에게 끌려갔던 오솔길에 접어들었다. 다른 사람들은 한마디 말도 없이 일렬종대로 그녀를 뒤따랐다. 수확이 끝난 뒤였다. 여기저기 둥글게 쌓아 올린 커다란 건초 더미가 웅크리고 있었다.

영지 옆으로 가시덤불이 우거진 오솔길이 나 있었다. 그들은 점점 더 주의를 기울이며 그 길을 걸었다.

마침내 높은 담이 우뚝 나타났다. 몇 걸음 더 가자 오른쪽으로 성벽 사이에 끼인 듯한 초소가 나타났다.

칼리오스트로 백작 부인이 손짓으로 길을 막았다.

「여기서 기다려」

「내가 같이 갈까?」

레오나르가 물었다.

「아니. 혼자 갔다 올게. 그런 후에 함께 반대편, 왼쪽으로 나 있는 과수원의 정문을 지나 들어가자」

그녀는 구두 아래로 돌멩이 하나 구르지 않도록, 치마에 풀 한 포기 스치지 않도록 천천히 발을 옮기며 혼자서 앞으로 나아갔다. 초소가 점점 다가왔다. 그녀는 그곳에 도착했다.

닫혀 있는 덧창을 손으로 만져 보았다. 도미니크가 조치를 해 두어서 완전히 닫혀 있지는 않았다. 조제핀 발사모는 틈이 생기 도록 덧문을 살짝 벌렸다. 빛이 조금 새어 나왔다.

그녀는 이마를 대고 방 안을 들여다보았다. 침대가 안쪽 구석 을 꽉 채우고 있었다.

라울은 침대에 누워 있었다. 종이 갓을 씌운 수정 팽이 받침의 램프가 라울의 얼굴과 어깨, 그가 읽던 책, 옆의 의자 위에 접어 놓은 옷가지들에 둥근 빛을 던지고 있었다. 라울은 매우 젊어 보였다. 심지어 쏟아지는 잠과 싸우며 숙제에 몰두하는 어린아이처럼 보였다. 라울은 여러 차례 고개를 떨구었다가 다시 깨어나고, 억지로 책을 읽으려고 애쓰다가는 다시 꾸벅꾸벅 졸았다.

마침내 라울은 책을 덮고 램프를 껐다.

조제핀 발사모는 보려 했던 것을 다 보자 자리를 떠나 동료들 곁으로 돌아왔다. 필요한 지시는 이미 내려놓았지만 신중을 기하기 위해 10분 동안이나 다시 말했다.

「무엇보다도, 불필요한 폭력은 안 돼. 알겠어, 레오나르? 라울의 손이 닿는 곳에 방어할 만한 무기는 전혀 없으니까 너희들도 무기를 사용할 필요가 없어. 너희들은 다섯이야. 그걸로 충분해」

「라울이 저항하면?」

레오나르가 물었다.

「그가 저항할 수 없도록 하는 게 너희들이 할 일이야」

그녀는 도미니크가 보낸 약도를 통해 지리를 훤히 꿰뚫고 있었으므로 망설임 없이 곧장 과수원의 정문까지 걸어갔다. 열쇠는 약속한 장소에 있었다. 그녀는 정문을 열고 초소 쪽으로 향했다.

문은 쉽게 열렸다. 조제핀이 들어가고 공범들이 뒤를 따랐다. 포석이 깔린 입구를 따라 침실 문간까지 이르렀다. 그녀는 한없이 천천히 문을 밀었다.

결정적인 순간이었다. 라울이 정신을 차리지 않는다면, 그가 여전히 자고 있다면 조제핀 발사모의 계획은 실현되는 셈이었다. 그녀는 귀를 기울였다. 아무런 움직임도 없었다.

그러자 그녀는 단번에 사냥개를 풀듯 다섯 남자들이 지나가도록 비켜서며 침대에 손전등을 비추었다.

습격이 어찌나 신속하게 이루어졌는지 잠들어 있던 사람은 이미 모든 저항이 무의미해질 때까지 깨어나지 않았다.

남자들은 라울을 이불로 돌돌 만 다음 매트리스의 양쪽 끝을 접어 기다란 짐처럼 만들어서 눈 깜짝할 사이에 끈으로 묶었다. 1분도 채 걸리지 않았다. 비명소리는 없었다. 가구 한 점 흐트러지지 않았다.

칼리오스트로 백작 부인이 한 번 더 개가를 올린 것이다.

그녀가 흥분에 휩싸여 말했다. 그 말투로 이 성공을 얼마나 중요하게 생각하는지 알 수 있었다.

「좋아…… 잘했어…… 그를 손에 넣었다……. 이제 최대한 신중을 기해야 해」

「이제 어떻게 할까?」

레오나르가 물었다.

「라울을 배로 데리고 가」

「그가 소리쳐 사람들을 부를 수도 있잖아?」

「재갈을 물려 봐. 하지만 라울은 얌전히 있을 거야…… 어서 가」

다른 부하들이 포로를 짊어지는 사이 레오나르가 그녀에게 다가왔다.

「당신은 우리와 함께 가지 않아?」

「응」

「왜지?」

「말했잖아. 도미니크를 기다리고 있어」

그녀가 램프를 켜고 종이 갓을 벗겼다.

「당신 너무 창백한데!」

레오나르가 나지막이 외쳤다.

「그럴 수도 있지」

그녀가 말했다.

「클라리스 때문이지, 그렇지?」

「맞아」

「도미니크가 지금 일을 벌이고 있지? 아니, 혹시 몰라. 지금이라도 도미니크를 막을 시간이……」

「그럴 시간이 있다고 해도 내 마음은 달라지지 않아. 이루어져야 할 일은 이루어져야 해. 게다가 이미 끝난 일이야. 어서 가」

「왜 우리가 당신보다 먼저 가야 하지?」

「라울이 유일한 위험인물이야. 라울만 안전하게 배에 있으면 더 이상 걱정할 게 없어. 그러니 어서 가. 나를 내버려둬」

조제핀은 창문을 열었다. 그들이 창문을 뛰어넘고 포로를 옮겼다.

그녀는 덧창을 끌어당긴 후 창문을 닫았다.

잠시 후 교회 종이 울렸다. 그녀는 열한 번을 세었다. 열한 번째 종소리가 울릴 때 과수원을 향한 쪽으로 가서 귀를 기울였다. 가벼운 휘파람 소리가 들렸다. 그녀는 현관의 포석을 발로 두드려 응답했다.

도미니크가 달려왔다. 그들은 방으로 들어갔다. 조제핀이 답변 받기 두려운 질문을 꺼내기도 전에 도미니크가 중얼거렸다.

「처리했어요」

「아!」

그녀는 약하게 신음하더니 마음의 동요를 이기지 못하고 비틀거리며 주저앉았다.

그들은 오랫동안 아무 말도 하지 않았다. 도미니크가 다시 입을 열었다.

「고통스럽지는 않았을 거예요」

「고통스럽지 않았다고?」

그녀가 되풀이했다.

「네, 자고 있었어요」

「확신할 수 있어?」

「여자가 죽었는지요? 물론이에요! 심장을 세 번이나 찔렀어요. 그런 후에 용기를 내어 기다렸다가…… 확인했어요……. 하지만 그럴 필요도 없었어요. 그녀는 숨을 쉬지 않았어요…… 손은 얼음장처럼 차가워시고……」

「사람들이 알아챌 위험은?」

「그럴 리 없어요. 사람들은 아침에나 그 방에 들어갈 거예요. 그러니 다만…… 두고 봐야죠」

그들은 감히 서로 쳐다보지 못했다. 도미니크가 손을 내밀었다. 그녀가 블라우스에서 지폐 열 장을 꺼내 도미니크에게 건넸다.

「고맙습니다. 하지만 다시는 이런 일 못할 거예요. 이제 어떻게 하죠?」

「출발해. 다른 사람들이 배에 도착하기 전에 따라잡을 수 있을 거야」

「라울 당드레지도 데리고 갔나요?」

「그래」

「잘됐군요. 2주 전부터 그놈 때문에 좀 괴로웠거든요! 라울은 경계를 늦추지 않았어요. 아! 한 가지만 더…… 보석들은 어떻게 됐죠?」

「가지고 있어」

「이제 위험은 없나요?」

「보석들은 런던 은행의 금고 안에 안전하게 보관되어 있어」

「아주 많은가요?」

「가방 하나 가득」

「와! 저한테도 10만 프랑은 주실 거죠?」

「그 이상 주지. 하지만 서둘러…… 위험을 기다리고 싶은 게 아니라면……」

「아니, 아니에요. 서둘러 멀리 가겠어요……. 가능한 한 멀리…… 그런데 당신은요?」

도미니크가 재빨리 말했다.

「여기 우리에게 위험한 서류가 없는지 살펴보고 곧 그쪽으로 가겠어」

도미니크는 떠났다. 그녀는 탁자와 작은 책상의 서랍을 뒤져보 았으나 아무것도 발견하지 못하고 침대 밑에 접혀 있는 옷의 주 머니들을 조사했다.

특히 지갑이 주의를 끌었다. 돈과 명함, 그리고 사진 한 장이 들어 있었다.

클라리스 데티그의 사진이었다.

조제핀 발사모는 그것을 오랫동안 바라보았다. 증오는 없지만 용서하지 않겠다는 냉혹한 표정이었다.

그 후에 그녀는 입술에는 부드러운 미소를 띠었지만 눈은 볼 수 없는 고통스런 광경을 응시하는 듯 생각에 몰두한 자세로 꼼 짝 않고 서 있었다.

정면에 있는 거울이 그녀의 모습을 비춰 주었다. 그녀는 대리 석 벽난로에 팔꿈치를 기대고 자기 자신을 바라보았다. 자신의 아름다움을 의식하고 만족한 듯 미소가 점점 뚜렷해졌다. 그녀는 거친 밤색 모직 외투를 어깨에 걸치고 외투에 달린 모자를 쓰고 있었다. 베르나르디노 루이니의 성모상처럼 언제나 그녀의 머리 칼을 덮고 있는 얇은 베일이 이마까지 내려왔다.

조제핀은 몇 분 동안 이렇게 자기 모습을 바라보았다. 그리고 꿈에 잠겼다. 11시 15분이 울렸다. 그녀는 움직이지 않았다. 마치 자고 있는 것 같았다. 커다랗게 뜬 눈을 깜빡이지도 않고.

하지만 마침내 두 눈에 좀더 분명한 생기가 돌며 조금씩 초점 이 고정되었다. 그래도 여전히 어떤 꿈속을 헤매기는 마찬가지였 다. 혼란스럽고 기괴한 모든 생각들이 점점 명확한 하나의 생각 으로, 점점 정확한 하나의 이미지로 바뀌어갔다. 그녀가 본 듯한 이 예기치 않은 이미지는 무엇이었을까? 익숙해지려 애써도 그럴 수 없는 이 이미지는 무엇일까? 그것은 침대가 놓여 있고 주위에 커튼이 드리워진 구석 쪽에서 왔다. 커튼 뒤에 빈 공간이, 비밀 통로가 있는 게 틀림없었다. 손이 커튼을 움직이는 것 같았기 때문이다.

손은 점점 더 현실적인 윤곽을 띠었다. 이어 팔이 나타나고 이 팔 위로 곧 얼굴이 나타났다.

어둠 속에서 유령이 모습을 드러내는 강신술 모임에 익숙했던 조제핀 발사모는 두려움에 사로잡힌 자신의 상상이 어둠 속에서 무언가를 불러냈다고 생각했다. 그것은 흰 옷을 입고 있었다. 그것의 일그러진 입술이 다정한 미소를 짓고 있는 건지 분노로 비죽거리고 있는 건지 알 수가 없었다.

조제핀이 중얼거렸다.

「라울······ 라울······ 나한테 뭘 바라는 거야?」

유령은 커튼을 걷고 침대를 따라 걸어 나왔다.

조진은 신음하며 눈을 감았다가 곧 다시 떴다. 환영은 계속되었다. 그는 물건을 흐트러 뜨리고 침묵을 깨며 다가왔다. 그녀는 달아나고 싶었다. 하지만 어깨를 움켜쥐는 손이 느껴졌다. 그것은 물론 유령의 손이 아니었다. 쾌활한 목소리가 외쳤다.

「이봐, 조제핀. 충고 하나 하자면 라보르네프 대공에게 휴가차 항해 유람이나 가자고 부탁하지 그래. 당신은 휴식이 필요해, 조제핀. 저런! 나를, 이 라울 당드레지를 유령인 줄 알다니! 내가 아무리 잠옷에 속옷 차림이라 해도 당신이 나를 못 알아볼 수는 없지」

라울이 옷을 입고 넥타이를 매는 동안 그녀는 계속 되풀이했다.

「당신…… 당신이!……」

「그래! 나야!」

그리고 라울은 조제핀의 옆에 앉으며 말했다.

「이봐, 절대 라보르네프 대공을 질책하지 마. 그가 또 한번 나를 놓쳤다고 생각하지도 말고. 아니야, 아니고말고. 처음부터 레오나르와 그 친구들이 가져간 것은 이불로 돌돌 감싼 매트리스와 톱밥 인형이었어. 나로 말하자면, 당신이 덧창 뒤에서 떠나자마자 이 침대와 벽 사이의 공간에 숨어서 이곳을 떠나지 않고 있었지」

조제핀 발사모는 꼼짝도 하지 않았다. 심하게 두들겨 맞기라도 한 듯 조금도 움직일 수가 없었다.

라울이 말했다.

「저런! 몸이 불편한가 보군. 술 한잔 마시고 원기를 되찾겠어? 당신의 절망을 이해해. 나라도 당신 같은 처지가 되고 싶지는 않거든. 동료들은 전부 떠났고…… 한 시간 안에는 어떤 도움도 기대할 수 없지……. 그리고 이 밀폐된 방 안에서 라울과 단둘이 마주하고 있으니…… 앞이 캄캄할 만도 하지! 불행한 조제핀…… 이렇게 곤두박질칠 줄이야!」

라울은 몸을 숙여 클라리스의 사진을 집었다.

「내 약혼녀 정말 아름답지 않아? 방금 전 그녀에게 감탄하는 당신을 기분 좋게 지켜보았지. 우리가 며칠 후에 결혼한다는 건 알고 있겠지?」

칼리오스트로 백작 부인이 중얼거렸다.

「그녀는 죽었어」

「사실 나도 그 얘기를 들었지. 조금 선에 한 청년이 지고 있는 그녀를 찔렀다고, 안 그래?」

「맞아」

「단도로?」

「단도로 심장을 세 번 찔렀어」

조제핀이 말했다.

「아! 한 번만 찔러도 됐을 텐데」

라울이 지적했다.

칼리오스트로 백작 부인은 스스로에게 말하듯 천천히 반복했다.

「그녀는 죽었어. 그녀는 죽었어」

라울이 조소했다.

「그래서 어떻다는 거야? 그런 일은 매일 일어나. 그런 사소한 일로 내 계획을 바꾸지는 않아. 살았든 죽었든 나는 그녀와 결혼해. 어떻게든 알아서 잘해 나갈 거야. 당신도 잘해 냈잖아」

「무슨 뜻이야?」

라울의 빈정거림에 초조해지기 시작한 조제핀 발사모가 물었다.

「맞잖아. 안 그래? 처음에는 남작이 당신을 물에 빠뜨렸지. 다음에는 당신 스스로 물에 뛰어들었어. 당신 배 반딧불호와 함께. 그런데 자, 봐! 당신은 지금 여기 있잖아. 마찬가지로 클라리스가 가슴에 세 번 단도질을 당했다고 해서 내가 그녀와 결혼하지 못할 이유는 없지. 우선, 당신이 주장하는 바에 대해서 확신할 수 있어?」

「클라리스를 찌른 사람은 내 부하야」

「클라리스를 찔렀다고 말한 사람이겠지」

「내 부하가 거짓말을 했을 이유가 없잖아?」

조제핀 발사모가 반박했다.

「아니지! 당신이 그에게 준 1000프랑짜리 지폐 열 장을 받기 위해서 거짓말을 할 수 있지」

「도미니크가 나를 배반할 리 없어. 만 프랑 때문에 나를 배반하지는 않아. 게다가 도미니크는 곧 나를 다시 만나게 되리라는 걸 알고 있어. 다른 사람들과 함께 나를 기다리고 있으니까」

「도미니크가 정말 당신을 기다릴까, 조진?」

조제핀은 부르르 떨었다. 점점 좁혀 오는 원 안에서 발버둥치는 기분이었다.

라울은 고개를 저었다.

「우리 둘 다 서로에게 실수를 했다니 신기하지. 반딧불호의 폭발, 펠레그리니 칼리오스트로의 난파, 라보르네프 대공이 꾸며 낸 거짓말을 한순간이라도 내가 믿었을 거라고 생각하다니 조제핀, 당신도 너무 순진했어! 당신에게 직접 교육을 받았을 뿐 아니라(그것도 아주 대단한 교육이지, 성모 마리아 양!) 바보가 아닌 바에야 불 보듯 훤히 당신의 계략을 꿰뚫어볼 수 있다는 걸 어떻게 짐작도 하지 못했지?

솔직히 너무 쉬웠어. 난파라니! 수많은 범죄의 짐을 지고 손은 피로 물든 채 경찰에 쫓기는 사람이 낡은 배를 침몰시킨다. 범죄로 얼룩진 모든 과거와 훔친 보석, 전 재산이 난파당한다. 그 사람은 죽은 것으로 취급되고 완전히 다른 사람으로 새로 태어난다. 그리고 멀리 떠나 다른 이름으로 다시 시작한다. 죽이고 고문하고 손을 피에 담그고…… 그런 얘기는 다른 데나 가서 해 보시지! 나는 당신의 난파 기사를 읽으며 생각했어. 〈눈을 크게 뜨자, 똑바로!〉 그리고 곧장 여기로 온 거야」

잠시 침묵한 후 라울이 다시 말했다.

「이봐, 조제핀, 당신은 필연적으로 이곳을 찾아오게 돼 있었어. 그러려면 반드시 어떤 공범이 당신의 방문 준비를 도와야 했지. 어느 날 밤 라보르네프 대공의 요트가 이쪽을 항해할 것이 틀림없었고, 당신은 반드시 전에 들것에 실려 내려갔던 가파른 계단을 올라오게 돼 있었어. 그래서 어떻게 했을까? 나는 미리 대비책을 세워 두었지. 첫째는 주위에 아는 얼굴이 없는지 살펴보는 일이었어. 스파이를 심어 두는 건 극히 초보적인 단계야.

그러자 단번에 도미니크를 알아볼 수 있었지. 당신은 몰랐겠지만 브리지트 루슬랭의 집 앞에서 당신 마차의 마부석에 앉아 있는 녀석을 본 적이 있었거든. 도미니크는 충실한 부하야. 하지만 경찰에 대한 두려움과 나한테 당한 몽둥이질 덕분에 온순해졌지. 그래서 이제 그 충성심을 나에게 바쳤고, 그 증거로 나와 협력해서 거짓 정보와 위조 열쇠를 보내 당신 발밑에 덫을 놓았어. 당신은 바로 덫에 걸려 넘어졌지. 도미니크로서는 남는 장사였지. 당신 주머니에서 나온 만 프랑을 챙겼으니까. 그 돈을 돌려받을 수는 없을 걸. 당신의 충실한 부하는 내 보호 아래 성으로 돌아갔거든.

이렇게 된 거야, 조제핀. 물론 이런 작은 장난으로 당신을 골탕 먹이지 않고 여기서 몸소 당신을 맞아 기꺼이 악수를 나눌 수도 있었겠지. 하지만 나는 좁은 통로에 남아서 당신이 어떻게 일을 지휘하는지 보고 싶었어. 그리고 이른바 클라리스 데티그 양의 암살 소식을 들을 때 당신 모습이 어떤지 보고 싶었지」

조진은 뒷걸음질을 쳤다. 라울은 장난 삼아 이야기하는 게 아니었다. 그녀에게 몸을 숙이며 감정을 억누른 목소리로 말했다.

「약간의 동요…… 고작 그거였어…… 그게 당신이 느낀 전부였어. 한 소녀가 당신의 명령 때문에 죽었는데도 당신은 아무렇지도 않았어! 당신에게 다른 사람의 죽음은 아무 의미도 없어. 스무 살짜리 아이의 남은 인생…… 그 생기와 아름다움…… 당신은 이 모든 것을 개암 열매 으깨듯 없애 버렸어. 양심의 가책 하나 없이. 물론 웃지는 않았지…… 하지만 울지도 않았어. 사실 당신은 아무 생각조차 하지 않은 거야. 보마냥이 당신을 악마의 화신이라고 부르던 기억이 나는군. 그때는 그 말에 격분했어. 하지만 지금은 그 표현이 정확하다는 걸 알아. 당신 안에는 악마가 있어. 당신은 괴물이야. 나는 당신을 생각할 때마다 공포에 떨게 돼. 하지만 조제핀 발사모, 당신 역시 때로는 스스로에게 공포를 느끼지 않아?」

그녀는 종종 그렇게 하듯 고개를 숙인 채 양손으로 관자놀이를 꾹 눌렀다. 라울의 냉혹한 말도 그가 기대하는 발작적인 분노를 불러일으키지는 못했다. 라울은 조제핀에게 자신의 영혼 깊은 곳을 들여다보고 그 무시무시한 영상에서 고개를 돌릴 수 없어 자기도 모르게 고백의 말이 흘러나올 순간이 찾아왔다고 느꼈다.

그는 별로 놀라지도 않았다. 겉으로는 냉정해 보여도 천성적으로 신경 발작을 자주 일으키는 불안정한 존재에게 이와 같은 순간은 빈번하지는 않지만 매우 드문 일도 아니기 때문이다. 사건이 조제핀의 예상과는 정반대로 전개되었고 라울의 등장이 너무 뜻밖이어서 그녀는 그토록 잔인하게 모욕을 주는 적에게 맞설 수조차 없었다.

라울이 이 순간을 이용하여 조제핀에게 바싹 다가서며 구슬리는 듯한 목소리로 말했다.

「그렇지, 조진, 당신도 가끔은 당신이 두렵지? 안 그래? 당신 스스로가 무섭지 않아?」

조진은 깊은 비탄에 잠겨 중얼거렸다.

「그래…… 그래…… 때로는…… 하지만 그 얘기는 하지 마……. 알고 싶지 않아……. 아무 말도 하지 마…… 조용히……」

「아니, 오히려 당신이 알아야 해. 당신 자신의 행동이 두렵다면 왜 그런 짓을 하지?」

「어쩔 수가 없으니까」

조제핀이 극도로 무기력하게 답했다.

「노력은 해 봤어?」

「그래. 싸우고 노력해. 하지만 언제나 패배하고 말아. 나는 악을 배웠고…… 다른 사람이 선을 행하듯 악을 행하는 거야…… 숨을 쉬듯 자연스럽게…… 나에게 그걸 원했어……」

「누가?」

라울은 어렴풋한 한 마디를 들었다.

「어머니가」

그리고 곧 다시 물었다.

「당신 어머니라고? 스파이였던 어머니? 그 모든 칼리오스트로의 이야기를 꾸며 낸 분?」

「그래…… 하지만 어머니를 비난하지 마……. 어머니는 나를 사랑하셨어……. 다만 성공하지 못하셨던 것뿐이야…… 가난하고 비참해지셨지……. 그래서 내가 성공하기를…… 내가 부유해지기를 원하셨어……」

「하지만 당신은 아름답잖아. 여자에게 아름다움은 가장 큰 재산이야. 아름다움만 있으면 충분하다고」

「어머니 역시 아름다우셨어, 라울. 하지만 그 아름다움도 아무 소용이 없었어」

「당신은 어머니를 닮았군?」

「누가 누구인지 못 알아볼 만큼. 바로 그것이 나를 파멸하게 했어. 어머니는 내가 당신의 계획을 이어가기를 원했어…… 칼리오스트로의 유산을……」

「어머니가 자료를 가지고 계셨어?」

「종이 조각 하나…… 어머니의 친구들이 고서에서 발견한 네 가지 수수께끼가 적혀 있는 종이…… 정말 칼리오스트로의 서명 같았어……. 어머니는 거기에 도취하셨어……. 그리고 외제니 황후 곁에서 승리를 거두었지. 그래서 내가 계속해야 했어. 아주 어릴 때부터 어머니는 그 생각을 내 머릿속에 주입시켰어. 머릿속에 오직 그 생각밖에 없도록 만들었지. 그것이 내 생계 수단이고 내 운명이다…… 나는 칼리오스트로의 딸이다……. 나는 어머니의 삶을, 칼리오스트로의 삶을 이어받았지……. 소설 속에나 있을 법한 빛나는 삶…… 모든 사람의 사랑을 받고 세상을 지배하는 모험가의 삶. 양심의 가책이나 거리낌은 없어……. 나는 어머니가 받은 모든 고통에 대해 복수를 해야 했어. 어머니가 돌아가시면서 남긴 말은 〈복수해 다오.〉였어」

라울은 생각에 잠겼다가 다시 말했다.

「좋아. 하지만 살인은? 사람을 죽일 필요가 있었어?」

라울은 그녀의 대답을 알아들을 수 없었다.

「당신 어머니 혼자 당신을 기르고 악을 가르치지는 않았겠지, 조진. 아버지는 누구야?」

이렇게 물었을 때 역시 그녀가 무어라고 대답했는지 알아들을 수 없었다.

그는 레오나르의 이름을 들은 것 같았다. 하지만 레오나르가 스파이였던 어머니와 함께 프랑스에서 추방된 아버지라는 뜻이었을까(이 가정은 꽤 그럴듯해 보였다), 아니면 조제핀에게 살인을 가르친 사람이라는 뜻이었을까?

라울은 더 이상 알 수 없었다. 악한 본능이 생성되는 곳, 모든 비정상적인 것, 파괴와 혼란을 야기하는 모든 것, 우리의 통제를 벗어나는 모든 악덕과 허영, 모든 피비린내 나는 욕망과 모든 냉혹하고 잔인한 열정이 들끓고 있는 이 어두컴컴한 지대로 더 이상 뚫고 들어갈 수가 없었다.

라울은 그녀에게 더 이상 묻지 않았다.

조제핀은 소리없이 울고 있었다. 라울은 마음이 약해져 그녀에게 손을 내맡겼다. 열렬히 움켜쥔 손에 그녀의 눈물과 입맞춤에 느껴졌다. 라울의 마음속에 은밀한 연민이 스며들었다. 악한 존재가 인간적인 존재로, 저항할 수 없는 힘의 지배를 받아 병적인 본능의 노예가 된 여자로, 좀 너그럽게 보아주어야 할 여자로 변해 갔다.

조제핀이 말했다.

「나를 밀쳐 내지 마. 오로지 당신만이 나를 악에서 구할 수 있어. 나는 처음부터 그것을 느꼈어. 당신에게는 건강하고 건전한 무언가가 있어…… 아! 사랑…… 사랑……. 나를 달래 준 것은 그것뿐이었어……. 내가 사랑한 사람은 당신뿐이야. 그러니까 당신이 나를 버린다면……」

그녀의 부드러운 입술이 라울을 한없이 나른하게 했다.

남자의 의지를 꺾는 위험한 연민이 관능과 욕망 덕분에 한층 더 아름답게 빛났다.

칼리오스트로 백작 부인이 이 수줍은 애무에 그쳤다면 아마 라울은 몸을 굽혀 그에게 바친 그 입술의 달콤함을 한 번 더 음미하고픈 유혹에 굴복했을 것이다. 하지만 그녀가 고개를 들더니 어깨에 팔을 두르고 목을 휘감으며 그를 바라보았다. 그 시선만으로도 라울은 그녀에게서 더 이상 애원하는 여인이 아니라 다정한 눈빛과 매력적인 입술을 무기로 남자를 유혹하려는 여자를 볼 수 있었다.

시선은 연인들의 마음을 이어 준다. 하지만 라울은 이 매혹적이고 천진한, 고통스런 표정 뒤에 무엇이 숨어 있는지 너무나 잘 알았다! 아무리 거울처럼 맑은 눈일지라도 라울에게 너무도 명백히 드러나 보이는 그 모든 추함과 비열함을 씻어 주지는 못했다.

라울은 조금씩 정신을 되찾았다. 그를 옭아매는 세이렌(그리스 신화에 나오는 반인반어의 요정. 아름다운 목소리로 뱃사람들을 홀려 난파시켰다고 함——옮긴이)을 밀쳐 내며 유혹에서 빠져나와 말했다.

「기억하겠지…… 그날…… 배 안에서…… 우리는 서로가 서로의 목을 조를 것처럼 두려워했어. 오늘도 마찬가지야. 내가 다시 당신 팔에 안긴다면 나는 끝이야. 내일이든 모레든…… 죽음이 기다릴 거야」

조제핀은 곧 적의에 찬 사나운 얼굴로 꼿꼿이 섰다. 오만함이 다시 그녀를 사로잡았고 그들 사이에는 돌연 폭풍우가 휘몰아쳤다. 사랑의 추억에 붙잡혀 일종의 마비 상태에 빠져 있던 그들은 갑자기 맹렬한 증오와 도발의 욕망을 느꼈다.

라울이 다시 말했다.

「그래. 사실 우리는 첫날부터 사나운 적수였어. 서로 상대방의 패배만 생각했지. 특히 당신은! 당신에게 나는 경쟁자였고 침입자였어…… 당신 머릿속에서 내 모습은 죽음과 하나가 되어 있었지. 자의적으로든 아니든 당신은 나에게 죽음을 언도했어」

그녀가 고개를 흔들며 공격적인 어조로 말했다.

「이제까지는 아니었어」

「하지만 지금은 그렇겠지, 안 그래? 그런데 한 가지 새로운 사실이 드러났어. 이제 내가 당신을 조롱하고 있다는 사실 말이야, 조제핀. 학생이 선생이 됐지. 당신이 이곳을 찾아오도록 내버려두고 전투를 받아들였던 것은 바로 그 점을 보여 주고 싶었기 때문이야. 당신과 당신 패거리의 음모에 나는 홀로 대항했어. 그런데 이제 우리 둘만 남았고 당신은 나에게 맞서서 아무것도 할 수 없어. 철저한 패배야. 안 그래? 클라리스는 살아 있고 나는 자유로워. 자, 아가씨, 내 인생에서 썩 꺼져. 당신은 나에게 완전히 졌어. 당신을 경멸해」

라울은 그녀의 면전에 채찍을 휘두르듯 욕설을 퍼부었다. 그녀는 창백해졌다. 얼굴이 일그러지고 변함없던 아름다움이 처음으로 쇠락과 퇴색의 기미를 보였다.

조제핀이 이를 갈았다.

「복수하겠어」

「불가능해」

라울이 비웃었다.

「내가 당신 발톱을 잘라 버렸거든. 당신은 나를 두려워해. 그게 바로 경탄할 만한 오늘 내가 한 업적이지. 당신은 나를 두려워해」

「복수에 내 인생 전체를 바칠 거야」

그녀가 중얼거렸다.

「당신은 아무 짓도 할 수 없을걸. 당신의 기교는 내가 벌써 다 알고 있으니까. 당신은 실패했어. 이제 다 끝났어」

조제핀이 고개를 저었다.

「내게는 다른 수단이 있어」

「어떤 수단?」

「헤아릴 수 없는 재산…… 내가 정복한 부……」

「그게 누구 덕이지?」

라울이 쾌활하게 물었다.

「그 기이한 모험에 날개를 달아 준 사람은 나 아니었어?」

「그럴 수도 있지. 하지만 실제로 행동하고 손에 넣은 건 나야. 그게 중요하지. 당신은 말로는 누구에게도 뒤지지 않아. 하지만 이 경우에는 행동을 해야 했고 내가 바로 그 행동을 완수했어. 클라리스가 살아 있고 당신이 자유롭다고 해서 당신은 승리를 부르짖지만 라울, 이 결투의 초점이었던 중대한 문제, 다시 말해 수만 개의 보석들에 비하면 클라리스의 목숨과 당신의 자유는 사소한 문제야. 진정한 전투는 그거였어, 라울. 그리고 나는 그 전투에서 이겼지. 왜냐하면 보석이 내 손안에 있으니까」

「모를 일이지!」

라울이 빈정대는 투로 말했다.

「정말이야. 보석은 내가 가졌어. 내가 그 막대한 보물을 가방에 넣고 끈으로 묶어 눈앞에서 봉인하고 르 아브르까지 가져가서 반딧불호의 선창에 놓았다가 배를 폭파시키기 직전에 꺼냈지. 지금은 끈으로 묶고 봉인한 처음 상태 그대로 런던의 은행 금고 안에 있어……」

「그래, 그래」

라울이 잘 알고 있다는 듯이 끄덕였다.

「그 끈은 좀 뻣뻣하고 깨끗한 새 끈이고…… 봉인은 전부 다섯 개인데 조제펭 발사모를 뜻하는 〈J. B.〉라는 머리글자가 찍힌 자주

색 밀랍 봉인이지. 가방은 버드나무를 엮어서 만든 것으로 가죽
끈과 손잡이가 달려 있어……. 시선을 끌지 않는 아주 단순한 모
양이지……」

칼리오스트로 백작 부인이 당황한 눈으로 그를 바라보았다.

「그걸 당신이…… 당신이 어떻게 알아?」

「우리는, 그러니까 가방과 나는 몇 시간 동안 같이 있었으니까」
라울이 웃으며 말했다.

그녀가 단언했다.

「거짓말이야! 당신은 아무렇게나 말하는 거야……. 메닐수쥐미
에주의 목초지에서 금고까지 가는 동안 가방은 1초도 내 옆을 떠
난 적이 없어」

「아니지. 당신은 가방을 반딧불호의 선창으로 내려 보냈잖아」

「하지만 내가 그 선창을 덮는 철문 위에 앉아 있었어. 그리고
내 부하 한 명이 현창 위쪽에서 감시하고 있었지. 당신이 들어올
수 있는 구멍은 그곳뿐이었는데 우리가 르 아브르에 정박해 있는
내내 계속 감시했어」

「나도 알아」

「당신이 어떻게 안다는 거야?」

「선창 안에 있었으니까」

소름끼치는 말이었다! 라울은 똑같은 말을 다시 한번 반복했
다. 그러고는 스스로 자신의 이야기가 재미있다는 듯 말을 이었
다. 조제핀 발사모는 경악했다.

「메닐수쥐미에주에서 파괴된 경계석을 보고 나는 추론했어. 〈내
가 조제핀 발사모를 찾아 헤매고 다닌다면 절대로 찾을 수 없을
것이다. 지금 해야 할 일은 오늘 하루가 저물 때쯤 조제핀이 어디

328

에 있을지 생각하는 것이다. 그리고 그녀보다 먼저 그곳에 가 있다가 기회가 닿자마자 보석을 훔쳐야 한다.〉그런데 경찰과 나, 양쪽에서 추적을 당하면서 보물을 안전하게 보호해야 하는 당신은 필연적으로 외국으로 도망가려 할 게 틀림없었어. 어떻게? 당신의 배, 반딧불호를 이용해서.

나는 정오에 르 아브르에 도착했지. 1시에 당신의 부하 셋이 근처 바에 커피를 마시러 간 사이 나는 갑판을 뛰어넘어 선창으로 내려가서 식량이 든 상자와 통, 가방들 뒤에 몸을 숨겼어. 6시, 당신이 도착해서 가방에 끈을 매달아 내려 보냈지. 이렇게 해서 가방은 내 보호 아래 놓였어」

「거짓말…… 거짓말이야……」

칼리오스트로 백작 부인이 분노하며 더듬거렸다.

라울은 계속했다.

「10시에 레오나르가 당신과 합류했어. 그는 저녁 신문을 읽고 보마냥의 자살 소식을 알았지. 11시에 닻을 올렸고, 자정에는 바다 한가운데에 있었어. 다른 배 한 척이 접근했지. 라보르네프 대공이 된 레오나르가 이사를 지휘했어. 모든 선원들과 값나가는 모든 짐들이 이쪽 갑판에서 저쪽 갑판으로 옮겨 갔지. 물론, 당신이 선창 바닥에서 끌어올린 가방도 역시. 그리고 나서는 반딧불호여, 안녕이더군!

고백하지만 내게는 고약한 시간이었어. 나는 혼자 남았지. 선원도 없고, 키잡이도 없이. 반딧불호는 술 취한 사람이 키를 잡기라도 한 듯 비틀비틀 나아갔어. 마치 어린아이의 장난감 같았지. 태엽을 감아서 빙빙 돌리는…… 그러다가 당신의 계획을 눈치 챘어. 어딘가에 폭탄이 숨겨져 있고, 기계 장치가 작동하기 시작했겠구나…… 이제 곧 폭발하겠지…….

　나는 식은땀에 흠뻑 젖었어. 물로 뛰어들까? 막 결정을 내리려고 신발을 벗는 순간 실신할 정도로 기쁘게도 반딧불호가 지나온 물길에서 밧줄에 묶인 채 물보라 속을 떠내려오고 있는 구명보트를 발견했지. 그것은 구원이었어. 10분 후 나는 평온하게 앉아서 어둠 사이로 치솟는 불길을 바라보았지. 몇 백 미터 떨어진 곳에서 천둥의 메아리처럼 수면 위에 요란하게 울려 퍼지는 폭발음이 들리고 반딧불호가 튀어 올랐어…….

　다음날 밤 나는 잔잔한 파도를 타고 앙티페르 곶에서 멀지 않은, 해안이 보이는 지점까지 밀려왔어. 거기서 물에 뛰어들어 육지에 닿았어……. 그리고 그날로 이 성에 온 거야…… 친애하는 조제핀, 당신을 맞이할 준비를 하기 위해서」

　칼리오스트로 백작 부인은 말을 끊지 않고 꽤 안심한 표정으로 듣고 있었다. 전부 쓸데없는 소리라고 말하는 듯 같았다. 중요한 것은 가방이었다. 라울이 배 안에 있었든, 난파를 피했든 그런 것은 전혀 중요치 않았다.

　하지만 그녀는 결정적인 질문을 하는 것을 망설였다. 어쨌든 라울이 자기 몸 하나 구하는 것 외에 아무 성과도 얻지 못하고 이런 위험을 무릅쓸 사람이 아님을 잘 알기 때문이었다. 그녀는 창백해졌다.

　라울이 말했다.

　「자! 나한테 물어볼 거 없어?」

　「뭘 물어야 하지? 당신 입으로 이미 말했잖아. 내가 가방을 도로 가져갔다고. 그 후에는 안전한 곳에 맡겨 두었고」

　「확인해 보지 않았어?」

「물론이야. 뭐 하러 열어 보겠어? 끈과 봉인이 그대로였는데」

「옆쪽의 작은 구멍을 못 봤단 말이야? 버들가지 연결 고리 사이의 벌어진 틈을?」

「틈이라고?」

「당연하지! 내가 몇 시간 동안 아무 일도 하지 않고 그 물건 앞에 앉아만 있었을 거라고 생각해? 이봐, 조제핀, 나는 그렇게 바보가 아니라고」

「그러면?」

그녀가 희미한 목소리로 물었다.

「인내심을 가지고, 가방 안에 있는 내용물을 조금씩 전부 끄집어냈지. 그래서……」

「그래서?」

「그래서 가방을 열어 보면 당신은 똑같은 무게의 별 볼일 없는 낱알들만 발견하게 될 거야. 내 손이 미치는 곳에 있던 것들이지……. 식량 자루에서 꺼낸 강낭콩과 렌즈콩들…… 결국 당신이 럴던 은행의 금고를 빌리느라 지불한 비용만큼도 가치가 없는 상품들이야」

그녀가 중얼거리며 반박하려 애썼다.

「사실이 아니야…… 그럴 리가 없어……」

라울은 벽장 위에서 작은 그릇을 꺼내 손바닥에 이삼십 개의 다이아몬드와 루비, 사파이어들을 쏟아 부었다. 그리고 그것들을 무심히 흔들어 보여 주었다. 보석들은 라울의 손바닥 위에서 춤을 추며 빛나고 서로 부딪쳤다.

라울이 말했다.

「다른 것들도 있어. 물론 폭발이 임박해서 전부 가져오지는 못했지. 수도사들의 보물은 바다 한가운데서 흩어지고 말았어. 하지만 어쨌든 나처럼 젊은 청년에게는 재미있고 견딜 만한 일이지……. 어떻게 생각해, 조진? 대답하지 않을 거야……? 이런 제기랄! 도대체 무슨 일이야? 응? 당신이 기절은 하지 않았으면 좋겠는데. 아! 빌어먹을 여자들! 10억쯤 잃어버렸다고 해서 기절 좀 안 할 수는 없나. 정말 한심하단 말이야!」

조제핀 발사모는 라울의 표현처럼 기절하지는 않았다. 그녀는 하얗게 질린 얼굴로 똑바로 서서 팔을 뻗었다. 그녀는 적을 모욕하고 싶었다. 그를 때리고 싶었다. 하지만 숨이 막혔다. 그녀는 난파당해 수면에서 허우적거리는 사람처럼 허공에서 팔을 휘젓다가 거칠게 신음하며 침대에 쓰러졌다.

라울은 조금도 동요하지 않고 발작이 끝나기를 기다렸다. 하지만 할 말이 더 남아 있는 듯 조롱하며 말했다.

「저런! 내가 당신을 완전히 때려눕힌 건가? 백작 부인의 어깨가 땅에 닿았나? K. O. 패야? 완전한 참패지? 당신에게 바로 이런 걸 느끼게 해 주고 싶었어, 조제핀. 당신은 나에게 맞설 수 없으며 모든 계략을 포기하는 게 최선의 방법이라는 확신을 가지고 여기서 떠나게 될 거야. 당신이 아무리 원하지 않더라도 나는 행복할 거고 클라리스 역시 마찬가지야. 우리는 아이도 여럿 낳을 거야. 이 모두가 당신이 받아들여야 할 진실이야」

라울은 걷기 시작했다. 그리고 점점 더 유쾌하게 말을 이었다.

「그러니 어쩌겠어, 당신이 운이 나빴던 게지. 당신보다 훨씬 강하고 현명한 사람과 전쟁을 시작했으니. 가엾기도 하지. 사실 내 힘과 꾀에 나 자신도 놀랐어. 쯧! 정말 능란하고 영리하고 직관과 힘과 통찰력이 넘치는 귀재 아니야? 진정한 천재라고 할 수 있지! 나는 무엇 하나 놓치는 법이 없어. 적의 머릿속을 훤히 꿰뚫어 보지. 그들의 사소한 생각 하나까지 모두 파악하고 있어. 지금 이 순간 당신은 내게 등을 돌리고 있지, 안 그래? 침대에 쓰러져 있으니 당신의 매력적인 얼굴을 볼 수가 없겠군, 그렇지? 자, 그런데! 나는 당신이 블라우스 안으로 손을 넣어 권총을 꺼내는 중이라는 걸 정확히 알고 있어. 그리고 당신은……」

그는 말을 끝맺지 못했다. 칼리오스트로 백작 부인이 손에 권총을 들고 갑자기 돌아선 것이었다.

총알이 발사되었다. 하지만 미리 예상하고 있던 라울은 그녀의 팔을 잡고 비틀어 조제핀 발사모 쪽으로 꺾었다. 그녀는 가슴에 총을 맞고 쓰러졌다.

너무 돌발적으로 일어난 사건과 예상 밖의 결과에 어안이 벙벙해진 라울은 하얗게 핏기가 가신 채 축 늘어져 있는 육체 앞에 멍하니 서 있었다.

하지만 조금도 걱정이 되지 않았다. 그녀가 죽었다는 생각은 전혀 들지 않았다. 몸을 숙여 보니 과연 심장이 규칙적으로 뛰고 있었다. 가위로 블라우스를 잘랐다. 비스듬히 발사된 총알은 오른쪽 가슴에 난 검은 점 위를 살짝 스치고 지나갔을 뿐이었다.

「심각하지 않은 상처군」

이런 여자의 죽음은 정당하고 바람직한 죽음이었을 거라는 생각을 하며 라울이 중얼거렸다.

라울은 가위의 뾰족한 끝을 앞쪽으로 향한 채 손에 들고 있었다. 그는 너무 완벽한 이 아름다움에 상처를 내는 게 자신의 의무가 아닐까, 세이렌의 살갗 한복판에 흠집을 내서 더 이상 남을 해치지 못하도록 해야 하는 게 아닐까 자문해 보았다. 얼굴을 가로지르는 십자 모양의 깊은 칼자국을 내서 지워지지 않는 상처로 피부를 부풀린다면 얼마나 공정한 형벌이고 얼마나 유용한 예방책이겠는가! 얼마나 많은 불행을 피할 수 있으며 얼마나 많은 범죄를 방지할 수 있겠는가!

하지만 그럴 용기가 없었다. 그럴 권리를 갖고 싶지도 않았다. 게다가 라울은 그녀를 너무 사랑했다……

라울은 한없는 슬픔에 잠겨 오래도록 움직이지 않고 그녀를 바라보았다. 싸움은 그를 쇠진시켰다. 그는 쓰라린 고통과 환멸을 느꼈다. 조제핀은 그의 첫사랑이었는데, 천진한 마음으로 그토록 순수한 열정을 쏟아 부었던 이 감정이, 그토록 감미로운 추억을 간직하고 있는 이 사랑이 그에게 남겨 놓은 것은 원한과 증오뿐이었다. 그의 입술에는 평생토록 환멸의 주름이, 그의 영혼에는 쇠락의 흔적이 남을 것이다.

칼리오스트로 백작 부인의 호흡이 더 또렷해지더니 마침내 눈을 떴다.

그러자 라울은 더 이상 그녀를 보고 싶지도, 그녀에 대해 생각하고 싶지도 않은 강렬한 욕구를 느꼈다.

라울은 창문을 열고 귀를 기울였다. 절벽 쪽에서 발자국 소리가 들리는 것 같았다. 해안에 도착한 레오나르가 원정의 결과로 기껏 톱밥 인형을 포로로 잡아 왔다는 사실을 확인하고 조제핀 발사모가 걱정되어 구하러 오고 있으리라.

라울은 생각했다.

〈레오나르가 와서 발견하고 데리고 가라지! 조제핀이 죽든 살든, 행복하든 불행하든 난 상관없어! 조제핀에 대해서 더 이상 아무것도 알고 싶지 않아. 그만! 이 지옥은 이제 지긋지긋해!〉

그러고는 한마디 말도 없이, 자신에게 팔을 내밀며 애원하는 조제핀을 한번 쳐다보지도 않고 떠났다…….

다음날 아침 라울은 클라리스 데티그에게 방문을 알렸다.

그동안 라울은 클라리스가 받았을 민감한 상처를 너무 일찍 건드리지 않기 위해서 그녀를 만나지 않았다. 하지만 클라리스는 라울이 성에 와 있다는 것을 알고 있었다. 라울은 곧 시간이 이미 자신의 임무를 다해 모든 것을 해결해 주었음을 깨달았다. 클라리스의 두 뺨은 더 장밋빛으로 붉어졌고 눈은 희망으로 빛났다.

라울이 말했다.

「클라리스, 당신이 나를 용서해 준 그날부터…….」

「제가 용서할 건 아무것도 없었어요, 라울」

클라리스는 아버지를 생각하며 이렇게 단언했다.

「아닙니다, 클라리스. 나는 당신을 너무 힘들게 했어요. 나 자신에게도 많은 상처를 주었고. 내가 바라는 건 당신의 사랑만이 아니라 당신의 보살핌과 보호입니다. 내게는 당신이 필요해요, 클라리스. 끔찍했던 기억을 잊기 위해서, 삶을 향한 신뢰를 되찾기 위해서, 내 안에서 내가 원하지 않는 곳으로 나를 이끄는 추악한 것들과 싸우기 위해서……. 당신이 나를 도와준다면 정직한 사람이 될 수 있을 거라고 확신합니다. 진심으로 약속해요. 그리고 당신을 행복하게 해 주겠다고 약속하겠어요. 나와 결혼해 주시겠습니까, 클라리스?」

클라리스가 라울에게 손을 내밀었다.

에필로그

라울이 예상했듯이 전설적인 보물을 노획하기 위해 세워졌던 거대한 음모는 고스란히 어둠 속에 잠겼다. 보마냥의 자살, 펠레그리니의 모험, 칼리오스트로 백작 부인이라는 신비한 인물과 그녀의 증발, 반딧불호의 난파, 경찰은 이 모든 사회면 기사거리들을 서로 연결지어 보지 못했거나 혹은 연결지어 보려 하지 않았다. 추기경의 회고록은 파기되었거나 사라졌다. 보마냥의 동료들은 뿔뿔이 흩어졌고 침묵을 지켰다. 세상에는 아무것도 알려지지 않았다.

말할 것도 없이 이 모든 사건에서 라울의 역할은 누구도 짐작치 못했고 그의 결혼은 남의 이목을 끌지 않고 치러졌다. 어떤 기적이 일어나 라울이 당드레지 자작이라는 작위를 가지고 결혼할 수 있었을까? 아마 이 마술은 라울의 보물 중에서 고른 단 두 줌의 보석이 보여 준 엄청난 위력 덕으로 돌려야 할 것이다. 그 정도면 수많은 암묵적인 동조자들을 살 수 있는 법이다.

뤼팽이라는 이름도 마찬가지 방법으로 어느 날 슬쩍 사라졌다. 어떤 호적 등본에도, 어떤 공증 서류에도 더 이상 아르센 뤼팽이나 그의 아버지 테오프라스트 뤼팽이 나타나지 않았다. 합법적으로 라울 당드레지 자작만이 남았다. 당드레지 자작은 결혼 전 성이 데티그였던 클라리스 당드레지 자작 부인과 함께 유럽 일주 여행을 떠났다.

이 시기에는 두 가지 사건이 특기할 만하다. 클라리스는 딸을 낳았는데 아기는 낳자마자 사망했다. 몇 주 후 그녀는 아버지의 별세 소식을 들었다.

사실 고드프루와 데티그와 그의 사촌 베네토는 뱃놀이를 하다가 죽었다. 사고였을까, 자살이었을까? 그 일이 있기 얼마 전부터 그들은 마치 미친 사람 같았다. 사람들은 대체로 그들이 자살했다고 생각했다. 살인이라는 의견도 있었다. 한 유람용 요트가 그들의 배를 침몰시키고 사라졌다고 했다. 하지만 증거는 없었다.

어쨌든 클라리스는 아버지의 재산을 물려받기를 원치 않았다. 그녀는 그것을 자선 단체에 기부했다.

즐겁고 근심 없는 몇 년이 흘렀다.

라울은 클라리스에게 했던 한 가지 약속을 지켰다. 클라리스는 지극히 행복했다.

하지만 다른 약속은 지키지 못했다. 라울은 정직한 사람이 되지 않았다.

그것은 어쩔 수가 없었다. 라울의 피 속에는 훔치고 음모를 꾸미고 속이고 기만하고 다른 사람을 희생시켜 즐거움을 일으려는 욕구가 흘렀다. 그는 본능적으로 밀수업자였고 사기꾼이었고 도둑, 해적, 모사꾼이었으며 특히 도당의 우두머리였다. 게다가 칼리오스트로 백작 부인의 학교에서 대적할 자가 없는 자신의 비상한 능력에 눈을 뜨며 자만하게 되었다. 라울은 자신의 천재성을 믿었다. 동시대를 사는 모든 사람들의 운명과는 정반대의 환상적인 운명을 자신의 권리로 여겼다. 라울은 모든 사람들의 위에 있으며 지배자가 될 운명이었다.

따라서 클라리스 모르게, 그녀가 조그마한 의혹도 품지 못하게 계획을 꾸미고 이를 성공시켰다. 라울의 권위는 점점 확고해져 갔고 정말로 초인적인 재능(칼리오스트로의 두 번째 비밀인 프랑스 왕가의 보물을 정복하고, 누구도 뚫고 들어갈 수 없었던 그 은신처를 발견한 것도 이 시기의 일이다. 그는 15년 후, 소형 어뢰정의 공격을 받고서야 그곳에서 물러났다——지은이)이 펼쳐졌다.

하지만 라울에게는 무엇보다도 클라리스의 평안과 행복이 우선이었다. 그는 아내를 존중했다. 그녀가 도둑의 아내가 되거나, 자신이 도둑의 아내임을 알게 되는 일은 용납할 수 없었다.

그들의 행복은 5년 동안 지속되었다. 6년째 되던 해 초, 클라리스는 난산 끝에 장이라는 아들을 남기고 세상을 떠났다.

그런데 다음다음날, 이 아들이 사라졌다. 라울이 살고 있던 오퇴유의 작은 집에 누가 침입했는지, 어떻게 그곳에 들어올 수 있었는지 밝혀 낼 흔적이 전혀 없었다.

이 음모의 진원지가 어디인지 짐작하는 걸 주저할 여지가 없었다. 두 사촌 형제의 난파가 칼리오스트로 백작 부인이 꾸민 사건임을 의심치 않았으며 더구나 그 후에 도미니크가 독살당했다는 소식을 들은 라울은 칼리오스트로 백작 부인이 납치 사건을 계획했음을 기정사실화했다.

슬픔은 그를 변화시켰다. 라울에게는 이제 더 이상 자신을 지 탱해 주는 부인도 아들도 없었으므로 그는 내면의 힘이 그토록 강하게 이끄는 길로 결연히 뛰어들었다. 어느 날 갑자기 그는 아 르센 뤼팽이 되었다. 더 이상 조심하지도 않았고 더 이상 신중할 필요도 없었다. 오히려 그 반대였다. 스캔들, 도발, 오만, 자만 과 야유, 벽에 이름을 새기고 금고 안에는 명함을 남겼다. 〈아르 센 뤼팽!〉

하지만 뤼팽이라는 이름을 쓰든, 그가 즐겨 사용하는 다양한 다른 이름들을 쓰든, 베르나르 당드레지(그는 외국에서 사망한 자 기 사촌의 서류를 훔쳤다)라고 불리든, 오라스 벨몽이나 스파르미 엔토 대령, 드 샤르메라스 공작, 세르닌 대공, 또는 돈 루이스 페레나라고 불리든, 언제 어디서 어떤 모습으로 어떤 사건을 겪 든 라울은 칼리오스트로 백작 부인과 아들 장을 찾고 있었다.

하지만 아들을 다시 찾을 수 없었다. 조제핀 발사모도 다시 보 지 못했다.

그녀가 아직 살아 있을까? 위험을 무릅쓰고 감히 프랑스에 남 아 있을까? 여전히 사람들을 공격하고 살인을 저지르고 있을까? 라울이 그녀와 결별한 바로 그 순간부터 라울을 향해 영원히 계 속되는 위협이 아이의 납치보다 더 잔인한 복수에까지 이르리라 는 가정을 해야 할까?

아르센 뤼팽의 전 인생, 무모한 계획과 초인적인 시련, 전대미 문의 승리, 도를 벗어난 열정, 기괴한 야망, 이 모든 것은 그 두 려운 질문에 대한 답을 얻을 때까지 계속되어야만 했다.

이렇게 해서 뤼팽의 첫 번째 모험은 사반세기가 흐른 후에, 이 제 그가 기꺼이 마지막 모험이라고 여기는 사건과 다시 이어진다.

옮긴이 | 심지원

서울대학교 불어불문학과 졸업 및 동대학원 수료.
옮긴 책으로는 『베베르에게 마흔두번째 누이가 생긴다고요?』 등이 있다.

아르센 뤼팽 전집 14

칼리오스트로 백작 부인

1판 1쇄 펴냄 2003년 5월 23일
1판 5쇄 펴냄 2014년 7월 31일

지은이 | 모리스 르블랑
옮긴이 | 심지원
발행인 | 김세희
펴낸곳 | 황금가지

출판등록 | 2009. 10. 8 (제2009-000273호)
주소 | 135-887 서울 강남구 신사동 506 강남출판문화센터 5층
전화 | 영업부 515-2000 **편집부** 3446-8774 **팩시밀리** 515-2007
홈페이지 | www.goldenbough.co.kr

© 황금가지, 2003. Printed in Seoul, Korea

ISBN 978-89-8273-431-1 04860 (14권)
ISBN 978-89-8273-417-5 (set)

㈜민음인은 민음사 출판 그룹의 자회사입니다.
황금가지는 ㈜민음인의 픽션 전문 출간 브랜드입니다.